AFRIKA WUNDERHORN

Reihe für zeitgenössische afrikanische Literatur
Herausgegeben von Indra Wussow

Chinelo
Okparanta

Unter den Udala Bäumen

Aus dem nigerianischen Englisch
von Sonja Finck
und Maria Hummitzsch

AFRIKAWUNDERHORN

Die Übersetzung aus dem Englischen wurde mit Mitteln des Auswärtigen Amts unterstützt durch Litprom e.V. – Literaturen der Welt

FSC
www.fsc.org
MIX
Papier aus verantwortungsvollen Quellen
FSC® C006655

Rohrbacherstrasse 18, D-69115 Heidelberg
www.wunderhorn.de

Foto der Autorin S.2: © Manfred Metzner
Gesamtgestaltung: ⓢ sans serif, Berlin
Druck: NINO Druck GmbH, Neustadt / Weinstraße
ISBN 978-3-88423-591-1

Für Constance, Chibueze, Chinenye, Chidinma
Und für Obiora

Es ist aber der Glaube eine feste Zuversicht dessen,
was man hofft, und ein Nichtzweifeln an dem,
was man nicht sieht.
HEBRÄER 11:1

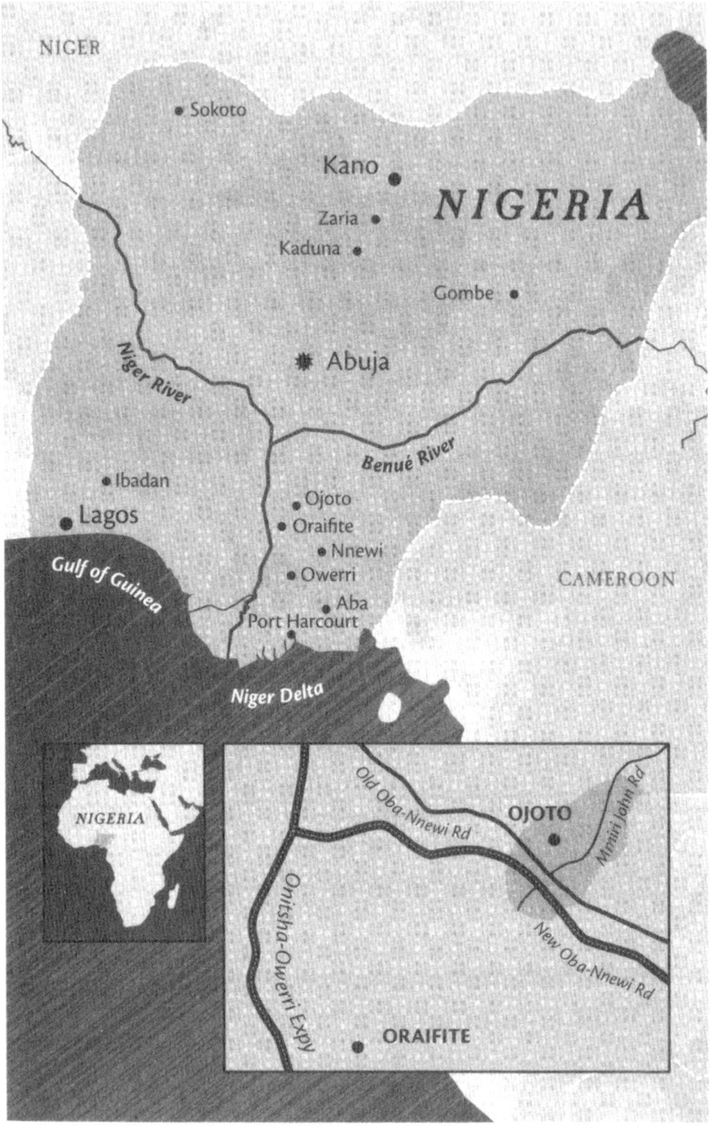

NIGER
Sokoto
Kano
NIGERIA
Zaria
Kaduna
Gombe
Abuja
Niger River
Benué River
Ibadan
Lagos
Ojoto
Oraifite
Nnewi
Owerri
Aba
Port Harcourt
Gulf of Guinea
Niger Delta
CAMEROON
NIGERIA
Old Oba-Nnewi Rd
OJOTO
Mmiri John Rd
Onitsha-Owerri Expy
New Oba-Nnewi Rd
ORAIFITE

ERSTER TEIL

1

Zwischen der Old Oba-Nnewi Road und der New Oba-Nnewi Road, in dem Teil von Ojoto zwischen der Kirche und der Grundschule, da, wo die Mmiri John Road aufhört und auf der anderen Seite weitergeht, befand sich unser Haus. Es war zweistöckig und aus Beton, mit gelben Außenwänden, und stand an einem der staubbraunen Wege südlich des River John, in dem Papas Mama als Kind fast ertrunken wäre, damals, als die Leute ihre Wäsche noch auf den Felsen am Ufer gewaschen haben.

Unser Grundstück war von einer Mauer umgeben, und rechts und links vom Eingangstor wuchsen dichte Rosen- und Hibiskusbüsche. Sie gingen in zwei grüne Hecken mit unzähligen rosafarbenen Sprenkeln über, kleine sternförmige Ixora-Blüten. Auf dem Weg vor der Hecke standen Straßenhändler und Bäume voller Früchte und Nüsse: Orangen, Guaven, Cashews und Mangos. In den Gräben neben dem Weg, in denen das Gebüsch wucherte wie ein Wald, standen weitere Bäume: riesige Irokos, raschelnde Kiefern und hier und dort ein paar Öl- oder Kokospalmen. Wenn wir ihre Wipfel sehen wollten, mussten wir den Kopf in den Nacken legen. So groß waren die Büsche, so hoch wuchsen die Bäume. In den Monaten, in denen der Harmattan blies, wirbelten Saharawinde den Staub auf, trübten die Luft, brachten die Bäume zum Flimmern und verschleierten die Sonne, die als verschwommene Scheibe am Himmel hing.

In der Regenzeit zähmte der Regen den Staub, und alle Dinge waren wieder klar umrissen.

Es war der immergleiche Rhythmus: auf die Regenzeit folgte die Trockenzeit, und der Harmattan zwängte sich mitten in die Trockenzeit hinein. Ziegen meckerten. Hunde bellten. Hühner scharrten am Straßenrand, ohne sich allzu weit von dem Grundstück zu entfernen, zu dem sie gehörten. Schwalbenschwänze und Monarchen, Gelblinge und Feuerfalter flatterten von Blüte zu Blüte.

Wie die Schmetterlinge hatten auch wir es nicht eilig, wir bewegten uns träge, als wäre die Luft immer lau und die Sonne ein Streicheln auf unserer Haut. Als könnte man beides nur genießen, wenn man sich Zeit ließ. So war es vor dem Krieg: Das Leben nahm gemütlich seinen Lauf.

1967 brach der Krieg über uns herein und breitete sich überall aus. Ein Jahr später bebte Ojoto von den Einschüssen der Panzer und Granatwerfer, und das Grollen der Kampfflugzeuge schickte uns Schockwellen durch den Körper.

Ein Jahr später hatten die Männer plötzlich Gewehre um und waren mit Äxten und Macheten bewaffnet, deren Klingen in der Sonne blitzten; an Nachmittagen und Abenden zogen sie alle paar Stunden auf der Straße vorbei, und lauter Gesang schallte aus ihren Kehlen: »Biafra wird siegen!«

In diesem zweiten Kriegsjahr – 1968 – schickte Mama mich weg.

Die Gespräche über die Feierlichkeiten, die stattfinden würden, wenn Biafra den Krieg gegen Nigeria gewann, waren verstummt. Stattdessen machten sich alle darüber Sorgen, was nach einem Sieg Nigerias aus uns werden würde: Würde man uns aus unseren Häusern jagen und uns unser Land wegnehmen? Würde man uns unterdrücken? Würden die Lebensmittel rationiert werden? Wie lange würden wir Not leiden müssen? Würden wir uns jemals von der Niederlage erholen?

Die Leute stellten sich diese Fragen, weil 1968 schon absehbar war, dass Nigeria den Krieg gewann und nichts mehr sein würde wie vorher.

Doch es kamen noch ganz andere Veränderungen auf uns zu.

Ich kann Aminas und meine Geschichte nicht erzählen, ohne zu erzählen, wie Mama mich von zu Hause weggeschickt hat. Und genauso wenig kann ich erzählen, wie Mama mich von zu Hause weggeschickt hat, ohne zu erzählen, wie Papa sich geweigert hat, mit uns in den Bunker zu kommen. Wenn er sich nicht geweigert hätte, hätte Mama mich bestimmt nicht weggeschickt, und wenn Mama mich nicht weggeschickt hätte, wäre ich Amina nie begegnet.

Und wenn ich Amina nicht begegnet wäre, dann gäbe es vielleicht gar keine Geschichte zu erzählen.

Deshalb beginnt diese Geschichte noch vor der eigentlichen Geschichte, und zwar am 23. Juni 1968. *Ubosi chi ji ehihe jie*: Der Tag, an dem die Nacht schon am Nachmittag anbrach, wie es in dem Sprichwort heißt. Oder wie Mama manchmal sagt: Der Tag, an dem die Nacht den Tag besiegte. Der Tag, an dem Papa uns verließ.

Es war ein Sonntag, aber wegen des Fliegeralarms waren wir nicht in die Kirche gegangen. Am Abend zuvor war im Radio davor gewarnt worden, dass feindliche Flugzeuge Angriffe fliegen würden, mindestens zwei Tage lang, wie so oft. Da war es das Vernünftigste, zu Hause zu bleiben, hatte Papa gesagt, und Mama stimmte ihm zu.

Papa und ich waren im Wohnzimmer, er saß vornübergebeugt an seinem Schreibtisch, die Ellbogen auf den Oberschenkeln, den Kopf auf die Fäuste gestützt. Aus der Küche roch es nach Mamas frittierten Akara, der süßlich-scharfe Duft strömte ins Wohnzimmer.

Papa runzelte die Stirn und zog die Nase kraus, als wäre es

ein übler Gestank. Neben ihm stand sein Radio, vor ihm lag ein Stapel Zeitungen.

Am Morgen hatte er Radio gehört und die Lautstärke bis zum Anschlag aufgedreht, als wäre er schwerhörig. Konzentriert lauschte er den aus dem Lautsprecher schallenden Stimmen von Radio Biafra. Selbst als Mama zu ihm ging und ihn bat, das Radio leiser zu stellen, weil der Lärm unerträglich sei und nicht jeder ständig daran erinnert werden wolle, dass das Land vor die Hunde ging, hatte er sie ignoriert.

Jetzt aber lief das Radio so leise, dass nur ein schwaches Knistern zu hören war, es klang ein wenig so, als kratze sich jemand am Arm.

Vor dem Krieg hatte Papa sein Grammophon geliebt. Er liebte es so, wie man Dinge liebt, die einem wichtig sind: Bibeln und alte Fotos, Wasser und Luft. Er hatte das Grammophon von seinem Vater geerbt, der im Jahr meiner Geburt gestorben war. Meine anderen Großeltern waren ihm bald gefolgt – im Jahr danach verstarb Papas Mutter, und in den zwei Jahren darauf verlor Mama beide Eltern. Papa und Mama waren Einzelkinder, und sie sagten immer, dass das einer der Gründe war, warum sie sich so sehr liebten: Ihre Familie bestand nur noch aus ihnen beiden, abgesehen von mir natürlich.

Aber die Tage, in denen Papa seinem Grammophon zärtliche Blicke zugeworfen hatte, waren vorbei. An diesem Nachmittag saß er da und starrte finster auf das klotzige Ding.

Dann wandte er sich den Zeitungen zu, die auf seinem Zeichenpapier lagen: die Ausgaben der *Daily Times* von einem ganzen Monat, zerknittert und mit Eselsohren. Er nahm eine und begann sie mit sorgenvoller Miene durchzublättern.

Ich ging zum Schreibtisch und stellte mich so dicht neben ihn, dass ich seine Pomade aus dem gelb-rotem Glas mit der Aufschrift *Morgan's* riechen konnte, das aussah wie ein Medizinfläschchen. Wäre der Krieg doch nur eine Krankheit, gegen die man Medizin schlucken könnte.

Papa legte die Zeitung zurück auf den Stapel. Auf der Titelseite prangte in großen Buchstaben: HELFT UNS! Darunter war ein Foto von einem Kind mit aufgedunsenem Bauch und Beinen so dürr wie Stecken zu sehen, ein unterernährtes Mädchen, etwa so alt wie ich. Es war nur irgendein Igbo-Mädchen, aber es hätte genauso gut ich sein können.

Papa trug eine seiner weit geschnittenen Kombinationen aus Buba und Sokoto, deren Grün vom vielen Waschen ganz bleich war. Er hob den Blick und schenkte mir ein schwaches Lächeln, aber es wirkte falsch, weil kein Gefühl darin lag. Aber immerhin lächelte er.

»*Kedu*?«, fragte er.

Er zog mich in seine Arme, und ich schmiegte mich an ihn, sagte aber nichts, weil ich nicht wusste, was ich antworten sollte. *Wie ging es mir?*

Ich hätte ihm die Standardantwort geben und einfach »gut« sagen können, aber wie konnte es einem in diesen Tagen gut gehen? Nur wer blind, taub und stumm oder völlig abgestumpft war, dem konnte es angesichts des Krieges und der Bombenangriffe gut gehen.

Oder wer schon tot war.

Wir schwiegen und bewegten uns nicht, und mir fiel auf, dass er stocksteif dasaß, ohne dass sein Rücken die Stuhllehne berührte. Seine Füße schienen am Boden festzukleben. Er verzog die Lippen, aber nicht zu einem Lächeln, sondern wie ein Kind, das gleich weint. Er öffnete den Mund, aber es kam kein Wort heraus.

Am Abend vorher, es war schon spät und ich hätte längst schlafen sollen, hatte ich lange wach gelegen und mich dann hinunter ins Wohnzimmer geschlichen. Als ich mein Zimmer verließ, sah ich, dass im Wohnzimmer noch Licht brannte. Auf

Zehenspitzen schlich ich auf die leisen Geräusche zu, die aus derselben Richtung kamen. An der dünnen Wand zwischen Esszimmer und Wohnzimmer blieb ich stehen und spähte um die Ecke. Papa saß in derselben Haltung wie jetzt da, auf seinem Stuhl, den Kopf über den Schreibtisch gebeugt, und hörte konzentriert Radio. Es war schon sehr spät, und trotzdem saß er noch im Wohnzimmer.

Ich rührte mich nicht und lauschte, und da hörte ich die Geschichte. Ein gewisser Mr. Njoku, ein Igbo, war gefesselt, mit Benzin übergossen und angezündet worden. Hier bei uns im Süden, sagte der Radiosprecher. Im Norden passierte so was ständig, aber jetzt ging es auch bei uns im Süden los. Die Hausas zündeten uns an, sie wollten uns töten, unsere Häuser zerstören und unser Land stehlen.

»Papa, ist irgendwas passiert?«, fragte ich jetzt. Damit meinte ich, ob etwas Schlimmes passiert war, so was wie in den Radionachrichten am Abend zuvor, ob zum Beispiel wieder jemand lebendig verbrannt worden war.

Papa schüttelte den Kopf, so als hätte er etwas sagen wollen, es sich dann aber anders überlegt. »Was können wir schon tun?«, murmelte er. »Ein einzelner Mensch ist machtlos. Aber es bringt nichts, sich ständig Sorgen zu machen. Das ist, als ob man Wasser auf einen Stein gießt. Der Stein wird nass. Er trocknet wieder. Aber es ändert sich nichts.«

Einen Moment lang war das einzige Geräusch das Klappern von Mamas Töpfen aus der Küche. Bald würden die Akara fertig sein, und Mama würde uns zum Essen rufen, so wie immer, wie vor dem Krieg.

Papa fasste mich an den Armen und sah mir in die Augen. Dann sagte er sehr sanft: »Ich muss dir etwas sagen. Du weißt es zwar schon, aber ich möchte es dir noch einmal sagen. Damit du es nie vergisst.«

»Was denn?« Ich fragte mich, was das sein konnte, etwas, was ich schon wusste, aber vergessen könnte.

»Ich möchte, dass du weißt, dass dein Papa dich sehr lieb hat. Ich möchte, dass du dir das gut merkst, damit du es nie vergisst.«

Ich seufzte, weil ich ein bisschen enttäuscht war, dass es etwas so Offensichtliches war. »Ach, Papa, das weiß ich doch.«

Im nächsten Moment sah Papa aus, als trüge er das Gewicht, den Schmerz und die Sinnlosigkeit der ganzen Welt in sich. Sein Gesichtsausdruck war distanziert, als hätte er sich von allem, was er kannte, entfernt, wäre gleichzeitig aber tiefer damit verbunden als je zuvor.

Er begann vor sich hinzumurmeln. Irgendetwas darüber, dass Nigeria dabei sei, Biafra die Glieder auszureißen. Nsukka und Enugu seien gefallen, Onitsha auch. Und letzten Monat Port Harcourt.

Er redete immer weiter. Seine Stimme klang monoton. Wie in Trance.

Nicht mehr lange, und es ist nichts mehr von Biafra übrig, sagte er. »Wird Ojukwu sich den Nigerianern ergeben? Oder wird er weiterkämpfen, bis auch der Letzte von uns tot ist?« Er starrte mit glasigem Blick aus dem Fenster.

Vielleicht hatte sein Zustand doch nichts mit dem Gewicht und dem Schmerz und der Sinnlosigkeit der Welt zu tun. Vielleicht hatte es eher etwas mit seinem Platz in der Welt zu tun. Vielleicht konnte er sich nicht vorstellen, in Nigeria zu leben, wenn Biafra besiegt worden war. Vielleicht fand er den Gedanken unerträglich, in einem neuen Regime weiterzuleben und ohne all das auskommen zu müssen, wofür er so hart gekämpft hatte – viele Jahre gekämpft hatte –, in einem Regime, in dem wir Biafraner Bürger zweiter Klasse wären, Sklaven, jedenfalls ging so das Gerücht.

Wie auch immer, er hatte alle Hoffnung verloren. Mama sagt, der Krieg verändert die Menschen und selbst ein mutiger Mann verliert manchmal jede Hoffnung, und da kann man ihn noch so sehr anflehen, sich zusammenzureißen, es nützt alles nichts.

23. Juni 1968. Der Krieg dauerte bereits ein Jahr, und wieder einmal stiegen Kampfbomber auf wie Lastwagen, die von der Straße abhoben und über den Himmel donnerten. Papa muss die Flugzeuge schon von Weitem gehört haben – im selben Moment wie ich –, denn er stand von seinem Schreibtisch auf und nahm meine Hand. Es kam mir vor, als wäre die Sonne, die eben noch hell durchs Fenster geschienen hatte, verschwunden. Als hätte sich der Himmel verdunkelt.

Erst zog Papa mich mit sich, so wie immer, wenn wir zum Bunker laufen mussten. Doch dann tat er etwas Ungewöhnliches: Zwischen Esszimmer und Küche blieb er abrupt stehen. Er war leichenblass und sah aus wie jemand, der sich nichts mehr vom Leben versprach. Ein bisschen wie ein Zombie.

Er ließ meine Hand los und stieß mich in Richtung Hintertür. Doch ich rührte mich nicht. Ich stand da und sah zu, wie er zurück ins Wohnzimmer ging, sich auf das Sofa setzte und zum Fenster starrte.

Mama kam schreiend ins Wohnzimmer gerannt und brüllte uns an: »*Unu abuo, bia ka'yi je*!« Schnell, ihr zwei! »Die Flugzeuge kommen! *Binie*! Los! Steh auf!«

Sie rannte zu Papa und zog ihn am Arm, und ich zerrte an dem anderen Arm, aber Papa blieb einfach sitzen. Er hätte genauso gut ein Zementblock sein können, eine Eisstatue oder eine Salzsäule, so wie Lots Frau. »*Unu abua, gawa*. Geht«, sagte er. »Ist schon gut. Lasst mich.«

Seine Stimme klang rau, wie Schleifpapier auf Holz oder wie ein geflochtener Korb, den jemand über einen Betonboden zieht.

Als wir aus dem Wohnzimmer liefen, saß er immer noch auf dem Sofa und starrte aus dem Fenster.

Der Bunker befand sich hinter dem Haus, nur wenige Meter von dem Zaun entfernt, der unser Grundstück vom Brachland trennte. Mama und ich liefen ohne Papa durch die Hintertür nach draußen und sprangen über die Palmblätter hinweg, die Papa vor Monaten zur Tarnung überall auf unserem Grundstück verteilt hatte.

Am Tor blieb Mama ein letztes Mal stehen und rief nach Papa: »Uzo! Uzo! Uzo!«

Das Sprichwort sagt, dass Hitze das, was bei Kälte erstarrt, wieder erweichen kann. Doch trotz der Hitze in ihrer Stimme wurde Papa nicht weich.

»Uzo! Uzo! Uzo!«, rief Mama noch einmal.

Keine Ahnung, ob er sie hörte. Jedenfalls kam er nicht.

2

Von unserem Haus bis zur Kirche war es nicht weit, nur ein Stück die Straße runter. Die Kirche stand dort, wo die Häuser aufhörten und der Markt anfing.

Ungefähr ein Jahr vor diesem 23. Juni betete ich zum ersten Mal, es möge keinen Krieg geben. Das war Anfang März. Ich weiß das so genau, weil es die Zeit war, in der die Guaven, Annonen und Tamarinden reif sind, der Übergang zwischen Trocken- und Regenzeit. Noch wehte der Nordwind aus der Wüste, aber unser Haar und unsere Haut waren nicht mehr so trocken und spröde wie mitten im Harmattan. Die Schnupfenzeit war vorbei. Es war wärmer geworden und die Luft war nicht mehr ganz so staubig.

In all den Jahren in Ojoto gingen wir jeden Sonntag in die Kirche, in die *Holy Sabbath Church of God*. Dort saßen wir auf den Holzbänken, die in langen Reihen aufgestellt waren, und lauschten der Predigt. Zwischendurch gab es Gebete, und zwischen den Gebeten wurde geklatscht und gesungen. Gegen Mittag waren wir müde vom Singen und Beten. Unsere Arme hingen schlaff herab, ausgelaugt vom vielen Klatschen und Bitten, Gott möge uns erhören.

Nach dem Gottesdienst saß ich oft draußen auf den Betonstufen und sah Chibundu Ejiofor und den andere Jungen beim Spielen zu. Es waren dumme Spiele, zum Beispiel Räuber und Gendarm: Einer war Polizist und verhaftete die anderen. Chibundu, der kluge, spitzbübisch funkelnde Augen hatte, wollte immer Polizist sein. Er benutzte seine Finger als Pistole, drückte sie einem anderen Jungen auf die Brust und rief: »Du bist verhaftet!«

Manchmal kamen ein paar andere Mädchen nach draußen und setzten sich zu mir. Aber meistens blieben sie drinnen bei ihren Eltern, weil sie Angst hatten, die Jungs könnten ihre Sonntagskleider dreckig machen.

Gegen Ende des Harmattans betete ich in dieser Kirche zum ersten Mal, es möge keinen Krieg geben, weil Chibundu vor dem Gottesdienst gesagt hatte, der Himmel wäre bald voller Kampfflugzeuge. Das war kurz vor Kriegsausbruch, noch bevor die Flugzeuge tatsächlich nach Ojoto kamen. Chibundu machte ein brummendes Geräusch mit den Lippen, wie ein Flugzeugmotor, und ich lachte, weil er sein Gesicht aufblies wie ein Kugelfisch. Aber eigentlich war das gar nicht lustig, also riss ich mich zusammen und sagte: »So ein Quatsch!«, niemals würden wir Kampfflugzeuge am Himmel sehen. Davon war ich fest überzeugt, denn Papa sagte damals immer, der Krieg wäre nur ein Hirngespinst, der kranken Fantasie der Erwachsenen entsprungen. Niemals würden Kampfflugzeuge in Nigeria Bomben abwerfen, und schon gar nicht in Ojoto. Und weil Papa sich sicher war, war ich mir auch sicher.

Chibundus Mutter hatte unser Gespräch mitangehört. Sie kam zu uns und schlug ihn ohne Vorwarnung mit der flachen Hand auf den Hinterkopf. »*Ishi-gi o mebiri e mebi?*«, fragte sie. Ist dein Kopf kaputt? Wie kannst du es wagen, den Mund aufzumachen und so was Furchtbares zu sagen!

Für den Rest des Tages lief Chibundu herum wie ein geprügelter Hund. Später, während des Gottesdienstes, als der Pfarrer uns bat, ein stilles Gebet zu sprechen, flehte ich Gott an, all das Gerede vom Krieg und jeden Gedanken daran verschwinden zu lassen, sie einfach wegzuzaubern. Chibundu durfte auf keinen Fall Recht haben. Damit die Kampfbomber nie über uns hinwegflogen. Damit wir nicht ständig um unser Leben bangen mussten. Damit wir den Krieg nicht eines Tages mit uns herumtragen mussten wie eine zweite Haut.

Lieber Gott, betete ich, *bitte hilf uns*.

Seitdem ist viel Zeit vergangen, und leider hat Chibundu Recht gehabt. Gott hatte wohl etwas Besseres zu tun, als meine Gebete zu erhören.

23. Juni 1968. Wir kämpften uns durch das Gestrüpp und rannten keuchend zum Bunker, die in die Erde geschlagenen Stufen hinunter. Dann hockten wir stumm in dem Erdloch, das kaum größer war als ein Doppelbett. Ich konnte aufrecht stehen, aber Mama und jeder andere durchschnittlich große Erwachsene stieß mit dem Kopf an die Decke.

Wir kauerten an einer Wand. Manchmal schauten wir zum Eingang, der mit einem Brett verschlossen war, getarnt mit Palmblättern, unserem einzigen Schutz.

Papa hatte nicht nur überall auf dem Grundstück Palmblätter verteilt, sondern auch auf unserem Dach. Vielleicht funktionierte die Tarnung für das Haus ja genauso gut wie für den Bunker, dachte ich. Vielleicht würden die feindlichen Piloten nur Palmwedel sehen und das Haus nicht bombardieren.

Im Bunker betete ich wieder zu Gott: *Lieber Gott, bitte beschütze Papa. Mach, dass die Flugzeuge keine Bomben auf ihn werfen.*

Mama kauerte schweigend neben mir und machte ein Gesicht, als würde sie jeden Moment aufspringen und nach draußen rennen, um Papa zu holen. Ich rutschte näher an sie ran, biss mir auf die Lippen und kaute an meinen Fingernägeln. Ich hielt den Atem an und wiederholte immer wieder stumm: *Lieber Gott, bitte beschütze Papa. Mach, dass die Flugzeuge keine Bomben auf ihn werfen.*

Was mir an diesem Tag durch den Kopf ging, hätte auch jedes andere Kind in meinem Alter denken können: Vielleicht hatte Gott ja zur Abwechslung nichts Besseres zu tun – vielleicht musste er grad keinen ungezogenen Engel bestrafen, keine Naturkatastrophe heraufbeschwören, keine neuen Menschen erschaffen, sich nicht um die Seelen der Toten kümmern und auch nicht sein Himmelreich aufräumen (die Wolken wegfegen?). Was hielt ihn da oben im Himmel eigentlich so sehr auf Trab, dass er keine Zeit für unsere Gebete hatte? Schlafen und essen musste er ja wahrscheinlich nicht, womit verbrachte er also seine Zeit? Was konnte ihm wichtiger sein als wir, seine Kinder?

Vielleicht würde er mich ja diesmal hören, überlegte ich, vielleicht würde er auf mich herabsehen und mein Gebet aufsaugen wie ein Schwamm Wasser aufsog, ein Betrunkener Alkohol, ein Hemd den Regen und Löschpapier Tinte. Vielleicht würde er mein Gebet aufsaugen und so voll von ihm sein, dass er gar nicht anders könnte, als etwas zu tun.

Vielleicht würde er mein Gebet ja diesmal erhören.

Das Grollen der Flugzeuge wurde immer lauter, Menschen schrien und rannten davon, wir hörten ihre dumpfen Schritte. Oder waren das herunterstürzende Trümmer? Oder Menschen, die zu Boden stürzten? Wir hockten da und zitterten. Der

Erdboden des Bunkers, der mich an ein Grab erinnerte, bebte. Dieser Angriff schien länger zu dauern als alle anderen davor.

3

Die Mauer um unser Grundstück war halb zerstört. Betonbrocken blockierten das Tor und versperrten uns den Weg zurück ins Haus, weshalb wir außen herum zur Straße liefen, um zur Vordertür zu gelangen.

Auf der Straße erschallten von allen Seiten laute Stimmen, fragende Rufe, wie nach jedem Luftangriff. Als könnte das Geschrei alles wieder gut machen.

»Habt ihr meinen Verandastuhl gesehen?«, rief eine Frau mit schriller Stimme, die klang, als wäre sie den Tränen nahe. Mit etwas Glück würde sie den Stuhl finden – wahrscheinlich lag er zersplittert auf der Straße, und sie würde seine Einzelteile einsammeln müssen. Aber mit etwas Glück würde sie ihn finden und könnte ihn wieder reparieren.

»Habt ihr meinen Sohn gesehen?«, rief eine andere Frau. Immer wieder rief sie seinen Namen. »Amanze, wo bist du? Die Flugzeuge sind weg. Du kannst rauskommen! Amanze, hörst du mich?«

Man hörte weitere Rufe, ein einziges Stimmengewirr. Ein Chor, ein Durcheinander, eine Ansammlung von Hoffnungen und Wünschen.

»Ich suche meine Mama«, sagte eine dünne Stimme, die viel jünger klang als alle anderen. Sie gehörte zu einem weinenden Mädchen, vier oder fünf Jahre. Mama sagte früher oft: Wenn du etwas suchst, ist es meistens da, wo du es am wenigsten vermutest. Ich fragte mich, ob das Mädchen seine Mutter auf dem Friedhof finden würde.

Während wir über Betonbrocken, heruntergefallene Äste, Wellblechplatten und Teile eines Dachs hinwegsprangen, bellte ein Hund.

Das vordere Tor zu unserem Grundstück war unbeschädigt, wir liefen hindurch, und es schlug hinter uns zu. Das Quietschen seiner Angeln klang wie ein Wimmern.

Anders als sonst blieben wir nicht auf der Veranda stehen, um uns den Staub von unseren Wickelkleidern und Oberteilen zu klopfen, wir rannten direkt durch die Tür ins Haus, Mama vorneweg, ich hinterher.

Mama sagte später, sie habe es schon auf der Veranda gerochen. Sie sagte, sie habe es gespürt, so wie man spürt, wie sich einem eine Mücke auf den Arm setzt, noch bevor sie zusticht.

Wenn sie in dem Moment jemand gefragt hätte, sagte sie, hätte sie den Geruch als schwer und metallisch beschrieben, wie verrostetes Eisen.

Im Wohnzimmer fiel ein Sonnenstrahl durchs Fenster. Vorsichtig wich sie den Glasscherben überall auf dem Boden aus und ging auf das Licht zu. Ich blieb dicht hinter ihr.

Nur eine einzige Fensterscheibe war im Rahmen geblieben, und auch die war zersprungen. Die Risse ergaben mehrere Kreise, als hätte eine Spinne dort ihr Netz gewoben. Mama ging zu der Scheibe, strich sacht mit dem Finger darüber und starrte vorwurfsvoll auf das gesprungene Glas.

Kurz nach Kriegsausbruch hatte unsere Lehrerin für Sozialkunde uns eines Nachmittags eine Geschichtsstunde erteilt, die ich mein Leben lang nicht vergessen werde.

Wir saßen wie immer zu zweit an einem Tisch. Es war kurz vor Unterrichtsschluss, einer dieser furchtbar schwülen Tage, ein Wetter, bei dem alle noch mieser drauf sind als sonst. Mrs. Enwere war schon den ganzen Tag schlecht gelaunt, sie machte ein Gesicht, als wäre ihre Mutter gestorben. Oder ihr Kind. Jetzt hielt sie uns einen Vortrag und warf nicht einen einzigen Blick auf das Buch, das aufgeschlagen vor ihr lag. Sie sprach frei, als wüsste sie alles auswendig.

»Erst gab es einen Putsch, dann einen Gegenputsch. Einen Staatsstreich.« Sie wiederholte das Wort: »Einen Staatsstreich.« Dann fragte sie: »Wer weiß, was das ist?«

Mrs. Enwere hatte das Wort bestimmt korrekt ausgesprochen, aber der Schultag war lang gewesen und ich war müde, und so hörte ich nur den zweiten Teil des Worts: »Streich«. Das kannte ich auf jeden Fall. Kinder spielten anderen gern Streiche.

Was wollte sie uns damit sagen? Warum ging es in Sozialkunde plötzlich um spielende Kinder? Und was hatte das mit der Geschichtslektion zu tun, die sie uns offensichtlich erteilen wollte? Weil ich zu sehr damit beschäftigt war, mir darüber den Kopf zu zerbrechen, merkte ich gar nicht, dass ich das Wort eigentlich kannte.

Mrs. Enwere wartete auf eine Antwort, und als keine kam, fuhr sie fort: »Dann will ich es euch erklären.« Sie ließ den Blick durch die Klasse schweifen und sagte dann laut: »Ein Staatsstreich ist eine Revolte oder ein Aufstand gegen die staatliche Autorität.«

Unser Klassenzimmer bestand aus rohem grauem Beton – Boden, Decke, alles – und die Wände waren nicht gestrichen. Auf dem Grundstück standen weitere Gebäude, in denen die drei anderen Klassenzimmer untergebracht waren, rings um einen Hof mit tiefgrünem Rasen, Blumenbeeten und einem sandigen Platz, auf dem wir zum Morgenappel antraten. Dabei nahmen uns die Direktorin und die Lehrerinnen unter die Lupe – überprüften, ob unsere Fingernägel geschnitten, unsere Schuluniformen gebügelt und unsere Haare gekämmt waren. Erst sangen wir die Schulhymne, dann die Nationalhymne, und dann führten uns die Lehrerinnen in die Klassenräume.

Unsere Fenster gingen alle zum Hof. Das war bei allen Klassenzimmern so, als wollte man uns davon abhalten, in die Welt hinauszublicken.

Ich starrte aus einem der Fenster raus auf den Hof und dachte an den Unterrichtsschluss. Welchen Weg würde ich zurück nach Hause nehmen? Den über das verwilderte Feld? Oder den an der Straße lang, wo mich Fahrräder überholten und hin und wieder ein Auto?

»Und jetzt alle zusammen«, befahl Mrs. Enwere. »Ein Staatsstreich ist eine Revolte oder ein Aufstand gegen die staatliche Autorität.« Ich schaute wieder nach vorn und merkte, wie sie mich fixierte. »Wiederhol, was ich gerade gesagt habe«, sagte sie scharf.

Ich wiederholte: »Ein Staatsstreich ist eine Revolte oder ein Aufstand gegen die staatliche Autorität.«

»Gut. Du musst im Unterricht aufpassen. Ich möchte dich nicht noch einmal beim Träumen erwischen«, sagte sie und tippte mit dem Zeigestock auf meine Tischhälfte.

»Ihr wisst ja, was in der Residenz des Gouverneurs in Ibadan passiert ist«, fuhr sie fort. Mrs. Enwere stellte ihre Fragen immer so, dass sie wie Aussagen klangen. Fragen, die viel zu schwer für uns waren und auf die wir keine Antworten wussten.

Die Klasse schwieg.

»Wer kann mir was über den Premierminister und den Sardauna von Sokoto erzählen?«

Wieder Schweigen.

Und dann begann Mrs. Enwere sehr schnell zu sprechen, die Worte wehten aus ihrem Mund wie ein Sturm: *Ahmadu Bello, tot. Tafawa Balewa, tot. Akintola, tot. Tot, tot, tot.*

Wir hörten beunruhigt zu, zumindest ich, und ich versuchte, ihren Ausführungen zu folgen. *Soldaten. Gewehrkugeln. Präsident. Militär.*

So ging es immer weiter, bis Mrs. Enwere auf Ironsi zu sprechen kam.

»Ironsi«, sagte sie. Sie wiederholte den Namen: »Johnson Aguiyi-Ironsi.«

Präsident. Ironsi, die Leiche im Wald, noch in Uniform. Einschusslöcher, aus denen Blut sprudelte wie Wasser aus einem Springbrunnen, alles rot.

Ironsi, von Kugeln durchsiebt, seine Leiche einfach im Wald liegengelassen.

»Was in diesem Land passiert, ist eine Schande«, sagte Mrs. Enwere. Jedenfalls sei das der Grund, warum Gowon jetzt Präsident war. Vor Ironsi: Azikiwe. Nach Ironsi: Gowon.

Wir saßen da wie versteinert. Man hätte eine Stecknadel zu Boden fallen hören.

Die Stille in unserem Haus war genauso schwer wie an jenem Tag in der Schule. Mama rief Papas Namen, und ich atmete die tote, leere Luft ein, die uns nach jedem ihrer Rufe entgegenschlug.

Als wir ihn fanden, lag er mit dem Gesicht nach unten auf dem schwarzweiß gekachelten Esszimmerboden. Mama rannte zu ihm, fiel auf die Knie und rief immer wieder seinen Namen.

Seine Arme und Beine waren seltsam verdreht, wie tote Äste an einem abgestorbenen Baum. Um ihn herum lagen Teile des zersplitterten Esstischs. Unter seinem Körper hatte sich eine dunkelrote Lache gebildet.

Mama beugte sich über ihn, und ihr Wickelkleid saugte sich voll mit seinem Blut. »*Uzo, biko, mepe anya gi! Ana m ayo gi!*« Ich flehe dich an, Uzo. Mach die Augen auf!

Immer wieder rief sie seinen Namen, ihre Stimme wurde lauter und lauter. »Mach die Augen auf! *Mepe, i nu go?* Mach die Augen auf, hörst du nicht?!«

Ihre Rufe wurden zu Geschrei, und ihr Geschrei zu einem Wimmern.

Ich stand da wie erstarrt, nur wenige Schritte hinter ihr.

Mein Vater lag im Sterben oder war schon tot, und obwohl ich ihm so gern geholfen hätte, konnte ich nichts tun.

Wieder sagte Mama Papas Namen, diesmal aber ganz leise. Minutenlang ging es so weiter, sie flüsterte verzweifelt seinen Namen. »Uzo, mein geliebter Uzo, bitte. Bitte steh auf.«

Aber natürlich rührte er sich nicht.

An dem Abend kamen ein paar Gemeindemitglieder, wischten das Blut auf und trugen Papas Leiche weg. Ich wusste nicht, wohin sie ihn brachten, aber ich sah, wie Mama einem der Männer einen Kleiderbügel mit Papas Isi-Agu gab, seinem Festgewand mit dem goldenen Muster. Die Männer müssen es Papa übergezogen haben, denn als sie ihn zurückbrachten und seine Leiche im Wohnzimmer aufbahrten, war er gewaschen und trug den Isi-Agu, als hätte er sich für einen feierlichen Anlass zurechtgemacht und wäre dann plötzlich eingeschlafen.

4

Papas Name, Uzo, bedeutete »Tor« oder »Weg«. Es war ein kräftiger Name, einer, der Stärke und Selbstvertrauen ausstrahlt, anders als meiner, Ijeomo (der nur ein Wunsch ist: »Mögest du sicher reisen«), oder Mamas, Adaora (der bedeutet, dass sie die Tochter der Gemeinschaft ist, die Tochter aller, was aber, wenn man es recht bedenkt, für alle Frauen gilt).

Uzo. Das war ein Name, den ich gern wie einen Zettel zusammengefaltet und immer in der Hand gehalten hätte, wenn man Namen zusammenfalten und in der Hand halten könnte. Damit ich, wenn ich mich im Leben verirrte, nur die Hand zu öffnen bräuchte und mir der Name wie eine Taschenlampe den Weg weisen würde.

In den Wochen nach Papas Tod war es, als hätten Mama und ich uns im Dunkeln verirrt. Wir wussten nicht mehr, wo oben und unten war, wo links und rechts. Wir waren völlig durcheinander, aber zum Glück schafften wir es trotzdem, zum Bunker zu laufen, wenn wir die Flugzeuge hörten. Zum Glück schaffte Mama es trotzdem, eine angemessene Totenfeier für Papa abzuhalten, damit er einen Platz unter seinen Ahnen einnehmen konnte.

Die Totenwache dauerte lange, weil viele Leute vorbeikamen, um uns ihr Beileid auszusprechen. Über eine Woche war Papa im Wohnzimmer aufgebahrt, auf einem Himmelbett, das wir von einem Gemeindemitglied ausgeliehen hatten. Daneben saß Mama auf einem Stuhl, ganz in weiß gekleidet, umgeben von lauter Frauen aus der Gemeinde. Mama weinte und beklagte den Tod ihres Mannes, während die Frauen Totenlieder sangen.

Nachdem die Männer Papa davongetragen und hinten in unserem Garten beerdigt hatten, begann die Ikwa-Ozu-Zeremonie, die sich über mehrere Tage hinzog: Es gab Körbe voller Kolanüsse und Kanister mit Palmwein, Opfergaben, Gebete, und die Dorfältesten riefen die Geister von Papas Ahnen an und baten sie, ihn in die Welt der Toten zu geleiten.

Eines Morgens, als die Ikwa Ozu vorbei war, rief Mama mich zum Frühstück.

Ich ging zu ihr ins Esszimmer und setzte mich an den Tisch, auf dem zwei Schüsseln mit Gari-Brei standen. Vor dem Krieg hatte es immer Tee gegeben und Brot und ein gekochtes Ei für jeden, und manchmal auch noch Cornflakes, *Kellog's Cornflakes* aus der Pappschachtel mit dem Hahn mit dem roten Kamm und dem gelben Schnabel drauf. Die Cornflakes waren aus dem Ausland importiert, und wir aßen sie mit Kondensmilch von *Peak* oder *Carnation*, auch aus dem Ausland. Doch jetzt kamen schon seit einiger Zeit kein Tee, kein Brot, keine *Kellog's Cornflakes* und keine Kondensmilch mehr auf den Tisch. Und mit den Eiern verhielt es sich so wie mit friedlichen Momenten und glücklichen Menschen. Die gab es nur noch selten.

Mama streute ein paar Erdnüsse über unseren Gari und sagte: »Erdnüsse enthalten fast genauso viel Protein wie Eier. Sie sind ein hervorragender Eiweißlieferant. Dein Gehirn braucht Protein, um sich zu entwickeln, damit du gut denken kannst.«

Kurz nach meiner Geburt – als frischgebackene Mutter – hatte Mama angefangen, sich mit den verschiedenen Lebensmitteln zu beschäftigen, denn ich war einen Monat zu früh auf die Welt gekommen und eine der Hebammen hatte gesagt, sie solle mich proteinreich ernähren. Damals wusste Mama nicht, was das Wort Protein bedeutete, es war ein abstraktes, geisterhaftes und geheimnisvolles Wort. Nicht wie Orange oder Banane oder Tisch oder Stuhl, Dinge, die man sehen und anfassen konnte. Proteine waren unsichtbar.

Sie hatte überall herumgefragt und alle Informationen gesammelt, die sie in Büchern und Zeitschriften über Gesundheit finden konnte. Sie wollte, dass ich überlebte, also musste sie unbedingt herausfinden, was diese Proteine waren, und mich damit füttern.

Später, als sie überlegte, was sie arbeiten könnte, um etwas Geld zu verdienen, beschloss sie, nicht Ernährungsberaterin zu werden, sondern Lebensmittel zu verkaufen. Sie hatte sehr viel über Proteine gelesen, und das war harte Arbeit gewesen. Sie las sehr langsam, jedes Wort strengte sie an. (Und die vielen komplizierten Begriffe, die sie nicht verstand, machten die Sache nicht besser.) Wenn sie einen Nachmittag lang gelesen hatte, hatte sie den ganzen Abend Kopfschmerzen.

Früher habe ich manchmal zu ihr gesagt, sie hätte damals

vielleicht selbst mehr Proteine essen sollen. Vielleicht hätte ihr das beim Lesen geholfen und dabei, die vielen komplizierten Begriffe zu verstehen.

Jedenfalls saß ich mit ihr am Esstisch und fragte mich, wozu ich überhaupt ein funktionierendes Gehirn brauchte, wenn ich wegen dem Krieg sowieso bald nicht mehr zur Schule gehen konnte. Nur für die Schule las ich, übte das Einmaleins, paukte Geschichte und Erdkunde und studierte die Bibel. Die Schule sollte für die Entwicklung meines Gehirns sorgen. Wie könnte das Protein diese Aufgabe übernehmen?

Aber Mama behauptete, das ginge.

»Sobald der Krieg vorbei ist«, sagte sie, »wirst du wieder regelmäßig zur Schule gehen, und dein Gehirn wird so gut funktionieren wie vorher, vielleicht sogar noch besser.«

Ich warf ihr einen skeptischen Blick zu, was sie natürlich bemerkte.

Sie lächelte leicht und sagte, dass ich ein gutes Gehirn brauchen würde, wenn ich Lehrerin oder Ärztin oder Geschäftsfrau werden wollte. Es tue ihr leid, mir meine Illusionen zu nehmen, aber allmählich sei ich alt genug, über diese Dinge nachzudenken. Natürlich würde ich, so Gott wolle, eines Tages heiraten, aber was, wenn ich eines Tages wie sie ohne Ehemann dastünde? »Was dann?«, fragte sie und starrte mit leerem Blick auf einen Punkt hinter mir.

Nach einer Weile gab sie sich einen Ruck. Sie sah mich an und sagte: »Ich will nur sagen, dass du ein gutes Gehirn brauchst, wenn du Arbeit finden willst. Das ist nun mal so. Also musst du viel Protein essen.«

Wir saßen am Tisch, aßen Gari-Brei mit Erdnüssen, und Mama hielt mir Vorträge darüber, wie gut Protein für mein Gehirn sei, statt darüber zu sprechen, was uns wirklich beschäftigte, nämlich, dass Papa tot war und kein Protein der Welt ihn zurückbringen konnte.

5

Ende Juli war Papa schon einen Monat tot, und Mama hatte ihn noch kein einziges Mal erwähnt.

Also machte ich es genauso. Ich redete nicht von ihm, sondern dachte nur an ihn. Allerdings so, wie ein hungerndes Kind an Essen denkt: Meine Gedanken waren ständig bei ihm. Jedes Mal, wenn ich eine Männerstimme hörte, jedes Mal, wenn ich jemanden Zeitung lesen sah, musste ich an ihn denken. Mama schaltete das Radio nicht mehr ein. Vielleicht wollte sie mich schonen, aber das war sinnlos. Jedes Mal, wenn mein Blick auf das Radio fiel, musste ich an Papa denken.

An einem Tag fehlte er mir so sehr, dass ich dachte, schlimmer könnte es nicht werden – wenn ich ihn noch mehr vermissen würde, würde ich sterben –, und da platzte es aus mir heraus. »Fehlt dir Papa auch so sehr?«, fragte ich Mama.

Wir saßen gerade beim Abendessen, es gab Yam-Eintopf.

Sie hob abrupt den Kopf und funkelte mich wütend an. Mit drohendem Unterton fragte sie zurück: »Warum sollte er mir fehlen? Ist er nicht daran schuld, dass ich jetzt eine Witwe bin und du eine Halbwaise? Warum sollte er mir also fehlen, kannst du mir das sagen?«

Ich schob mir hastig einen Löffel Yam in den Mund.

Nach minutenlangem Schweigen sagte sie betont ruhig: »Ich bin wütend auf ihn. Da ist eine Riesenwut in mir. Manchmal habe ich das Gefühl, im nächsten Moment zu explodieren.«

Ich hörte schweigend zu.

Mama ließ alles raus, die Worte sprudelten nur so aus ihrem Mund: »Wie kann ein Mann sein Stück Land und sein Haus nur so besudeln? Wie kann er in seinem eigenen Haus sterben? Er hat Glück, dass Krieg ist, so kann man ihm nicht vorwerfen, Selbstmord begangen zu haben. Er hat Glück, dass er als Kriegsopfer gilt. Wie konnte er uns das nur antun!«

Die Schlafzimmer im oberen Stock waren von den Bomben, die Papa getötet hatten, zerstört, und Mama hatte beschlossen, die Wände nicht wieder aufzubauen, weil sie ja doch nur wieder zerstört würden.

Also hatten wir die Matratze aus Mamas und Papas Bett ins Wohnzimmer getragen und auf den Boden gelegt. Darauf schliefen wir jetzt.

In der Nacht nach Mamas Wutausbruch, gegen ein oder zwei Uhr morgens, wurde ich von einem Schrei wach, der ein Loch in die Dunkelheit riss, ein so großes und tiefes Loch, dass es mich hineinzog.

»Uzo!«, brüllte Mama. Noch nie zuvor hatte ich sie im Schlaf schreien hören.

Ich packte sie an den Schultern. »Mama, wach auf! Mama, ich bin's, Ijeoma. Hörst du mich? Das war nur ein Traum.«

Da öffnete sie die Augen.

Mama hatte immer gesagt, wir würden unsere Probleme im Traum verarbeiten und könnten jedes Problem lösen, wenn wir unseren Träumen nur mehr Aufmerksamkeit schenken würden. Damals träumte ich oft, ich wäre gelähmt und könnte mich nicht mehr bewegen. Ich wusste genau, dass es nur ein Traum war, aber da ich gelähmt war, konnte ich nicht daraus aufwachen. Manchmal waren die Wände um mich herum hellgrün, manchmal hellgrau, aber nie rosa wie die Wände in unserem Haus in Ojoto. Ich versuchte zu schreien und nach Mama oder Papa zu rufen, damit sie mich weckten. Aber ich bekam keinen Laut heraus. Der Traum ging weiter. Erst wenn ich beschloss, nicht mehr gegen die Lähmung anzukämpfen, konnte ich aufwachen.

Aber nachdem Mama in dieser Nacht die Augen geöffnet hatte, hörte sie nicht auf zu schreien. »Uzo!« Sie schaute mich an. »Wo ist Papa?«

Sie sah sich wild in der Dunkelheit um. »Uzo!«, rief sie. »Uzo, hörst du mich?«

War sie verrückt geworden? Hatte sie vergessen, dass Papa nicht mehr da war?

Ich schmiegte mich an sie und sagte leise: »Papa ist tot. Hast du das vergessen?« Ich flüsterte es immer wieder:

Papa ist tot. Hast du das vergessen?

Papa ist tot. Hast du das vergessen?

Papa ist tot. Hast du das vergessen?

Sie weinte, als wäre die Nachricht völlig neu für sie. Ihre Schultern bebten. Ihr Atem ging stoßweise.

Ich schlang die Arme um sie und wiegte sie hin und her.

Es dauerte eine ganze Weile, bis sie sich beruhigte. Schließlich hob sie den Blick und sah mich an. »Dein Papa ist tot«, flüsterte sie.

»Ich weiß, Mama«, sagte ich. »Mein Papa ist tot.«

6

Ich stieß die Fensterläden auf. Der Morgen war schön und wolkenlos. Als die Läden aufschwangen, flutete Licht in den Raum.

Ich ging in die Küche. Der Vorratsschrank war fast leer.

Ich nahm eine Dose Sardinen und die letzte Yam vom Regal.

Mittlerweile erledigte ich die meiste Hausarbeit. Mama interessierte sich immer weniger für alltägliche Verrichtungen. Ihr war offensichtlich egal, ob sie lebte oder starb. In ihrer Trauer schien sie den Gedanken an ein Leben ohne Papa unerträglich zu finden. Also blieb mir nichts anderes übrig, als für sie einzuspringen.

Essen zu kochen, war gar nicht mal so schwer. Am Mühsamsten waren das Holzsammeln und das Feuermachen. Danach musste man eigentlich nur aufpassen, dass nichts anbrannte. Ich suchte nach dem kleinen Sack, in dem noch ein Rest Reis gewesen war, leider keine ganze Portion, geschweige denn zwei. Er hatte auf einem Regal im Vorratsschrank gelegen, und als ich ihn nicht finden konnte, fiel mir ein, dass wir den Reis längst aufgegessen hatten – hauptsächlich ich, Mama nahm ja kaum etwas zu sich.

Ich starrte auf die Sardinen und die Yam.

Ich schnitt die Yam in Würfel, hob die Herdplatte an, füllte den Ofen mit Brennholz und legte die Herdplatte zurück an ihren Platz. Während die Yamswürfel vor sich hinköchelten, verteilte ich die Sardinen auf zwei Schüsseln, eine für mich, eine für Mama. Draußen quietschte ein Tor.

Dann hörte ich einen dumpfen Knall, als wäre etwas Schweres zu Boden gefallen, aber es war nur die Haustür, die gegen die Wand schlug.

Mama kam in die Küche. Sie war blass und machte ein verwirrtes Gesicht.

»Mama, *odimma*? Alles gut?«, fragte ich.

»Geht so«, antwortete sie.

Sie kam zum Ofen und hob den Topfdeckel an.

»Der Lastwagen mit Hilfsgütern ist nicht gekommen«, sagte ich. »Ich koche uns Yam.«

Sie nickte.

»Isst du heute was?«, fragte ich.

Mama schwieg eine Weile, als müsste sie überlegen, ob ihr der Inhalt des Topfes gefiel.

»Etwas anderes haben wir nicht«, sagte ich. »Du musst was essen, auch wenn es dir nicht schmeckt.«

»Ich habe keinen Hunger«, murmelte sie.

Obwohl ich damals noch keine zwölf Jahre alt war, wusste

ich längst, dass Traurigkeit einem den Appetit rauben kann und das leckerste Essen bei Angst oder Anspannung wie Papier oder Sand schmecken kann. Andererseits konnte Essen auch trösten. Damals sagten die Leute in Ojoto oft: »Iss lieber alles auf. Vielleicht gibt es bald nichts mehr.« Erst am Tag zuvor hatte ich das jemand sagen hören, vielleicht hatte ich deshalb solchen Hunger. Mein Magen hatte gut zugehört. Ich wünschte nur, Mamas Magen hätte auch zugehört.

»Nur ein paar Löffel«, sagte ich.

Sie starrte mich ausdruckslos an, schüttelte den Kopf, wandte sich ab und verließ die Küche.

7

Ich lungerte neben unserem Tor herum und hielt nach dem Lastwagen des Roten Kreuzes Ausschau. Es ging ein lauer Morgenwind, und ein schwerer Geruch nach Erde hing in der Luft. Ein kleines Stück entfernt standen drei Soldaten mit umgehängten Gewehren neben einem Panzerwagen, einem von diesen Militärfahrzeugen mit sechs Rädern auf jeder Seite, die aussahen wie von einem Fahrrad, und einem viereckigen Aufbau aus Metall. Einer der Soldaten trug seinen Patronengürtel auf dem Kopf wie einen Turban. Die Patronen waren so miteinander verbunden, dass sie wie eine Kette über seine Stirn verliefen.

Auf der anderen Straßenseite schob ein Mann mit nacktem Oberkörper ein Fahrrad vorbei. Auf dem Gepäckträger transportierte er einen Sarg, der zu klein war für die Leiche – vielleicht sein Kind oder ein anderes Familienmitglied –, weshalb die Füße aus dem Sarg heraushingen.

Ein Stück die Straße hinab lehnte ein vielleicht zwei- oder dreijähriger Junge neben einem Tor an der Betonmauer, als müsse er sich ausruhen.

Mehrere ein wenig ältere Kinder standen in seiner Nähe herum. Ihre Bäuche waren von der Unterernährung aufgedunsen wie prall aufgeblasene Bälle, und sie hielten kleine Bettelschüsseln aus Plastik in den Händen. Wenn jemand ein Foto von ihnen gemacht hätte, hätte es auf der Titelseite von einer von Papas Zeitungen erscheinen können.

Der Soldat mit dem Patronengürtel auf dem Kopf kam auf mich zu, sein eingefallenes Gesicht war müde und mit Dreckspritzern übersät. »*Sista*«, sagte er. »*Abeg, make I get wata.*« Kann ich bitte etwas Wasser haben?

Ich starrte ihn ausdruckslos an. Ich war abgelenkt, ich hörte gar nicht richtig zu.

»*Make I get wata, abeg, obere mmiri*«, wiederholte er flehend.

Jetzt kamen auch die anderen Soldaten näher. Der kleinere von beiden trug einen schmutzigen weißen Kanister. Er schraubte den Deckel ab und hielt ihn mir hin.

Ein Motorrad knatterte vorbei, Staub wirbelte von der trockenen Erde auf wie Flammen.

»*Abeg, sista*«, sagte der zweite Soldat. »*Small wata.*«

Jetzt hatten sie meine Aufmerksamkeit.

Im diesem Moment kam Mama aus unserem Tor geschossen. Sie trug ihr Wickelkleid vor der Brust verknotet und starrte die Männer mit zusammengekniffenen Augen an.

Ihr Blick wanderte von dem Kanister zu den Gesichtern der Männer.

Dann zeterte sie los: »Das ist ein Privatgrundstück! Ihr könnt nicht einfach herkommen und betteln!« Sie fuchtelte mit ihrem Zeigefinger herum wie eine Lehrerin, die ein ungezogenes Kind ausschimpft, sog Luft durch die Zähne ein und rollte mit den Augen, um ihren Unmut zum Ausdruck zu bringen. Bevor sie sich abwandte, sagte sie in Pidgin: »*Na who even tell you say I get wata?*« Woher wollt ihr überhaupt wissen, dass ich Wasser habe?

Sie marschierte durchs Tor und blieb nur kurz stehen, um mir zuzurufen, ich solle ihr folgen.

Ich wollte Mama ja gern gehorchen, aber der Soldat mit dem leeren Kanister sah mich flehend an und schien gleichzeitig längst aufgegeben zu haben.

»*Abeg, sista*«, sagte er. Seine Stimme war schwach, so als kostete es ihn die letzte Kraft, mich um diesen Gefallen zu bitten.

Ich dachte: Was, wenn die Männer kurz vor dem Verdursten waren? Was, wenn sie vor meinen Augen zusammenbrachen und starben? Was, wenn sie nur ein wenig Wasser bräuchten, um weiterleben zu können? Und kämpfte dieser Soldat nicht für uns, für Biafra? Aber vor allem hatte ich Angst, er könnte vor meinen Augen sterben.

Hinter dem Haus gab es einen Grundwasserbrunnen, der mit unserem Wassertank verbunden war. Ich wusste, dass der Tank gut gefüllt war. Mama war zwar dagegen, aber ich könnte den Männern trotzdem etwas Wasser geben. Nicht viel, gerade mal einen halben Kanister.

Ich nahm dem Mann den Kanister ab.

Hinter dem Haus, auf dem Weg zum Wassertank, sah ich Mama. Sie saß auf den Stufen, die von der Küche in den Garten führten. Ganz in ihrer Nähe trippelte eine Schwalbe über den Boden.

Der Vogel flatterte auf und ließ sich auf einem der Betonpfeiler nieder.

Mama hatte der Schwalbe nachgesehen, aber jetzt fiel ihr Blick auf mich.

Sie schürzte die Lippen, zog die Mundwinkel auseinander und presste die Ober- und Unterlippe aufeinander, bis sie dünne Striche waren. Diesen Gesichtsausdruck kannte ich gut. »Was machst du da?«, fragte sie.

Sie atmete durch die Nase aus, ein leises, pfeifendes Geräusch. Dann schüttelte sie leicht den Kopf und schloss die Augen. Sie war müde, dachte ich. Natürlich war sie müde, sie aß ja auch kaum noch was.

Im nächsten Moment riss sie die Augen auf und funkelte mich an.

»Du dummes Kind«, schrie sie. Als wollte sie sagen: »Wie kannst du es nur wagen, so ungehorsam zu sein?« Oder: »Hast du nicht gehört? Wir haben kein Wasser zu verschenken!«

Sie sprang auf und schlug mir den Kanister aus der Hand, sodass er vor meinen Füßen landete. Dann packte sie mich am Ohr und verdrehte es. »Du böses Kind!«

Sie war außer sich. Sie war nicht mehr die Mama, die ich kannte. Sie hob den Kanister auf und stürmte zurück zum Tor. Ich folgte ihr unter Schock, weil ich nicht wusste, was ich sonst tun sollte.

Die Soldaten lehnten an der Betonmauer neben dem Tor. Mama warf ihnen den leeren Kanister zu. Er war so leicht, dass er vom Boden abprallte und die Straße entlangrollte.

»Habt ihr nicht gehört? Wir haben kein Wasser«, keifte sie. Dann schlug sie das Tor zu und schob den Riegel vor.

Ich folgte ihr zurück hinters Haus, ging neben dem Wassertank in die Hocke und wartete. Worauf, das wusste ich selbst nicht.

»Was hockst du da? Steh auf und mach dich nützlich«, sagte Mama. Sie hatte sich wieder beruhigt, die Heftigkeit war aus ihrer Stimme gewichen. Doch ihre Worte klangen, als wollte sie sagen, ich solle doch bitte einfach verschwinden (»*Biko, comot from here!*«). Nach der Szene mit dem Wasserkanister wusste ich, dass Mama begonnen hatte, mich als Last zu sehen, genauso wie sie die Soldaten als Last sah, genauso wie wir alle den

Krieg als Last sahen. Sie war erschöpft. Eine andere Erklärung gab es nicht.

Kurz nach dem Vorfall muss sie angefangen haben, darüber nachzudenken, wie sie mich loswerden konnte. Der Krieg hat sie offenbar auf den verqueren Gedanken gebracht, sie müsse sich von allen Lasten befreien: den Soldaten, dem Haus und mir. Am liebsten wäre sie wohl auch alle Erinnerungen an den Krieg losgeworden. Weg damit, weg, weg, weg. Sie war wie ein Tier, das seine Haut oder sein altes Fell abwirft. Eine Echse. Eine Schlange. Ein Hund, eine Katze. Sogar Hühner mausern sich.

Sie wollte mich und alles andere loswerden wie eine schlechte Gewohnheit. So, wie man schmutzige Kleidung, in der sich zu viele Dornen verfangen haben, wegwirft.

8

Der August war gekommen und gegangen, und es war wieder Hilfsgütertag, aber auch der Vormittag war gekommen und gegangen und die Leute vom Roten Kreuz hatten sich nicht blicken lassen.

Normalerweise hörte man um diese Uhrzeit immer schon einen Aufruhr in der Nähe unseres Hauses. Dort gab es ein paar notdürftig errichtete Unterstände, in denen Freiwillige aus dem Dorf die Hilfspakete auspackten, Mahlzeiten zusammenstellten und diese an die Leute verteilten, die Schlange standen.

Es ging das Gerücht, Gowon und die nigerianische Armee hätten eine Blockade über Biafra verhängt und ließen die Konvois des Roten Kreuzes nicht durch. Ein anderes Gerücht besagte, die

Hilfsorganisationen arbeiteten an einer Strategie, wie sie die Blockade durchbrechen konnten. Offenbar gab es noch Hoffnung.

Eigentlich war es ein Schultag, aber zu diesem Zeitpunkt waren sämtliche Schulen längst geschlossen.

Ich lungerte vor unserem Tor herum und hielt nach dem Lastwagen Ausschau. Zwei ältere Mädchen aus meiner Schule liefen vorbei. Ihr Haar war ungepflegt, einzelne Strähnen standen in alle Richtungen ab. Bei ihren müden Schritten musste ich unwillkürlich an verschlissene Putzlappen denken. Trotzdem waren die Mädchen schön, was vor allem daran lag, wie sie beim Laufen die Hüften schwangen.

Ihre Haut war dunkel wie Kakaobohnen, und ich musste an meine eigene hellere Haut denken, die Art von Haut, auf der man jeden Kratzer, jeden blauen Fleck und jede Narbe sieht, die Art von Haut, von der die Leute immer sagen, sie sei schön, nur hatten sie keine Ahnung, dass es überhaupt nicht schön ist, wenn der ganze Körper von kleinen Flecken übersät ist, die aussehen wie Windpockennarben.

Auf der dunklen, weichen Haut dieser Mädchen war kein Fleck zu sehen.

Papas Haut war wie meine gewesen, nur nicht ganz so hell. »Das liegt am Alter und der Sonne«, hatte er gesagt. Während ich den Mädchen nachsah, dachte ich, dass meine Haut mit dem Alter und der Sonne vielleicht auch noch dunkler werden würde und ich den Mädchen ein wenig ähnlicher sehen würde.

Abgesehen von der Haut fiel mir noch etwas anderes auf: ihre Brüste. Die Mädchen hatten nämlich Brüste. Ich hingegen hatte bisher keine, nur zwei Rundungen von der Größe eines Esslöffels, zwei flach geklopfte Yamsklößchen, weniger als eine Handvoll.

Vielleicht war es der Neid oder die Bewunderung oder noch etwas anderes, jedenfalls fühlte ich mich mit einem Mal ganz klein und schüchtern, und deshalb traute ich mich nicht, den

Mädchen zuzurufen, dass der Lastwagen mit den Hilfsgütern nicht gekommen war. Ich beobachtete, wie die Mädchen auf die Unterstände zugingen, kehrtmachten, als sie merkten, dass niemand dort war, und wieder an mir vorbeikamen. Mama saß wahrscheinlich immer noch im Wohnzimmer auf der Matratze oder auf dem Sofa, mit ihrer Bibel in der Hand, und betete inbrünstig, wie neuerdings ständig.

Auf der Straße war es still. Gegenüber von unserem Tor schliefen zwei dreckige, abgemagerte Hunde auf der staubigen Erde. Bald würden dort ihre Leichen liegen. Es nieselte leicht, und obwohl sich die Sonne hinter den Wolken versteckte, war es ziemlich heiß. Die pinkfarbenen Rosen ließen die Köpfe hängen, als würde die Hitze sie niederdrücken. Vor dem Krieg wuchs auf unserem Grundstück grünes Gras. Zwischen den Grashalmen standen Wildblumen. Die Hecken blühten. Der Wind trug die Schirmchen des Löwenzahns mit sich, und Hibiskusblüten färbten die Büsche rot. Damals war das leuchtende Rot der Blüten nichts Besonderes gewesen. Jetzt waren fast alle Pflanzen vertrocknet, und der Wind trug nur noch Zerstörung mit sich. Die Hibiskusblüten waren verblasst.

Ich ging durchs Tor zurück auf unser Grundstück, weil ich Mama hatte rufen hören.

Sie war nicht mehr im Wohnzimmer, sondern hatte sich auf die Veranda gesetzt, ganz am Ende, dort, wo die Büsche karge Schatten auf die Hauswand warfen.

Ich setzte mich zur ihr auf die orangegelbe Bambusmatte.

»Ist der Lastwagen heute gekommen?«, fragte Mama.

Ich schüttelte den Kopf.

Sie seufzte. Ihr Gesicht wirkte müde, ein mittlerweile vertrauter Anblick. Sie wandte den Blick ab.

Nach einer Weile sagte sie: »Wir können nicht hierbleiben. Wir haben nichts mehr zu essen. Außerdem habe ich immer noch Albträume von deinem Papa.«

Nicht mehr ganz so schlimme, erklärte sie, nicht schlimm genug, um sie aufzuwecken, aber trotzdem Albträume. Und noch verstörender sei, dass sie ab und zu seinen Geruch einatme – den Geruch von Blut und Tod. Alles um sie herum erinnere sie an Papas Tod: Die nässenden Wunden in den Baumstämmen, die Geschwüre, die Risse in der Rinde. Die trockenen Zweige, die beim kleinsten Windstoß zerbrachen. Die verdorrten Hibiskusblüten. Mama sagte, sie habe das Gefühl, die Bäume und Blumen könnten nicht mehr atmen. Sie habe das Gefühl, es sei kein Leben mehr in ihnen. Sie seien tot, so wie Papa.

Jedes Geräusch, jede Stimme erinnere sie an seinen Tod. Nicht nur die Detonationen der Bomben und die Schreie der Nachbarn, sondern auch der Boden in unserem Haus, der neuerdings knarze, und bei jedem Knarzen höre sie Papas Schritte.

Ich fragte mich, wie ein Betonboden knarzen konnte, sagte aber nichts.

Tagsüber sehe sie Schatten, sagte Mama, und alle hätten Papas Gestalt. Manchmal sehe sie sogar sein Gesicht, das aus der Wand komme und sie anflehe, ihm zu folgen.

»Wenn ich hierbleibe, werde ich noch verrückt!«, rief Mama.

Es war einmal ein kleines Mädchen, das eine sehr genaue Vorstellung davon hatte, wie die Welt sein sollte: Im Dorf stand ein Schloss, ein Papa und eine Mama waren am Leben und fröhlich, und überall wuchsen Blumen und grünes Gras.

Nur war die Welt dieses Mädchens sehr klein und hatte nicht viel mit der wirklichen Welt zu tun, doch das konnte sie damals noch nicht wissen. Denn auch sie war noch sehr klein.

Inzwischen war sie älter und wusste, dass die Welt niemals so sein würde wie die Welt in ihrer Fantasie. In letzter Zeit war nichts mehr, wie es früher gewesen war, alles hatte sich verändert. Sie war erschöpft.

Aber sie war auch groß genug, um zu verstehen, dass nicht jede Veränderung schlecht war. Sie war groß genug, um zu wissen, dass Veränderungen zum Leben dazugehörten: auf die Nacht folgte der Tag, auf die Regenzeit die Trockenzeit, auf heute folgte morgen, auf dieses Jahr das nächste.

Sie dachte an Gott und ihr kam der Gedanke, dass er Veränderungen offenbar guthieß, sowohl gute als auch schlechte. Vielleicht war das Seine Absicht, vielleicht gehörte das zu Seinem Plan für die Welt. Vielleicht war alles, was passierte, Ausdruck Seiner Liebe zur Veränderung. Vielleicht bestand das Leben nun einmal aus Veränderungen. War die Schöpfungsgeschichte nicht der Beweis dafür? Am Anfang war die Erde wüst und leer. Dann entstand aus dem Nichts eine ganze Welt. Gott schied das Licht von der Finsternis, er schied zwischen den Wassern, er schied den Himmel von der Erde. Vielleicht war sogar der Tod Ausdruck von Gottes Liebe zur Veränderung, genauso wie die Geburt. Vielleicht war das ja der Sinn des Lebens, und der Sinn der Bibel, dass sich alles ständig veränderte. Hatte das der Pfarrer nicht auch gemeint, als er erklärt hatte, warum das Neue Testament nach dem Alten Testament entstanden ist?

Ich war dieses kleine Mädchen, und schon mit elf machte ich mir solche Gedanken. Vielleicht, weil mir wieder einmal eine große Veränderung bevorstand und ich der Tatsache ins Gesicht sehen musste, dass die Welt viel größer war, als ich es mir je hatte vorstellen können. Ich kannte ja nur Ojoto. Der Gedanke, dass ich den einzigen Ort, den ich kannte, verlassen würde, war beängstigend. Aber Mama war unglücklich, und ich wollte nicht, dass sie unglücklich war. Wenn wir von hier wegmussten, damit sie glücklich sein konnte, würden wir eben woanders hingehen. Vielleicht würde die Veränderung uns beiden guttun.

Wenn ich als Kind schmollte oder trotzig war, hatte mich Mama oft an den Hände gefasst, war eine Runde mit mir durchs Zimmer getanzt und hatte fröhlich gesagt: »Gegen schlechte Gefühle hilft nur tanzen.« Und wenn sie zu wütend war, um fröhlich zu sein, und es gerade Essenszeit war, ließ sie mich eine Weile auf meine Schüssel warten und sagte: »Du wirst sehen, fasten hilft gegen schlechte Gefühle.« Und wenn es Schlafenszeit war, legte sie einen Arm um mich und begann zu beten, und hinterher sagte sie: »Ein Gebet hilft immer gegen schlechte Gefühle.«

Ich dachte gerade darüber nach, ob ich vielleicht tanzen, fasten oder beten sollte, um ihre schlechten Gefühle zu vertreiben, als Mama zu sprechen anfing. In der Ferne waren Stimmen zu hören, mal lauter, mal leiser, Kinder, die einander etwas zuriefen.

»Ich habe nachgedacht«, sagte Mama. »Deine Großeltern – meine Eltern – hatten ein Haus in Aba. Es steht immer noch. Ich glaube, ich sollte für eine Weile dorthin gehen.«

Ihr Blick war abwesend und stumpf, und sie sprach schleppend und so leise, als würde sie jeden Moment verstummen. Trotzdem kamen immer mehr Wörter. Sie sagte: »Egal, was passiert, du musst wissen, dass ich jeden Tag an dich denken werde.«

Bis dahin hatte ich ihr einfach zugehört, ohne zu protestieren, und versucht, mir einen Reim aus ihren Worten zu machen. Sie hatte ungefähr das gesagt, womit ich gerechnet hatte. Doch bei ihrem letzten Satz riss ich die Augen auf. Ich sah sie verwirrt an. »Du wirst jeden Tag an mich denken?«, fragte ich.

Sie blieb stumm, ihr Gesicht war ausdruckslos.

Sie wandte sich ab, um mich nicht ansehen zu müssen. Stattdessen schaute sie hoch zum Himmel. Die Sonne stand über uns, und Mama sagte: »Ich werde dich wegschicken müssen.«

In mir zog sich alles zusammen.

Mama wandte sich mir wieder zu. »Die Leute sagen, dass es in Aba nicht ganz so schlimm ist wie hier, aber wer weiß das schon?«

Wie sollte sie das auch wissen? Aba war weit weg, drei Stunden mit dem Auto von Ojoto, und Mama war seit Ausbruch des Krieges nicht mehr dort gewesen.

»Ich weiß es erst, wenn ich dort bin«, fügte sie hinzu.

Sie könne erst vor Ort sehen, welche Schäden der Krieg angerichtet habe. Wenn die Lage in Aba genauso katastrophal war wie in Ojoto, würde sie vielleicht woandershin gehen müssen, erklärte sie, deshalb könne sie mich nicht mitnehmen. Sie müsse sich erst selbst ein Bild machen. Was, wenn Aba genauso zerbombt war wie Ojoto? Was, wenn es dort auch nichts zu essen gab? »Ich muss dich wegschicken, bis ich weiß, wie es dort aussieht.«

Ihre Stimme brach, und sie sprach schnell, als hätte sie es eilig, die Worte herauszubringen, bevor ihr der Atem ausging.

Ich wusste genau, warum sie so schnell sprach. Ich wusste genau, warum es sich so anhörte, als ginge ihr der Atem aus. Es gab da nämlich ein Problem mit ihren Worten. Sie *musste* mich gar nicht wegschicken. Trotzdem kamen die Worte aus ihrem Mund, Worte, die im Prinzip nur ein Rechtfertigungsversuch waren, weil sie mich anlog, wenn auch mit guter Absicht. Sie machte sich selbst etwas vor, denn sie konnte nicht ernsthaft glauben, was sie da sagte. Das erkannte ich daran, wie ihr Mundwinkel beim Sprechen zuckte. Ihre Lippen überzeugten mich nicht. Es war, als würden ihre Lippen die Worte, die sie formten, selbst nicht glauben. Und dann war da noch ihr Blick. Die Tatsache, dass sie mir nicht in die Augen sehen konnte.

Kaum war sie fertig, fing ich an zu betteln. Ich hatte doch schon Papa verloren. Wie sollte ich es da aushalten, sie auch noch zu verlieren?

Ich schüttelte wild den Kopf. »Mama, bitte schick mich nicht weg. Ich will mit dir nach Aba.«

Doch sie war fest entschlossen, die Lüge aufrechtzuerhalten. »Es geht nicht anders«, sagte sie. »Es ist ja nur für kurze Zeit, vielleicht sogar nur für ein paar Tage. Ich weiß auch schon, wo ich dich solange unterbringe. Du wirst bei Leuten wohnen, die sich gut um dich kümmern, bis ich dich zu mir holen kann. Ich will nur, dass du in Sicherheit bist, Ijeoma. Ich kann dich nicht mit nach Aba nehmen, das ist viel zu gefährlich. Wer weiß, was dir da zustößt?«

Ich kämpfte gegen die Tränen an, aber sie liefen mir trotzdem über die Wangen.

»*Ebizina*«, sagte sie. Hör auf zu weinen.

»Aber Mama–«

Sie zog mich in ihre Arme und hielt mich fest. »Es geht nicht anders«, sagte sie. »Ich schicke dich nach Nnewi zu einem alten Freund deines Vaters und seiner Frau. Er ist Lehrer an einer Oberschule. Du wirst ihnen im Haushalt helfen, und dafür kümmern sie sich um dich. Wie gesagt, es ist ja nur für kurze Zeit. Glaub mir, das ist das Beste für dich.«

»Mama, bitte nicht«, flehte ich.

Ihre Stimmung schlug um. »Du hörst mir nicht zu«, sagte sie und funkelte mich an. In ihren Augen flackerte plötzlich etwas Animalisches, es waren Augen, die zubissen, Augen, die wie Zähne in Fleisch schlugen und mein Innerstes zerrissen, bis es blutete.

Sie packte mich an den Schultern und sagte mit harter Stimme: »Mach die Augen auf, Ijeoma! Siehst du nicht, dass ich nur dein Bestes will? In Gottes Namen, ich tue das für dich!«

Wie sehr sie mich auch überzeugen wollte, ich durchschaute sie: Die Entscheidung war das Beste für Mama. Zumindest war sie besser für Mama als für mich. Mama traf diese Entscheidung, weil sie erschöpft war. Ihr war alles zu viel: Das Leben, der Krieg, die Aussicht, sich ohne Papa durchschlagen zu müssen. Selbst ich war ihr zu viel. Auch ich war erschöpft, aber das war in dem Moment egal. Meine Welt bestand nur noch aus meiner Mutter, und meine Mutter hatte vor, mich im Stich zu lassen.

»Was, wenn es in Aba auch nichts zu essen gibt?«, argumentierte Mama. »Was isst du dann? Willst du etwa verhungern? Du hungerst doch jetzt schon! Es wird kein Wunder geschehen. Es wird kein Essen vom Himmel fallen! Bomben, das ja, genug, um unsere Herzen zu zerfetzen, aber kein Essen, nein.«

Ich sah sie an und versuchte, sie mit meinem Blick zu erweichen. Noch während ich bat und bettelte, ahnte ich, dass es kein Zurück gab. Die Entscheidung war offenbar längst gefallen. Wie konnte Mama sonst so sicher sein, dass der Lehrer ihr Angebot annehmen würde?

Trotzdem bettelte ich weiter. Ich sah mich verzweifelt um, als wären die Argumente durch die Luft schwebende Staubkörner, von denen ich nur das richtige einfangen müsste, um Mama davon zu überzeugen, dass sie mich mitnahm. Aber ich fand das richtige Staubkorn einfach nicht.

Mama lächelte müde. Ihre Stimme klang dunkel und rau. »Erinnerst du dich an den Lehrer und seine Frau?«

Ich nickte, obwohl es nur eine sehr undeutliche, schemenhafte Erinnerung war.

»Ich weiß genau, dass du es in Nnewi gut haben wirst«, fuhr Mama fort. »Ich war selbst dort.« Nnewi war viel näher bei Ojoto als Aba, erklärte sie. Zwar auch Richtung Süden, aber nur zehn oder zwölf Kilometer entfernt, weniger als eine halbe Stunde mit dem Auto, und zu Fuß nicht mal zwei Stunden. Anders als in Aba war sie in Nnewi tatsächlich gewesen, um mit eigenen Augen zu sehen, wie es dort aussah, und um mit dem Lehrer und seiner Frau zu sprechen. Jetzt erinnerte ich mich an den Tag. Sie hatte behauptet, sie hätte »etwas zu erledigen«. Und bei dieser »Erledigung« hatte sie offenbar herausgefunden, dass die Lage in Nnewi, obwohl nicht weit von Ojoto entfernt, sehr viel besser war als hier, zumindest was die Lebensmittellieferungen anging.

Ich weinte jetzt heftig, und mir lief die Nase. Mama griff in die Brustfalten ihres Wickelkleids, zog ein Taschentuch heraus und tupfte mir damit über das Gesicht. »Schluss mit den Tränen«, sagte sie. Aber auch sie weinte. Sie weinte stumm, ohne einen Laut. Trotzdem, ihre Tränen waren ein Zeichen. Kurz sah es so aus, als würde sie ihren eigenen Plan in Frage stellen. Vielleicht überlegte sie es sich ja noch einmal anders. Vielleicht würde sie doch darauf hören, was ich wollte. Ich hielt den Atem an. Aber statt den Plan wie gehofft fallen zu lassen, nahm sie meine Hände und begann zu beten: »Lieber Gott, ich übergebe dir meine Tochter. Halte deine Hand schützend über sie und führe sie auf ihrem Weg, da ich es nicht kann. Möge uns das Blut Jesu Kraft geben. Amen.«

Sie fuhr sich mit den Händen über das Gesicht, wischte die Tränen ab und sagte: »Der Lehrer und seine Frau werden sich gut um dich kümmern. Versprochen.«

9

Ein weiterer Luftangriff hatte unsere Kirche getroffen, ein Loch in die Wand gerissen und das Gebäude in Schutt und Asche gelegt. Die Kirche war unsere letzte Zuflucht gewesen, sie hatte unseren Glauben und unsere Hoffnungen am Leben gehalten. An dem Morgen, bevor wir Ojoto verließen, lösten sich die Kirche und alles in ihr auf wie Zuckerwürfel in Wasser. Zurück blieben nichts als Trümmer, denen man nicht ansah, dass sie einmal ein Gotteshaus gewesen waren.

An diesem letzten Tag kamen kurz vor Mittag die Ejiofors zu Besuch. Auf dem Tisch standen eine Schüssel mit Auberginenmus und Erdnusspaste sowie ein Wasserkanister und ein paar Tassen. Mehr konnten wir ihnen nicht anbieten, aber das war nicht weiter schlimm, sie würden sowieso nicht lange bleiben.

Mama hieß sie draußen am Tor willkommen. Zuerst umarmte sie Mrs. Ejiofor. Ich beobachtete sie vom Wohnzimmerfenster aus. »*Unu a biạna! Nno nu! Welcome o!*« Dann trat sie einen Schritt beiseite und umarmte Mr. Ejiofor. Während Mama die Eltern begrüßte, rannte Chibundu los, über die Veranda und durch die Tür ins Haus.

»Ije!«, rief er. Das war der Spitzname, den er mir gegeben hatte.

Ich blieb am Wohnzimmerfenster stehen.

»Warum kannst du nicht bei uns wohnen? Bei Mama, Papa und mir?«, platzte er heraus.

Ich drehte mich um und sah ihn an. Der Geruch nach Erdnusspaste hing in der Luft. »Mama sagt, es ist schon schwer genug für alle Eltern, sich um die eigenen Kinder zu kümmern, da können sie sich nicht auch noch um andere Kinder kümmern.« Genau das waren ihre Worte gewesen. An dem Tag, nachdem sie mir gesagt hatte, dass sie mich wegschicken würde, hatte ich alle meine Freunde aufgezählt, alle Kinder aus der Schule und der Kirche, bei denen ich unterkommen könnte, und mit diesen Worten hatte sie begründet, warum mir die Häuser meiner Freunde nicht offenstanden.

»Ich verstehe nicht, warum ihr nicht einfach in Ojoto bleibt«, sagte Chibundu.

»Ich will ja hierbleiben«, murmelte ich.

Mr. und Mrs. Ejiofor und Mama kamen ins Wohnzimmer. An der Wand zwischen den Fenstern hing ein Spiegel mit Silberrand. Er war zersplittert, aber man konnte sich trotzdem noch darin sehen. Chibundo ging auf den Spiegel zu und zog mich mit sich.

Wir standen nebeneinander vor dem Spiegel. Chibundus Eltern setzten sich auf das Sofa und griffen nach der Schüssel mit dem Auberginenmus.

Chibundu sagte: »Präg dir das Bild von uns gut ein. Damit du nie vergisst, dass wir Freunde waren.«

»Bleiben wir denn nicht Freunde?«, fragte ich.

Er sah mich an, und plötzlich musste ich an den Tag denken, an dem er einen meiner Zöpfe aufgedröselt hatte. Er hatte an der Spitze gezogen, bis der Knoten aufging und sich das Garn spiralförmig abwickelte. Als ich ihn angefaucht hatte – *Hör auf, du machst meine Frisur kaputt!* – und Mrs. Ejiofor ihn ausschimpfte, hob er die Hände wie bei einem seiner Räuber-und-Gendarm-Spiele. Er hob die Hände, setzte eine Unschuldsmiene auf und sagte, er verstehe nicht, warum wir uns so aufregten, er hätte doch nur einen Faden gebraucht, weil er draußen im Garten etwas basteln wollte – er war dabei, aus Zweigen einen kleinen Lastwagen zu bauen.

Ich weiß nicht mehr, was aus dem Lastwagen geworden ist, aber in dem Moment, als ich mit Chibundu vor dem Spiegel stand, wusste ich, dass er nicht mehr derselbe Junge war wie der, der mein Haar durcheinandergebracht hatte. Er sah irgendwie bemitleidenswert aus. Damals dachte ich, dass das am Krieg liegen musste.

Ich lächelte ihm spontan zu. Beschämt erwiderte er das Lächeln und warf einen schnellen Blick zu seinen Eltern auf dem Sofa.

»Versprochen? Du wirst mich nicht vergessen?«, sagte er, wartete meine Antwort aber nicht ab, sondern drehte sich um und ging zum Tisch. Ich folgte ihm. Er schenkte eine Tasse Wasser ein und hielt sie mir hin. »Hier. Selbst Wasser schmeckt süß, wenn man es mit einem Freund teilt.«

Unsere Eltern unterhielten sich, ohne uns zu beachten. Chibundu tat mir leid, wie er so dastand und mich erwartungsvoll ansah. Also nahm ich die Tasse und trank.

Draußen war die Luft schwer, und wenn man tief einatmete, roch man den Regen, der jeden Moment fallen konnte.
Chibundu und ich gingen durch das Tor hinaus auf die Straße und ließen uns auf dem Ast eines Orangenbaums neben unserem Grundstück nieder.

Ein Stück entfernt ging eine Frau mit einem flachen Korb die Straße entlang. In dem Korb befanden sich mehrere Brote und irgendwelche Nüsse, Erdnüsse oder Cashews. Ein Mann in einem weißen Hemd kurvte auf einem Fahrrad an uns vorbei, in Schlangenlinien die abschüssige Straße hinunter. Chibundu und ich saßen auf unserem Ast und sahen ihm nach.

»Er wird sie umfahren!«, sagte Chibundu.

Ich stellte mir vor, wie die Waren aus dem Korb fielen und die arme Frau auf dem Boden herumkroch, um sie wieder einzusammeln.

Der Mann bremste im letzten Moment. Fast hätte er die Frau gerammt. Er stieg von seinem Fahrrad.

»*Wetin be your problem? You dey blind?*«, herrschte sie ihn an. Was ist dein Problem? Bist du blind? Sie stellte ihren Korb auf den Boden, stemmte die Hände in die Hüften und baute sich vor dem Mann auf.

Wenn die Leute von Englisch ins Pidgin wechselten, wurde es ernst. Pidgin war die Sprache, in der man scherzte und sich neckte, aber auch die Sprache, in der man stritt.

Wir saßen in unserem Baum und beobachteten die Straßenhändlerin und den Mann mit dem Fahrrad. Wir konnten die beiden sehen und hören, ohne dass sie uns bemerkten.

»Entschuldigung, tut mir leid«, sagte der Mann. Er wollte an der Straßenhändlerin vorbei, aber sie stellte sich ihm in den Weg.

»*Beko make I pass*«, sagte er ungeduldig. Bitte lass mich durch.

»*Ehn-ehn!*«, schrie die Straßenhändlerin und schüttelte heftig den Kopf. »*Which kain sorry be that? You no fit say sorry proper?*« Was ist das für eine Entschuldigung? Kannst du dich nicht richtig entschuldigen?

»*I don say sorry already*«, sagte der Mann mit dem Fahrrad. Ich hab mich doch schon entschuldigt. Er versuchte noch einmal, an ihr vorbeizukommen.

Mittlerweile hatte sich ein kleiner Menschenauflauf gebildet. Der Mann holte tief Luft und versuchte es ein drittes Mal, aber die Frau verstellte ihm wieder den Weg und brüllte ihn an.

Der Anblick der kräftigen Frau mit den breiten Hüften, die den spindeldürren Mann nicht durchließ, war lustig. Der Mann hätte gut etwas von ihrem Fett gebrauchen können.

Chibundu begann zu kichern und schlug sich schnell die Hand vor den Mund. Die Szene war so absurd, dass es ihm schwerfiel, nicht loszuprusten.

Der Mann mit dem Fahrrad versuchte links an der Frau vorbeizugehen, rechts, dann wieder links. Vergeblich.

Jetzt musste ich ebenfalls lachen. Chibundu und ich rutschten auf dem Ast näher zueinander und steckten die Köpfe zusammen, um unser Lachen an der Schulter des anderen zu ersticken. Im nächsten Moment hatten wir den Streit auf der Straße vergessen, und wir lachten auch nicht mehr. Chibundu starrte mich an. Er starrte mich nur an.

»Was ist?«, flüsterte ich.

Er blieb stumm und starrte mich weiter an.

Ich blickte zur Straße. Der Mann und die Frau waren sich doch noch einig geworden, beide gingen ihrer Wege. Ich wandte mich wieder Chibundu zu. Plötzlich war sein Gesicht ganz nah, so nah, dass sich unsere Nasenspitzen fast berührten.

In diesem Moment, als wir auf dem Ast saßen und sich unsere Nasen fast berührten, wusste ich, dass ich nicht dort bleiben konnte. Ich wusste, dass ich zu Boden springen musste. Dass ich einen Fuß vor den anderen setzen musste. Einen Schritt machen, noch einen und dann noch einen. Genauso wie man gegen Malaria Cloroquinpulver schluckt. Es bleibt einem nichts anderes übrig, also tut man es einfach. Einen Löffel, noch einen Löffel und dann noch einen. Denn wenn man das nicht tut, wird alles nur noch schlimmer.

Aber ich rührte mich nicht.

Ein paar Sekunden vergingen. Ich hatte ein unangenehmes Gefühl im Bauch, und mir war klar, dass es Chibundu genauso erging. Er musste sich sogar noch schlechter fühlen. Schließlich hatte er uns in diese Lage gebracht.

Seltsamerweise hatte ich das Bedürfnis, ihm die Last abzunehmen. Ich wollte nicht, dass er sich schlecht fühlte. Er tat mir leid – ich spürte seine Verzweiflung, als wäre es meine eigene.

Deshalb beugte ich mich vor und gab ihm den Kuss, nach dem er sich so sehr sehnte.

10

Richtige Busse gab es kaum und wenn doch, fuhren sie nur selten, deshalb nahmen wir einen der Lastwagen, die Passagiere transportieren.

Vor dem Krieg hatte Papa oft an seinen Plänen gearbeitet: Er war technischer Zeichner gewesen und wollte Architekt werden. Tagsüber arbeitete er im Büro seiner Firma, und abends und am Wochenende, wenn er nicht im Büro war, saß er zu Hause an seinem Schreibtisch, wo er mit dem Bleistift über teures Millimeterpapier fuhr und sorgfältig nachmaß, in welchem Abstand er die waagerechten und senkrechten Linien ziehen musste. Während er arbeitete, unterhielt er sich mit Mama und mir darüber, wo wir auf dem Grundstück den neuen Bungalow oder das neue mehrstöckige Haus errichten würden, wie groß es sein würde und wie viele Zimmer es haben würde. Manchmal scherzte er, dass er uns ein Schloss bauen würde. »Könnt ihr euch das vorstellen, ein Schloss mitten in Ojoto?«, fragte er. Mama lachte und sagte, wir wären doch nicht in England. Aber ich sagte, dass ich gern ein Schloss hätte, ganz egal, ob es hierher passte oder nicht. Ich träumte schon länger von einem Schloss in unserem Dorf. Ob er mir bitte eins zeichnen könnte, eines, das größer war als der größte Iroko-Baum? Das bis zum Himmel reichte? Ein Schloss, das genauso gelb leuchtete wie unser Haus?

Selbst abends, wenn es dunkel war, arbeitete er weiter, im Schein einer Petroleumlampe, die flackernde Schatten an die Wand warf. Er zeichnete, und damals wies nichts darauf hin, dass er jemals zu zeichnen aufhören würde.

Doch jetzt waren fast alle Häuser in Ojoto von Bomben zerstört. Jetzt war Papa tot. Jetzt war mein Traum, dass in unserem geliebten Ojoto jemals ein Schloss stehen würde, zerstört.

Auf dem Weg nach Nnewi, auf der Ladefläche des Gwon-Gworo, konnte ich an nichts anderes denken als daran, wie sehr ich unser Haus in Ojoto vermissen würde, vor allem wegen der vielen Erinnerungen an Papa. Wie er an seinem Schreibtisch saß und zeichnete. Wie er auf dem Sofa saß und Zeitung las.

Auf der Ladefläche des Lastwagens waren mehrere Reihen Holzbänke angebracht. Zwischen den voll besetzten Bänken drängten sich weitere Passagiere, sie hielten sich an Seilen fest, die von der Decke hingen.

Mama und ich saßen auf einer Bank ganz hinten. Wir hatten Glück gehabt und die letzten freien Sitzplätze erwischt, und Mama sagte, dass wir noch größeres Glück hatten, weil wir beim Fahren hinten rausgucken konnten. Durch die Öffnung in der Plane konnten wir sehen, was draußen los war. Ein Trupp Biafra-Soldaten marschierte die Straße entlang, ein Dutzend junger Männer in Unterhemden und Khakihosen oder -shorts, mit umgehängten Äxten und Gewehren. Sie sangen:

Ojukwu bu eze Biafra nine
Emere ya na Aburi,
Na Aburi!
Enahoro, Yakubu Gowon, ha enweghi ike imeri Biafra!

Biafra, gewinne den Krieg!
Panzerwagen, Granatwerfer
Kampfflieger und Bomber
Ha enweghi ike imeri Biafra!

Leichen säumten die Straße. Tote ohne Köpfe. Tote ohne Arme und Beine. Überall roch es nach Verwesung. Obwohl mir der Anblick und der Geruch nicht fremd waren, weil ich jeden Tag daran denken musste, wie wir Papa gefunden hatten, drehte sich mir der Magen um.

Ich schluckte mehrmals schnell hintereinander, um die Übelkeit zu unterdrücken.

Die Soldaten wechselten die Straßenseite und stimmten ein anderes Lied an:

Ayi na cho isi Gowon
Ayi na cho isi Gowon
Ayi na cho isi Gowon
Ka egbu o ya
Ka egbu o ya, we gara ya Ojukwu.

Der Lastwagen hielt an und wartete, bis die Soldaten vor uns die Straße überquert hatten.

»Warum suchen sie nach Gowons Kopf?«, fragte ich.

»Weil sie ihn töten wollen«, antwortete Mama in ganz normalem Tonfall.

»Und warum wollen sie ihn töten?«

»Hast du die letzten Zeilen nicht gehört? Sie wollen ihn töten, um Ojukwu seinen Kopf zu bringen.«

Während der ganzen Fahrt ging es immer so weiter: Leichen am Straßenrand, marschierende Soldaten. Lauthals singende Soldaten. Es war nicht zu übersehen, dass unser Land im Krieg war.

Der Lastwagen ließ uns an der Hauptstraße von Ojoto nach Nnewi aussteigen, nicht weit vom großen Markt, an der Abzweigung zu dem Stadtteil, in dem der Lehrer und seine Frau lebten. Von dort aus gingen wir zu Fuß weiter, eine unbefestigte Straße entlang.

Kurz vor dem Tor des Lehrers blieb Mama stehen und sagte: »Von hier aus kannst du allein weitergehen. Es ist gleich da drüben, das erste Haus nach der Kreuzung. Siehst du das rote Tor? Das ist es. Der Lehrer und seine Frau warten schon auf dich.«

Die ganze Zeit hatte sie unsere beiden Taschen getragen. In meiner befanden sich ein paar Kleider zum Wechseln, ein zweites Paar Sandalen, eine kleine Dose Haarwachs, eine Dose Hautcreme, ein paar Zweige von einem Arrakbaum zum Zähneputzen, eine Flasche Wasser und eine kleine Decke.

Ich sah sie an. Ihre Stirn lag in Falten. Der Gesichtsausdruck erinnerte mich an Papas kurz vor seinem Tod, in den Minuten vor dem Luftangriff.

Sie reichte mir meine Tasche und hielt jetzt nur noch ihre eigene in der Hand. Mit dem freien Arm zog sie mich an sich. Wir standen da und umarmten uns, und ich spürte, wie sich ihre

Brust hob, als sie tief Luft holte. Mama hielt mich noch einen Moment fest und gab mich dann frei.

Sie trug ein Kleid mit einem bunten Muster und auf dem Kopf ein schlichtes schwarzes Tuch. Zwischen den Riemen der Sandalen waren ihre Füße von Staub überzogen, sodass ihre Fußnägel die Farbe von Schlamm hatten.

Schließlich sagte sie: »Geh jetzt. Eine Mutter weiß, was das Beste für ihr Kind ist.«

Ich hätte ihr widersprechen können, sogar jetzt noch, aber ich sagte mir, dass es sinnlos war. Schließlich hatten alle Argumente, die ich bisher vorgebracht hatte, sie nicht überzeugen können.

Ich nickte und starrte zu Boden. Jetzt sah ich nur noch unsere Füße, ihre und meine, die bis zu den Knöcheln mit Staub bedeckt waren.

Mama streckte eine Hand aus und hob mein Kinn. Sie machte ein ernstes Gesicht. »Lass den Kopf nicht hängen. Und vergiss nicht, was ich dir gesagt habe. Ich werde jede Minute, die wir getrennt sind, an dich denken. Und ich hole dich so schnell wie möglich nach.«

Sie strich mir über das Haar, als wollte sie ein paar abstehende Strähnen glätten, so wie sie das vor dem Krieg jeden Morgen getan hatte, bevor sie mich aus dem Haus schickte. Es fühlte sich an, als würde sie mich für die Schule fertigmachen.

»*Nee anya*«, sagte sie. »Du musst brav sein und tun, was sie dir sagen. Hörst du?«

»Ja, Mama«, antwortete ich.

»Der Lehrer und seine Frau waren gute Freunde deines Vaters, sie gehören fast zur Familie, du kannst sie also Onkel und Tante nennen. Darüber werden sie sich freuen. Hörst du?«

»Ja, Mama.«

Sie kramte in ihrer Tasche, bis sie fand, wonach sie gesucht hatte. Sie zog Papas alte Bibel hervor, aus der er jeden Sonntag in der Kirche vorgelesen hatte. Sie streckte sie mir hin und hielt meine Hand fest, als ich das Buch entgegennahm.

»Wenn Gott dir Reis gibt …«, sagte sie.

Ich kannte das Sprichwort und ergänzte: »… dann bitte nicht um Suppe.«

Sie lächelte. »*Ngwa*«, sagte sie. »*Gawazie*. Geh jetzt. Sie warten sicher schon, und ich darf den Lastwagen nach Aba nicht verpassen.«

Ich ging los. Ich durfte nicht weinen, ich durfte mich nicht noch einmal umdrehen, ich musste der Versuchung widerstehen, zurückzulaufen und mich ihr in die Arme zu werfen.

11

Der Lehrer war korpulent, und er hatte den Gang eines Mannes, der noch nie in seinem Leben schlank gewesen war. Seine Haut war fast so dunkel wie sein Haar, das er sehr kurz trug – es war schwer zu sagen, wo das Haar aufhörte und das Gesicht anfing. Sein Bauch stand hervor wie eine Udu-Trommel, die aus einem kugelrunden Flaschenkürbis gefertigt worden war. Von der Hüfte aufwärts schien er sich zurückzulehnen, als hätte sein Oberkörper Mühe, der Vorwärtsbewegung seiner Füße zu folgen.

Die Haut seiner Frau war nicht hell, aber auch nicht so dunkel wie die ihres Mannes. Ihre Augen hingegen waren genauso dunkelbraun wie seine. Sie hatte langes geglättetes Haar, nicht naturkrauses wie ich. Sie trug es im Nacken zu einem Knoten geschlungen. Ihre Brauen waren aufgemalt, zwei makellose Bögen, die ihre Augen überspannten, und sie hatte tiefrote Lippen.

Während der Oberkörper ihres Mannes nach hinten geneigt war, hatte sie so große Brüste und einen so dünnen Körper, dass das Gewicht ihres Busens sie nach vorne zu ziehen schien.

Die beiden erwarteten mich am Tor.

Die Frau umklammerte ein Taschentuch. »Ich habe Asthma«, erklärte sie und begann zu husten. Nachdem sie aufgehört hatte, fragte sie: »Wie geht es dir?«

»Gut, danke, Tante.«

Ihr Mann stand erst nur da und sah mich an. Dann sagte er: »Ijeoma.« Er wiederholte den Namen, als wollte er ihn sich auf der Zunge zergehen lassen. Ich starrte zu Boden und überlegte, warum er so begeistert klang. Ich hoffte nur, dass er sich meinen Namen nicht nur deshalb auf der Zunge zergehen ließ, um ihn anschließend besser ausspucken zu können. Aber wenn ich es recht bedachte, war das unwahrscheinlich. In seiner Stimme lag eine Wärme, die mich an Papa erinnerte. Andererseits war er nicht Papa. Er war dick und bewegte sich plump, während Papa dünn und geschmeidig gewesen war. War er wirklich so warmherzig wie Papa oder war die Wärme in seiner Stimme nur vorgetäuscht? Würde sie verschwinden, so wie das Wachs einer Kerze schmolz, sobald man sie anzündete?

Als er meinen Namen sagte, hatte ich zu Boden gestarrt, aber jetzt hob ich den Kopf und bemerkte, dass er mich ansah. Er wiederholte meinen Namen ein drittes Mal. »Ijeoma. Willkommen! *Ke kwanu?* Wie geht es dir?«

Mein Mund war trocken, als hätte ich Staub gegessen. Ich zwang mich zu antworten: »Gut, danke, Onkel.«

»Wie lange das her ist, dass wir dich gesehen haben!«, sagte die Frau.

»Ja, ja«, pflichtete der Mann ihr bei, streckte die Hand aus und tätschelte mir die Schulter. »Das ist lange her.« Dann fügte er leiser hinzu: »Das mit deinem Vater tut mir leid.«

»Uns beiden tut es sehr leid«, sagte die Frau.

Ich nickte und sah mich in ihrem Vorgarten um. Er war gepflegt, aber die Spuren des Krieges waren unübersehbar. Vor der Veranda stand ein kaputter Schrank, daneben lagen ein paar abgebrochene Äste und etwas, was wie zerbrochenes Glas aussah. Die Hecke war genauso vertrocknet wie unsere in Ojoto, und die Palmwedel, mit denen sie ihr Grundstück vor den Luftangriffen tarnten, hatten wie unsere in Ojoto all ihr Grün verloren.

In unser Schweigen hinein sagte der Lehrer abrupt: »*Ngwa*, stehen wir hier nicht länger herum«, als wäre ihm eingefallen, dass er etwas Wichtiges zu tun hatte.

»Ja, stehen wir hier nicht länger herum«, wiederholte seine Frau.

Er führte uns ums Haus herum. Wir gingen auf ein Nebengebäude zu. Vielleicht die Dienstbotenunterkunft? Dafür war der Bau allerdings zu klein. Außerdem wies nichts darauf hin, dass der Lehrer und seine Frau jemals Dienstboten gehabt hatten. Während wir darauf zugingen, sagte er entschuldigend: »Im Haus gibt es kein freies Zimmer mehr, sonst hätten wir dich …«

»Ja, wenn mir mehr Platz hätten, hätten wir dich natürlich bei uns im Haus wohnen lassen«, pflichtete seine Frau ihm bei.

»Das versteht sie sicher«, sagte der Mann.

»Natürlich versteht sie das«, sagte die Frau.

»Wir haben dir das Zimmer hier draußen so gut wie möglich hergerichtet«, sagte der Mann.

Oben an der Tür gab es ein Vorhängeschloss. Er schloss es auf.

Die Frau und ich blieben draußen, während er meine Tasche hineintrug.

Als er wieder zum Vorschein kam, sagte er: »Du wirst es hier gut haben.«

Die Frau nickte. »Ja, du wirst es hier gut haben.«

»Und du wirst uns eine große Hilfe sein.«

»Ja«, sagte die Frau. »Eine große Hilfe. Du wirst uns im Haus und Garten helfen.«

Sie musterte mich von Kopf bis Fuß. Dann sagte sie: »Gelbliche Haut, die Farbe einer reifen Papaya. Ein großes Glück für ein Mädchen. Ihre Mutter sollte keine Schwierigkeiten haben, sie zu verheiraten.«

»Das hat ja noch Zeit«, sagte der Mann. »Aber du hast recht. Für später hast du sicher recht.«

Die Frau nickte.

Sie sahen mich noch einen Moment lang an, mit einem sehr seltsamen Blick, und verschwanden dann im Haus.

Ich saß auf der gelben Schaumstoffmatratze, die von nun an mein Bett sein würde, und sah mich um. Der Raum war weit davon entfernt, ein gemütliches Zuhause zu sein. Er war klein und fast leer. Vier Betonwände, zum Teil mit Wellblech verkleidet, ein Holzboden, eine Decke. Keine Küche, kein Badezimmer. Vielleicht hatten sie das Gebäude vor meiner Ankunft als Lagerschuppen benutzt. Ein richtiges Haus war es jedenfalls nicht. Immerhin wirkten die Wände stabil.

Nach einer Weile streckte ich mich auf der Matratze aus und schlief ein. Als ich aufwachte, war es spät, ich musste mehrere Stunden geschlafen haben. Draußen war der Abend zur Nacht geworden, und es war stockdunkel. Niemand war gekommen, um nach mir zu sehen. Niemand hatte nach mir gerufen. Oder wenn doch, hatte ich es nicht gehört.

Auf einem kleinen Schreibtisch stand eine Petroleumlampe, daneben lagen Streichhölzer. Ich zündete eins an und machte Licht.

Draußen vor dem Schuppen gab es einen Wassertank. Ein Schlauch ragte seitlich aus dem Tank heraus und führte zu einem Wasserhahn. Darunter stand ein Eimer, und neben dem Eimer lag ein Stück Seife.

Ich zog mein Kleid mit dem orangebraunen Muster aus, eines meiner Lieblingskleider. Dann füllte ich den Eimer mit Wasser. Vor dem Tank war der Boden betoniert. Dort hockte ich mich neben den Eimer. Die Petroleumlampe, der Mond, die Sterne und ein paar Glühwürmchen waren die einzigen Lichtquellen. Ich wedelte mit den Händen, um die Mücken zu verscheuchen, und schlug auf die Stellen an meinen Armen und Beinen, wo es kitzelte, weil sie sich auf der nackten Haut niederließen. Ich ging tief in die Hocke, um meine Scham zu bedecken, denn obwohl es dunkel war und mich eigentlich niemand sehen konnte, hatte die Finsternis immer auch etwas Bedrohliches, und ich fühlte mich nackter und schutzloser als am Tag. Ganz davon abgesehen, dass immer noch Krieg war – manchmal flogen die Kampfbomber nachts Überraschungsangriffe.

Ich seifte mich ein, wusch mich hastig und spülte den Schaum ab. Dabei begann ich zu zählen, um mich von der Angst abzulenken. Ich war fertig, als ich bei fünfzehn angelangt war.

Drinnen zog ich mein Nachthemd über, ein altes Kleid von Mama. Sie hatte es bei der Hausarbeit getragen und es mir vor Jahren geschenkt, weil ich das Blumenmuster so sehr liebte und sie angebettelt hatte, es mir zu geben. Ursprünglich hatte der Baumwollstoff leuchtende Farben gehabt, rosa, gelb und blau. Doch mit den Jahren hatten Motten kleine Löcher in die Ärmel und das Oberteil gefressen, und es sah aus, als hätten die Farben beschlossen, sich in der Mitte zu treffen und zu verschiedenen Grautönen zu verblassen.

Ein paar Tage vor Kriegsausbruch hatte Mama gesagt, das Nachthemd sei zu alt, als dass ich es weiter tragen könne, und ich solle ihr erlauben, es wegzuwerfen. Doch ich hatte mich geweigert.

Als ich jetzt hineinschlüpfte, erinnerte mich das Nachthemd an Mama und Papa und Ojoto und den Frieden und unser Leben vor dem Krieg. Ich war froh, es zu haben. Es machte mir nichts aus, dass es Löcher hatte und die Farben verblasst waren. Mein altes Leben war vorbei, und das Nachthemd passte gut zu meinem neuen Leben – ein Kleid, wie es ein Waisenkind tragen würde. Und war ich das nicht auch? Ich hatte keinen Papa und keine Mama mehr, die mich beschützten. Je eher ich mich damit abfand, desto besser.

Ich legte mich nicht gleich wieder schlafen. Stattdessen saß ich in der offenen Tür, auf einer der beiden Stufen, die nach draußen führten. Der Mond schien, die Luft war angenehm kühl, und die Grillen zirpten. Ich hielt Papas Bibel in der Hand, sah hoch in den unendlichen Himmel und überlegte, was Mama wohl gerade machte.

Als ich mich schließlich erhob, blieb ich noch eine Weile in der Tür stehen und ließ mein neues Zimmer auf mich wirken, auch wenn ich im Dunkeln nicht viel erkennen konnte. Im Schein der Petroleumlampe ließ ich den Blick schweifen. An einer Stelle, wo die Wand aus Wellblech bestand, reflektierte das Metall das Licht, als stünde dort eine zweite Lampe. Verwirrt schaute ich mich um: Die gelbe Schaumstoffmatratze. Der kleine Schreibtisch. Der Esstisch. Das Fehlen anderer Möbel. Die kargen Wände.

Würde ich hier überleben? Und wie lange würde ich hier überleben müssen? Mama hatte gesagt, dass ich nur kurz bei dem Lehrer wohnen würde, vielleicht sogar nur ein paar Tage. Aber wie groß waren die Chancen, dass es tatsächlich nur ein paar Tage sein würden? Und wie lang war kurz? Ein paar Wochen? Mehrere Monate? Würde sie mich wirklich bald nachholen? Was, wenn sie es vergaß?

Es blieb mir nichts übrig, als das Beste aus der Situation zu machen. Wenn das hier der Reis war, den Gott mir gegeben hatte ... dann war es sinnlos, sich Suppe zu wünschen.

ZWEITER TEIL

12

Manchmal denke ich an das Jahr 1970 zurück – das Jahr, in dem die Lektionen begannen – und dann habe ich das Gefühl, alles noch einmal zu durchleben: Wie ich stocksteif neben Mama am Küchentisch oder im Wohnzimmer sitze, wie mein Herz rast, wie mein Gehirn versucht, die Verse zu verdauen, sie dreht und wendet und auf den Kopf stellt, sie krampfhaft verstehen will.

Wieder und wieder habe ich versucht, die Erinnerungen zu begraben, so zu tun, als hätten die Lektionen nicht stattgefunden, denn wenn ich akzeptierte, dass sie zu meiner Vergangenheit gehörten, würde ich auch nie vergessen können, wie Mama damals gewesen ist, als sie glaubte, ich wäre von einem Dämon besessen.

Doch die Erinnerungen sind geblieben.

Apropos Mama. 1970 war es anderthalb Jahre her, dass wir uns zum letzten Mal gesehen hatten. Ich hatte die letzten Monate des Jahres 1968, das ganze Jahr 1969 und die ersten Monate des Jahres 1970 bei dem Lehrer und seiner Frau verbracht und kein einziges Mal etwas von Mama gehört. Sicher, sie hatte wirklich nicht gewusst, wie lang wir getrennt sein würden. Sicher, auf eine Art hatte sie wirklich geglaubt, dass ich nur kurz in Nnewi bleiben würde. Doch die Zeit verging, und der Lehrer und seine Frau hatten sich daran gewöhnt, ein Hausmädchen zu haben. Schließlich war Papa tot, auch wenn er nicht zugelassen hätte, dass ich als Hausmädchen arbeite, auch wenn er es missbilligt hätte, dass seine Freunde seine Tochter als Hausmädchen benutzten. Aber er war tot, und Mama hatte sich eingeredet, dass sie nur tat, was getan werden musste. Man musste der Wahrheit ins Gesicht sehen: Auch wenn wir vor Papas Tod zur oberen Mittelschicht gehört hatten, waren wir nach seinen Tod und wegen des Krieges in die Unterschicht abgerutscht. Was Mama getan hatte, war nichts anderes als das, was Unterschichtsfamilien taten, die ihre Kinder als Hausmädchen oder -jungen zu anderen Leuten gaben. Das war ja auch sinnvoll. Eine andere Familie übernahm die Verantwortung für die Kinder – bezahlte für Essen, Unterkunft und, was noch wichtiger war, dafür, dass sie zur Schule gehen konnten.

Mama hat immer wieder erzählt, dass sie sich gerade auf den Weg machen wollte, um mich abzuholen, als sie den Anruf des Lehrers erhielt. Erst hatte ich das für eine Lüge gehalten. Niemals hätte sie auf die Bibel schwören können. Sobald sie das Heilige Buch berührt hätte, wäre es in Flammen aufgegangen. Andererseits, nach all den Bibellektionen – all den Stunden, in denen sie die Bibel in der Hand hielt –, hätte das Buch längst in Flammen aufgegangen sein müssen, wenn sie log, also kann es schon sein, dass sie mich tatsächlich gerade abholen wollte, als ich dafür sorgte, dass sie mich abholen *musste*. Solche Zufälle gibt es im Leben.

Die Sache nahm trotzdem ein glimpfliches Ende. Da sie mit mir zufrieden gewesen waren – außer am Schluss –, da ich hart für sie gearbeitet hatte und die meisten Zeit brav gewesen war, sorgten der Lehrer und seine Frau dafür, dass ich eine ordentliche Schulbildung erhielt, so wie Ogas und Madams das eben machten. Mama sagte: »Weißt du noch, was ich früher immer gesagt habe? Dass du dein Gehirn gebrauchen sollst? Der Lehrer und seine Frau haben ihr Versprechen gehalten. Sie werden das Schulgeld bezahlen und dir Schuluniformen, Bücher, Stifte und Hefte kaufen, damit du deinen Abschluss machen kannst.

Damit etwas aus dir wird. Wir müssen an deine Zukunft denken. Ich habe immer nur an deine Zukunft gedacht ... «

Als ich zu Mama nach Aba kam, zog ich in den adretten weißgestrichenen Bungalow, in dem sie wohnte, aber so hatte er nicht immer ausgesehen – weder adrett noch weißgestrichen.

So wie Mama die Geschichte erzählt, klingt sie wie ein Hollywood-Drama oder ein James-Bond-Film – mit vielen Verwicklungen und der einen oder anderen überraschenden Wendung. Trotzdem glaube ich ihr jedes Wort, jede Einzelheit, weil sie sich nämlich sehr genau an *jene Tage* erinnert – sogar an die Bibellektionen – und ihre Erzählung sich im Laufe der Jahre nicht verändert hat.

So wie sie es erzählt, war sie nach Aba zurückgekehrt und hatte ein löchriges Dach und Gras vorgefunden, das die Außenmauern hochwucherte. Zuerst hatte sie das Haus nicht gefunden. Sie war an einer Wiese aus gelbem Gras vorbeigekommen, und nachdem sie etwa sechs Kilometer die Straße hochgelaufen war, hatte sie eine Stelle erreicht, wo diese abrupt anstieg. Sie dachte, dass sie sich ganz in der Nähe des Hauses befinden musste, weil sie wusste, dass es auf einer Anhöhe oberhalb der Stadt lag. Sie ging weiter und stieg zehn Minuten lang den Hügel hoch, aber das Haus war nirgends zu sehen.

Sie stellte ihre Tasche ab, um sich eine Weile auszuruhen, holte ihr Taschentuch hervor und wischte sich den Schweiß von der Stirn. Daran erinnert sie sich so genau, sagt sie, weil es eines von Papas alten Taschentüchern war, mit einem aufgestickten U für Uzo. Sie erinnert sich, dass sie an Papa denken musste.

Eine Frau mit einem Wassereimer auf dem Kopf kam vorbei, und obwohl Mama es unhöflich fand, sie anzusprechen, weil sie doch so schwer beladen war, tat sie es trotzdem, denn sie fühlte sich hilflos, verloren, durcheinander, als hätte ihr jemand ins

Gesicht geschlagen. Sie war in Aba geboren und aufgewachsen und glaubte, sich in der Stadt auszukennen. Wie konnte sie sich da verlaufen?

Sie wollte die Frau gerade nach dem Weg fragen, als sie es sah. Das Haus stand tatsächlich oben auf dem Hügel, auch wenn es von der Straße aus fast nicht zu sehen war: eine bröckelige Ruine aus verwittertem Beton und Wellblech, das kaum aus dem wild wuchernden Gebüsch herausragte.

Sie entschuldigte sich bei der Frau für die Störung. Während die Frau weiterging, sah sich Mama genauer um. Ihr war klar gewesen, dass der Krieg seine Spuren hinterlassen hatte, und so versuchte sie sich einzureden, dass sie der Anblick nicht überraschte: die zerbrochenen Fensterscheiben, die Orangen- und Guavenbäume, die keine Früchte trugen und deren Blätter völlig vertrocknet waren, sodass sie wie verhungert aussahen. Tiere hatten sich auf dem Grundstück herumgetrieben – Grasnager, Buschhörnchen, Ziegen, streunende Hunde. Sie sah ihre Abdrücke im Staub.

Sie stellte ihre Tasche neben der Eingangstür ab und trat über die Schwelle, als sie ihn rechts von sich auf dem Boden liegen sah. Sie schrie: »*Chi m o!*« Ein toter, zusammengekrümmter Mann.

Er war nur noch ein Skelett, aber vielleicht war er auch schon vor seinem Tod bis auf die Knochen abgemagert gewesen. Tiere hatten die Leiche angefressen, wahrscheinlich dieselben Tiere, deren Spuren sie draußen gesehen hatte.

Sie schrie immer weiter, so laut, dass mehrere Nachbarn angerannt kamen. Sie spürte ihre Hände auf ihrem Körper, wie sie versuchten, sie festzuhalten, sie zu beruhigen. »*Rapum aka!*«, schrie sie. Lasst mich los! »*E metukwana ma aka!*« Fasst mich nicht an!

In diesem Moment beschloss sie, dass es in Aba nicht besser war als in Ojoto oder jedenfalls ganz anders, als sie es sich erhofft hatte. Schon wieder war sie mit dem Tod konfrontiert worden.

Was hatte das zu bedeuten? War sie nicht nach Aba gekommen, um der Erinnerung an das, was mit Papa passiert war, zu entfliehen? Und jetzt lag da diese Leiche und füllte das Haus mit negativer Energie, mit Erinnerungen an den Tod.

Mit einem Mal fühlte sie sich ganz schwach und ihr brach der Schweiß aus. Sie kauerte sich auf den Boden, um nicht in Ohnmacht zu fallen. Eine Frau hielt ihr eine Flasche Wasser hin. Mama trank gierig und spritzte sich etwas Wasser ins Gesicht. Dann gab sie der Frau die Flasche zurück. Sie sah sich um. Auf dem Boden, nicht weit von ihr, Glasscherben.

Sie begann wieder zu schreien.

»Madam«, sagte die Frau neben ihr sanft. »Madam.«

Sie sah die Frau an. Sie wollte erklären, dass sie von weit hergekommen war, nur um festzustellen, dass es hier genauso schlimm war wie dort, wo sie vorher gewesen war. »Ich kann nicht hierbleiben«, sagte sie. Sie schüttelte heftig den Kopf und zitterte am ganzen Körper, sodass die Frau sie festhalten musste, um sie zu beruhigen. Mehrere Männer halfen, die Leiche aus dem Haus zu tragen. Wer mochte der Mann sein?, fragten sich die Nachbarn mit gedämpfter Stimme. Die Männer trugen die Leiche mit der abgestumpften Trauer von Menschen davon, die den Tod schon viel zu oft gesehen hatten.

Einer der Männer begann die Glasscherben einzusammeln.

Plötzlich erkannte die Frau, die sie getröstet hatte, Mama wieder. »Bist du nicht Adaora, die Tochter von Kenneth und Flora Amaechi, Gott habe sie selig?«

Mama nickte.

Die Frau stieß einen Freudenschrei aus. »Willkommen, Adaora«, sagte sie. »*Nno!*«

»Das hier ist kein Zuhause, in das man zurückkehren–«, murmelte Mama.

Die Frau fiel ihr ins Wort. »Mach dir keine Sorgen. Das Land deines Vaters heißt dich willkommen. Ich sage, mach dir keine Sorgen. Alles wird gut. Wir richten das Haus gemeinsam her. Ein Mensch allein kann keinen Elefanten davontragen, ein ganzes Dorf schon.«

»Ich kann nicht hierbleiben«, rief Mama. »Wie soll das gehen.«

Doch tief in ihrem Inneren wusste sie bereits, dass sie bleiben würde. Wo sollte sie sonst hin? Außerdem konnte sie ja nicht immer weiter davonlaufen.

Und so blieb sie in Aba. Die Nachbarn halfen ihr, das Haus wiederaufzubauen, das Dach zu reparieren, Fenster und Türen einzusetzen. Sie schnitten das mannshohe Gras mit ihren Macheten, und Mama wässerte das Land mit Kanistern voller Wasser. Zur Tarnung verteilten sie Palmwedel auf dem Grundstück. Sie fegten das Haus und wischten den Kachelboden.

Als der Krieg zu Ende war, halfen die Nachbarn ihr auch, einen Garten anzulegen und vor dem Haus Bäume zu pflanzen. Einen zweiten Guavenbaum und einen Orangenbaum. Einen Mango- und einen Papayabaum. Ananas, die ihre stacheligen Köpfe aus der Erde steckten.

Die Nachbarn halfen ihr auch, eine Bretterbude zu zimmern und sie vor dem Haus aufzustellen, direkt neben dem Tor zum Grundstück.

Das alles hatte einige Zeit gebraucht. »Deshalb hat es so lang gedauert, bis ich dich zu mir holen konnte«, sagte Mama wie zu ihrer Verteidigung, wenn sie die Geschichte erzählte. »Ich hatte dich nicht vergessen. Aber in all der Zeit war das Leben nicht einfach.«

Der Bungalow war klein, aber er hatte ein großes Wohnzimmer und zwei Schlafzimmer, und eines davon hatte Mama für mich hergerichtet. Das andere Zimmer war ihres.

In der ersten Woche, als ich wieder bei Mama war, sprach sie kein Wort mit mir. Jeden Morgen kam ich aus meinem Zimmer, wusch mich und zog mich an. Dann ging ich in die Küche, aß eine Kleinigkeit und verschwand wieder in meinem Zimmer. Zum Mittag- und Abendessen kam ich wieder heraus. Wenn ich aus meinem Zimmer trat, war sie nirgendwo zu sehen. Entweder war sie schon in ihrem Verkaufsstand oder sie werkelte irgendwo im Haus herum.

Fast eine ganze Woche verging, bevor Mama und ich das erste Wort miteinander sprachen.

Als ich am Ende dieser ersten Woche morgens in die Küche kam, um mir Frühstück zu machen, saß sie am Tisch. Sie trug ein schwarzes Kleid und ein schwarzes Tuch um den Kopf, als wäre jemand gestorben.

Ich blieb in der Küchentür stehen und überlegte krampfhaft, ob ich gehen oder bleiben sollte. So oder so musste ich höflich sein und ihr erst einmal einen guten Morgen wünschen.

»Guten Morgen, Mama«, sagte ich.

In der Küche gab es einen Tisch und zwei Stühle, wir hätten also längt unsere Mahlzeiten zusammen einnehmen können. Doch die ganze Woche lang hatten wir ja nicht einmal miteinander geredet, geschweige denn miteinander gegessen, und so hatten wir noch kein einziges Mal gemeinsam an diesem Tisch gesessen.

An diesem Morgen muss sie extra auf mich gewartet haben. Sie saß am Tisch und rührte in einer Tasse Tee. Sie hatte offenbar gerade eine Tangerine gegessen, denn der frische Zitrusduft der geschälten Frucht hing noch in der Luft.

Die Küche war ein breiter, heller Raum mit zwei großen Jalousienfenstern. Die Fenster standen offen und Sonnenlicht fiel herein.

Mama hob den Blick, sah mich an und antwortete förmlich: »Guten Morgen, Ijeoma.« Dann rührte sie weiter in ihrem Tee.

Ich blieb in der Tür stehen und antwortete: »Entschuldige, ich wollte nicht stören. Ich komme später wieder, wenn du ausgetrunken hast.«

Sie schüttelte den Kopf. Sie starrte weiter in ihren Tee. »Du kannst bleiben. Ich dachte, heute wäre der richtige Zeitpunkt, um ein paar Dinge mit dir zu besprechen.« Sie zeigte auf den freien Stuhl. »Setz dich.«

Ich ging zu dem Stuhl, zog ihn zurück und setzte mich.

Mama sprach weiter: »Jetzt, wo du eine Woche lang Zeit hattest, dich einzugewöhnen, müssen wir darüber sprechen, wie es weitergeht. Wir müssen so schnell wie möglich damit beginnen, deine Seele zu reinigen.«

13

Die ersten Sitzungen fanden bei uns am Küchentisch statt, wo wir einander gegenübersaßen. Sie fanden abends statt, nachdem Mama ihren Verkaufstand geschlossen hatte, aber vor dem Abendessen.

In der ersten Sitzung schlug Mama ihre Bibel auf. Erstes Buch, erstes Kapitel, erster Vers. Sie begann zu lesen:

> 1 *Na mbu Chineke kere elu-igwe na uwa.*
> 2 *Uwa we buru ihe toboro n'efu na ihe toboro nkiti; ochichiri di kwa n'elu obu-miri: Mo Chineke nerughari kwa n'elu miri.*

> 1 *Am Anfang schuf Gott Himmel und Erde.*
> 2 *Und die Erde war wüst und leer, und Finsternis lag auf der Tiefe; und der Geist Gottes schwebte auf dem Wasser.*

Ihre Stimme war ruhig und sanft. Sie las in einem gleichmäßigen Rhythmus. Als sie am Ende der Seite angekommen war, blätterte sie um und begann das zweite Kapitel zu lesen. Ich folgte dem Text in meiner eigenen Bibel, Papas alter Bibel.

[20] *... aber für den Menschen wurde keine Hilfe gefunden, die ihm entsprach.*
[21] *Da ließ Gott der HERR einen tiefen Schlaf fallen auf den Menschen, und er schlief ein. Und er nahm eine seiner Rippen und schloss die Stelle mit Fleisch.*
[22] *Und Gott der HERR baute eine Frau aus der Rippe, die er von dem Menschen nahm, und brachte sie zu ihm.*
[23] *Da sprach der Mensch: Die ist nun Bein von meinem Bein und Fleisch von meinem Fleisch; man wird sie Männin nennen, weil sie vom Manne genommen ist.*
[24] *Darum wird ein Mann seinen Vater und seine Mutter verlassen und seiner Frau anhangen, und sie werden sein ein Fleisch.*

Mama wiederholte diesen letzten Vers:

[24] *N'ihi nka ka nwoke garapu nna-ya na nne-ya, rapara n'aru nwunye-ya: ha ewe gho otu anu-aru.*

Sie sagte: »*Nwoke na nwunye*. Mann und Frau. Adam *na* Eva. *I ne gehe nti*? Hörst du mir zu?« Sie hob mahnend den Zeigefinger.

Ich nickte.

Sie wiederholte: »*Nwoke na nwunye*. Adam *na* Eva. Mann und Frau.«

Ich nickte, blieb aber stumm und wandte den Blick nicht von ihr ab. Sie machte ein Gesicht, als würde sie vom Ufer aus zusehen, wie ein Boot sinkt. Sie wollte den Kapitän anschreien, etwas zu tun, aber gleichzeitig schien ihr bewusst zu sein, dass das sinnlos war, weil der sie nicht hören würde. Er war viel zu weit weg. Deshalb sprach sie ganz leise, wie in einem Gebet, als hätte das Gebet eine Wirkung, die lautes Schreien nicht haben konnte.

Ich hörte ihr zu, beobachtete, wie sie die Stirn runzelte und den Mund öffnete und schloss, öffnete und schloss.

Vor der Sitzung hatte Mama mir einen schwarzen Gebetsschal gegeben und mir befohlen, ihn mir um den Kopf zu schlingen. »Als Zeichen wahrer Reue«, hatte sie gesagt. Jetzt zupfte ich an dem Schal.

»*I ne gehe nti?*«, fragte sie. »Hörst du mir zu?«

Ich nickte.

»*I na aghota?* Und verstehst du, was ich sage?«

Ich nickte wieder.

Sie lächelte, streckte die Hand aus und zog an meinem Schal, vielleicht, damit er mein Haar besser bedeckte. Dann tätschelte sie mir den Kopf.

»Ijeoma, meine Liebe«, sagte sie, »glaubst du nicht, Gott hätte es in der Bibel erwähnt, wenn er es anders gewollt hätte?«

Sie schlug die Bibel zu und verkündete, für heute sei es genug. Die Sitzung hatte gerade einmal fünfzehn Minuten gedauert, aber sie war so unangenehm gewesen, dass sie sich viel länger angefühlt hatte.

Mama stand auf, ging zum Küchenschrank, nahm zwei Teller heraus und trug sie zum Herd. Sie tat uns Reis und Eintopf auf und brachte die Teller zum Tisch.

An jenem Abend aßen wir schweigend. Anschließend zogen wir uns beide in unsere Zimmer zurück.

14

Am nächsten Morgen begegnete ich Mama beim Frühstück in der Küche. Während wir zusammen am Tisch saßen und Brot in unseren Tee tunkten, kniff sie plötzlich die Augen zusammen und sagte: »Es war wirklich nicht einfach, das Haus wiederaufzubauen und herzurichten. Das musst du verstehen. Es hat sehr lange gedauert, bis es so aussah wie jetzt.«

Ich sagte, ich würde das verstehen, und bedankte mich bei ihr, auch wenn ich es damals noch nicht verstand und auch keine Dankbarkeit empfand, weil es immer noch wehtat, dass sie mich verstoßen hatte, und weil die Erinnerung an die Zeit bei dem Lehrer wehtat, in der mich die ganze Zeit die Frage gequält hatte, warum meine eigene Mutter mich im Stich gelassen hatte.

»So viel Arbeit, aber jetzt haben wir endlich wieder ein Zuhause. Ein neues Leben, neue Erinnerungen. Und weißt du was? Ich habe keine Albträume mehr.«

Während sie das sagte, machte sie ein beinahe verzweifeltes Gesicht und sah mich flehend an. In diesem Moment war es, als wäre sie das Kind und ich die Mutter; als sehne sie sich nach Anerkennung, als wolle sie unbedingt, dass ich stolz auf sie bin.

»Wie schön, Mama«, sagte ich. »Ich bin froh, dass du keine Albträume mehr hast.«

»Was für ein Unglück«, sagte sie und starrte in ihren Tee. »Wenn ich es nur geschafft hätte, das Haus vorher fertig zu machen, hätte ich vielleicht verhindern können, dass …« Ihr Stimme wurde immer leiser, bis sie gar nicht mehr zu hören war.

Stumm starrte ich sie an.

Sie hob den Blick von ihrer Tasse und sagte mit aufgesetzter Fröhlichkeit: »Ich wollte Okrasuppe zum Abendessen machen, aber ich verkaufe keine Okras. Würdest du zum Markt gehen und welche holen?«

Ich nickte.

»Zum Markt ist es nicht weit«, fuhr sie fort. »Du gehst unsere Straße runter und biegst rechts in die Hauptstraße ein. Dann läufst du auf den Kirchturm zu, an der Kirche vorbei, und nach ein paar Kilometern kommt der Markt. Du wirst die Sonnenschirme sehen, die Wellblechstände, die vollgehängten Buden.«

Mittlerweile hatten wir unser Brot gegessen und unseren Tee getrunken.

»*Oya*, ich muss meinen Stand öffnen«, sagte sie und stand auf. Ihre Handtasche lag auf der Arbeitsfläche neben dem Tisch. Sie griff danach.

Ich erhob mich ebenfalls, sammelte die Teetassen und Untertassen ein und stellte sie in die Spüle.

Ich wollte gerade mit dem Abwasch beginnen, als Mama sagte: »Ich wollte vorhin eigentlich nur sagen, dass es mir leid tut, dich so lange dort gelassen zu haben.«

Ich drehte mich zu ihr um. Sie kramte in ihrer Handtasche und suchte nach Geld für die Okras. Dann stand sie mit dem Geld in der einen und der Tasche in der anderen Hand da. Schließlich, anstatt mir das Geld einfach zu geben, kam sie ein paar Schritte auf mich zu und schlang die Arme um mich. »Es tut mir so leid«, murmelte sie.

Mein erster Gedanke war, dass es sich seltsam anfühlte, in Mamas Armen zu sein. Zwischen uns gab es eine Distanz, die vorher nicht dagewesen war, selbst an dem Tag nicht, als sie mich bei dem Lehrer abgeholt hatte. Eine Anspannung. Sie war meine Mutter, und ich hätte mich an sie schmiegen sollen, hätte die Umarmung genießen sollen, so wie an dem Tag, als sie mich bei dem Lehrer abholte – wie früher, bevor sie mich weggeschickt hatte. Doch jetzt war alles anders. In diesem Moment fühlte es sich so an, als wäre sie nur irgendein Erwachsener, der sich um mich kümmert, nicht meine Mutter. Sie war wie eine leere Hülle – das Symbol einer Mutter, kein richtiger Mensch.

Draußen hörte ich einen Motor aufheulen, und ich glaube, irgendwo blökte eine Ziege. Ich legte meine Arme um Mama, aber ich schaffte es einfach nicht, mich fallen zu lassen. Stocksteif stand ich da.

Als sie mich endlich losließ, zog sie ein Taschentuch aus der Brustfalte ihres Wickelkleids und betupfte sich die Augen. »Wenn irgendwas ist, ich bin in meinem Verkaufsstand. Du kannst jederzeit vorbeischauen. Komm einfach rein.«

Ich nickte.

Sie drehte sich um und ging zur Hintertür. Dort blieb sie stehen, wandte sich noch einmal zu mir um und betrachtete mich eine Weile.

Schließlich sagte sie: »Vergiss nicht, dass wir heute Abend weiter in der Bibel lesen.«

Ich hatte es längst vergessen, aber ich sagte: »Natürlich nicht, Mama.«

Auf dem Rückweg vom Markt schaute ich in der Kirche vorbei. Es war Freitag; letzten Sonntag war ich noch nicht in Aba gewesen, deshalb hatte ich hier noch keinen Gottesdienst besucht. Ich dachte, ich könnte mich mit dem Ort vertraut machen, wenn ich schon einmal in der Nähe war.

Ich ging hinein und setzte mich auf eine der Bänke vor dem Altar. Von dort aus konnte ich gut sehen, was in dem Regal an der Wand dahinter stand: rote und gelbe Blumen in Ton oder Glas, mehrere Stapel Bibeln und andere Bücher.

Als Amina und ich bei dem Lehrer und seiner Frau wohnten, waren wir nur selten mit in die Kirche gegangen. Die Arbeit hatte Vorrang vor der Sonntagsmesse gehabt.

Als ich an dem Tag in Aba in der Kirche saß, merkte ich, wie sehr ich die Sonntagsmesse vermisst hatte, ja wie sehr ich es überhaupt vermisst hatte, in einer Kirche zu sein, auch ohne Gottesdienst.

Ich war ganz allein. Der Ort fühlte sich sehr heilig an: Die Kirche hatte eine hohe Decke, und jedes Geräusch hallte von den Wänden wider. Mir fielen all die Bibelstellen ein, in denen es hieß: Und Gott sprach. Ich überlegte, was Er wohl sagen würde, wenn Er jetzt zu mir sprechen würde.

Was auch immer Er sagen würde, Seine Stimme würde laut von den Wänden hallen. Vielleicht war das der Grund, warum Kirchen so hohe Decken hatten. Damit Gottes Stimme in unseren Ohren widerhallte. In uns. Und in unseren Herzen.

Mit einem Mal hatte ich das Bedürfnis zu beten. Ich wollte um Vergebung bitten für das, was ich in Nnewi getan hatte. Kein Tag verging, an dem ich nicht daran dachte. Kein Tag verging, an dem ich mich nicht danach sehnte. Doch jetzt saß ich in der Kirche und empfand zum ersten Mal ein überwältigendes Schuldgefühl. Ich wollte Gott darum bitten, meine Gedanken von Amina wegzulenken und mich auf den Weg der Rechtschaffenheit zu führen. Ich wollte Ihn darum bitten, mir zu helfen, auf dass mein Herz Seine Worte erhöre. Ich öffnete den Mund, um zu beten, aber aus irgendeinem Grund wollten die Worte nicht kommen. Es war, als blieben sie mir im Hals stecken. Ich versuchte es wieder und wieder. Vergeblich. Nach einer Weile stand ich auf und trottete nach Hause.

Am Abend studierten wir wieder die Bibel, wie auch schon am Abend zuvor. Mama las laut vor und ich las in meiner eigenen Bibel mit. Während der vorigen Sitzung hatten wir nicht gebetet, aber diesmal sagte Mama, als sie mit dem Lesen fertig war: »Lass uns beten.«

Sie stand auf, zog ihren Stuhl zurück und ging daneben auf die Knie. Ich folgte ihrem Beispiel und kniete mich vor meinen Stuhl. Sie stützte ihre Ellbogen auf die Sitzfläche, und ich machte es ihr nach.

»Allmächtiger«, begann sie, »beschütze mein Kind vor dem

Bösen, das ihre unschuldige Seele befallen hat. *Zoputa ya n'ajo ihe*. Beschütze sie vor den Dämonen, die sie in die Hölle schicken wollen. Führe sie nicht in Versuchung. *E kwela ka o kwenye na nlanye*. Gib ihr Kraft, ihnen zu widerstehen. Dein Wille geschehe. Möge ihr Herz die Lektionen, die du uns erteilst hast, erhören, die Geschichte unserer Schöpfung, die Geschichte von Adam und Eva.«

Während des Gebets schweiften meine Gedanken immer wieder ab, ich dachte an die Bibelstellen, an die Schöpfungsgeschichte, an Adam und Eva, an mich und Amina.

Mama machte immer weiter, sie flehte Gott an, bat um Seine Gnade und Seinen Schutz. Schließlich sagte sie: »Dein Wille geschehe, wie im Himmel so auf Erden. *Ka e mee uche Gi n'ukwa ka e si eme ya n'eluigwe*.«

Sie atmete aus. Ich atmete ebenfalls aus.

»Amen!«, sagte sie fest, und es klang wie ein feierliches Versprechen.

Plötzlich überkam mich eine große Kraftlosigkeit. Ich wollte »Amen« sagen, doch ich bekam den Mund nicht auf. Es war ein Kampf, dieses kurze Wort hervorzubringen, um mit ihr das Gebet zu beenden.

15

»Begreifst du nicht?«, fragte Mama. »Was ihr getan habt, du und dieses Mädchen – wie hieß sie noch gleich? –, ist dasselbe Verhalten, das zur Zerstörung von Sodom und Gomorrha geführt hat.«

Wir waren immer noch im Buch Genesis. Mama las die Geschichte von Sodom und Gomorrha vor:

Zwei Engel waren nach Sodom gekommen, und Lot lud sie in sein Haus ein. Dann kamen die Männer der Stadt, klopften an Lots Tür und verlangten, die Gäste zu sehen. *Gib sie heraus, dass wir ihnen beiwohnen.* Lot weigerte sich. Stattdessen bot er ihnen seine beiden Töchter an, die noch Jungfrauen waren, und sagte den Männern, sie könnten mit ihnen tun, was ihnen gefällt. Hauptsache, sie verschonten seine Gäste.

»Lot war ein guter Mann«, sagte Mama. »Ein guter Gastgeber. Er wollte seine Gäste vor der Sünde schützen.«

»Aber er hat den Sodomiten seine eigenen Töchter ausgeliefert, damit sie mit ihnen tun, was ihnen gefällt«, entgegnete ich. »Wie kann er da ein guter Mann sein?«

»Darum geht es nicht. Lot hat seine Gäste davor beschützt, dass ihnen die schrecklichen Dinge angetan werden, vor denen die Bibel uns warnt.«

»Was für schreckliche Dinge?«, fragte ich.

»Dass ein Mann bei einem anderen Mann liegt«, antwortete Mama mit einem verärgerten Seufzer.

»Glaubst du wirklich, das ist die Lehre dieser Geschichte?«

Sie verdrehte die Augen, sagte aber nichts.

»Geht es in der Geschichte nicht vielmehr um Gastfreundschaft?«, fragte ich ruhig, obwohl mich ihre Worte wütend machten. Aber ich wollte sie nicht noch mehr provozieren. »Er ist bereit, das Wohl seiner eigenen Familie aufs Spiel zu setzen, um seine Gäste zu beschützen. Das könnte doch auch einfach eine Lektion in Gastfreundschaft sein«, argumentierte ich.

»Nein«, sagte Mama. »Jeder weiß, welche Lehre wir aus dieser Geschichte ziehen müssen. Ein Mann darf nicht bei einem Manne liegen, und wenn er es doch tut, muss er bestraft werden. Deshalb hat Gott Sodom und Gomorrha zerstört.«

»Könnte er das nicht getan haben, weil die Männer der Stadt egoistisch, fremdenfeindlich und gewalttätig waren?«, fragte ich. »Muss es diese andere Sache sein?«

»Ja«, sagte Mama. »Es muss diese andere Sache sein. Es kann nichts anderes sein.«

16

LEVITIKUS 18.

22 Du sollst nicht beim Mann liegen wie bei einer Frau; es ist ein Gräuel.

Mittlerweile waren wir mit unseren Bibellektionen von der Küche ins Wohnzimmer umgezogen. Wir saßen auf dem Boden zwischen dem hellgrünen Sofa und dem niedrigen Holztisch und hielten unsere Bibeln in der Hand.

»Was ist ein ›Gräuel‹?«, fragte ich.

»Einfach: Etwas Abscheuliches, Schändliches, ein Skandal.«

»Aber was genau ist so abscheulich, schändlich oder skandalös daran, wenn ein Mann bei einem Manne statt bei einer Frau liegt? Wird das in der Bibel erklärt?«

»Die Tatsache, dass in der Bibel steht, dass es schlecht ist, reicht«, sagte Mama. »Außerdem, wie sollen die Menschen fruchtbar sein und sich mehren, wenn sie so etwas tun? Allein das ist skandalös – dass man sich auf diese Weise nicht fortpflanzen kann.«

Ich wusste, dass der Lehrer und seine Frau keine Kinder bekommen konnten. Ich wusste, dass es viele Männer und Frauen gab, viele Ehepaare, die keine Kinder bekommen konnten.

»Aber selbst ein Mann und eine Frau können sich nicht unbedingt fortpflanzen. Ist das dann auch ein Gräuel?«, fragte ich. »Was, wenn sie nichts dafür können?«

»Gott will, dass Mann und Frau zusammen sind. Und Gott will, dass Mann und Frau miteinander Kinder bekommen. Das ist sein Plan, und deshalb ist es ein Gräuel, wenn es nicht Mann und Frau sind. Und deshalb ist es auch ein Gräuel, wenn ein Mann und ein Frau keine Kinder bekommen.«

Mein Kopf fühlte sich an, als würde er jeden Moment explodieren. Wusste sie überhaupt, was sie da sagte? Über den Lehrer und seine Frau und andere Ehepaare wie sie? Millionen Fragen schwirrten mir im Kopf herum, die Art von Fragen, über die Mama sich nur noch mehr aufgeregt hätte. Ich hätte sie trotzdem gern gestellt, aber die Fragen waren wie winzige Seifenblasen. Ich spürte sie in meinem Kopf, aber sie waren entweder zu klein, um irgendetwas zu bedeuten, oder sie schwebten immer davon, wenn ich versuchte, sie zu fassen zu bekommen.

Mama fuhr fort. Levitikus 19.

19 *Meine Satzungen sollt ihr halten: Lass nicht zweierlei Art unter deinem Vieh sich paaren und besäe dein Feld nicht mit zweierlei Samen und lege kein Kleid an, das aus zweierlei Faden gewebt ist.*

»Begreifst du, was das mit dir und diesem Mädchen zu tun hat?«

Ich schüttelte den Kopf.

»Schön. Lesen wir den Vers noch einmal. Mal sehen, ob du von selbst draufkommst.«

Sie las die Stelle noch einmal vor.

»Fällt dir irgendwas dazu ein?«

»Mir fällt gar nichts ein, Mama«, sagte ich.

»Ich gebe dir einen Hinweis. Du bist eine Igbo. Dieses Mädchen ist eine Hausa. Selbst wenn sie ein Junge wäre, siehst du nicht, dass Igbo und Hausa zweierlei Samen sind? *Begreifst du nicht?* Das würde gegen Gottes Satzungen verstoßen!« Sie machte eine Pause. »Außerdem, hast du vergessen, was sie uns im Krieg angetan haben? Was sie Biafra angetan haben? Hast du vergessen, dass ihr Volk deinen Vater getötet hat?«

Sie legte ihre Bibel auf den Sofatisch, stand auf und ging in die Küche.

Ich warf einen Blick auf ihre Bibel, die aufgeschlagen auf dem Sofatisch lag. Die Ränder waren mit Notizen vollgeschrieben, auf Igbo und auf Englisch. Zwischen den Seiten steckten kleine Zettel. Ich sah, dass auch die Zettel vollgeschrieben waren. Die Notizen am Rand sahen aus, als wären sie schon älter, aber die Zettel waren eindeutig neu. Sie sollten Mama den Weg weisen. Sie sollten mir helfen.

Mama kam mit zwei Gläsern Wasser aus der Küche. Sie stellte sie auf dem Sofatisch ab, neben der Bibel. Sie setzte sich wieder auf den Boden, trank einen Schluck Wasser und schob mir mein Glas hin.

17

Vor dem Krieg erzählte Papa mir oft Gutenachtgeschichten, Volksmärchen, die von sprechenden Tiere und alten Königreichen handelten. Nachdem er stundenlang am Zeichentisch gesessen hatte, ohne zu sprechen, klang seine Stimme heiser und rau, wenn er mir von Prinzen und Königinnen, magischen Trommeln, listigen Schildkröten und Hasen erzählte.

Eines Tages hatte ich ihn nach den Schildkröten und Hasen gefragt – warum sie im echten Leben nicht sprachen und sich so verhielten wie in den Geschichten – und da wurde er ganz verträumt und machte ein nachdenkliches Gesicht. Doch seine Augen glänzten hell und klar, in ihnen lag all die Leidenschaft und Kraft, die seinem Gesicht fehlte. Er redete von Gleichnissen, Allegorien und dem Unterschied zwischen wörtlichen und übertragenen Bedeutungen. Er erklärte, dass manche Dinge Symbole für andere Dinge seien und viele Volksmärchen Allegorien für das Leben.

»Was ist eine Allegorie?«, fragte ich.

Sein Gesicht wurdc noch nachdenklicher. Papa war jemand, der gern Gedanken wälzte. Manchmal schien er sich in seinen Hirnwindungen zu verlieren. An jenem Tag erklärte er: »Eine Taube ist zunächst einmal ein Vogel. Aber sie kann auch ein Symbol für den Frieden sein, oder für noch etwas anderes. Eine Allegorie ist ein Symbol. Etwas, das für etwas anderes steht. Es kann etwas ganz Einfaches, Kleines sein, wie zum Beispiel eine Taube. Aber es steht immer für etwas sehr Großes, für eine große Idee. Manchmal ist dieses Etwas so groß, dass es unser Verständnis übersteigt.«

Mittlerweile waren wir beim Buch der Richter angelangt, Kapitel 19.

Mama las langsam, als wäre Gott mit uns im Wohnzimmer und sie müsse Ihm ihre Ehrerbietung erweisen:

> 1 *Zu der Zeit war kein König in Israel. Da wohnte ein Levit als Fremdling weit hinten im Gebirge Ephraim und hatte sich eine Nebenfrau genommen aus Bethlehem in Juda.*
> 2 *Und als seine Nebenfrau über ihn erzürnt war, lief sie von ihm fort zu ihres Vaters Hause nach Bethlehem in Juda und war dort vier Monate lang.*
> 3 *Da machte sich ihr Mann auf und zog ihr nach, um freundlich mit ihr zu reden und sie zu sich zurückzuholen; und er hatte seinen Knecht und ein Paar Esel bei sich. Und sie führte ihn in ihres Vaters Haus. Als ihn aber der Vater der jungen Frau sah, wurde er froh und ging ihm entgegen.*

4 Und sein Schwiegervater, der Vater der jungen Frau, hielt ihn fest, dass er drei Tage bei ihm blieb. Sie aßen und tranken und blieben dort über Nacht.

Der Vater und der Levit einigten sich auf einen Preis für die junge Frau, und sie musste wieder zu dem Leviten zurückkehren. Auf dem Nachhausweg kamen sie durch die Stadt Gibea, deren Einwohner nichts Gutes im Schilde führten. Ein ehrenwerter Mann beherbergte die Reisenden in seinem Haus, um sie zu beschützen. Mitten in der Nacht umstellten Männer sein Haus und forderten, er solle den Leviten herausgeben, weil sie ihn vergewaltigen wollten. Der Gastgeber beschwor die Männer und sagte, sie sollten stattdessen doch lieber seine Tochter vergewaltigen.

Der Levit wiederum, statt sich selbst von den Männern vergewaltigen zu lassen, bot ihnen seine Nebenfrau an. Die Männer vergingen sich die ganze Nacht lang an ihr und ließen erst im Morgengrauen von ihr ab. Sie schleppte sich zum Haus und brach vor der Tür zusammen. Am Morgen trat der Levit aus dem Haus und befahl ihr aufzustehen, damit sie sich auf den Weg machen konnten. Sie antwortete nicht. Verärgert warf er sie über den Rücken seines Esels und machte sich auf. Zurück zu Hause zerteilte er sie Glied für Glied in zwölf Stücke und sandte diese in das gesamte Gebiet Israels.

Wir saßen im Wohnzimmer auf dem Boden am Sofatisch.

»Denk darüber nach«, sagte Mama, als sie zu Ende gelesen hatte.

Es war eine furchtbare Geschichte. Ich wusste nicht, worauf Mama hinauswollte. »Worüber soll ich nachdenken?«, fragte ich.

»Siehst du nicht, dass das alles auf dich zutrifft?«

Nein, das sah ich nicht, aber ich wollte mich wirklich bemühen, ihren Standpunkt einzunehmen, und so grübelte ich weiter über die Geschichte nach. Ich stellte mir alles genau vor. Schreckliche Bilder. Wie die arme junge Frau vergewaltigt wird, wie sie ohnmächtig vor der Tür liegt, wie der Levit sie über den Rücken seines Esels wirft. Wie der Levit ihre Leiche in zwölf Stücke schneidet. Diese schrecklichen Bilder standen mir vor Augen. Welches davon sollte auf mich zutreffen?

Ich streckte meine Beine unter dem Tisch aus und sagte: »Mama, ich verstehe deine Frage nicht. *A ghotaghi m.*«

»Was gibt es da nicht zu verstehen?«, sagte sie. »Weißt du nicht, warum die Männer den Männern ihre Frauen angeboten haben?«

»Nein.«

Doch plötzlich ging mir auf, dass ich es sehr wohl wusste. Es lag auf der Hand. Ich sagte: »Doch, Mama, ich weiß es. Die Männer haben die Frauen ausgeliefert, weil sie Feiglinge sind und schlechte Menschen. Welcher anständige Mann würde seine Tochter oder Ehefrau vergewaltigen lassen, damit er selbst nicht vergewaltigt wird?«

Mama starrte mich aus weit aufgerissenen Augen an und sagte dann sehr ruhig: »Ijeoma, du verstehst das völlig falsch.«

»Was verstehe ich falsch?«

»Begreifst du nicht? Wenn die Männer sich selbst ausgeliefert hätten, wäre das ein Gräuel gewesen. Sie haben die Frauen ausgeliefert, um nicht gegen Gottes Gesetz zu verstoßen: Mann und Frau statt Mann und Mann. Verstehst du jetzt?«

Hinter meinen Schläfen begann es zu pochen. Mein Herz schlug schneller. Ich konnte nicht fassen, was Mama da sagte. Genau dasselbe hatte sie zu Lots Geschichte gesagt. Es war, als wäre sie von dieser Sache mit den Gräueln besessen. Glaubte sie etwa ernsthaft, dass das die Lehre war, die man aus dieser furchtbaren Geschichte ziehen sollte? Was war mit all der Brutalität, mit all den Vergewaltigungen? Und sie musste doch sehen, dass es in der Geschichte um viel mehr ging als um Brutalität und Vergewaltigungen. Mir war der Sinn dieser Geschichte ein völliges Rätsel.

Ich dachte: Was, wenn die Geschichten in der Bibel in Wahrheit Allegorien für etwas anderes waren, etwas, das wir nur schwer begreifen konnten.

Zusätzlich zu unserem täglichen Bibelstudium ging ich sonntags mit Mama in die Kirche. Warum kamen diese Fragen dort nie zur Sprache? Warum stellte im Gottesdienst niemand diese Fragen? Stattdessen nickten die Leute und klatschten und riefen »Amen« nach jedem Satz, den Father Godfred sagte, und niemand bat ihn je um eine Erklärung. Ich wünschte, Papa wäre hier, damit ich ihn fragen könnte, was er von der Sache hielt. Ich überlegte, was Father Godfred sagen würde, wenn ich ihn mit diesen Fragen konfrontierte. Ob er wohl eine Antwort hätte? Wussten Pfarrer diese Dinge eigentlich wirklich oder taten sie nur so?

Ich sah Mama an und sagte: »In der Bibel gibt es so viele Geschichten, Mama. Vielleicht sind das alles nur Allegorien.«

»Schsch«, sagte Mama. »Alles, was in der Bibel steht, ist wahr. Wir dürfen es nicht infrage stellen.«

Unsere Wassergläser standen vor uns auf dem Tisch. Bisher hatten wir kaum etwas davon getrunken.

Ich wollte Mama gerade fragen, ob sie wusste, was eine Allegorie war. Doch sie muss gesehen haben, wie ich Luft holte. Sie beugte sich vor und schob mir mein Glas zu. »Hier«, sagte sie. »Trink einen Schluck Wasser.«

Mir fiel auf, dass ich tatsächlich durstig war. Als ich das Glas absetzte, sagte sie: »Gut. Wir haben keine Zeit zu verlieren. Machen wir weiter. *Osiso-osiso.*« Sie trank hastig einen Schluck aus ihrem Glas, schlug ein paar Seiten in ihrer Bibel um und las weiter vor.

18

In den nächsten Tagen und Wochen füllten Geschichten aus der Bibel und ihre möglichen allegorischen Bedeutungen meinen Kopf. Eines Abends war ich allein in meinem Zimmer, ich lag auf dem Bett und dachte über alles nach. Wenn mein Gehirn eine dieser altmodischen Waagen wäre, wie die Waage der Gerechtigkeit, und in der einen Waagschale das Gute und in der anderen das Böse läge, wären beide Seiten genau gleichauf. Es stellte sich heraus, dass all das Bibelstudium nicht die erwünsche Wirkung erzielte; es liefert sowohl Argumente für das, was ich in meinem Inneren fühlte, als auch für das, was Mama und der Lehrer und seine Frau fühlten. Überhaupt schien die Bibel an Bedeutung zu verlieren, denn ich kam mehr und mehr zu dem Schluss, dass wir gar nicht wissen können, was Gott wirklich will.

Aber ich wollte es wissen. Ich stand auf und kniete mich neben mein Bett, weil ich mit einem Mal das Gefühl hatte, ich könnte zu einer Antwort gelangen, wenn ich ganz allein zu Gott betete. Vielleicht würde Gott ja zu mir sprechen. Vielleicht würde seine Stimme in mir widerhallen und mir Antworten geben.

Kurz zuvor hatte ich eine weitere Bibelstunde mit Mama gehabt. Das Kopftuch, das ich dabei immer trug, hatte sich längst gelöst und meine Zöpfe fielen mir lose über die Schultern. Während ich sie zusammenband und mir das Tuch um den Kopf schlang, wanderten meine Gedanken zurück zu Adam und Eva.

Da kam mir ein Gedanke: Ja, in der Bibel war von Adam und Eva die Rede. Aber was, wenn das nur eine Geschichte von vielen war? Auch wenn die Bibel nur von Adam und Eva erzählte, konnte es doch trotzdem auch Adam und Adam und Eva und Eva gegeben haben. Nur weil die Bibel Adam und Eva in den Mittelpunkt stellte, hieß das doch noch lange nicht, dass alles andere verboten war. Nur weil die Bibel ein ganz bestimmtes Ereignis schilderte, eine ganz bestimmte Geschichte, waren deshalb doch noch lange nicht alle anderen Ereignisse, alle anderen Geschichten schändlich. Die Frau wurde für den Mann erschaffen, schön und gut. Aber das bedeutete doch nicht, dass sie nicht auch für eine andere Frau erschaffen worden sein konnte. Oder ein Mann für einen Mann. Es gab unzählige Möglichkeiten, und keine war besser als die andere.

Ich überlegte, ob das nicht sogar für die Bibel als Ganzes galt. Vielleicht erzählte das gesamte Buch nur von einer bestimmten Kultur, von Menschen, die zu einer bestimmten Zeit an einem bestimmten Ort gelebt hatten, weshalb es für uns heutzutage schwer zu verstehen war, weshalb es auf uns vielleicht gar nicht zutraf. Wie die Erzählung vom Exodus. *Du sollst das Böcklein nicht kochen in seiner Mutter Milch.* Im fünften Buch Mose kam das auch vor. Aber was bedeutete dieser Vers? Und was bedeutete er *damals*? War das Kochen eines Ziegenbabys in der Milch seiner Mutter eine Metapher für Rohheit, für Herzlosigkeit? Oder beschrieb der Vers ein altes Ritual, das heute niemand mehr kannte? Jedenfalls stand er in der Bibel, und die Menschen konnten ihn so interpretieren, wie sie wollten.

Was, wenn Adam und Eva nur Symbole für eine Paarbeziehung waren? Was, wenn Gott durch die Tatsache, dass Eva anders war als Adam, eine Frau eben und kein Mann, nur zum Ausdruck bringen wollte, dass man einen Gefährten fürs Leben nur außerhalb von sich selbst finden konnte? Was, wenn gar nicht mehr dahintersteckte? Warum auch nicht? Mittlerweile wusste ich, dass die Bibel das eine oder andere Gleichnis enthielt – das waren also eindeutig Allegorien. Warum sollte das dann nicht auch für andere Geschichten gelten, zum Beispiel für die von Adam und Eva? Und wenn man diese Geschichte wörtlich nahm, wen hatte Kain dann geheiratet, wenn es damals doch nur Adam, Eva, Kain und Abel gegeben hatte? Wenn man die Geschichte wörtlich nahm, wen warnte Gott dann davor, Rache an Kain zu üben? Wer lebte damals noch auf der Erde außer Adam und Eva, die Kains Eltern waren und keinerlei Absicht zu haben schienen, ihren eigenen Sohn zu töten? Offenbar hatte es damals noch andere Menschen auf der Erde gegeben, andere Geschlechter, und Adam und Eva waren nur ein Beispiel, sie standen sozusagen symbolisch für alle Menschen.

Meine Gedanken überschlugen sich und ich wurde immer aufgeregter. Seit wir mit den Bibelstunden begonnen hatten, hatte ich mich verloren gefühlt, wie jemand, der sich in der Wüste verirrt hatte und Durst litt. Aber jetzt war ich auf Wasser gestoßen. Diese Erkenntnis berauschte mich. Am liebsten wäre ich sofort zu Mama gelaufen, um ihr von meinen Überlegungen zu erzählen. Das würde zwar sehr wahrscheinlich zu Streit führen, aber ich wollte ihr begreiflich machen, dass ihre Interpretation der Bibel nicht die einzig mögliche war. Ich sprang auf und lief zur Tür.

Als ich gerade die Tür öffnen wollte, fiel mir ein, dass es vermutlich besser war, wenn ich Mama nichts von meinen Theorien sagte. Was sollte es bringen, mit ihr darüber zu streiten? Vielleicht würde sie denken, ich sei ungehorsam ihr und Gott gegenüber, und daraufhin beschließen, zweimal am Tag Bibelstunden abzuhalten.

Ich stand für eine Weile unschlüssig da, ging dann zurück zum Bett und streckte mich darauf aus.

19

Wir waren am Ende des Alten Testaments angelangt, beim Buch Maleachi. Mama hatte gerade das abschließende Gebet gesprochen. Jetzt beugte sie sich vor und stützte ihre Unterarme auf den Sofatisch. Auf ihrem Gesicht lag ein hässlicher Ausdruck, sie kniff die Augen zusammen, als wäre die Sonne vom Himmel durch die offenen Lamellen der Jalousien geklettert und würde sie angreifen.

Sie wandte den Blick ab und zupfte an ihrer Bibel herum. Dann sah sie mich an. Ihre Stimme war nur ein Flüstern und klang sehr gefasst. »Denkst du immer noch an sie?«

Die Frage kam völlig überraschend. Ich senkte den Kopf und überlegte, ob ich einfach so tun sollte, als hätte ich nicht gehört. Aber das würde Mama nicht durchgehen lassen. Sie wiederholte ihre Frage und präzisierte sie noch: »Denkst du immer noch *auf diese Weise* an sie?«

Die Antwort war einfach: Natürlich dachte ich immer noch an Amina. Und ja, *auf diese Weise.* Wie sollte ich auch die Erinnerungen an einen Menschen verdrängen, mit dem ich so viel Zeit verbracht hatte? In manchen Nächten träumte ich von ihr, und die Träume waren so realistisch, dass ich nach dem Aufwachen das Gefühl hatte, die Realität sei der Traum, und der Traum die Realität: Amina und ich, wie wir einkaufen gingen, Wäsche wuschen, die Wäsche aufhängten, Holz hackten, Petroleum holten.

Amina und ich, wie wir uns zusammen am Wassertank wuschen und uns dabei ins Gesicht sahen. Amina und ich auf der Matratze, auf der wir beide schliefen, unsere warmen Atemzüge, die sich miteinander vermischten.

Ich hatte nicht die Geistesgegenwart zu lügen. Ich sah Mama in die Augen und nickte. »Ja, ich denke immer noch an sie«, sagte ich. Und: »Ja, ich denke immer noch auf diese Weise an sie.«

Mama sprang auf, warf die Hände in die Luft und brüllte irgendwas von Gebeten und Vergebung. Sie zog mich am Kragen meines Kleides auf die Füße.

Dann schrie sie: »Knie dich hin! Auf die Knie, sag ich!«

Folgsam kniete ich mich hin. Ich brachte kein Wort heraus. Meine Gedanken rasten, in meinem Kopf war kein Platz für Worte. Ich überlegte fieberhaft, was ich stattdessen hätte sagen können, meine Gedanken kreisten um den Moment, in dem ich diesen unwiderruflichen Fehler begangen hatte. Ich ärgerte mich über meine Dummheit. Warum war ich nicht schlauer gewesen und hatte ihr eine weniger offenherzige Antwort gegeben?

»Bete!«, schrie Mama. »Du musst Gott um Vergebung bitten für deine Sünden, vor allem aber für diese eine Sünde. Hörst du nicht? Du sollst beten! Warum bewegen sich deine Lippen nicht? Warum kommt kein Ton aus deinem Mund? Du sollst beten, sag ich! Ich werde nicht zulassen, dass meine Tochter, meine eigene Tochter, solche kranken Gedanken hat. Allein die Existenz solcher Gedanken ist Sünde! Damit missachtest du Gott und du missachtest mich!«

So ging es immer weiter, sie schrie und tobte, und ich konnte sie nur aus großen Augen anstarren. Irgendwann wollte ich aufstehen, aber sie brüllte mich an, ich solle mich bloß wieder hinknien. »Auf die Knie mit dir!«, zeterte sie. Sie war völlig außer Atem.

Ich gehorchte.

Sie legte mir die Hände auf den Kopf und übte Druck aus, sodass ich nach unten blicken musste, zur Sofatischplatte.

»Bete um dein Seelenheil. Meine Gebete konnten dich offenbar nicht retten. Also musst du selbst um dein Seelenheil beten! Nur Gott kann dich jetzt noch retten.«

Ich schlug die Hände vors Gesicht, schloss die Augen und verharrte in dieser Pose. Ich verirrte mich immer noch in meinen Gedanken, ich wünschte immer noch, ich könnte die Zeit zurückdrehen und die Worte zurücknehmen, die zu ihrem Wutausbruch geführt hatten.

»Bete!«, schrie sie.

Ich hätte beten können. Ich wollte sogar beten, wenn Mama sich dadurch beruhigte. Doch ich fand die Worte nicht in meinem Kopf.

Knie dich hin!

Bete!

Sünde!

Missachtung!

Nur Gott kann dich jetzt noch retten!

Es dauerte eine Weile, bis ich merkte, dass sie verstummt war. Erst da öffnete ich die Augen. Mama war nicht mehr da. Ich kniete weiter vor dem Sofatisch. Ich rechnete damit, dass sie jeden Moment zurückkäme, aber die Minuten vergingen, und nach etwa einer halben Stunde stand ich auf, ging durch die Haustür, über die Veranda, ums Haus herum und durch die Hintertür wieder in die Küche. Mama war nirgends zu sehen.

Ich ging wieder nach draußen und sah am Verkaufsstand nach. Die Gittertür war mit einer Eisenkette verschlossen. Ich wusste, dass Mama nicht hier sein konnte.

Ich kehrte ins Haus zurück. Ich setzte mich im Wohnzimmer auf dem Boden und wartete.

Ungefähr eine Stunde verging.

Ich hörte Geräusche an der Haustür. Ein Schlüssel wurde ins Schloss gesteckt, der Griff drehte sich, die Tür schlug auf, etwas stieß gegen die Wand.

Mama kam mit einem Krug ins Wohnzimmer. Der Krug war aus mattem Ton und handbemalt, die roten Farbtupfer erinnerten mich an Blutstropfen.

Mama kam näher, bis sie direkt vor mir stand. Dann ging sie auf die Knie. Ein schwacher Weihrauchgeruch ging von ihr aus.

Ihre Stimme klang schwach und sogar ein bisschen entschuldigend, als sie sagte: »Ich habe nachgedacht. Es ist nicht deine Schuld.«

Ruckartig wandte ich mich zu ihr um.

Sie fuhr fort: »Nein, das alles ist nicht deine Schuld. Du kannst nichts dafür. Der Teufel hat sich deiner bemächtigt.«

Sie stellte den Krug neben den Tisch auf den Boden.

»*Ngwa*, knie dich hin.« Sie war sehr viel gefasster als vorher.

Ich kniete mich hin.

»Senk den Kopf und schließ die Augen.« Ihre Stimme klang immer noch sehr ruhig.

Ich senkte den Kopf und schloss die Augen.

Ich spürte ihre gewölbten Handflächen auf meinem Kopf.

»Im Namen von Gott dem Allmächtigen, ich befehle dir, aus ihrem Körper zu fahren.« Ihre Stimme wurde bei jeder Wiederholung dieses Satzes lauter, war aber immer noch beherrscht. »Im Namen von Gott dem Allmächtigen, ich befehle dir, von meinem Kind zu weichen.«

Ich spürte etwas Nasses auf meinem Nacken, die Tropfen rannen mir über das Gesicht.

Jetzt klang ihre Stimme schrill, fast wie eine Wehklage, und es lief mir kalt über den Rücken. »*Lagha chi azu! Lagha chi azu!*«, rief sie immer wieder.

Dann stieß sie einen tiefen Seufzer der Erschöpfung aus. Es wurde still. Ich spürte keine Tropfen mehr auf meiner Haut. Langsam öffnete ich die Augen. Mama saß neben mir auf dem Boden, das Gesicht tränenüberströmt. Ihre Arme hingen schlaff herab. Der Tonkrug lag in unserer Nähe, zwischen ihrer Hand und dem Sofa.

»Es ist meine Schuld«, sagte sie schwach. Sie klang, als wäre sie heiser.

Ich rückte näher an sie heran und lehnte meinen Kopf an ihre Schulter. »Es ist nicht deine Schuld, Mama.«

Wir schwiegen.

»Es ist meine Schuld«, wiederholte sie mit dünner Stimme.

»Nein, Mama. Niemand hat Schuld.«

»Doch«, widersprach sie. »Natürlich ist es meine Schuld.« Sie begann von dem Tag zu sprechen, als wir auf der Veranda saßen und ich sie angebettelt hatte, mich mit nach Aba zu nehmen. Sie hätte mich bei sich behalten sollen, sagte sie. Wie konnte eine Mutter ihre eigene Tochter weggeben und sie als Hausmädchen für andere Leute arbeiten lassen, und dann auch noch für so lange Zeit? Ausgerechnet ein Kind, das kurz vorher seinen Vater tot in seinem eigenen Blut hatte liegen sehen. Wie konnte eine Mutter ihre Tochter unter diesen Umständen fortschicken, statt sie bei sich zu behalten?

Bis zu diesem Moment war ich wütend auf Mama gewesen, weil sie mich bei dem Lehrer und seiner Frau zurückgelassen hatte. Aber jetzt, als ich hörte, mit welchen Gedanken sie sich herumquälte, löste sich meine Wut in Luft auf.

»Mama«, sagte ich, »du bist nicht die Einzige, die ihre Tochter als Hausmädchen zu anderen Leuten gegeben hat.« Ich kannte einige Familien, die ein Hausmädchen hatten. Die Eltern dieser Mädchen mussten sie zum Arbeiten weggeschickt haben. Ich wiederholte: »Du bist nicht die Einzige. Viele Eltern machen das.«

Sie nickte. »Es war zu deinem eigenen Besten«, sagte sie leise.

Ich nickte.

»Ich wollte, dass du in Sicherheit bist, dass es dir gut geht.«

Ich nickte wieder.

»Waren der Lehrer und seine Frau gut zu dir?«

»Ja, Mama. Sie waren die ganze Zeit gut zu mir.«

»Weißt du, manche Menschen machen eine große Reise, nur um zu erleben, wie es sich anfühlt, wieder nach Hause zu kommen.«

»Ich weiß, Mama.«

Sie legte ihre Hände auf meine Wangen und hielt meinen Kopf. Ihre Handflächen waren feucht. Die Luft im Wohnzimmer war schwer und stickig. »Hab keine Angst«, sagte Mama. »Keine Sünde ist so schlimm, dass sie nicht vergeben werden kann, kein Fehler ist so groß, dass man nicht Buße dafür tun kann. Du wirst Bußc tun, und Gott in seiner Weisheit und Macht wird dir vergeben.«

Einen Moment lang war es still.

»Gott in seiner Weisheit und Macht wird dich heilen.«

Ich blieb stumm.

»Sprich mir nach!«

»Gott in seiner Weisheit und Macht wird mich heilen.«

Sie hob den Tonkrug auf und goss sich ein wenig Wasser in die hohle Hand. Dann besprengte sie meinen Kopf mit dem Wasser.

»Amen«, sagte sie.

»Amen«, wiederholte ich.

Als Nächstes gingen wir zum Neuen Testament über und waren bald bei der Offenbarung des Johannes angekommen. Seit wir mit den Bibelstunden begonnen hatten, waren sechs Monate vergangen. Langsam wurde es Zeit, dass ich wieder auf eine richtige Schule ging.

Am letzten Tag unseres Bibelstudiums rief Mama mich ins Wohnzimmer, und als ich durch die Tür trat, stand sie mit einer Liste in der Hand da, die sie auf einen Karton geschrieben hatte. Es war eine Zusammenfassung aller Bibelstellen, die sie für wichtig hielt, eine Zusammenfassung der Höhepunkte aus dem Alten und Neuen Testament. Sie stand mitten im Wohnzimmer und befahl mir, mich aufs Sofa zu setzen. Dann begann sie vorzulesen, wie eine Lehrerin, die ihrer Klasse eine Lektion erteilt:

LEVITIKUS 18, 22
Du sollst nicht bei einem Mann liegen wie bei einer Frau; es ist ein Gräuel.

LEVITIKUS 19, 19
Meine Satzungen sollt ihr halten: Lass nicht zweierlei Art unter deinem Vieh sich paaren und besäe dein Feld nicht mit zweierlei Samen und lege kein Kleid an, das aus zweierlei Faden gewebt ist.

LEVITIKUS 20, 13
Wenn jemand bei einem Manne schläft wie bei einer Frau, so haben sie beide getan, was ein Gräuel ist, und sollen des Todes sterben; ihre Blutschuld komme über sie.

MARKUS 10, 6–9
Aber von Anfang der Schöpfung an hat Gott sie geschaffen als Mann und Frau. Darum wird ein Mann seinen Vater und seine Mutter verlassen und wird an seiner Frau hängen, und die zwei werden ein Fleisch sein. So sind sie nicht mehr zwei, sondern ein Fleisch. Was nun Gott zusammengefügt hat, soll der Mensch nicht scheiden.

RÖMER 1, 26–32
Darum hat sie Gott dahingegeben in schändliche Leidenschaften; denn bei ihnen haben Frauen den natürlichen Verkehr vertauscht mit dem widernatürlichen; desgleichen haben auch die Männer den natürlichen Verkehr mit der Frau verlassen und sind in Begierde zueinander entbrannt und haben Männer mit Männern Schande über sich gebracht und den Lohn für ihre Verirrung, wie es ja sein musste, an sich selbst empfangen. Und wie sie es für nichts geachtet haben, Gott zu erkennen, hat sie Gott dahinge-

geben in verkehrten Sinn, sodass sie tun, was nicht recht ist, voll von aller Ungerechtigkeit, Schlechtigkeit, Habgier, Bosheit, voll Neid, Mord, Hader, List, Niedertracht; Ohrenbläser, Verleumder, Gottesverächter, Frevler, hochmütig, prahlerisch, erfinderisch im Bösen, den Eltern ungehorsam, unvernünftig, treulos, lieblos, unbarmherzig. Sie wissen, dass nach Gottes Recht den Tod verdienen, die solches tun; aber sie tun es nicht nur selbst, sondern haben auch Gefallen an denen, die es tun.

1. KORINTHER 6, 9 – 11

Oder wisst ihr nicht, dass die Ungerechten das Reich Gottes nicht ererben werden? Täuscht euch nicht! Weder Unzüchtige noch Götzendiener noch Ehebrecher noch Lustknaben noch Knabenschänder noch Diebe noch Habgierige noch Trunkenbolde noch Lästerer noch Räuber werden das Reich Gottes ererben. Und solche sind einige von euch gewesen. Aber ihr seid reingewaschen, ihr seid geheiligt, ihr seid gerecht geworden durch den Namen des Herrn Jesus Christus und durch den Geist unseres Gottes.

1. KORINTHER 7, 2

Aber um Unzucht zu vermeiden, soll jeder seine eigene Frau haben und jede Frau ihren eigenen Mann.

1. TIMOTHEUS 1, 10 – 11

(...) den Unzüchtigen, den Knabenschändern, den Menschenhändlern, den Lügnern, den Meineidigen und wenn noch etwas anderes der heilsamen Lehre entgegensteht, nach dem Evangelium von der Herrlichkeit des seligen Gottes, das mir anvertraut ist.

JUDAS 1, 7
So sind auch Sodom und Gomorra und die umliegenden Städte, die gleicherweise wie sie Unzucht getrieben haben und anderem Fleisch nachgegangen sind, zum Beispiel gesetzt und leiden des ewigen Feuers Pein.

OFFENBARUNG 21, 8
Die Feigen aber und Ungläubigen und Frevler und Mörder und Hurer und Zauberer und Götzendiener und alle Lügner, deren Teil wird in dem Pfuhl sein, der mit Feuer und Schwefel brennt; das ist der zweite Tod.

(Hier betonte sie das Wort »Frevler« besonders.)

Nachdem sie alles vorgelesen hatte, was auf dem Karton stand, sagte Mama: »Das, was ihr getan habt, du und dieses Mädchen, habt ihr unter dem Einfluss böser Geister getan. Das musst du wirklich einsehen. *I ne gehe nti?* Hörst du mir zu?«

Ich nickte.

»Satan findet immer einen Weg, uns zu manipulieren«, sagte sie. »Aber ich werde weiter für dich beten, und du musst weiter für dich selbst beten. Wir können jedes Hindernis überwinden, wenn wir Jesus als unseren Herrn und Retter annehmen.«

Wenn mich jemand nach all den Bibelstunden und all den Gebeten gefragt hätte, wie ich mich fühlte, hätte ich geantwortet, dass ich erschöpft war. Nicht wütend, nicht verwirrt, nicht einmal reumütig. Nur erschöpft.

Eine Woche, bevor ich ins Internat zog, um eine weiterführende Schule zu besuchen, zwei oder drei Tage nach der letzten Bibelstunde, fragte Mama mich ein zweites Mal: »Denkst du immer noch auf diese Weise an sie?«

Ich sah ihr in die Augen und wusste, dass ich diesmal nicht die Wahrheit sagen konnte, schaffte es aber nicht, ihr ins Gesicht zu lügen. Ich schüttelte den Kopf und zwang mich, meine ganze Überzeugung in dieses Kopfschütteln zu legen.

DRITTER TEIL

20

Ich bin tatsächlich Geschäftsfrau geworden, so wie Mama es sich immer gewünscht hat. Inzwischen kümmere ich mich um die Buchhaltung ihres Ladens, auch wenn ich das nie richtig gelernt habe, weil ich nur zur Oberschule gegangen bin. Aber anscheinend hatte Mama Recht mit ihrem Gerede von Proteinen und wie wichtig sie für das Gehirn sind. Ob man nun studiert hat oder nicht.

Wenn ich nicht gerade bei Mama im Laden arbeite, lebe ich mein Leben, aber manchmal fällt mein Blick auf etwas, was mich an die Monate erinnert, die ich im Haus des Lehrers verbracht habe. Sandiger Boden zum Beispiel. Oder die dunkelbraunen Kerne der Udala-Frucht. Manchmal muss ich schon beim Anblick eines Eimers mit schmutziger Wäsche an diese Zeit denken. Ganz egal, welche Wäsche in dem Eimer liegt. Ganz egal, ob sie so aussieht wie die Wäsche des Lehrers und seiner Frau. Plötzlich bin ich wieder dort und erinnere mich an jedes Detail: An das Klopfen des Lehrers an der Schuppentür, an die flackernde Petroleumlampe auf dem Tisch. Daran, wie Amina und ich ängstlich auf der Matratze kauerten.

An dem Tag, als ich Amina kennenlernte, lebte ich seit einem knappen Monat bei dem Lehrer, und unsere Petroleumvorräte waren alle. Am Morgen hatte es stark geregnet. Der Himmel war grau. Gegen Mittag kam die Sonne raus, gerade als ich mit allem fertig war, was ich am Vormittag zu erledigen hatte.

Im ersten Monat bei dem Lehrer mussten wir ständig zum Bunker laufen. Mir kam es so vor, als hätten wir keine Zeit für irgendwas anderes. Selbst wenn ich vom Markt zurückkam, hörte ich oft das Dröhnen der Kampfflieger und rannte los, um mich im Gebüsch zu verstecken. Meist wussten wir nicht, ob es feindliche Flugzeuge waren oder nicht, also rannten wir bei jedem Grollen am Himmel los und verstecken uns in den Büschen. Dort blieben wir, bis es wieder still geworden war.

Einmal, als ich mich vor den Flugzeugen im Gebüsch versteckte, hatte ich solche Angst, dass ich mich erst bei Sonnenuntergang aus meinem Versteck traute. So spät war ich noch nie zurückgekommen. Der Lehrer und seine Frau waren furchtbar wütend, und er drohte, mich mit dreizehn Stockschlägen auf den Rücken zu bestrafen – ich war damals fast dreizehn –, damit ich lernte, auf dem Nachhauseweg nicht herumzutrödeln.

Als ich an diesem Tag Petroleum holte, rannte ich fast den ganzen Weg bis zum Laden, um nicht wieder zu spät nach Hause zu kommen. Die Straßen waren matschig vom Regen am Morgen, und überall hatten sich Pfützen und Rinnsale gebildet. Trotzdem rannte ich immer weiter. Nach kurzer Zeit war ich völlig außer Atem. Ich blieb stehen, um nach Luft zu schnappen. Nicht weit von einer Gruppe vertrockneter Palmen lagen ein paar Welpen im Staub, halbmondförmig zusammengekrümmt wie Embryos, und nuckelten an dem trockenen Boden. In der Nähe der Welpen standen ein paar Kinder mit Hungerbäuchen, die Bettelschüsseln umklammert hielten.

Auf der Wiese neben der Straße ging ein Polizist zwischen Reihen von Leichen durch und stieß jede einzelne mit einem Stock an. Sein Gesicht war wie versteinert, und er schien pausenlos die Nase zu rümpfen und die Oberlippe vor die Nasenlöcher zu ziehen. Vielleicht versuchte er sich auf diese Weise vor dem Leichengeruch zu schützen, den er bei seiner Arbeit die ganze Zeit einatmen musste.

Ich fragte mich, ob er die Leichen zählte oder sie aus irgendeinem anderen Grund inspizierte. Ich stand da und sah zu, wie er einem leblosen Körper nach dem anderen einen Stoß versetzte.

Ich war damals schon oft mit dem Tod konfrontiert worden – vor allem natürlich mit Papas Leiche. Aber auch mit den Toten ohne Kopf, die am Straßenrand gelegen hatten, als Mama und ich mit dem Lastwagen nach Nnemi gefahren waren. Der Tod war überall. Doch jetzt sollte ich Zeugin seines Gegenteils werden.

In der Zwischenzeit hatte sich eine kleine Menschentraube gebildet: Ein Mann in Unterhemd und Khakihosen, der barfuß war und sich unaufhörlich am Kopf kratzte, eine spindeldürre Frau mit einem kleinen Mädchen an der Hand, ein Junge, der nicht viel älter sein konnte als ich, mit einem kleineren, verletzten Jungen auf dem Rücken, eine alte Frau mit grauem Haar, die sich schnaufend auf einen Ast stützte.

Sie wurden Zeugen, wie ein nackter Junge inmitten des Leichenfelds plötzlich zum Leben erwachte. Es sah aus, als würde er von den Toten auferstehen. Als der Junge sich aufrappelte, schnappten alle gleichzeitig nach Luft.

Der Junge blickte sich verwundert um. Vielleicht war er zwischen den Leichen eingeschlafen oder er hatte nach dem Luftangriff so sehr unter Schock gestanden, dass er selbst geglaubt hatte, er wäre tot. Der Polizist erholte sich jedenfalls schnell von dem Schreck, hob seinen Stock und peitschte drohend durch die Luft. Der Junge wich zurück und stolperte über die Leiche hinter ihm. Immer wieder hob der Polizist den Stock und ließ ihn so schnell durch die Luft sausen, dass es knallte wie ein Gewehrschuss. Nackt wie am Tag seiner Geburt rannte der Junge davon.

Okeke war ein schlaksiger Mann mit einem schmalen Gesicht, das auf einer Seite erschlafft war. Es sah aus, als wäre die Hälfte seines Gesichts immer traurig. Der Rest seines Körpers war wie sein Gesicht, hager und drahtig, und auch sein Körper sah immer ein bisschen traurig aus.

Jeder wusste, wie er hieß, und alle sprachen ihn mit dem Vornamen an: Okeke. Erwachsene wie Kinder, alle nannten ihn Okeke.

Auch ich hatte irgendwann angefangen, ihn Okeke zu nennen, aber nur anderen Leuten gegenüber. Man hatte mir von klein auf eingebläut, Erwachsene auf keinen Fall mit dem Vornamen anzusprechen. Wenn ich direkt mit Okeke redete, sagte ich »Sir«.

An diesem Tag war anscheinend allen Leuten im Viertel das Petroleum ausgegangen, denn die Schlange vor dem Laden mit den nackten Betonmauern war lang, sie wand sich bis zur Hauptstraße. Nachdem ich über eine Stunde angestanden hatte, befand ich mich endlich ganz vorn in der Schlange. Vor mir waren noch zwei Leute dran. Das Petroleum wurde in großen Plastikkanistern aufbewahrt, die halb durchsichtig waren. Jetzt konnte ich sehen, dass sämtliche Kanister leer waren. Es war kein Tropfen Petroleum mehr übrig. Okeke besaß Trichter in verschiedenen Größen, mit denen er das Petroleum aus den großen Kanistern in die Behältnisse seiner Kunden umfüllte. Jetzt sammelte er die Trichter ein, als wollte er sie wegräumen.

Ein anderer Kunde, ein dünner Mann ganz vorn in der Schlange rief: »*Brother, abeg-o! Make say we get kerosene-o!*« Bruder, bitte. Sag, dass wir noch Petroleum bekommen.

Okeke sammelte weiter die Trichter ein und antwortete nicht. Er stellte die Trichter neben die leeren Kanister auf die Theke.

»*Nawa-o! E don finish?*«, fragte die Frau hinter mir. Gibt es wirklich nichts mehr? Es klang, als fragte sie, ob jemand gestorben sei. Als hätte sie den Tod eines Familienmitglieds zu beklagen.

»Was soll ich jetzt tun?«, fragte sie. »Wie soll ich Essen kochen? Wie soll ich meine Lampen anzünden?«

Panik stieg in mir auf. Was sollte *ich* jetzt tun? Ich hätte nach Hause gehen und dem Lehrer und seiner Frau berichten können, dass es kein Petroleum mehr gab, aber das hätte bedeutet, dass wir wieder einmal kein richtiges Essen bekommen würden, da wir kein Öl mehr hatten, um den Herd anzuzünden. Wir hatten noch Gari, das wir mit kaltem Wasser anrühren und essen konnten, aber sonst nichts, nicht einmal ein paar Erdnüsse, die wir unter das Gari hätten mischen können. Und Brot war auch keins mehr da.

Der Mann ganz vorne in der Schlange warf verärgert und resigniert die Hände in die Luft und verließ den Laden. Der zweite Mann drehte sich ebenfalls um und ging.

Ich sah mich um. Alle Leute, die hinter mir gestanden hatten, machten sich auf den Nachhauseweg. Okeke räumte die leeren Kanister weg. Er trug sie einzeln durch die Hintertür nach draußen. Nach seiner zweiten Tour blieb er stehen und blickte sich im Laden um. Außer mir war keiner mehr da. Er sah mich an.

Meine Hände waren zu Fäusten geballt. Ich umklammerte die zerknitterten Biafra-Pfundnoten, die mir der Lehrer für das Petroleum gegeben hatte.

»Du bist ja immer noch da«, stellte Okeke fest.

Wenn ich früher gequengelt, herumgejammert oder Papa um etwas angebettelt hatte, sagte er immer, dass der Jäger, der zu viel Lärm macht, mit leeren Händen nach Hause geht. Und aus eigener Erfahrung wusste ich, dass Kinder, die still und brav waren, eher bekamen, was sie wollten. Also sagte ich nichts und bemühte mich, besonders brav zu wirken. Etwas anderes blieb mir ja auch nicht übrig.

Als ich das letzte Mal hier im Laden gewesen war, so ungefähr zwei Wochen vorher, hatte ich nicht nur Petroleum kaufen sollen, sondern auch Brot und eine Dose Titus-Sardinen. Ich hatte nicht genug Geld dabei gehabt, aber Okeke hatte mir die Sardinen trotzdem mitgegeben. »Ich schreibe dir die Sardinen an«, hatte er gesagt. »Du kannst mir das Geld ja beim nächsten Mal mitbringen.«

Aber leider hatte ich vergessen, dass ich ihm Geld schuldete. Und nicht nur das, ich hatte sogar vergessen, dem Lehrer davon zu erzählen. Vielleicht war es also nur gut, dass es kein Petroleum mehr gab, denn von welchem Geld hätte ich Petroleum kaufen sollen, wenn ich erst einmal für die Sardinen bezahlt hätte?

Okeke sah mich forschend an. Sein Blick wanderte zu der leeren Flasche in meiner Hand.

Aus Gesprächen zwischen dem Lehrer und seiner Frau und aus dem Tratsch der Nachbarn, den ich aufgeschnappt hatte, wusste ich, dass Okeke Familie hatte – eine Frau, drei Töchter und einen Sohn. Dubem, sein Sohn, hatte sich ein paar Monate vorher der Armee von Biafra angeschlossen. Es ging das Gerücht, dass er vielleicht nie wieder zurückkäme. Dass Okeke vielleicht bald keinen Sohn mehr hätte.

Da fiel mir ein, dass ich ihm von der Szene erzählen könnte, die ich soeben mit angesehen hatte, von dem Jungen, der von den Toten auferstanden war. Ich hatte sie noch genau vor Augen.

Ich wollte ihm davon erzählen, um ihm Hoffnung zu machen. Ich wollte ihm sagen, dass sein Sohn womöglich wie dieser Junge war, dass er womöglich der einzige Überlebende auf einem Feld voller Toter war. Vielleicht war das so im Krieg: Viele mussten sterben, aber einige wenige überlebten.

Aber bevor ich auch nur etwas sagen und Okeke davon erzählen konnte, schweiften meine Gedanken ab. Es war, als würde in meinem Kopf eine Heuschrecke herumspringen und nicht wissen, wo sie landen sollte. Oder als spielten meine Gedanken Himmel-und-Hölle, als hätten sie mit einem Stock ein Spielfeld in den Sand gezeichnet, mit Kästchen von eins bis zehn. Meine Gedanken hüpften von Kästchen zu Kästchen und versuchten verzweifelt, die Zehn zu erreichen.

Ich bin nicht sicher, ob sie es jemals bis zur Zehn schafften, und selbst wenn, bin ich nicht sicher, was die Zehn überhaupt war, aber meine Gedanken landeten irgendwann bei der Geschichte von Ogbuogu, einem alten Märchen, das Papa mir immer erzählt hatte. Vielleicht war diese Geschichte ja die Zehn.

Es waren einmal zwei Nachbardörfer, die Krieg gegeneinander führten. Unermüdlich kämpften sie um das Land zwischen den beiden Dörfern. Das eine Dorf hatte ein Heer, das aus furchtlosen, grimmigen Kriegern bestand, bewaffnet mit kunstvollen Speeren und Bögen. Das andere Dorf hatte nichts dergleichen, keine grimmigen Krieger und auch keine kunstvollen Waffen. Dafür aber einen Jungen namens Ogbuogu, dem die Götter übermenschliche Kräfte verliehen hatten, sodass er immer wusste, mit welcher List er und seine Leute den Kampf gewinnen konnten. Die Bewohner des Nachbardorfs wussten das und ärgerten sich sehr, dass sie wegen dieses Jungen jede Schlacht verloren.

Jedes Mal, wenn die Feinde Ogbuogus Dorf angriffen, zog der Ausrufer durchs Dorf und verkündetet: *Ndi iro abiawana*! Der Feind ist im Anmarsch! Er blies eine Reihe von Tönen auf seiner Opi und bedeutete Ogbuogu damit, sich für den Kampf bereit zu machen. Nachdem er in seine Flöte geblasen hatte, sang der Ausrufer folgendes Lied:

Ogbuogu nwa, Ogbuogu nwa,
Anyi agbarana ogu oso

Ogbuogu nwa, Ogbuogu nwa,
Anyi agbarana ogu oso

Ima na ofu nwa n'egbu ora nine!
Anyi agbarana ogu oso.

Kämpfendes Kind, kämpfendes Kind
Stellen wir uns dem Kampf

Kämpfendes Kind, kämpfendes Kind
Stellen wir uns dem Kampf

Ein einziges Kind kann ein ganzes Dorf töten!
Stellen wir uns dem Kampf.

Eines Tages, als Ogbuogus Dorf kurz davor war, alles Land zurückzugewinnen, das zu ihrem Dorf gehörte, fanden die Nachbarn heraus, mit welchen Flötentönen der Ausrufer Ogbuogu zum Kampf rief. Sie brachten ihre eigene Opi mit und spielten dieselbe Melodie. Selbstverständlich folgte Ogbuogu dem Ruf.

Er kam mit Pfeil und Bogen angelaufen, da er nichts von dem Hinterhalt ahnte. Erst auf dem Schlachtfeld bemerkte er, dass niemand an seiner Seite war. Er war ganz allein, umgeben von feindlichen Kriegern.

Die Schlacht begann. Ogbuogu kämpfte wie besessen. Man hätte nicht geglaubt, dass er allein auf dem Schlachtfeld war. Man hätte nicht geglaubt, dass der Feind übermächtig war. Doch irgendwann ließen Ogbuogus Kräfte nach. Die anderen Kämpfer seines Dorfs hatten viel zu spät Wind von der Sache bekommen. Als sie auf dem Schlachtfeld eintrafen, war Ogbuogu tot. Sie konnten nur noch seine Leiche zurück ins Dorf tragen. Dabei weinten und klagten sie. Sie hatten nicht nur einen Bruder verloren, sondern auch ihren besten Kämpfer, und sein Tod bedeutete, dass sie von nun an allen Angriffen schutzlos ausgeliefert waren. Sein Tod bedeutete vielleicht sogar, dass es ihr Dorf schon bald nicht mehr geben würde, denn die Bewohner des Nachbardorfs würden sicher versuchen, sie von ihrem Land zu vertreiben.

Sie trauerten immer noch um Ogbuogu, als der Ausrufer durchs Dorf zog und verkündete, dass die Männer des Nachbardorfs zu einem weiteren Angriff anrückten. Alle gerieten in Panik. Wie sollten sie die Angreifer ohne Ogbuogu zurückschlagen? Würden sie alle sterben?

Sie hielten eine kurze Versammlung ab und berieten, was zu tun war. Als der Kampf unausweichlich war, scharten sie sich, bewaffnet mit Pfeil und Bogen, zusammen. Da hatte jemand die Idee, Ogbuogus Leiche auf ein Pferd zu setzen. Sie stützten seinen Rücken mit einem Brett, sodass er aufrecht saß und es aussah, als wäre er noch am Leben. Dann schoben sie ihm ein kleines Ameisennest in den Mund, damit es aus der Ferne wirkte, als würde er die Lippen bewegen und wie ein Lebender sprechen.

Dann zogen sie auf das Schlachtfeld, mit Ogbuogu in ihrer Mitte, der aufrecht auf seinem Pferd thronte.

Als die Feinde Ogbuogu auf dem Pferd sahen, ergriffen sie die Flucht. Sie liefen durcheinander und riefen, Ogbuogus Geist sei zurückgekehrt, um Rache zu üben. Sie riefen einander zu, dass sie beim bloßen Versuch, gegen einen Wiedergänger aus der Geisterwelt zu kämpfen, zweifellos ebenfalls sterben und in den finstersten Teil der Geisterwelt eingehen würden.

Und so kam es, dass Ogbuogus Dorf unbesiegt blieb.

Mein knurrender Magen holte mich in die Gegenwart zurück. Am Morgen hatte ich mich so sehr beeilt, alle anfallenden Arbeiten zu erledigen, dass ich das Frühstück verpasst hatte. Und am Abend vorher hatte ich nur etwas Brot gegessen, das letzte

Stück, das sehr klein gewesen war, kaum mehr als ein Bissen, kaum genug für eine Ameise.

Mir zog sich vor Hunger der Magen zusammen. Unwillkürlich legte ich mir eine Hand auf den Bauch, als könnte ich den Schmerz so lindern.

Okekes Blick folgte meiner Hand und blieb an meinem Bauch hängen. Dann wanderte sein Blick wieder nach oben zu meinem Gesicht.

»Wann hast du zuletzt was gegessen?«, fragte er.

»Gestern, Sir«, antwortete ich. »Wir haben kein Petroleum für den Herd mehr.«

»Was ist mit Brot?«

»Ich habe mein letztes Stück gestern Abend gegessen, Sir.«

Auf seiner Stirn bildete sich eine Falte, aber vielleicht sah das wegen der herabhängenden Gesichtshälfte auch nur so aus.

Er musterte die leere Flasche in meiner Hand. »Gib mir die Flasche«, sagte er.

Ich gab sie ihm.

Er nahm die Flasche und griff in das Regal unter der Theke, auf der die Trichter lagen. Er holte einen kleinen Behälter hervor, wahrscheinlich sein persönlicher Vorrat an Petroleum, und stellte ihn auf die Theke neben die Trichter. Er wählte den kleinesten Trichter, setzte ihn auf meine Flasche und füllte vorsichtig etwas von dem Petroleum um.

Als er fertig war, gab er mir die gefüllte Flasche zurück.

»Danke, Sir«, sagte ich und nahm die Flasche entgegen.

Ich wollte gerade gehen, als er sagte: »Warte, ich hab noch was für dich.«

Er ging zurück hinter die Theke und holte aus einem anderen Schrank ein Brot, das in einer Plastiktüte steckte. Okeke nahm es heraus und brach es in zwei ungleiche Hälften. Das größere Stück gab er mir, das kleinere Stück behielt er für sich.

Dann setzte er sich auf einen hohen Hocker in der Ecke und aß vor meinen Augen das Brot. Er biss hungrig hinein, fing alle herunterfallenden Krümel auf und schob sie sich in den Mund. Ich stand eine Weile reglos da, dann folgte ich seinem Beispiel und biss in mein Brot.

Okeke wollte gerade etwas zu mir sagen, als es draußen laut rumste. Ich zuckte zusammen und starrte ihn mit aufgerissenen Augen an.

Er runzelte besorgt die Stirn, doch dann schien ihm etwas einzufallen. »Keine Angst«, sagte er. »Das ist die Biafra-Armee. Sie machen heute eine Übung. In einer Stunde ist alles vorbei.«

Okeke aß sein Brot auf und wischte sich die Hände an der Hose ab. Nachdem ich den letzten Bissen meiner Hälfte verschlungen hatte, fiel mir ein, dass ich mich noch gar nicht bedankt hatte. Kaum hatte ich ein Dankeschön gemurmelt, sagte er: »Worauf wartest du noch?« Seine Stimme klang freundlich. »Du kannst jetzt gehen. Los, los. Mehr habe ich nicht für dich.«

Ich sagte: »Aber ich habe Geld. Ich kann für das Petroleum bezahlen.«

Er schüttelte den Kopf und machte eine ungeduldige Handbewegung. »Geh einfach. Behalte das Geld. Wenn du das nächste Mal Petroleum holst, kannst du dir davon was kaufen. Dein Oga wird gar nichts merken, wenn du es ihm nichts sagst.«

Ich nickte. Bedankte mich noch einmal. Drehte mich um und ging.

Auf dem Nachhauseweg glitzerten die Bäume, sogar die, die schon ganz kahl waren. Ab und zu, wenn ein Blatt tief genug hing, dass ich es berühren konnte, legte ich den Kopf in den Nacken und tippte es an, sodass die Regentropfen, die sich darauf angesammelt hatten, mir wie Weihwasser das Gesicht benetzten.

Ich war noch nicht weit gekommen, als ich spürte, dass mir jemand folgte, ein Schatten, der nicht mein eigener Schatten war. Er überquerte die Straße, wenn ich die Straße überquerte, sprang über eine Pfütze, wenn ich darüber sprang. Er schien sogar die Blätter anzustupsen, wenn ich es tat. Er folgte mir auf Schritt und Tritt.

Ich blieb stehen, damit mich der Schatten überholte. Ganz in der Nähe entdeckte ich unter einem Udala-Baum einen großen Stein und ließ mich darauf nieder. Dort wartete ich in der Hoffnung, dass der Schatten weitergehen würde, aber das tat er nicht. Stattdessen setzte er sich mir gegenüber auf einen anderen Stein. Seine Augen leuchteten wie Glühbirnen. Und plötzlich war es kein Schatten mehr.

Die Haut des Mädchens war so hell wie meine. Gelb wie eine reife Papaya. Sie trug ein abgerissenes grünes Kleid, das an den Seiten offen war. Das Haar hing ihr in verfilzten Strähnen ins Gesicht, weshalb sie mich an Bilder von Mami Wata mit ihrem schlangenartigen Haar erinnerte. Doch auf ihrem Kopf wanden sich keine Schlangen. Sie wirkte zu benommen und orientierungslos oder vielleicht auch nur zu kraftlos, um etwas zu sagen.

Auf dem Stein, auf dem ich saß, hatte vorher offenbar jemand Udalas gegessen und die Kerne auf den Boden geworfen. Sie lagen in kleinen Haufen da, und Ameisen marschierten in einer langen Reihe auf die Kerne zu. Ich beobachtete die Ameisen eine Weile, wie sie hintereinander herliefen, wie sie die Kerne umkreisten. Der Boden war mit vertrockneten Blättern übersät. Die Sonne stand hoch am Himmel und hatte ein wachsames Auge auf uns.

Wir trugen beide Gummischlappen an den Füßen und wühlten damit in der feuchten Erde. Wir starrten zu Boden, warfen uns aber ab und zu verstohlene Blicke zu, ich ihr, und sie wohl auch mir. Ein Vogel, der auf einem Ast des Udala-Baums gesessen hatte, flatterte mit kräftigem Flügelschlag auf. Wir hoben den Kopf und blickten ihm nach. Schließlich nahmen wir all unseren Mut zusammen und sahen uns an. In dem Moment, als sich unsere Blicke trafen, wusste ich, dass ich sie nicht allein hier zurücklassen würde.

An diesem Tag kam ich später nach Hause als je zuvor. Der Lehrer würde mich sicher deswegen bestrafen. Aber das nahm ich hin.

Ich entriegelte das Tor, schob es auf, und bedeutete ihr, mir zu folgen. Wir umrundeten das Haus und gingen nach hinten zur Küchentür. In der Tür blieben wir stehen.

Der Lehrer und seine Frau lehnten rechts und links an der Theke. In der Küche war es kalt, und ihre Gesichter waren ebenfalls kalt. Seine Augen blickten streng, und ihre noch strenger.

Die Frau des Lehrers hielt ein Taschentuch an die Brust gepresst. Sie atmete schwer. »Weißt du, wie spät es ist?«, zeterte sie.

»Was hast du so lange getrieben?«, wollte der Lehrer wissen.

»Dafür gibt es keine Entschuldigung«, fügte sie hinzu.

»Nein, dafür gibt es keine Entschuldigung«, pflichtete er ihr bei.

Die Frau des Lehrers räusperte sich und sagte: »Du bist nicht rechtzeitig nach Hause gekommen, um Abendessen zu machen. Deinetwegen hatten wir nichts zu essen.« Sie begann zu husten. Drei gepresste leise Geräusche.

Zu dem Zeitpunkt hatte ich längst begriffen, dass ihr Asthma nur gespielt war, weil sie Hausarbeit hasste.

»Ich sollte dich wirklich bestrafen«, sagte der Lehrer. »Zwölf Stockschläge, einen für jedes Lebensjahr. Oder bist du schon dreizehn? Wie auch immer. Ich könnte die Schläge sogar verdoppeln. Sechsundzwanzig Schläge, das wäre dir vielleicht eine Lehre.«

»Ja, wir sollten dich wirklich betrafen«, sagte auch seine Frau. »Sechsundzwanzig Schläge, das wäre dir eine Lehre.«

Ich starrte zu Boden. »Es tut mir leid«, murmelte ich.

»Du hast Glück«, sagte der Lehrer. »Großes Glück. Ich bin zu müde, um dich zu schlagen. Du siehst ja, wie wütend wir sind. Das soll für heute Strafe genug sein. Aber solange du bei uns bist, darfst du nie wieder so spät nach Hause kommen, hörst du? «

Ich nickte und wiederholte, dass es mir leid tue.

»Zum Glück hat dein Oga bei dem Straßenverkäufer an der Ecke ein paar Yamswurzeln gekauft«, sagte die Frau. »Sie sind im Vorratsschrank. Los, los, schäl sie, schneide sie in Würfel und koche sie. *Osiso-osiso*. Schnell, schnell. Wenn das noch lange dauert, verhungere ich.«

Die Frau des Lehrers wandte sich ab und marschierte in Richtung Esszimmer davon. Der Lehrer folgte ihr, blieb dann aber noch einmal stehen. Daraufhin blieb seine Frau ebenfalls stehen. Fast gleichzeitig drehten sie sich um und starrten das Mädchen neben mir an. Sie musterten sie von Kopf bis Fuß, bevor sie mich ansahen.

»Und wer ist das?«, fragte die Frau.

Ein Moment verging, während ich darüber nachdachte, was ich antworten sollte. Ich räusperte mich und sagte dann einfach: »Sie ist eine Freundin von mir, Aunty.«

»Sie sieht aus wie ein Straßenkind, ein obdachloses Balg«, sagte der Lehrer.

»Eine Freundin?«, fragte seine Frau schroff.

Dann fiel ihr offenbar etwas ein, denn sie sagte: »Wie auch immer. Koch jetzt die Yams. Sie kann dir helfen. Je mehr Hilfe wir für das Abendessen haben, desto schneller ist es fertig.«

Der Lehrer sah aus, als würde er über ihre Worte nachdenken. »Das stimmt. Du hast wie immer recht, meine Liebe.«

Dann gingen sie, und ihre Unterhaltung wurde immer leiser.

An dem Abend schälten Amina und ich die Yams gemeinsam und wuschen sie gemeinsam in einer Schüssel. Dabei berührten sich unsere Finger. Ich tränkte das Feuerholz mit Petroleum und zündete den Herd an, und sie stellte den Topf mit den Yams zum Kochen auf.

Nachdem der Lehrer und seine Frau gegessen hatten, nachdem auch wir gegessen hatten, nachdem wir das Geschirr gespült und die Küche aufgeräumt hatten, gingen wir nach draußen und ich füllte am Wasserhahn vor dem Schuppen meinen Eimer. Wir wuschen uns nebeneinander auf der Betonplatte. Wie immer sangen die Grillen ihr nächtliches Lied, die Mücken setzten sich auf unsere Arme und Beine, und die Glühwürmchen leuchteten hellgrün und hingen wie winzige Grashalme in der Luft.

Hinterher trug ich die Petroleumlampe in den Schuppen, winkte Amina hinein und bot ihr die Hälfte meiner Matratze an.

21

In der nächsten Woche drohten der Lehrer und seine Frau mehrmals damit, Amina wegzuschicken. »Du bist ja immer noch hier«, sagten sie. »Verschwinde. Geh dahin zurück, wo du hergekommen bist, sonst müssen wir dich aus dem Haus jagen.«

Ich wusste genau, was der Lehrer gegen Amina hatte. Ich wusste um die Spannungen zwischen den Bevölkerungsgruppen, vor allem zwischen Hausa und Igbo. Wäre Amina eine Igbo gewesen, selbst aus Cross River State, hätte ihn ihre Anwesenheit wahrscheinlich nicht gestört. Auch wenn sie eine Yoruba gewesen wäre, hätte er weniger Probleme mit ihr gehabt. Aber das war sie nicht, sie war eine Hausa, und die Hausa waren die Feinde der Igbo.

Ich war noch nie mit einem Hausa-Kind befreundet gewesen. Bisher war ich Hausa nur auf der Straße oder auf dem Markt begegnet, wo sie ihre Waren verkauften. Zum ersten Mal in meinem Leben lernte ich eine Hausa näher kennen.

Es war nur logisch, dass sich der Lehrer und seine Frau Sorgen machten. Angesichts der Tatsache, wie gnadenlos die Hausa uns Igbo töteten, war es gefährlich, eine Hausa bei sich wohnen zu lassen. Falls sie irgendwelche Verwandten hatte, könnten diese nach ihr suchen und uns töten.

Wenn der Lehrer so etwas sagte, sah Amina ihn immer nur ausdruckslos an.

Eines Nachmittags trat er aus dem Haus und blieb auf der Veranda stehen. Er machte ein finsteres Gesicht. Amina und ich hackten gerade Feuerholz. Der Himmel war bewölkt, aber es hatte noch nicht angefangen zu regnen.

Der Lehrer stand einfach nur da und sah uns grimmig zu. Bestimmt eine halbe Stunde lang stand er da und beobachtete uns. Schließlich rief er Amina zu sich.

Sie ließ das Feuerholz liegen und trottete zur Veranda.

»Hast du keine Verwandten, zu denen du gehen kannst?«

Sie schüttelte den Kopf. »Nein, Sir.«

»Keine Onkel? Tanten? Cousins, Cousinen?«

Sie schüttelte wieder den Kopf.

Der Lehrer schwieg. Amina stand mit gesenktem Kopf vor ihm.

In diesem Moment trat seine Frau aus dem Haus und stellte sich neben den Lehrer.

»Sie hat keine Familie mehr«, sagte der Lehrer zu seiner Frau.

Beide standen eine geschlagene Minute da und starrten Amina an.

»Eigentlich sieht sie gar nicht so sehr aus wie eine Hausa«, sagte die Frau zu dem Lehrer. »Sie sieht eher aus wie eine Fulani. Also könnte sie auch als Igbo durchgehen.«

Der Lehrer dachte über die Worte seiner Frau nach. »Das stimmt«, sagte er. »Manche Igbo und Fulani sehen sich wirklich ziemlich ähnlich, zum Beispiel, was die Hautfarbe angeht.«

»Außerdem erledigt sie brav alle Arbeiten, die man ihr aufträgt«, fuhr die Frau fort.

Der Lehrer nickte.

»Wenn man es recht bedenkt, hat sie uns bisher eher genutzt als geschadet«, fügte sie hinzu.

»Das stimmt«, sagte er und nickte.

»Und wir könnten wirklich eine zweite Hilfe im Haus gebrauchen.«

»Da hast du recht«, sagte er. »Aber beim ersten Anzeichen von Schwierigkeiten schicke ich sie weg.«

»Selbstverständlich«, sagte sie.

»Gut«, sagte er.

***

Zum Glück sagte Amina nie besonders viel, deshalb war das Risiko, dass jemand sie als Hausa erkannte, ziemlich klein. Wenn wir Einkaufen gingen, fragte uns in all den Monaten niemand nach ihrer Herkunft. Mit der Zeit begriffen der Lehrer und seine Frau wohl, dass Amina keine Bedrohung war, jedenfalls nicht so, wie sie es befürchtet hatten.

22

Einmal saßen Amina und ich abends auf den Stufen zu unserem Schuppen, nachdem wir alle Arbeiten erledigt, uns gewaschen und unsere Nachthemden angezogen hatten. Ich war dabei, ihr Zöpfe zu flechten.

Plötzlich fragte sie: »Bist du früher eigentlich zur Schule gegangen?«

Sie saß eine Stufe unter mir, und ich kämmte eine Haarsträhne aus, um sie anschließend mit Garn zu umwickeln. Während ich kämmte, hatte ich mir den Faden zwischen die Lippen geklemmt.

Mittlerweile wusste ich, dass Amina nicht zurück zu ihrer Familie konnte, weil diese im Norden lebte. Und weil Krieg war, dachten ihre Verwandten vielleicht, dass Amina tot wäre. Niemand war gekommen, um nach ihr zu suchen, und sie war auch nicht in den Norden gegangen, um nach ihnen zu suchen. Allein hätte sie das auch kaum geschafft. Sie wusste ja nicht einmal, wo genau ihre Verwandten lebten.

»Nun sag schon«, bat Amina. »Bist du früher zur Schule gegangen?«

Ich nahm den Faden aus dem Mund. »Ja, bis die Schule geschlossen wurde. Und kurz danach hat Mama mich dann hierher gebracht.«

»Der Oga hat gesagt, wenn der Krieg vorbei ist, schickt er mich auf eine Schule.«

Ich nickte und erzählte ihr, dass er mir dasselbe versprochen hatte.

»Und wie war es in der Schule?«

Ich umwickelte eine ihrer Strähnen, aber sie zog den Kopf weg und drehte sich zu mir um.

Ich gab ihr einen Klaps auf die Schulter. »Sieh nur, was du angerichtet hast! Der Zopf ist hin, und ich muss noch mal von vorn anfangen.«

»Entschuldige«, sagte sie kühl.

»Schon gut, aber deine Entschuldigung macht den Zopf auch nicht wieder heil.« Ich seufzte verärgert. »Du musst dich umdrehen, damit ich weitermachen kann.«

»Ja, ja«, sagte sie ungerührt und ignorierte meine Aufforderung. »Aber erst musst du mir sagen, wie das war.«

»Wie was war?«

»Na, die Schule!«

»Was meinst du, wie die Schule war? Weißt du nicht, wie es in einer Schule ist?«

»Schon. Aber ich will es trotzdem wissen.«

Ich muss verwirrt ausgesehen haben, denn sie lachte leise. »Mach nicht so ein Gesicht. Sagst du es mir jetzt oder nicht?«

»Du klingst, als wärst du nie in der Schule gewesen«, sagte ich.

»Klar war ich in der Schule.« Gedankenverloren fügte sie hinzu: »Ich war in der Schule, aber immer nur kurz. Nie lang genug, um zu wissen, wie es wirklich ist.« Sie zog das Wort in die Länge: *wiiiiiirklich*. Es klang irgendwie traurig.

»Ach so, verstehe«, sagte ich.

»Ich musste meiner Mutter im Haus helfen, für sie auf den Markt gehen, ihre Waren auf der Straße verkaufen und so.«

»Kannst du denn lesen?«, fragte ich.

Amina lachte. »Natürlich. Früher habe ich jeden Tag im Koran gelesen. Und ich kann nicht nur Arabisch lesen. Meine Mutter hat mir auch englische Bücher gegeben. *Aladin und die Wunderlampe*, *Ali Baba und die vierzig Räuber* und so was.«

»Vielleicht bringst du mir ja irgendwann Arabisch bei«, sagte ich.

»Ja, vielleicht«, sagte sie grinsend.

Wir schwiegen eine Weile, und dann sagte sie: »Weißt du, ich könnte längst verheiratet sein.«

Ich starrte sie verwundert an. »Du bist doch erst dreizehn.«

Sie lachte wieder. »Ich hatte schon eine Mitgift, Töpfe und Schüsseln und so. Es fehlte nicht mehr viel, dann hätte meine Familie mich verheiraten können. Dann hätte meine Parda begonnen und ich hätte das Haus nicht mehr verlassen dürfen, und wir wären uns nie begegnet.«

»Ich bin froh, dass es anders gekommen ist und wir uns begegnet sind«, sagte ich.

Amina verzog das Gesicht, und mir war sofort klar, dass die Worte unglücklich gewählt waren.

»Du bist also froh, dass das Haus meiner Familie angezündet wurde?«, schrie sie mich an. »Du bist froh, dass mein Vater und meine Mutter verbrannt sind? Du bist froh, dass mein Bruder in den Krieg gezogen ist und wahrscheinlich auch längst tot ist?«

Ich schüttelte den Kopf. »So habe ich das nicht gemeint.«

»Wie dann? Du warst nicht dabei. Du hast es nicht gesehen. Ich bin nur kurz aus dem Haus gegangen, um ein paar frittierte Kosai zu kaufen. Ich war höchstens eine halbe Stunde weg. Als ich zurückkam, brannte unser Haus und alle waren tot.«

Vor meinem inneren Auge sah ich das brennende Haus und Amina, die mit den Bohnenküchlein zurückkam. Ich sah, wie sie schrie, wie sie zu dem brennenden Haus rannte, wie sie um Hilfe rief.

Amina weinte jetzt.

»Es tut mir leid«, sagte ich. »Es tut mir so leid. Ich habe das wirklich nicht so gemeint.«

23

Damals wussten wir es noch nicht mit Sicherheit, aber Anfang Januar 1970 war der Krieg zu Ende. Alle Radios verbreiteten Nachrichten von einer Militäroffensive. Sie hieß *Operation Tail-Wind*. Die letzte große Offensive Nigerias. Erst ging das Gerücht, die Nigerianer hätten Owerri erobert, zum wiederholten Male. Dann hieß es, sogar Uli wäre gefallen. Und eines Tages hörten wir dann im Radio, dass der Krieg zu Ende war.

Amina und ich waren gerade vom Markt zurück. Wir standen in der Küche. Ich zerstieß Yams im Mörser, Amina wusch Geschirr.

Auf der Straße war es ungewöhnlich laut gewesen, es hatte eine große Aufregung geherrscht. Mehrere Männer hatten hitzig miteinander diskutiert, während sie ihre Marktkarren den Weg entlangschoben. Zwei Frauen, die vor den Toren zu ihrem Grundstück saßen und Maiskolben schälten, hatten lautstark palavert. Eine dritte Frau hatte einer Nachbarin etwas zugerufen, während sie Stücke von einem Brötchen abriss und sie einem Kleinkind in den Mund schob. Ein paar Mädchen, die Wassereimer auf dem Kopf trugen, unterhielten sich und gestikulierten lebhaft, wobei sie darauf achteten, dass ihre Last nicht ins Rutschen geriet.

Während ich in der Küche stand und Amina an der Spüle lehnte, schaltete der Lehrer das Radio ein. Erst hörten wir es nur leise, aber dann drehte er die Lautstärke so sehr auf, dass wir selbst in der Küche jedes Wort verstehen konnten. Der Ansager von Radio Biafra verkündete, dass Ojukwu das Land verlassen und sich mit dem Flugzeug in die Elfenbeinküste begeben habe. Der Ansager behauptete, Ojukwu wolle dort einen Waffenstillstand aushandeln.

Doch wir alle wussten, was das bedeutete. Ojukwu hatte vor dem Feind kapituliert.

Der Lehrer rief: »Verräter!«, und spuckte das Wort aus wie einen Fluch.

»Was für ein Feigling«, sagte seine Frau. »Da hätte er uns auch gleich eigenhändig töten können.«

Die Radionachrichten liefen weiter.

Die Yamswürfel, die ich hatte zerstoßen wollen, lagen immer noch im Mörser, den Stößel hielt ich nutzlos in der Hand. Ich starrte auf die Yams, lauschte dem Radiosprecher und dachte darüber nach, was das bedeutete, dass der Krieg vorbei war. Der Krieg war vorbei, aber davon wurde Papa nicht wieder lebendig. Der Krieg war vorbei, aber Aminas Eltern waren tot. Die Toten würden sich nicht aus ihren Gräbern erheben. Kein einziger würde auferstehen. Anders als für Jesus gab es für sie keine Wiederauferstehung, so viel war sicher.

Amina stand an der Spüle und riss die Augen auf, während sie der leiser werdenden Stimme des Nachrichtensprechers von Radio Biafra lauschte.

Ich stellte mir vor, wie Ojukwus Flugzeug sich in den Himmel erhob. Ich stellte mir vor, wie es auf einem freien Feld landete, in einem ruhigen, friedlichen Land, mit Boden aus weißem, grauem und braunem Sand. Dort, wo es landete, gab es keinen Krieg. Nur Elefanten, die träge durch die Landschaft zogen, Elefanten, deren Stoßzähne, das hatte ich irgendwo gelesen, aus Elfenbein bestanden.

»Ich würde so gern mal mit einem Flugzeug fliegen, ganz egal wohin«, sagte ich zu Amina und stützte mich auf den langen Stößel, der von dem schmalen Holzmörser aufrecht gehalten wurde.

»Warum?«, fragte sie. Sie drehte sich zu mir um, runzelte die Stirn und kniff die Augen zusammen. »Warum willst du jetzt, wo der Krieg vorbei ist, woanders hin? Wenn, dann hättest du das Land doch im Krieg verlassen müssen?«

»Ich weiß, ich weiß«, sagte ich. »Aber was, wenn du dir

aussuchen könntest, wo die Reise hingeht? Du könntest sogar ins *obodo ndi ocha* fliegen! Gibt es im Land des weißen Mannes überhaupt Krieg? Stell dir mal vor, du könntest überall auf der Welt hin!«

Amina schüttelte den Kopf, als wollte sie diesen Gedanken aus ihrem Kopf verbannen.

In diesem Moment kam der Lehrer in die Küche und räusperte sich laut, um auf sich aufmerksam zu machen. Ich widmete mich wieder den Yamswürfeln, die ich längst zu Brei hätte zerstoßen sollen. Ich hörte Amina seufzen, während sie durch die Hintertür nach draußen ging.

***

Ein paar Tage später erklärte Gowon den Krieg für beendet. Wieder hörten wir die Nachricht von der Küche aus im Radio. Draußen stand die Sonne hoch am Himmel, und Gowon sagte:

Bürger von Nigeria!
Mein Herz ist Gott unendlich dankbar, dass ich heute das offizielle Ende des Bürgerkriegs verkünden kann. (...) Die sogenannte aufgehende Sonne von Biafra ist für immer untergegangen. Wer den East Central State von Nigeria vom heutigen Tag an »Biafra« nennt, tut sich damit ganz sicher keinen Gefallen ...

Während Gowon weiterredete, rief der Lehrer: »So ein Idiot«, und seine Frau setzte hinzu: »Mörder!«

... Das tragische Kapitel der Gewalt ist beendet. Wir stehen vor einer Zeit der nationalen Versöhnung. Wieder einmal haben wir die Gelegenheit, eine neue Nation aufzubauen ...

Und so ging es immer weiter.

Am Abend waren wir draußen beim Tor, als die Soldaten kamen, nigerianische Soldaten, Hausa-Soldaten. In einer langen Kolonne marschierten sie die Straße entlang.

»Einig Nigeria! Einig Nigeria!«, skandierten sie. Sie trugen grüne Uniformen und Barette, warfen die Beine in die Luft und hielten ihre Gewehre vor die Brust.

24

Das Sprichwort sagt: Wenn Holz schon einmal mit Feuer in Berührung gekommen ist, entflammt es schnell.

Zum Abendessen hatten wir Gari und Gemüsesuppe gegessen und waren dann wie jeden Abend nach draußen zu der Betonplatte neben unserem Schuppen gegangen, um uns zu waschen.

Am Rand der Betonplatte stand der Eimer und daneben ein Hocker, den wir am Morgen nicht weggeräumt hatten. Auf dem Hocker lagen der Kamm, den wir uns teilten, ein paar Haarnadeln, unsere Hautcreme und ein kleiner Spiegel. Nachdem wir uns abgetrocknet hatten, griff Amina zu dem Spiegel. Wir hatten uns die Handtücher um die Brust geschlungen und sie reichten uns bis zu den Oberschenkeln. Amina ging mit dem Spiegel zu der Petroleumlampe. Das Flackern erleuchtete ihr Gesicht. Sie zupfte an ein paar losen Zöpfen auf ihrem Kopf. »Wie sehen sie aus?«, fragte sie. »Gut?«

Ich ging zu ihr und fuhr ihr mit den Fingern durch die Zöpfe. Ich hatte sie ihr am selben Morgen gemacht. Ich nahm ihr Gesicht in die Hände und tat so, als inspiziere ich ihre Frisur. Dann nickte ich mit einem Lächeln. Amina erwiderte das Lächeln.

Um uns herum waren die üblichen Geräusche der Nacht

zu hören: hüpfende Heuschrecken, umherschwirrende Glühwürmchen, zirpende Grillen, Blätter, die im Abendwind raschelten. Ich strich noch einmal über Aminas Zöpfe, und dann strich ich über ihre nackten Arme. Amina tat dasselbe bei mir.

Wir gingen in den Schuppen, und unsere Handtücher fielen zu Boden.

Im Halbdunkel erkundeten unsere Hände den Körper der anderen. Wir zeichneten mit dem Finger jede Kurve und jede Mulde nach. Unsere Hände schienen miteinander zu sprechen, während unsere Münder verstummt waren. Unsere Atemzüge vermischten sich mit den Geräuschen der Nacht. Schließlich berührten sich unsere Lippen. Und so fing alles an, mit einem Feuer, das unsere Körper entflammte.

25

»Wir könnten auch verheiratet sein«, sagte Amina eines Tages.

Ich dachte einen Moment über ihre Bemerkung nach. Dann fragte ich: »Meinst du miteinander? Oder mit anderen?«

Sie verdrehte die Augen. »Natürlich miteinander. Ich wollte damit sagen, dass ich gern mit dir verheiratet wäre.«

»Ich wäre auch gern mit dir verheiratet«, sagte ich.

Amina schwieg.

»Aber so funktioniert das mit der Ehe nicht, weißt du«, sagte ich.

Sie schwieg weiter.

»Hast du vor mir schon mal jemanden geküsst?«, fragte ich.

Amina schüttelte den Kopf. »Nein. Natürlich nicht. Wen hätte ich denn küssen sollen?« Sie warf mir einen skeptischen

Blick zu. »Was ist mit dir? Hast du schon mal jemanden geküsst?«

Der Gedanke war natürlich in meinem Kopf gewesen, deshalb hatte ich ihr ja die Frage gestellt. Die Erinnerung ließ mich nicht los, und sie fühlte sich wie ein Verrat an Amina an. Vielleicht würde sie mich hassen, wenn ich ihr erzählte, dass ich das, was nur zwischen uns beiden sein sollte, etwas ganz Besonderes, auch schon mit jemand anderem getan hatte. Aber ich war ihr die Wahrheit schuldig.

Ich sagte: »Mich hat einmal jemand geküsst, nur ein einziges Mal. Mein bester Freund in Ojoto. Aber es hat sich nicht so angefühlt wie mit dir.«

»Dein bester Freund?«, fragte sie.

»Ja.«

»Was für eine Art Freund war das?«

»Nur ein Freund.«

»Und es war nur ein einziges Mal?«

»Ja.«

»Und du versprichst mir, dass es nicht so schön war wie mit mir?«

Das war eine seltsame Frage. Die Antwort war so offensichtlich, dass ich lachen musste. Dann sagte ich ernst und mit voller Überzeugung: »Ich verspreche, dass es nicht so schön war wie mit dir.«

Nach einer Weile fragte Amina: »Und wie genau fühlt es sich mit mir an?«

Darüber musste ich erst einmal nachdenken. Wie sollte ich das Gefühl beschreiben? Mir fielen keine Worte dafür ein. Schließlich sagte ich einfach: »Kribbelig und schön und so, als wäre alles gut auf der Welt.«

Sie lächelte. »Aber vielleicht warst du nur zu jung, um dasselbe mit deinem besten Freund zu empfinden?«

»Vielleicht«, sagte ich.

»Glaubst du, dass du ihn hättest heiraten können?«

»Nein. Wenn ich jetzt zu jung fürs Heiraten bin, dann war ich damals erst recht zu jung.«

»Du redest immer davon, dass du zu jung zum Heiraten bist.«

»Das bin ich ja auch.«

26

Es geschah Anfang August, als die Regenzeit zu Ende war, am Tag des Yams-Fests.

Mittlerweile gab es am Straßenrand viele neue Läden, kleine Geschäfte in eng nebeneinanderstehenden Wellblechhütten. Dort wurden andere Waren verkauft als an den alten Verkaufsständen. Dort gab es Lippenstifte, Parfüm, Seife in grünen, roten, blauen und lilafarbenen Schachteln – Schachteln in allen Farben –, und die Seifenstücke waren in so feines Papier eingewickelt, dass sie wie kostbare Geschenke aussahen. Dort gab es Zahnpasta in Plastiktuben für alle, die sich wieder mit Zahnbürsten die Zähne putzen wollten und nicht mehr mit Zweigen vom Arrakbaum.

An dem Tag gab es zum Frühstück Yams-Brei, zum Mittagessen gekochte Yams mit Palmöl und zum Abendessen Yamsklößchen mit Suppe. Der Krieg war seit etwa sieben Monaten vorbei. Die Schulen hatten noch nicht wieder geöffnet, aber die Palmwedel wurden allmählich wieder grün. Yams gab es nicht gerade im Überfluss, aber die Leute feierten trotzdem.

Es muss an einem Samstag gewesen sein, denn samstags brachte uns der Lehrer immer einen Eimer mit seinen schmutzigen Hemden und Hosen und mit den schmutzigen Blusen,

Wickeltüchern und Kleidern seiner Frau, damit wir sie wuschen. Er brachte den Eimer immer ziemlich früh am Tag, meist direkt am Morgen. Jedenfalls nie später als zwei oder drei Uhr nachmittags.

An diesem Samstag brachte er den Eimer allerdings sehr spät.

Hätte er ihn doch nur ein paar Stunden eher gebracht. Dann wären wir draußen gewesen, beim Einkaufen, oder in der Küche, beim Kochen oder Putzen, oder wir hätten auf den Stufen vor unserem Schuppen gesessen und auf ihn gewartet.

Wenn er nicht vergessen hätte, ihn eher zu bringen, hätte er uns nicht auf frischer Tat ertappt: Dann hätten wir einfach nur den Eimer entgegengenommen, sofort die Wäsche gewaschen und sie anschließend in der Sonne zum Trocknen aufgehängt.

Papa hatte oft von Unendlichkeit gesprochen. Er redete immer davon, dass es im Leben unendlich viele Möglichkeiten gab. Selbst bei einer begrenzten Anzahl von Bauklötzen, sagte er, würde es unzählige Kombinationsmöglichkeiten geben.

Wenn ich heute an jenen Samstag zurückdenke, fallen mir Papa und seine unendlichen Möglichkeiten ein, und die Tatsache, dass diese Aussage sogar auf etwas so Banales wie das Überreichen eines Eimers voller Schmutzwäsche zutrifft.

Das Abendessen war lange vorüber, und Amina und ich hatten die Küche aufgeräumt und geputzt.

Wir hatten uns draußen beim Wasserhahn gewaschen und waren zum Schlafen in unseren Schuppen gegangen.

Drinnen war es dunkel bis auf den Schein der Petroleumlampe, die auf dem Tisch stand, neben Papas alter Bibel. Wir hatten uns wie immer auf die Matratze gelegt, Amina auf ihren Platz an der Wand, ich auf der Seite näher zur Tür.

Wir lagen da, die Gesichter einander zugewandt, und versuchten einzuschlafen, aber der Schlaf wollte nicht kommen. Im Licht der Laterne beobachtete ich, wie Amina blinzelte.

Lange sagten wir nichts. Dann brach sie das Schweigen: »Früher hat meine Mutter beim Frühstück immer gefragt, was ich in der Nacht geträumt habe.«

Meine Mutter hatte auch viel von Träumen gesprochen. Das erzählte ich Amina. Wir einigten uns darauf, dass das etwas war, was offenbar alle Mütter taten.

Dann dachte ich über die Träume nach, die ich öfter hatte. Als Erstes fiel mir der Traum ein, in dem ich Zahnschmerzen hatte und mir alle Zähne ausfielen, noch vor dem Traum, in dem ich mich nicht mehr bewegen konnte.

Amina fragte: »Träumst du auch manchmal, dass du vom Boden abhebst, einfach so, ohne Grund, wie ein Ballon, der in die Luft steigt, dass du immer höher und höher steigst und nichts dagegen tun kannst? Obwohl du dir verzweifelst wünschst, am Boden zu bleiben?«

»Ja, das kenne ich. Das ist einer meiner schlimmsten Träume«, sagte ich. »Was er wohl bedeutet?«

»Meine Mutter hat einmal erklärt, dieser Traum bedeutet, dass man im Leben manchmal einen Höhenflug hat, aber nach einer Weile zwangsläufig wieder abstürzt. Sie hat gesagt, auf alles Gute folgt etwas Schlechtes.«

Ich wünschte fast, ich hätte nicht gefragt.

Ich versuchte mich zu erinnern, wann ich diesen Traum zum letzten Mal gehabt hatte. Es fiel mir nicht ein. Vielleicht, weil mein Leben in letzter Zeit nicht gerade ein Höhenflug gewesen war. Vielleicht war die Tatsache, dass ich als Hausmädchen für den Lehrer arbeitete, ja mein Absturz.

»An dem Tag, bevor unser Haus abgebrannt ist, habe ich von einer gelben Blume geträumt, die ganz allein auf einem Feld stand«, sagte Amina. »Ich wollte meiner Mutter nach dem Einkauf davon erzählen, aber dazu hatte ich keine Gelegenheit mehr.«

»Das tut mir leid«, murmelte ich.

Wir hatten uns bis zur Brust zugedeckt, aber jetzt zog Amina ihre Seite des Lakens höher, sodass es ihre Schultern bedeckte. Wir lagen eine Weile schweigend da.

Schließlich sagte ich: »Aber nicht alle Träume sind traurig. Jedenfalls müssen sie das nicht sein. Selbst die, in denen wir Angst haben, bedeuten nicht immer etwas Schlimmes.«

Ich drehte mich auf die andere Seite, um Amina nicht länger ansehen zu müssen.

Die Flamme der Petroleumlampe flackerte. Papas Bibel lag neben der Lampe. Ich versuchte mich an Geschichten aus der Bibel zu erinnern, in denen Träume vorkamen. Sofort fiel mir die Geschichte von Josef ein. Ich drehte mich wieder zu Amina um. »Hast du schon mal von Josef und seinen Träumen gehört?«

»Wer ist Josef?«, fragte sie.

»Du weißt schon, Josef aus dem Alten Testament.«

Sie schüttelte den Kopf und sagte, sie habe keine Ahnung, wer Josef sei.

Also erzählte ich Anima von ihm. Gott hatte ihm in seinen Träumen eine Botschaft geschickt. Einmal hatte Josef geträumt, dass er und seine Brüder Getreidehalme zu Garben zusammengebunden hatten, und plötzlich stellte sich seine Garbe auf, kerzengerade, während sich die Garben seiner Brüder vor Josefs Garbe verbeugten. In einem anderen Traum verbeugten sich die Sonne, der Mond und die Sterne vor Josef.

Ich erzählte weiter: »Als Josef seinen Brüdern von dem ersten Traum berichtete, waren sie wütend, weil sie glaubten, Josef hielte sich für etwas Besseres. Erst schien es so, als würde sein Traum nur für Streit sorgen. Seine Brüder waren so wütend, dass sie ihn in die Sklaverei verkauften. Aber viele Jahre später wurde doch noch alles gut. Josef und seine Brüder fanden sich wieder. Am Ende begriffen sie, dass die Träume und alles, was wegen diesen Träumen passiert war, zu Gottes Plan gehörten. Stell dir nur mal vor, Gott hatte das alles so gewollt. Denn

Jakob und seine Brüder sind die Begründer der zwölf Stämme Israels.«

Amina seufzte und schmiegte sich an mich. »Ich verstehe nur nicht, warum Gott es ihnen erst so schwer machen musste. Warum mussten seine Brüder ihn als Sklaven verkaufen? Das ist, als laufe man im Kreis, anstatt auf dem kürzesten Weg nach Hause zu gehen. Ich verstehe nicht, was das bringen soll.«

»Manchmal ist es besser, wenn man erst eine Weile im Kreis läuft. Dabei kann man viel lernen«, entgegnete ich.

»Ich weiß ja nicht«, sagte sie. »Aber vielleicht hast du recht.«

Amina war jetzt so nah, dass ich den Drang verspürte, sie zu küssen. Ich begann mit ihrer Stirn. Machte mit ihrer Nase weiter. War schnell bei ihren Lippen, dann bei ihrem Hals und dann bei der nackten Schulter, die ihr ausgeleiertes Nachthemd freigab.

Amina richtete sich auf und setzte sich rittlings auf mich. Als sie rechts und links neben meinen Hüften kniete und ihre Lippen meinen Hals streiften, hatten ihre Bewegungen etwas Trauriges. Amina wirkte so traurig, dass ich damit rechnete, dass sie jeden Moment aufhören würde, aber sie machte immer weiter, als wollte sie die Traurigkeit auf diese Weise abschütteln.

Langsam näherten sich ihre Lippen meiner Brust. Wir hatten uns noch nie weiter unten berührt. Aber jetzt zog sie mir mein Nachthemd über den Kopf und zog auch ihr eigenes Nachthemd aus. Sie umfasste meine Brüste mit den Händen, streichelte sie und liebkoste sie abwechselnd mit der Zunge. Ich spürte, wie sie mit den Zähnen sanft an meinen Brustwarzen zupfte. Euphorie überkam mich.

Sie arbeitete sich weiter nach unten vor und hinterließ auf dem Weg zu meinem Bauch eine Spur aus Küssen. Aminas Mund wanderte weiter nach unten, über den Bauch hinaus, weiter, als wir jemals vorgedrungen waren. Ich stöhnte und gab mich ihr hin. Ich hatte nicht gewusst, dass ein Mund solche Lust bereiten kann, wenn er mit einer Stelle meines Körpers in Berührung kommt, bei der ich nie auf den Gedanken gekommen wäre, dass sie mit einem Mund in Berührung kommen könnte.

Als es klopfte, schreckten wir hoch. Der Lehrer hatte schon oft an unsere Tür geklopft. Aber bisher hatte er immer auf unsere Reaktion gewartet. Erst wenn wir »herein« riefen, öffnete er die Tür und fand uns bei irgendeiner Beschäftigung vor – wir unterhielten uns, flochten einander das Haar oder aßen eine Kleinigkeit.

Doch diesmal schwang die Tür auf, bevor wir Zeit hatten, nach unseren Nachthemden zu greifen. Der Lehrer kam in unser Zimmer gestürzt und rief, dass er gar nicht gemerkt hatte, wie spät es schon war. Er redete davon, dass er den Eimer vor unsere Tür stellen würde und wir die Wäsche gleich am nächsten Morgen waschen sollten.

Da blieb sein Blick an uns hängen. Bei seinem Klopfen hatte Amina gerade auf dem Rücken gelegen, und ich hatte das Gesicht zwischen ihren Beinen vergraben gehabt. Als der Lehrer hereingekommen war, waren wir hochgeschreckt. Doch wir hatten keine Zeit mehr gehabt, voneinander abzurücken. Mir war es nur gelungen, den Kopf zu heben, und Amina hatte gerade eben noch die Beine schließen können.

Unser Anblick muss ihn schockiert haben, denn er keuchte auf wie ein Sterbender, der seinen letzten Atemzug tut.

Der Lehrer schnappte sich die Lampe vom Tisch, leuchtete in unsere Richtung und beugte sich vor, als könne er seinen Augen nicht trauen.

Die Gewissheit versetzte ihm wohl einen zweiten Schock, denn er keuchte noch einmal auf.

Die ganze Situation war auch für mich ein Schock, und für Amina muss sie ebenfalls ein Schock gewesen sein, nicht nur, weil es ein sehr unangenehmes Gefühl war, wie der Lehrer dastand und uns anglotzte, sondern auch, weil wir mit einem Mal gezwungen waren, uns durch seine Augen zu sehen.

Er kam auf uns zu, zerrte uns einzeln von der Matratze und ohrfeigte uns. Ich lebte nun schon seit über einem Jahr bei ihm und er hatte mehrmals damit gedroht, mich zu schlagen, aber bisher hatte er die Drohung nie wahr gemacht.

Er muss die Bibel auf dem Tisch gesehen haben, als er nach der Lampe gegriffen hatte, denn er ging zurück zu dem Tisch, stellte die Lampe ab und nahm die Bibel in die Hand. Er zeigte darauf und brüllte: »Es ist ein Gräuel!«

Das Wort hallte in meinem Kopf wider.

Er sah mich direkt an. »Wenn man eurem Treiben einen Namen geben muss, dann gibt es dafür nur dieses eine Wort. Das steht schon in der Bibel!«

Dann wandte er sich Amina zu und schrie sie an: »Auch der Koran verdammt dieses Verhalten. Ich weiß nicht viel über den Islam, aber genug, um zu wissen, dass sich der Koran und die Bibel in dieser Hinsicht einig sind!«

Der Lehrer lief auf und ab und gestikulierte wild, während er verkündete, wir würden für das, was wir getan hatten, eine gerechte Strafe bekommen. Er hatte von ähnlichen Fällen gehört, in denen die Beschuldigten mit Steinen hinunter zum Fluss getrieben worden waren. Sie wurden gesteinigt und dann im Fluss ertränkt. Natürlich wurde über solche Fälle nicht gesprochen. Sie waren tabu, mit einem Bann belegt, so schlimm, dass man nicht einmal ein Wort dafür hatte.

Amina und ich begannen zu weinen, so heftig, dass unsere Schultern bebten. Unsere Kleider waren über den Boden verstreut wie die Kerne einer Frucht, die jemand weggeworfen hatte. Wir waren nackt, und wir waren uns unserer Nacktheit bewusst, so wie Adam und Eva sich im Garten Eden, als der Tag kühl geworden war, ihrer Nacktheit bewusst geworden waren. Der Lehrer hatte uns die Augen geöffnet, und auch wir versuchten, unsere Nacktheit zu bedecken. Doch erst einmal mussten wir seine Strafpredigt über uns ergehen lassen. Der Lehrer lief weiter in unserem kleinen Zimmer auf und ab und ereiferte sich mit funkelnden Augen und weit aufgesperrtem Mund über unsere Schande.

Er schimpfte und schimpfte und schimpfte. So wie Gott mit Eva geschimpft haben muss.

27

Und so kam es, dass Mama zu mir zurückkehrte. Fast zwei Jahre waren vergangen, dann dieser Zwischenfall, und da brachte sie es endlich über sich, mich wieder abzuholen.

Als ich Mama sah, rannte ich zu ihr und warf mich ihr in die Arme. Kaum war sie durch das Tor getreten, war ich schon bei ihr. Trotz der unglücklichen Umstände, unter denen sie mich fortgeschickt hatte, und trotz der unglücklichen Umstände, in denen wir jetzt wieder zusammenkamen, war ich einfach nur glücklich, sie wiederzusehen. Es war so viel Zeit vergangen, und sie hatte mir schrecklich gefehlt.

Mama hatte nie eine rundliche Figur gehabt, aber jetzt wirkte sie regelrecht ausgemergelt.

Als ich mich aus der Umarmung löste, standen wir einander gegenüber und sahen uns an.

Selbst heute erinnere ich mich noch genau an ihren Anblick. Daran, wie ihr die Kleider am Körper schlackerten. Daran, dass sie nach altem Schweiß roch – der Geruch war mir nicht unbekannt, aber ich fand ihn trotzdem leicht widerwärtig.

Ich wich ihr nicht von der Seite und zupfte an ihrer Kleidung, so wie man es bei Menschen tut, die einem vertraut sind. Ich zog an einer Falte ihres oberen Wickeltuchs.

Schließlich ließ ich von dem Kleid ab und schob meine Hand in Mamas Hand. Die Haut war faltig, als hätte sie ihre Hände zu oft gewaschen. Oder als hätte sie zu hart gearbeitet. Oder als wäre sie um Jahre gealtert. Ich spürte ein Zucken, ihre Hand schien zu zittern. Bisher hatte ich den Blick gesenkt gehalten, aber jetzt hob ich den Kopf und sah, dass meine Mutter Tränen in den Augen hatte. Sie glitzerten in ihren Augenwinkeln wie die silbrigen Regentropfen, die in der Regenzeit vom Himmel fielen. Ihre Wangen wirkten eingefallen. In diesem Moment wünschte ich, ich könnte zurück in ihren Schoß kriechen, um sie mit Leben zu füllen, um ihre Hüften, ihre Brüste und ihre eingefallenen Wangen mit Leben zu füllen.

Mama begann zu summen und schien es selbst gar nicht zu merken, und dann stieß sie ganz ohne Grund ein kleines Lachen aus, ein leises, glucksendes Geräusch. Ich schmiegte mich an sie, schlang die Arme um ihre Beine und betete stumm, dass sie mich nie, nie, nie wieder verlassen würde, dass sie nicht irgendwann immer weiter schrumpfen würde, bis nichts mehr von ihr übrig wäre.

Der Lehrer muss uns die ganze Zeit beobachtet haben. Nachdem Mama und ich uns ein zweites Mal voneinander gelöst hatten, räusperte er sich und bedeutete uns so, dass es Zeit für das Gespräch war.

Der Lehrer hatte auf dem grünen Rasen zwischen dem Haus und unserem Schuppen Hocker aufgestellt. Es war spät am Vormittag und wir saßen im Kreis wie bei der Zusammenkunft eines Dorfrats, nur ohne all den Pomp und die feierlichen Begrüßungen, die bei so etwas üblich waren.

Die Sonne stand hoch am Himmel. Ich spürte das Gewicht ihrer Strahlen auf meinen Schultern. Auf der Betonmauer, die das Grundstück umgab, huschten Eidechsen hin und her.

»Nun sagt schon, was los ist«, begann Mama das Gespräch.

»Das kann Ijeoma dir selbst erzählen«, erwiderte der Lehrer. »Mach schon. Erzähl es ihr«, sagte er zu mir. »Na, los.«

Ich blieb stumm, meine Kehle war wie zugeschnürt.

Die Frau des Lehrers hatte bisher kein Wort gesagt, aber jetzt mischte sie sich ein. »Wir haben nicht den ganzen Tag Zeit«, sagte sie gebieterisch.

Mama warf mir einen Blick zu. »Ijeoma«, sagte sie. »Was hast du angestellt?«

Amina hatte von Anfang an mit im Kreis gesessen, und bisher hatte Mama sie nicht beachtet. Jetzt schien sie ihre Anwesenheit plötzlich zu bemerken.

Mama lächelte Amina zu und überhäufte sie mit Fragen auf Igbo: Wie geht es dir? Wer bist du? Was machst du hier?

Amina gab keine Antwort, denn auch wenn sie ein paar Brocken Igbo gelernt hatte, sodass sie mit den Nachbarn auf der Straße plaudern konnte, beherrschte sie die Sprache nicht gut genug, um Mamas Fragen zu verstehen, geschweige denn, um sie zu beantworten.

Der Lehrer sprang in die Bresche und erklärte, wer Amina war, woraufhin Mama die Stirn runzelte und ihren Unmut darüber kundtat, dass er eine Hausa bei sich wohnen ließ, und nicht nur das, er ließ sie sogar in demselben Zimmer wie mich schlafen, ihre Tochter. Wusste er nicht, wie gefährlich das war? Wusste er nicht, dass die Hausa ihren Mann getötet und Biafra zerstört hatten?

Der Lehrer antwortete, Amina habe ihnen keine Probleme bereitet, jedenfalls bis vor Kurzem nicht, und sie sei doch nur ein harmloses kleines Mädchen.

Seine Worte besänftigten Mama nicht, sie runzelte weiterhin die Stirn.

Die Situation war mir äußerst unangenehm, und vor Angst drehte sich mir der Magen um. Ich versuchte mich abzulenken, indem ich an etwas anderes dachte. Ich wünschte mich weit weg. An einen anderen Ort, in eine andere Zeit. An einen Ort, an dem es keine Vergangenheit, keine Gegenwart und keine Zukunft gab, und damit auch keine Handlungen in der Vergangenheit und Gegenwart, die sich auf die Zukunft auswirken konnten.

Mamas Stimme riss mich aus meinen Gedanken. »Ijeoma, hörst du mich?« Ihre Stimme war schrill. »Hörst du mir zu oder rede ich mit mir selbst?«

Ich antwortete: »Ich höre dich, Mama.«

»Dann erzähl mir endlich, was passiert ist.«

Ich begann zu stottern, meine Zunge stolperte immer wieder über die Wörter, bevor es mir gelang, einen vollständigen Satz herauszubringen. »Amina und ich haben uns nichts dabei gedacht.«

»Wobei habt ihr euch nichts gedacht?«

»Bei dem, was wir gemacht haben.«

»Und was habt ihr gemacht?«

»Wir haben uns ausgezogen«, murmelte ich.

»Ihr habt euch ausgezogen?«, fragte sie.

Ich nickte, konnte aber nicht weitersprechen.

Auf einmal schien ihr zu dämmern, was ich damit meinte. Sie riss Augen und Mund auf. »*Chi m o!*«, sagte sie tonlos. Mein Gott! Sie sprang zwar nicht von ihrem Hocker auf, aber sie warf die Arme in die Luft und rang mit den Händen, so wie es Diebe manchmal tun, wenn jemand sie auf frischer Tat ertappt.

»Wir haben uns nichts dabei gedacht, Mama«, wiederholte ich.

Mama stieß ein leises Wimmern aus.

»Mama, es tut mir leid«, sagte ich, stand auf, kniete mich vor ihr hin und schlang meine Arme um ihre Knie. Als ich mich wieder erhob, stand Amina neben mir. Tränen liefen ihr über das Gesicht, und sie sagte: »Madam, auch mir tut es leid. Bitte seien Sie uns nicht böse.«

Mama wirkte jetzt noch schmaler, noch eingesunkener als vorher. Sie schüttelte langsam den Kopf. Dann führte sie die Hände zum Mund, in dem vergeblichen Versuch, ein Schluchzen zu unterdrücken.

Ich stand da, während sie weinte, und stellte mir die Strafe vor, die der Lehrer beschrieben hatte: Wie die Dorfleute sich am Flussufer versammelten, wie sie Amina und mich ins Wasser trieben, wie sie uns mit Steinen bewarfen, bis wir bluteten und keine Kraft mehr hatten, uns über Wasser zu halten. Wie sie uns ertrinken ließen.

Und so kam es, dass ich das Haus des Lehrers verließ. Amina, die keine Familie hatte und nirgendwo anders hinkonnte, blieb bei dem Lehrer. Er und seine Frau würden alles dafür tun, sie geradezubiegen, so wie Mama alles dafür tun würde, mich geradezubiegen.

Während Mama mit mir die Straße entlang zur Bushaltestelle ging, sagte sie kein Wort. Sie zerrte mich einfach an der Hand hinter sich her. Schweigend stiegen wir in den Bus. Ihr Griff war fest, er tat mir weh. Ich stellte mir vor, wie ich zu ihr sagte: »Lass los«, wie ich zu ihren Fingern sagte: »Lasst los.« Und ich stellte mir vor, was Mama darauf antworten würde: »Das hier ist meine Wut. Und Wut macht, was sie will.«

VIERTER TEIL

28

Ironischerweise wirkte die Obodoañuli Girl's Academy – das Mädcheninternat »Land der Fröhlichkeit« – von außen karg und streng, fast schon puritanisch. Wie ein Ort, an dem Mädchen zu Nonnen wurden. Auf den ersten Blick gab es hier nicht viel Fröhlichkeit.

Die Schule lag nicht in Nnewi, sondern ein Stück außerhalb in westlicher Richtung, in der Umgebung von Oraifite, dort, wo der Ekulo River das Land in zwei Hälften teilt. Am Ufer des Flusses und sogar an einigen Stellen im Wasser wuchsen Mangroven, vorgebeugt wie alte Männer und Frauen, die Schutz vor der Sonne suchen.

Die Schule war eine kleine Enklave inmitten von dichtem Gebüsch und Bäumen, vor allem Palmen und Kochbananen. Eine einzige Straße führte zur Schule, schlammig und voller Schlaglöcher. An ihrem Ende stand man vor dem Schultor.

Auf dem weitläufigen Grundstück gab es mehrere Gebäude – dreizehn oder vierzehn –, alle ziemlich klein, etwa von der Größe einer geräumigen Hütte. Die Klassenzimmer waren noch kleiner, und jedes hatte nur ein einziges Fenster ohne Glasscheibe, dafür aber mit hölzernen Läden, die fast immer offen standen.

In den größeren Hütten befanden sich Waschräume, Toiletten, die Schulbibliothek, das Lehrerzimmer und das Büro der Direktorin. Manchmal saßen die älteren Schülerinnen dort mit den Lehrinnen zusammen – vor allem abends. An den Wochenenden hingegen war die Schule nahezu leer. Die meisten Lehrerinnen und Schülerinnen gingen übers Wochenende nach Hause.

Die Schlafhütten hatten eine Veranda, von deren Decke Neonlampen hingen, die abends eingeschaltet wurden. Innen gab es offene Zwei- oder Dreibettzimmer. Jede Schlafhütte fasste sechs Pritschen. Neben den Betten standen jeweils ein Stuhl und ein kleiner Schreibtisch, an dem wir lasen oder Hausaufgaben machten. Auf jedem Schreibtisch stand eine Lampe. Viel mehr gab es nicht in den Schlafräumen, abgesehen von den Sachen, die die Mädchen von zu Hause mitbrachten.

»Ich will nichts mehr von dir und diesem Mädchen hören. Ab jetzt ist Schluss damit«, hatte Mama gesagt, bevor sie mich in der Schule abgeliefert hatte. »Denk immer daran, du bist ein neuer Mensch. Du kannst froh sein, dass der Lehrer sein Versprechen hält und immer noch bereit ist, für die Schule zu bezahlen, obwohl du in seinem Haus Schande über dich gebracht hast. Und jetzt sieh mich an. *Nee anya*. Egal was passiert, halte dich von diesem Mädchen fern!«

»Wenn du so große Angst hast, es könnte wieder passieren, warum schickt ihr uns dann auf dieselbe Schule?«, fragte ich.

»Der Lehrer kann sich keine andere Schule für euch leisten. Glaub mir, sonst hätte ich schon dafür gesorgt, dass ihr auf zwei Schulen kommt, die so weit voneinander entfernt sind wie Himmel und Hölle.«

Die meisten Schülerinnen auf der Schule waren Igbo. Es gab auch ein paar Efik, aber keine Yoruba und außer Amina nur noch eine andere Hausa, die aber eigentlich fast eine Igbo war, weil sie in Igboland aufgewachsen und einer ihrer Eltern Igbo war, so unglaublich eine solche Verbindung auch sein mochte.

Wir blieben unter uns. Efik waren mit Efik befreundet, Igbo mit Igbo. Vor allem in den ersten Wochen sah ich Amina auf dem Schulgelände immer nur allein oder mit dem anderen Hausa-Igbo-Mädchen.

Irgendwann, ich glaube, es war an meinem dritten Tag an der Schule, begegnete ich Amina morgens auf dem Weg zum Unterricht. Sie war allein, also ging ich zu ihr, umarmte sie und versuchte, ein Gespräch mit ihr anzufangen. Ich fragte sie, wie es ihr an der Schule gefallen würde und ob sie sich schon eingelebt hätte. Aber Amina stand stocksteif da, erwiderte die Umarmung nicht und sah mich kaum an, auch dann nicht, als ich ein paar Schritte neben ihr herging. Auf meine Fragen antwortete sie nur einsilbig.

Wir gingen in verschiedene Klassen. Nach ein paar Minuten gab ich es auf und schlug die Richtung zu meinem Klassenzimmer ein. Nach Unterrichtsschluss unternahm ich einen zweiten Versuch und wartete vor Aminas Klassenzimmer auf sie. Als Amina durch die Tür kam, machten ich einen Schritt auf sie zu, aber sie murmelte nur, sie habe keine Zeit, und entfernte sich hastig, als hätte sie es eilig, von mir wegzukommen.

Ganz gleich, wie oft ich in den nächsten Tagen versuchte, mich ihr zu nähern, sie blieb auf Abstand. Ich begann mich zu fragen, ob ich mir alles, was im Haus des Lehrers zwischen uns gewesen war, nur eingebildet hatte. Warum war sie plötzlich so abweisend?

Nach mehreren vergeblichen Versuchen, sie dazu zu bringen, sich mir gegenüber so zu verhalten wie früher, beschloss ich, sie in Ruhe zu lassen. Natürlich begegneten wir uns trotzdem immer wieder, manchmal hatten wir einfach keine Wahl. Wir sahen uns beim Morgenappell, beim Sportunterricht, beim Mittagessen, aber ansonsten gingen wir uns aus dem Weg. Ich begann mehr und mehr Zeit mit Ugochi zu verbringen, mit der ich mir ein Zimmer teilte.

Ugochi war eine sehr dunkelhäutige Igbo, der wir den Spitznamen »*panla*« gegeben hatten, »Stockfisch«, weil sie sehr dünn war und ihre Haut aussah, als wäre sie über den Knochen getrocknet. Auch im Gesicht spannte sich ihre Haut über die hervorstehenden Knochen, sodass sie immer sehr ernst wirkte, fast schon wütend.

Dafür hatte sie eine gute Figur – schöne Brüste, runde Hüften, tolle Proportionen. Das und ihre schimmernde dunkle Haut sorgten dafür, dass sie wirklich alles andere als hässlich war.

Ugochi saß auf ihrem Bett und faltete ihren Schal. Ich saß auf meinem Bett und sah ihr dabei zu. Es war ein weicher, mit aufgestickten Blütenblättern verzierter, beigefarbener Schal.

Im Gegensatz zu uns anderen, die wir nur wenige persönliche Gegenstände mit in die Schule gebracht hatten und diese auch jeden Tag benutzten, besaß Ugochi ein paar Dinge, die sie nur selten hervorholte: eine rosa Spange, die sie in meiner Gegenwart noch nie getragen hatte, eine Rolle Satinband für Haarschleifen, das ich sie auch noch nie hatte benutzen sehen, und ein Paar schicke gelbe Sandalen mit einem breiten goldenen Riemen. Und eben diesen Schal. Ab und zu setzte sie sich auf ihr Bett, holte ihn hervor und bewunderte ihn, nur um ihn anschließend wieder wegzuräumen. An manchen Tagen packte sie ihre Habseligkeiten in eine Tasche und verschwand für ein paar Stunden. Den Rest der Zeit lagen sie in ihrer Zimmerhälfte in der Ecke.

Der Vormittagsunterricht war gerade zu Ende, und wir hatten Mittagspause. »Dein Schal gefällt mir«, sagte ich. »Kann ich mal sehen?«

Ugochi dachte kurz nach und winkte mich dann näher. »Ja. Aber nur ansehen. Es ist nämlich ein ganz besonderer Schal, den verschenke ich nicht.«

»Warum ist er besonders?«, fragte ich.

Sie überreichte mir den Schal andächtig, ich nahm ihn entgegen und betrachtete ihn. Die aufgestickten Blütenblätter hatten einen rosa Rand. Der Stoff war weich und fühlte sich seidig an.

»Weil ich ihn nur bei ganz besonderen Gelegenheiten trage.«

»Und was sind das für Gelegenheiten?« Ich sah sie fragend an.

Sie kicherte. »Komm schon«, sagte sie. »Weißt du das wirklich nicht?«

Ich schüttelte den Kopf.

Sie wechselte ins Pidgin. »*You sef, you no dey know these things. Which kain girl you be? Yellow sissy like you, you no get special man friend?*« Wie bitte? Du weißt nichts von diesen Dingen? Was bist du denn für eine? Du naives Ding, hast du keinen Mann in deinem Leben?

Ich musste lachen. Ein Mann in meinem Leben war wirklich das Letzte, was ich wollte. Ich schüttelte den Kopf.

Ugochi starrte mich so überrascht wie mitleidig an. »Na ja«, sagte sie dann. »Irgendwann wirst du schon einen finden. Wie auch immer, Männer mögen solche Dinge. Männer wollen *ocho mma, nwa nlecha, asa mma, asa mpete.*« Sie stieß ein kurzes, frauliches, fast schon selbstironisches Lachen aus. »Du weißt schon, alles muss immer schön-schön sein. *No be small thing o!* Ich hebe mir meine hübschen Sachen für die Zeit auf, die ich mit meinen Männern verbringe. Besondere Dinge für besondere Menschen. Verstehst du?«

Die Trillerpfeife der Aufsicht rief uns zum Nachmittagsunterricht. Von draußen waren Schritte und Stimmen zu hören. »Zeit zu gehen«, sagte Ugochi und nahm mir den Schal ab.

29

Eines Morgen saß ich in der Schuluniform – einem grünweiß karierten Hemd und einem gerade geschnittenen dunkelgrünen Rock – an meinem Schreibtisch und lernte. Zwischendurch wanderten meine Gedanken zu Amina, und ich hatte Mamas Stimme im Kopf: »*Nee anya*. Egal was passiert, halte dich von diesem Mädchen fern!« Wenn Mama nur wüsste, dass ihre Warnung unnötig gewesen war, dachte ich.

Ugochi war die ganze Nacht nicht nach Hause gekommen. Plötzlich flog die Tür auf, und sie kam in ihrer üblichen Art ins Zimmer gerauscht.

Ich drehte mich um und sah sie an. Ihr Makeup war verschmiert, die Kleider zerknittert, die Frisur zerzaust, und sie trug eine Haarschleife. Trotz ihres schlampigen Aussehens hatte sie ein breites Grinsen auf dem Gesicht.

»Was machst du da am Schreibtisch?«, fragte sie.

»Ich lerne.«

»Wofür?«

»Wir schreiben heute in Geschichte eine Klassenarbeit. Hast du das vergessen?«

Sie sah mich ausdrucklos an. Dann machte sie ein Gesicht, als blättere sie in Gedanken in einem Stapel Karteikarten. Schließlich sagte sie: »Ach, stimmt. Aber dafür muss ich nicht lernen. Ich bin sicher, dass ich auch so bestehe.«

»Und wie soll das gehen?«, fragte ich.

Sie zog die Schleife aus ihrem Haar, druckste eine Weile herum und sagte dann: »Na ja. Für fast alles, was wir lernen, gibt es ein Lied.« Sie begann zu singen: »*Die sieben wichtigsten Flüsse Afrikas sind: Nil, Niger, Senegal, Kongo, Oranje, Limpopo, Sambesi. Azikiwwe, Awolowo, Tafawa Baleaw. Onye ocha, sepu aka n'opu eze.*« Dann breitete sie triumphierend die Arme aus, als wollte sie »Ta-da« sagen. »Da hast du es. Alles in einem Lied, die sieben Flüsse und die drei Gründerväter.«

»Nicht schlecht«, sagte ich, »aber damit kommst du nicht weit. Schließlich gibt es nicht für alles ein Lied. Was ist, wenn in der Klausur gefragt wird, warum es in der letzten Zeile des Lieds heißt: ›Weißer Mann, lass deine Finger vom Hut des Chiefs.‹ Weißt du die Antwort?«

Ugochi lachte. »Niemand sollte jemand anderem den Hut wegnehmen. Jedenfalls nicht, ohne vorher zu fragen. Wie auch immer, ich wollte damit nur sagen, dass ich ganz sicher einen Teil der Fragen beantworten kann. Und ein paar richtige Antworten sind immer noch besser als gar keine, *abi*?«

»Was ist mit *Alles zerfällt* von Chinua Achebe? Hast du es gelesen? Wir müssen wahrscheinlich eine Zusammenfassung schreiben.«

Ugochi winkte ungeduldig ab. Sie schlüpfte aus ihrem Rock und warf ihn in die Ecke. »Die Geschichte von Okonkwo kennt doch jeder.«

Während unserer Unterhaltung war ich ihr mit dem Blick durchs Zimmer gefolgt, aber als sie den Rock auszog, wandte ich mich ab.

»Mach dir um mich mal keine Sorgen«, sagte Ugochi. Aus den Augenwinkeln sah ich, wie sie ihre Bluse aufknöpfte.

Ich schaute weiterhin weg, aus Verlegenheit, aber auch, weil ich ihre Privatsphäre respektieren wollte. Ich wartete ab, bis ich sicher war, dass Udochi genug Zeit gehabt hatte, sich auszuziehen und in ihre Schuluniform zu schlüpfen. Aber als ich mich zu ihr umdrehte, trug sie die Uniform nicht. Stattdessen hatte sie ein Handtuch um den Köper geschlungen und hielt ihren Eimer und eine kleine Schüssel in der Hand. Sie sagte: »Ich geh mich nur schnell waschen. Warte auf mich, ja? Geh bloß nicht ohne mich los.«

Ich nickte.

»Und was die Klausur angeht«, sagte sie in einer Mischung aus richtigem Englisch und Pidgin, »wirklich, *no be big problem. I go manage*. Ich bin gleich wieder da.«

Dann ging sie aus dem Zimmer, und im nächsten Moment schlug die Tür hinter ihr zu.

30

»Die Schule hindert einen einfach am Leben«, sagte Ugochi seufzend, während sie ihre Kleider in die Tasche stopfte. »Wenn man hier ankommt, muss man seine Sachen auspacken, nur um sie ein paar Tage später wieder einzupacken.«

Ich lachte.

»Aber jetzt mal im Ernst«, sagte sie. »Ich freue mich immer wahnsinnig aufs Wochenende. Ich kann es gar nicht erwarten, endlich ...«, sie zwinkerte mir zu, »... Zeit mit meinem ganz besonderen Freund zu verbringen.«

»Wie viele besondere Freunde hast du eigentlich? Und wenn es mehrere davon gibt, wie können sie dann etwas Besonderes sein?«

»Daaaarling«, sagte sie und zog das Wort in die Länge. So nannte sie mich, weil sie sich angeblich immer eine beste Freundin wie mich gewünscht hatte. Mit zuckersüßer Stimme wiederholte sie: »Daaaarling, von diesen Dingen hast du einfach keine Ahnung.«

Ich musste wieder lachen. »Eines Tages wirst du noch geschnappt«, neckte ich sie. »So oft, wie du dich vom Schulgelände schleichst. Da darfst du dich nicht wundern, wenn du irgendwann erwischt wirst.«

Ugochi schüttelte den Kopf. »Oh, ihr Kleingläubigen!«, rief sie. »Mach dir um mich mal keine Sorgen. Ich weiß, was ich tue. Ich passe schon auf mich auf.«

Als es an der Tür klopfte, hatte sie gerade fertig gepackt. Sie zog den Reißverschluss zu, ging zur Tür und öffnete sie.

Durch das Fenster neben meinem Bett sah ich, wie sich die Blätter draußen im Wind bewegten.

Die Tür wurde vom Wind aufgedrückt und schlug mit einem Knall gegen die Wand. Jemand trat ein. Im ersten Moment sah ich nur, dass es ein Mädchen in einem langen dunklen Kleid war. Ihr Gesicht konnte ich nicht erkennen und auch nicht, ob sie kurzes oder langes Haar hatte. Die Gestalt kam näher und betrat unser Schlafzimmer. »Ich möchte zu Ijeoma«, sagte eine vertraute Stimme. Das war das Letzte, womit ich gerechnet hatte.

Ugochi trat zur Seite und zeigte in meine Richtung. Dann ging sie zu ihrem Bett, nahm ihre Tasche und warf sie sich über die Schulter. »Bis später, Daaaarling«, rief sie. »Wie du weißt, habe ich etwas Wichtiges vor. Aber keine Angst, ich bin bald zurück.« Sie zwinkerte mir zu.

Ich winkte ihr und wunderte mich, wie bewusst ich mit einem Mal mich selbst und meine Umgebung wahrnahm. Aus irgendeinem Grund hatte ich das Bedürfnis, mich zu rechtfertigen oder mich sogar bei Amina dafür zu entschuldigen, dass Ugochi mich »Darling« genannt hatte. Was, wenn Amina dachte, das wäre nicht nur so dahingesagt? Ich wollte nicht, dass sie einen falschen Eindruck bekam, was auch immer das für ein Eindruck war.

Amina sah sich schweigend um. Schließlich fragte sie schüchtern: »Und, wie geht es dir?«

Seit meinem ersten Versuch, mich ihr zu nähern, waren mehrere Wochen vergangen.

Ihr Haar war zu losen Zöpfen geflochten, die ihr über die

Schultern fielen. Ich dachte an die Zeit zurück, als ich diejenige gewesen war, die ihr die Zöpfe geflochten hatte.

»Gut«, sagte ich. »Und dir?«

»Mir geht's auch gut«, sagte sie. Nach kurzem Schweigen fügte sie hinzu: »Du hast mir gefehlt.«

Ich spürte ein Kribbeln in der Brust und antwortete aus tiefsten Herzen: »Ich habe dich auch vermisst.«

Am Abend machten wir zusammen einen Spaziergang auf dem Schulgelände. Wir schlenderten in großen Kreisen über den Rasen.

Dabei unterhielten wir uns über die Schule, darüber, wie streng die Direktorin war und wie sie uns beim Morgenappell die Hände ausstrecken ließ, um sie auf Sauberkeit zu inspizieren, wie sie unsere Schuluniformen nach Falten, Flecken oder kleinen Rissen absuchte. Hat die Direktorin dir schon einmal mit ihrem Stock auf die Handflächen geschlagen, weil du Dreck unter den Fingernägeln hattest? Solche Fragen stellten wir uns gegenseitig. Wir gingen in einigem Abstand nebeneinander her. Wir hielten uns nicht an den Händen und achteten sorgfältig darauf, uns nicht zu berühren. Wir redeten über unsere Klassenkameradinnen, darüber, wen wir mochten und wen nicht. Wir redeten über die Bücher, die wir lasen, und darüber, wie uns der Unterricht gefiel.

In der Zeit, in der wir getrennt gewesen waren, hatte Amina sich an die Hoffnung geklammert, dass vielleicht doch noch ein Verwandter von ihr auftauchen und sie abholen würde. Nicht, weil der Lehrer und seine Frau sie schlecht behandelt hätten, sondern einfach nur, weil sie sich nach ihrer eigenen Familie sehnte. Der Lehrer und seine Frau hatten sogar versucht, ihre Angehörigen ausfindig zu machen. Sie hatten überall herumgefragt, aber ihre Nachforschungen waren im Sand verlaufen. Vielleicht waren Aminas entferntere Verwandte ja genauso wie ihre Eltern im Krieg getötet worden.

Wir redeten nicht über das, was in Nnewi passiert war. Nicht darüber, wie wir erwischt worden waren, wie der Lehrer uns ausgeschimpft hatte, wie Mama mich abgeholt hatte und wie wir getrennt voneinander Bibelstunden bekommen hatten.

Alles in allem wirkte es so, als wäre Amina noch genauso wie früher, ein ruhiges, ernstes Mädchen, vielleicht ein kleines bisschen nachdenklicher.

31

Die ersten Ferien standen vor der Tür. Die meisten Schülerinnen packten ihre Sachen zusammen und fuhren nach Hause. Amina und ich gehörten zu den wenigen, die in der Schule blieben.

An einem dieser freien Tage holten wir uns von der älteren Schülerin, die am Tor Aufsicht hatte, die Erlaubnis, das Schulgelände zu verlassen, und machten einen Spaziergang die Straße hinunter.

An der Stelle, wo die Straße auf den Ekulo River traf, war der Fluss schmal und floss zwischen hohen Felsen hindurch. Wir standen oben und sahen, dass er in einiger Entfernung wieder breiter wurde. Kleine Wellen schlugen ans Ufer und leckten an der rostbraunen Erde.

Wir liefen am Fluss entlang und ließen uns auf ein Fleckchen Gras unter einer Palme nieder. Die Erde war warm, weil sie den ganzen Tag die Sonnenstrahlen aufgesogen hatte. Ab und zu frischte der Wind auf, und die Palmwedel peitschten heftig gegeneinander. Die vertrockneten Palmwedel, die zu Boden gefallen waren, fegten durch den Sand.

In der Ferne wusch eine Frau Wäsche. Goldbauchammern flatterten um uns herum. Die Luft roch nach Erde und Flusswasser.

Erst saßen wir ein ganzes Stück voneinander entfernt, aber dann rückte ich näher an sie heran. Wir schwiegen eine Weile, und irgendwann hob ich die Arme und hielt ihr von hinten die Augen zu. »Hörst du das?«

»Was?«

»Das Wasser. Beruhigend, nicht?«

»Nein.« Sie wandte mir das Gesicht zu. Auf ihrer Stirn hatten sich Falten gebildet. »Mich macht es eher unruhig.«

Da fielen mir meine Bibelstunden mit Mama ein. Ich hatte Bilder von Vieh und kriechendem Gewürm und wilden Tieren und Vögeln im Kopf. Gott hatte sie alle erschaffen, aber am siebten Tag hatte er geruht. Selbst Gott hatte geruht. Doch Amina war unruhig. Sie fand keine Ruhe.

Mein Blick fiel auf einen Stock, der neben mir lag. Ich hob ihn auf und fegte gedankenverloren Sand von einem großen Stein am Ufer.

»Warum bist du unruhig?«, fragte ich.

»Ich weiß nicht«, sagte sie, aber die Frage schien sie zum Nachzudenken gebracht zu haben, denn nach einer Weile fügte sie hinzu: »Aus allen möglichen Gründen.«

»Und was würde dir helfen, nicht mehr so unruhig zu sein?«

»Ich weiß nicht.«

Über unseren Köpfen zwitscherten Vögel. Ich zeichnete mit dem Stock einen Vogel in den Sand. »Vögel sind glücklich und frei«, sagte ich. »Hör mal, wie sie singen. Fühlst du dich dann nicht auch glücklich und frei? Wir könnten öfter herkommen und den Vögeln zuhören.«

Amina zog die Beine an die Brust und schlang ihre Arme um die Knie.

Ich bewegte den Stock über den Sand und wischte das Bild weg. Dann legte ich den Stock beiseite.

Zu meiner Überraschung hob Amina den Stock auf und zeichnete ihrerseits ein Bild in den Sand. Zwei Figuren, die Händchen hielten. Darüber hingen Wolken aus Halbkreisen.

Als sie fertig war, grinste sie schief.

»Das ist ein schönes Bild«, sagte ich und sah sie an.

Amina legte ihre Hand auf meine. »Vielleicht reicht es schon, Händchen zu halten«, sagte sie. »Vielleicht ist das schon genug.«

Mit der freien Hand hob sie Sand auf und ließ die Körner durch ihre Finger rieseln.

Ich antwortete: »Ja, vielleicht ist das schon genug.«

Am nächsten Morgen klopfte Amina sehr früh an meine Tür.

Als ich aufmachte, stand sie mit einer kleinen Decke um die Schultern vor mir. Sie zog sich die Decke straff um den Körper. Darunter trug sie ein lavendelblaues Kleid, das ich noch nie gesehen hatte. Ihre Zöpfe hatte sie zu einem losen Knoten im Nacken zurückgebunden. Sie wirkte erschöpft.

»Hast du nicht gut geschlafen?«, fragte ich.

Sie schüttelte den Kopf. »Ich hatte so viele Gedanken im Kopf, dass ich die ganze Nacht nicht schlafen konnte. Manchmal mache ich mir so viele Sorgen.«

»Worüber?«

»Ich weiß nicht«, murmelte sie. »Über alles möglich.« Sie machte eine Pause. »Über uns.«

»Du musst dir keine Sorgen machen«, sagte ich. »Es gibt nichts, worüber du dir Sorgen machen müsstest.«

Einen Moment lang stand sie einfach da und sah mich an. Dann sagte sie: »Ich wollte dich fragen, ob du Lust hast, mit mir zum Fluss zu gehen. Das fände ich schön.«

»Auf jeden Fall«, antwortete ich. Es gab nichts, was ich lieber getan hätte.

32

Die Schule hatte noch nicht wieder angefangen. Es war ein Ferientag wie jeder andere, und Amina und ich saßen auf den Stufen ihrer Veranda und wollten gerade zu Abend essen. Von den Schüsseln mit Reis und Bohnen stieg Aschegeruch auf.

»Du hast die Bohnen anbrennen lassen«, sagte ich.

Amina hatte für uns beide gekocht. Dabei hatte sie *The Drummer Boy* von Cyprian Ekwensi gelesen. Sie hatte sich das Buch vor den Ferien aus der Schulbibliothek ausgeliehen. Während sie in die Lektüre vertieft gewesen war, hatte der Topf mit Bohnen auf dem Feuer gestanden. Da Amina gesagt hatte, sie würde das Kochen übernehmen, hatte ich mich nicht um das Essen gekümmert, sonst hätte ich natürlich zwischendurch mal nach den Bohnen gesehen. Jetzt war es zu spät.

Amina saß neben mir und warf mir einen entschuldigenden Blick zu.

»Schmeckt wie Asche«, sagte ich neckend, nachdem ich mir den ersten Löffel Bohnen in den Mund geschoben hatte.

Amina ließ ein wenig den Kopf hängen. »Ich finde es gar nicht so schlimm.«

Ich neckte sie weiter: »Es schmeckt sogar schlimmer als Asche. Vielleicht vergiften wir uns, wenn wir das essen. Vielleicht verbrennt es uns die Lungen und wir müssen husten, bis wir sterben.«

Amina sprang wütend auf und begann die Schüsseln und Löffel einzusammeln, wobei sie laut mit dem Geschirr klapperte. Kling, klang, klong.

»War doch nur Spaß«, sagte ich und legte ihr die Hand auf den Arm.

Sie hielt mitten in der Bewegung inne.

»Wirklich, es war nur Spaß«, wiederholte ich.

Die Sonne war längst untergegangen, der Himmel war dunkel. Da die meisten Schülerinnen immer noch zu Hause waren, war niemand in der Nähe. Ich stand auf, nahm ihr die Schüsseln aus der Hand und stellte sie auf dem Boden ab. Dann ergriff ich ihre Hand und führte sie in die hinterste Ecke der Veranda, wo ich sie sanft gegen die Wand schob. Plötzlich waren wir ineinander verschlungen und unsere Hände waren überall. Irgendwann landeten sie auf den Brüsten der anderen. Ich küsste Aminas Halsbeuge. Sie stöhnte auf und zog mich noch näher an sich heran. Als sich unsere Lippen endlich trafen, küsste sie mich hungrig, als hätte sie lange auf diesen Moment gewartet. Ich atmete ihren Geruch ein, atmete ihn tief ein, als könnte ich nicht genug davon bekommen, als müsste ich mir einen Vorrat anlegen für den Tag, wenn wir nicht mehr zusammen wären.

33

Anfangs war Mama noch jedes zweite Wochenende zu Besuch gekommen, um ein Auge auf mich zu haben, damit ich und Amina nicht wieder in Versuchung gerieten. Von ihrem Haus in Aba bis zur Schule war sie drei Stunden unterwegs, und als Besitzerin des kleines Ladens, der an sieben Tagen die Woche geöffnet hatte, war es für sie ein großes Opfer, ihr Geschäft zu schließen, da sie dann auf die Einnahmen eines ganzen Tages verzichten musste. Aber sie kam trotzdem.

Bei jedem Besuch brachte sie Vorräte mit: *Cabin biscuits*, Titus-Sardinen in der Dose, Gari, Zucker, Peak-Kondensmilch, eine Dose Milo-Kakaopulver, einen Laib Brot und Reis mit Eintopf.

Mama blieb immer mehrere Stunden. Amina war so klug, sich in dieser Zeit nicht blicken zu lassen.

Der Ablauf war jedes Mal derselbe:

Während Mama fünf Löffel von dem Eintopf aß, aß ich einen.

»Du musst mehr essen«, sagte sie.

»Ich habe keinen Hunger, Mama«, erwiderte ich.

»Du kannst mir doch nicht erzählen, dass du keinen Hunger hast! Es ist Nachmittag und du hast seit dem Morgen nichts gegessen. Wie kann das sein?«

Ich zuckte mit den Schultern.

Irgendwann gab Mama es auf, mich zum Essen überreden zu wollen. Dann schüttelte sie den Kopf und sagte so etwas wie: »Ich weiß wirklich nicht, was ich mit diesem Kind anfangen soll!«

Danach saßen wir noch eine Weile zusammen und Mama stellte mir tausend Fragen, wollte wissen, wie es in der Schule lief und wie es mir sonst so ging. Manchmal unternahmen wir noch einen kleinen Spaziergang außerhalb des Schulgeländes, bevor sie sich zum Gehen bereitmachte.

»Denk daran, die Reste aufzuessen«, sagte sie. »Wehe, mir kommt zu Ohren, dass du das Essen weggeworfen oder hast verderben lassen. Denk an Biafra.« Irgendwann kam sie immer auf den Krieg zu sprechen und rieb mir unter die Nase, wie schwer es damals gewesen war, an Essen zu kommen.

»Ich werfe es nicht weg und lasse es auch nicht verderben«, versprach ich ihr. Und das war auch die Wahrheit. Denn sobald ich mich am Schultor von Mama verabschiedet hatte, kehrte ich in mein Zimmer zurück, nahm die Überreste des Essens und trug sie zu Aminas Hütte. Sie war der Grund, warum ich in Mamas Beisein nur wenig aß. Ich wollte meine Mahlzeiten lieber mit Amina einnehmen.

34

»Der Teufel hat wieder sein Netz nach dir ausgeworfen«, hätte Mama sicher gesagt, wenn sie gewusst hätte, was los war. Oder: »Adam und Eva, nicht Eva und Eva.« Aber selbst mit ihren Worten im Kopf konnte ich einfach nicht anders.

Amina und ich trafen uns weiterhin jeden Tag. Nach dem Unterricht aßen wir zusammen zu Abend, in der Mensa, vor einer unserer Hütten oder in einem unserer Zimmer.

An den Wochenenden, wenn wir das Schulgelände verlassen durften, oder in den Ferien, wenn wir nicht nach Hause fuhren, gingen wir am Fluss spazieren. Manchmal hielten wir Händchen, gaben uns dabei aber so unauffällig wie möglich. Wir versuchten, wie befreundete Klassenkameradinnen auszusehen und nicht wie Verliebte.

Aber natürlich waren wir das. Ich liebte Amina, davon war ich überzeugt. Ich sehnte mich nach ihrer Nähe und vermisste sie, sobald wir nicht zusammen waren. Sicher, ich brachte ihr auch Freundschaft entgegen. Ich spürte eine tiefe Verbundenheit, weil sie mich so gut kannte wie sonst niemand. Aber es war auf jeden Fall mehr als Freundschaft. Ich war Hals über Kopf in sie verliebt. Ich war absolut sicher, dass das zwischen uns Liebe war. Vielleicht konnte man Liebe ja so definieren: als das Zusammentreffen von Freundschaft und Verliebtheit. Als tief empfundene Zuneigung, verbunden mit Staunen. Und Dankbarkeit. Und dem Wunsch, ein Leben lang zusammen zu sein.

35

Es begann alles mit einem Gerücht, irgendwann in unserem zweiten Jahr an der Schule.

An manchen Samstagen war Besuchstag, und die Schüler einer nahegelegenen Jungenschule kamen zu uns. Die Lehrerinnen patrouillierten den ganzen Tag mit Stöcken in der Hand über das Gelände und überwachten alle Begegnungen. Überall saßen Mädchen mit Jungen vor ihren Hütten zusammen, aber keine durfte einen Jungen mit auf ihr Zimmer nehmen. An einem Montag nach einem dieser Besuchstage kursierte dann ein Gerücht unter den Schülerinnen.

Die Geschichte ging so: Lange vor dem letzten Besuchstag soll sich immer wieder ein Junge auf das Schulgelände geschlichen haben und in eine der Schlafhütten eingedrungen sein – oder vielleicht hatte sich das Mädchen auch aus ihrer Hütte geschlichen, um ihn zu treffen. Wie auch immer, jetzt war sie schwanger, und das Gerücht besagte, dass sie es schon seit einer ganzen Weile war.

Als ich darüber nachdachte, wer dieses Mädchen sein könnte, fiel mir sofort Ugochi ein. Seit über einem Jahr bekam ich mit, wie sie sich spät abends vom Schulgelände schlich, um sich mit ihren Männern zu treffen. Da war es nur logisch, dass sie diejenige war, über die jetzt getratscht wurden.

Ich hatte Ugochi weder am Montagmorgen noch am Montagnachmittag gesehen und auch nichts von ihr gehört. Sie war nicht in unserem Zimmer.

Am Montagabend ertönte die Trillerpfeife und eine der älteren Schülerinnen, die auf dem Gelände Aufsicht führten, verkündete, dass der Morgenappell am nächsten Tag früher als sonst stattfinden werde. »Wer zu spät kommt, und sei es nur eine Minute, wird hart bestraft«, rief sie.

Ich dachte an die arme Ugochi. Wo war sie jetzt? Wie fühlte

sie sich? Es musste schlimm für sie sein, dass alle hinter ihrem Rücken schlecht über sie redeten.

Am Dienstagmorgen standen wir in unseren grünweißen Schuluniformen aufgereiht auf dem Appellplatz.

»Viele von euch kennen Ozioma«, begann die Direktorin. »Und mittlerweile habt ihr sicher schon gehört, dass sie schwanger ist. Der Vater des Kindes ist ein gewisser Nonso.« Als sie die Namen verkündete, lief ein überraschtes Raunen durch die Reihen. Vor lauter Erleichterung, dass es nicht Ugochi war, dauerte es einen Moment, bis ich begriff, dass die stille Ozioma, der Liebling der Direktorin, vom rechten Weg abgekommen und schwanger geworden war.

»Ruhe!«, rief die Direktorin. »Ich möchte euch fragen, warum ihr so reagiert. Ist das wirklich so überraschend? Wisst ihr denn nicht, dass schlechte Gesellschaft den Charakter verdirbt? Jedenfalls sei euch gesagt, dass dieser Vorfall nicht auf irgendeine Nachlässigkeit meinerseits oder vonseiten der Lehrerinnen zurückzuführen ist. Wir haben euch in jeder Schulversammlung, sonntags im Gottesdienst und bei den Erweckungstreffen beigebracht, was richtig und was falsch ist. Schreibt euch das hinter die Ohren, vor allem diejenigen von euch, die sich bemüßigt fühlen, unerlaubt das Schulgelände zu verlassen!«

Die Direktorin setzte hinzu: »Lasst euch das eine Warnung sein. Versucht, aus Oziomas Fehltritt etwas zu lernen. Schlechte Gesellschaft verdirbt den Charakter.«

Auf den Dienstag folgten der Mittwoch und der Donnerstag, und dann stand das Wochenende vor der Tür. Viele Schülerinnen packten ihre Sachen und gingen übers Wochenende nach Hause. Amina und ich blieben wie so oft in der Schule, aber diesmal mit der Mahnung der Direktorin im Kopf.

36

Weil unsere Schule hauptsächlich von Igbo besucht wurde, war es eine christliche Schule, und weil es eine christliche Schule war, mussten alle Schülerinnen sonntags zum Gottesdienst und zu den Erweckungstreffen und mittwochs in die Abendandacht. Sogar in den Ferien galten diese Regeln für alle, die nicht nach Hause fuhren. Und so wenig wie es Amina etwas ausgemacht hatte, dass der Lehrer und seine Frau ihr nach meinem Weggang Bibelstunden erteilt hatten – jedenfalls erzählte sie nie, dass sie dagegen protestiert hätte, – genauso wenig machte es ihr jetzt etwas aus, den Gottesdienst zu besuchen und die christliche Religion zu praktizieren. Sie nahm daran teil wie alle anderen Mädchen, auch das Hausa-Igbo-Mädchen.

An diesem Sonntagmorgen waren Amina und ich zusammen mit den anderen Mädchen, die in den Ferien dageblieben waren, im Gottesdienst gewesen. Anschließend hatten wir ein paar Stunden mit Lesen in der Bibliothek verbracht.

Am späten Nachmittag gingen wir zum Fluss, setzten uns wie immer unter unsere Palmen und sahen zu, wie der strahlend blaue Himmel zu immer dunklerem Grau verblasste.

Irgendwann nahm Amina meine Hand und zog mich grinsend auf die Füße. Sie hielt meine Hand einen Moment lang fest, ließ sie dann los und trat einen Schritt zurück. Dann drehte sie eine Pirouette, so schnell, dass der Rock ihres gelbkariertes Kleides um sie herumwirbelte wie ein umgedrehter Teller. Sie kicherte, als wäre es ihr peinlich, dass sie so viel nackte Haut gezeigt hatte. Hastig strich sie sich den Rock glatt und sah mich dabei fragend an, als wollte sie herausfinden, wie viel ich gesehen hatte.

Ich tat es ihr nach und drehte meinerseits eine schnelle Pirouette, bei der mein Rock so hoch flog wie bei ihr, nur machte ich danach keine Anstalten, ihn zu glätten. Bald drehten wir uns beide wie wild um die eigene Achse. Ich hörte sie lachen und musste ebenfalls lachen. Was daran eigentlich so lustig war, hätte keine von uns beiden sagen können.

Schließlich ließen wir uns atemlos zu Boden fallen und sahen uns an. Die Träger ihres Kleids waren ihr ein Stück von den Schultern gerutscht. Ich zog sie noch ein kleines Stück weiter herunter und warf ihr einen sehnsüchtigen Blick zu.

»Willst du–«, flüsterte sie und verstummte dann abrupt.

»Will ich was?«

Sie rückte näher an mich heran.

»Das hier?«, fragte ich und schob die Träger noch ein Stück weiter herunter.

Amina sog scharf die Luft ein, kam aber noch näher und sah mir tief in die Augen.

Mit den Fingern strich ich über den Saum ihres Oberteils, dort, wo der Stoff des Kleides auf nackte Haut traf. Sie zog meine Hand tiefer, sodass sie auf ihrer Brust lag. Ich spürte ihren Herzschlag. Sie lehnte sich gegen mich, ihr Atem ging schneller. Eine Weile saßen wir so da. Plötzlich senkte sie den Blick und sah an sich herunter, als würde ihr bewusst, was wir da taten. Zwar waren nur ihre Schultern entblößt und das Kleid bedeckte immer noch den Rest ihres Körpers, aber Amina muss sich mit einem Mal sehr nackt gefühlt haben, denn sie schlang die Arme um ihre Schultern.

In der Dunkelheit kehrten wir zur Schule zurück und liefen schweigend an den Palmen und Kochbananen am Straßenrand vorbei. Der Abendwind bauschte Aminas gelbes und mein weißes Kleid.

Auf dem Schulgelände schlug ich die Richtung zu meiner Hütte ein, aber Amina nahm meine Hand und zog mich zu ihrer.

Drinnen schlüpften wir aus unseren Sandalen und setzten uns auf das Kopf- und Fußende ihres Bettes. Ihre Mitbewohnerin war übers Wochenende weg. Mein Herz schlug schnell, vor Angst und Aufregung, weil vielleicht endlich mein Traum in Erfüllung gehen würde, etwas, was ich nicht mehr zu hoffen gewagt hatte.

Amina stand auf und setzte sich neben mich. Nach einer Weile streckten wir uns auf der Matratze aus. Im Zimmer war es dunkel, nur der Mond schien durch die waagerechten Schlitze der Fensterläden.

Wir sahen uns im Mondschein an. So schliefen wir irgendwann ein.

Mitten in der Nacht schreckte Amina hoch und fragte mich, ob ich das auch gesehen hätte, ob ich das auch gehört hätte. »Hagel«, platzte es aus ihr heraus, »Hagel und Feuer regneten vom Himmel auf die Erde.« Sie zitterte am ganzen Körper, als hätte sie Fieber.

Dann erzählte sie, sie hätte von einer Kutsche ohne Kutscher geträumt, die von vier goldenen Pferden über den Himmel gezogen wurde. Menschen marschierten in einer langen Kolonne auf ein helles Licht hinter der Kutsche zu.

Ich musste lachen, auch wenn ich mich gar nicht über sie lustig machen wollte. »Wie ich sehe, hast du im Bibelunterricht gut aufgepasst. Das hört sich ganz nach der Offenbarung des Johannes an.« Ich kicherte.

»In der Kolonne gab es viele Kinder«, sagte Amina mit bebender Stimme. »Kleine Kinder, denen der Schweiß über das Gesicht lief. So viel Schweiß, dass ihre Kleider ganz nass waren.« Die Kinder hätten einen langen Marsch hinter sich gehabt, fuhr sie fort. Ihnen müssen die Füße wehgetan haben und sie müssen völlig erschöpft gewesen sein, denn ab und zu fiel eines um und die anderen stiegen einfach über das Kind hinweg.

Vielleicht ist das ja ein Zeichen, fügte sie hinzu. Vielleicht sind wir die gefallenen Kinder, die gesündigt haben und deshalb nicht dem Weg der Rechtschaffenheit folgen können.

»Nein«, widersprach ich. Jetzt nahm ich Aminas Traum sehr viel ernster. Ich schüttelte den Kopf und sagte ihr, sie habe einfach nur schlecht geträumt. Ich nahm sie in den Arm und vergrub mein Gesicht an ihrem Hals. War es ihr Geruch, der mich in eine Art Rausch versetzte? Ich begann sie zu küssen, erst auf den Hals, dann auf das Kinn, dann auf die Lippen. Die oberen Knöpfe ihres Nachthemdes waren geöffnet, und ich schob die Hand hinein und streichelte ihre Brüste. »Wir sind keine gefallenen Kinder«, sagte ich. »Du hast nur schlecht geträumt.«

Ihre Hand auf meiner Hüfte war schweißfeucht. Sie presste sich an mich, streichelte mein Gesicht und erwiderte meinen Kuss, gieriger als ich, voller Verlangen. Trotzdem hatte ich sie verloren. Amina hörte auf mich zu küssen, rückte von mir ab und stand vom Bett auf. Dann knöpfte sie ihr Nachthemd zu, suchte nach ihren Sandalen und schlüpfte hinein. Sie ging zur Tür und öffnete sie. Von draußen drang ein Schwall kühler Luft ins Zimmer. Amina stand in der Tür, leicht schwankend, wie ein Schatten, der jeden Moment verschwinden konnte. Nachdem sie eine Weile dort gestanden hatte, trat sie hinaus in die Nacht und zog die Tür leise hinter sich zu.

37

Nach der Nacht mit dem Traum nahmen Amina und ich etwa zwei Wochen lang keine Mahlzeiten mehr zusammen ein, wir gingen auch nicht zum Fluss und wechselten nicht mehr als ein paar knappe Worte vor und nach dem Unterricht.

Am dritten Samstag nach dem Traum hatte ich die Nase voll. Ich hatte die Nase voll davon, dass plötzlich wieder alles anders war zwischen uns, und das nur wegen eines dummen Albtraums.

Ich hatte den ganzen Tag in der Bibliothek verbracht und gehofft, Amina würde vorbeikommen, aber das hatte sie nicht getan.

Jetzt ging die Sonne unter, und obwohl ich nicht draußen bei den anderen war, wusste ich, dass die Lehrerinnen gleich das Ende der Besuchszeit verkünden würden. Ich saß am offenen Fenster und konnte beobachten, wie die Jungen sich einer nach dem anderen verabschiedeten. Cardinal Rex' Highlife-Song *Ibi Na bo* schallte über das Gelände, die Musik kam von einer Veranda in der Nähe der Bibliothek. Ein paar Jungen summten das Lied mit, während sie zum Schultor schlenderten.

Ich beschloss, mir ein für alle Mal Klarheit zu verschaffen. Ich schlug das Buch, in dem ich gelesen hatte, zu und sprang auf. Es war, als brannte ein Feuer unter meinen Füßen und würde mich antreiben, etwas zu unternehmen.

Als ich vor ihrer Hütte stand, klopfte ich dreimal an die Tür, so laut, dass sie mich auf jeden Fall hören würde, wenn sie da war. Keine Antwort.

Der Song *Ibi Na Bo* war zu Ende, jetzt erklang von irgendwo *Lobe Mu Adure*.

Ich klopfte noch einmal. Poch, poch, poch. Wieder nichts.

Als ich mich gerade abwenden und gehen wollte, drehte sich der Türknauf.

Amina kam nach draußen und zog die Tür hinter sich zu. »Meine Mitbewohnerin schläft«, sagte sie leise. »Sie fühlt sich nicht wohl.«

»Oh, das tut mir leid«, sagte ich. »Ist sie krank?«

»Es ist nichts Schlimmes«, sagte sie. »Sie hat nur Magenschmerzen. Ich habe etwas Zitronenmelisse gepflückt und ihr einen Tee gekocht.«

»Das ist nett von dir«, sagte ich. »Ich hoffe, der Tee hilft ihr.«

Sie nickte.

Dann sagte ich: »Wir haben uns länger nicht gesehen.«

»Ich weiß. Ich hatte viel zu tun.«

»Was hattest du denn zu tun?«

»Ich weiß auch nicht«, sagte sie. »Lernen. Lesen. Mich um meine kranke Mitbewohnerin kümmern.«

Wir standen einander gegenüber. Ich machte einen Schritt auf sie zu und nahm ihre Hand. »Wir haben heute viel verpasst. Es lief Musik, es wurde getanzt.«

»Ich weiß«, sagte sie und entzog mir die Hand. »Vielleicht beim nächsten Mal.«

»Wir müssen nicht bis zum nächsten Mal warten. Die Musik läuft immer noch, man kann sie bis hier hören.« Ich ergriff wieder ihre Hand und zog Amina an mich. Diesmal wich sie nicht zurück. Sie hielt meine Hand fest umklammert, aber ihre Augen waren weit geöffnet und sie lächelte nicht. Ich legte meine Hände auf ihre Taille. Kaum hatte ich sie berührt, da rief sie: »Hör auf!«

Dann wiederholte sie die Worte leiser: »Bitte, hör auf.«

Ich ließ sie los.

Sie rieb sich die Stirn und sagte: »Ich habe Kopfschmerzen. Ich glaube, ich muss mich hinlegen und schlafen. Dir noch einen schönen Abend. Bis bald.«

Amina wandte sich ab, verschwand in der Hütte und zog die Tür hinter sich zu, ohne meine Antwort abzuwarten.

38

Bis zum Ende des zweiten Schuljahres gelang es mir nicht, Amina dazu zu bewegen, ihre Reserviertheit mir gegenüber aufzugeben, weder durch Argumente noch durch Schmeicheleien.

Wenn ich sagte: »Gott liebt uns alle«, entgegnete sie: »Aber nicht die Diebe und Lügner und Betrüger, nicht die Mörder oder Ungehorsamen. Also liebt er uns nicht alle.«

Einmal zitierte ich sogar Johannes 3:16: »Denn also hat Gott die Welt geliebt, dass er seinen eingeborenen Sohn gab, auf dass alle, die an ihn glauben, nicht verloren werden, sondern das ewige Leben haben.« Dann sagte ich: »Siehst du, er liebt uns alle. Selbst die Diebe und Lügner und Betrüger, selbst die Mörder und die Ungehorsamen. Selbst diejenigen von uns, denen man Gräuel vorwirft.« Zu diesem Zeitpunkt glaubte ich schon nicht mehr wirklich, dass ich jemals Gräuel begangen hatte, aber ich gebrauchte es trotzdem als Argument. Um Amina zu beweisen, dass Gott uns alle liebte. Um ihr zu beweisen, dass Seine Liebe keine Grenzen kannte. Immerhin sagt er: »Liebe deinen Nächsten wie dich selbst«, und nicht: »Liebe deinen Nächsten, außer wenn er ein Dieb ist oder ein Ehebrecher oder ein Lügner oder ein Betrüger oder ein ungehorsames Kind.« Er sagt einfach eindeutig: »Liebe deinen Nächsten wie dich selbst.«

Leider konnten all meine Argumente Amina nicht umstimmen.

Im dritten Schuljahr hatte ich das Gefühl, sie hätte sich in Margaret Thatcher verwandelt, in eine nigerianische, sehr viel jüngere Version der Eisernen Lady.

An einem Sonntag mitten im Schuljahr sah ich dann einen Hoffnungsschimmer. Die Direktorin verkündete, bald würde ein *onye-ocha*-Priester zu Besuch kommen, der durch die Kraft seiner Gebete Wunder bewirken konnte. Ich war sofort ganz Ohr.

Er würde der Ehrengast unseres Erweckungstreffens am folgenden Sonntag sein, sagte die Direktorin.

Im Krieg hatten manche Dorfleute in Ojoto erzählt, Gott hätte die *ndi ocha* vom Roten Kreuz nach Biafra geschickt, um uns zu retten. Einmal hatte ich beobachtet, wie ein paar Nachbarn die Hände in die Luft geworfen und gerufen hatten: »Ehre sei dem Herrn! Die *ndi ocha* können sogar Tote wieder zum Leben erwecken.« Ich habe keine Ahnung, warum sie das gesagt haben – vielleicht hatte eine der Schwestern vom Roten Kreuz einen Sterbenden behandelt und er war wieder gesund geworden. Wie auch immer, als ich hörte, ein *onye-ocha*-Priester würde an unsere Schule kommen, um Wunder zu vollbringen, musste ich sofort daran denken, was die Dorfleute im Krieg gesagt hatten, und deshalb war ich fest überzeugt, dass der Priester so was wie ein Arzt wäre. Ich dachte, ich müsste am Sonntag nur zu dem Erweckungstreffen gehen und eine gehörige Dosis *onye-ocha*-Medizin schlucken, und dann würde alles wieder gut werden.

An dem Sonntag regnete es. Die Versammlung sollte außerhalb des Schulgeländes stattfinden, und so führten uns die älteren Schülerinnen durch den strömenden Regen einen schlammigen, durchweichten Pfad entlang.

Nach mehreren Kilometern gelangten wir zu einem freien Feld, wo wir uns im Kreis um den Priester versammelten. Er wurde von mehreren anderen *ndi ochas* begleitet. Der Regen prasselte nur so auf uns herab.

Der Priester trug ein kurzärmliges weißes Hemd und braune Hosen. Seine Kleidung war völlig durchnässt und klebte ihm am Körper. Er war blass, wie alle Weißen, aber er war auch braungebrannt. Die Haut seiner Arme und seines Gesichts erinnerte mich an einen Gürtel oder an gegerbtes Leder.

Neben ihm saß eine grauhaarige *onye-ocha*-Frau in einem

silber-schwarzen Rollstuhl. Der Priester verkündete, die Frau sei gelähmt. Er war schwer zu verstehen, weil er nuschelte wie alle *onye ocha*, sodass seine Worte miteinander zu verschmelzen schienen.

Ein weiterer *onye-ocha*-Mann mit einem langen, dünnen Stock in der Hand stand neben der gelähmten Frau. »Seht ihn euch an und werdet Zeugen der Macht Gottes!«, verkündete der Priester. »Seht euch diesen Mann an, der von Geburt an blind ist. Aber heute, meine Brüder und Schwestern Christi, heute wird er sehen können!«

Um mich herum riefen die anderen Schülerinnen im Chor: »Amen!«

Der Priester begann mit der gelähmten Frau. Er schob den Rollstuhl in die Mitte und bat uns, ein paar Schritte zurückzutreten, damit alle sehen konnten. Dann begann er zu beten:

»Allmächtiger, wir haben uns heute hier versammelt, um Dich um Deine Gnade zu bitten. Wir bitten Dich, uns Kraft zu geben und uns zum Licht zu führen, damit wir nicht aus Schwäche in der Dunkelheit verharren müssen. Du bist die Quelle des Lebens und des Blutes und des Wassers, und wir wissen, dass wir nur auf dieser Welt sind, damit wir Deine göttliche Gnade und Allmacht empfangen können. Himmlischer Vater, wir bitten dich, uns deine ewige Liebe zuteilwerden zu lassen, damit wir unsere Fehler sehen und uns bessern …«

So ging es immer weiter. Und dann wechselte er plötzlich vom Englischen in eine unverständliche Sprache. Ich verstand kein Wort mehr. Es hörte sich an wie: »*Devetium nahalesh divium namaha selelehakim danashanka levan balaton zaphan alatay fakani …*« Der Priester warf die Hände in die Luft und schloss die Augen.

»*Ushku bilani arakesh rushki rohush ekeleledu skuda wudswaia …*« Er redete völlig wirres Zeug, und erst wusste ich gar nicht, was mit ihm los war. Als ich es dann begriff, war das Gebet auch schon vorbei. Am Schluss kamen noch ein paar Worte, die ich verstand. Aus irgendeinem Grund endete er mit: »Schadrach, Meschach und Abed-Nego.«

Dann reichte er der gelähmten Frau die Hände und half ihr hoch, bis sie aufrecht stand. Langsam zog er den Rollstuhl weg. Die Frau stand auf ihren eigenen Füßen, selbst dann noch, als der Rollstuhl ein paar Meter entfernt war. Eine ganze Minute verging, in der sie schwankend dastand und nach ihrem Gleichgewicht zu suchen schien. Schließlich machte sie einen Schritt und begann zu gehen.

Die Menge stöhnte auf, und alle warfen die Hände in die Luft. »Gelobt sei der Herr!« Aus unzähligen Kehlen erschallten Stimmen, die Gott und unserem Herrn Jesus Christus für das Wunder dankten, das vor unseren Augen geschehen war.

»Seid ihr bereit für ein weiteres Wunder Gottes?«, rief der Priester.

»Ja!«, schrie die Menge.

»Seid ihr bereit für ein weiteres Wunder direkt vor euren Augen?«

»Ja, wir sind bereit!«

Der Priester trat zu dem Blinden und ergriff seinen Arm. Mittlerweile hatte es aufgehört zu regnen. Er sprach ein kurzes Gebet. Wieder kamen verzerrte und unnatürlich klingende Wörter aus seinem Mund, Wörter so hart wie Stein.

Der Priester hob eine kleine Flasche vom Boden auf und schüttete sich etwas Wasser in die Hand. Dann verteilte er die Flüssigkeit auf dem Kopf, den Schultern und dem Gesicht des Blinden. Zum Schluss spritzte er ihm ein paar Tropfen über die Augen.

»Brüder und Schwester, nun werdet ihr Zeugen eines weiteren Wunders!«

Die Menge jubelte.

Der Priester hielt zwei Finger in die Höhe. »Wie viele Finger?«, fragte er den Blinden.

»Zwei!«, rief der Mann.

Der Priester hielt ihm vier Finger vor die Augen und fragte: »Und wie viele Finger jetzt?«

»Vier!«, rief der Mann.

»Bei Gott, dem Allmächtigen, der Mann ist geheilt! Bei Gott, dem himmlischen Vater, der Blinde kann wieder sehen!«

Wieder warfen alle die Hände in die Luft und riefen im Chor: »Gelobt sei der Herr!«

Anschließend versprach der Priester, für jeden von uns ein ganz persönlich Wunder zu vollbringen. Er stand neben einem grauen Metalleimer, und wir stellten uns in einer langen Schlange auf. Erst musste man etwas Geld spenden, sonst konnte der Priester das Wunder nicht vollbringen. Er überwachte den Vorgang und sah zu, wie wir die Münzen in den Eimer warfen, wo sie klirrend auf einen großen Haufen fielen.

Geldscheine nahm er eigenhändig entgegen. Er faltete sie sorgfältig und verstaute sie in der kleinen Tasche, die er um die Hüften trug.

Ich hatte ein paar Naira-Scheine mitgebracht, Geld, von dem ich eigentlich meine Mahlzeiten, Bücher und Hefte bezahlen sollte. Ich zog zwei davon aus meiner Tasche und überreichte sie dem Priester. Ich erklärte ihm, dass es bei meinem Problem um eine Angelegenheit des Herzens ging. Er nickte verständnisvoll und setzte eine traurige Miene auf, um seine Anteilnahme auszudrücken. Dann sprenkelte er mir etwas Weihwasser über den Kopf, das Gesicht und die Schultern. Er begann, ein hastiges Gebet zu sprechen. Seine Stimme war nicht mehr als ein Murmeln, wenn auch ein ziemlich lautes.

Schließlich sagte er: »Gehe in Frieden, mein Kind.« Er wirkte ein wenig außer Atem. Mit seiner Atemlosigkeit schien er sagen zu wollen, dass es schwere Arbeit war, Wunder zu vollbringen.

»Wie lange wird es dauern, bis meine Gebete erhört werden?«, fragte ich.

Die Frage schien ihn aus dem Konzept zu bringen, aber er hatte sich schnell wieder gefasst. »Gleich heute Abend solltest du die ersten Veränderungen bemerken.« Einen Moment lang sah er mich forschend an, dann fügte er hinzu: »Mach dir keine Sorgen. Als ein Gesandter Gottes kann ich dir versprechen, dass Gott deine Gebete erhören wird. Er wird dein Herz heilen.«

Amina und ich waren uns den ganzen Tag aus dem Weg gegangen. Jetzt sah ich auf und stellte fest, dass sie in der Schlange direkt hinter mir stand. Als sie auf den Priester zutrat, würdigte sie mich keines Blickes. Ihr Gesicht war finster, und obwohl ich damals keine Ahnung hatte, um welches Wunder sie den *onye ocha* bat, kann ich es mir mittlerweile denken. Heute glaube ich, dass Amina bekommen hat, was sie wollte. Dabei sah es damals zunächst so aus, als würde mein Wunsch in Erfüllung gehen. Vielleicht kann man das nicht vermeiden, wenn zwei Menschen sich von Gott das genaue Gegenteil wünschen. Wie entscheidet Gott in so einem Fall? Welchen der beiden Wünsche erfüllt Er? Überlegt Er, wer von beiden den stärkeren Willen hat? Wen Er lieber mag? Menschen sind bestechlich. Wenn es stimmt, dass Er uns nach seinem Ebenbild erschaffen hat, ist Gott dann auch bestechlich?

39

Ugochi saß im Nachthemd auf dem Stuhl neben ihrem Bett. Auf dem Schreibtisch stand ihre Laterne und warf Schatten auf ihr Gesicht, die aussahen wie flackernde Narben. Sie konnte noch nicht lange dort gesessen haben, denn sie war den ganzen Nachmittag mit einem Jungen auf dem Fluss gewesen, in einem Boot. Auch den Abend hatte sie mit dem Jungen verbracht. Sie hätten sich den Fluss hinuntertreiben lassen, erzählte sie, Fanta und Cola getrunken und den Schwalben zugesehen, die vor dem blauen Himmel ihre Kreise zogen.

»Ihr habt euch den Fluss hinuntertreiben lassen, Cola getrunken und Vögel beobachtet?«, sagte ich. »Stundenlang? So groß ist der Fluss doch gar nicht. An vielen Stellen ist er sogar ziemlich schmal und flach. Kommt man da mit einem Boot überhaupt lang?«

»*Na wa-oh*«, sagte sie und verdrehte die Augen, als wäre sie beleidigt, weil ich es wagte, ihr so eine Frage zu stellen. »Was weißt du schon von diesen Dingen? Du tust immer so unschuldig, aber anscheinend weißt du mehr, als ich gedacht habe.« Sie schürzte die Lippen zu einem Kreis und sog pfeifend Luft durch die kleine Öffnung ein.

Ich verdrehte meinerseits die Augen. »Ich weiß jedenfalls genug, um zu wissen, dass ihr nicht nur im Boot gesessen und Cola getrunken habt«, sagte ich.

Jetzt verzog sie die Lippen zu einem frechen Grinsen. »*Ngwa*, ich erzähle es dir. *Nee anya*, aber du darfst es niemandem weitersagen. Wirklich niemandem, hörst du? Ich will nicht, dass alle über mich tratschen wie über Ozioma.«

»Wenn du nicht aufpasst, wird aber genau das passieren, nur noch schlimmer als bei Ozioma – du wirst nicht einmal wissen, wer der Vater ist.«

Sie lachte. »Ich habe sowieso beschlossen, keine Männer mehr zu treffen. Ich versuch's jetzt eher mit Jungs in meinem Alter, die noch zur Schule gehen, so wie ich. Männer sind gut, weil sie Geld haben, aber sie wollen dich nicht heiraten. Sie wollen nur ein Mädchen nebenbei, um ihren Spaß zu haben. Ich muss langsam anfangen, an meine Zukunft zu denken.«

»Dann warst du heute mit einem Jungen in deinem Alter zusammen?«

Plötzlich machte sie ein verlegenes Gesicht.

»Seit wann bist du denn so schüchtern?«, fragte ich.

Ugochi kicherte. »Wenn sie jünger sind, hat das seine Vorteile. Er behandelt mich wirklich gut«, murmelte sie. So hatte ich sie noch nie erlebt. Hätte sie hellere Haut gehabt, wäre sie rot geworden.

»Heißt das, du magst ihn?«, fragte ich.

Sie nickte. »Ich mag ihn sehr, *o*.«

»So sehr, dass du ihn heiraten würdest, wenn er dich fragt?«

Ugochi lachte. »Die Hochzeit wird noch warten müssen. Hast du nicht gehört, was ich gesagt habe? Ich will es mit Jungen in meinem Alter probieren. Mit Jungen. Im Plural. Warum soll ich mich jetzt schon für einen entscheiden?«

Ihr Blick verlor sich in die Ferne. »Jungen und Männer tun das doch die ganze Zeit. Sie treffen mehrere Mädchen. Warum ich also nicht auch?«

Ugochi saß immer noch auf ihrem Stuhl, hatte jetzt aber die Arme verschränkt und sie auf ihren Schreibtisch gelegt. »Und selbst wenn ich mich entscheiden wollte, ich wüsste gar nicht, wie. Ich mag ihn, ja. Aber es gibt auch noch andere. Soll ich den nehmen, der kaum ein Wort herauskriegt, oder den, der zu viel redet? Den, der mich um mehrere Köpfe überragt, oder den, der kleiner ist als ich?« Sie setzte eine gespielt verwirrte Miene auf. »Das sind schwere Entscheidungen. *This kain life. E no easy o!*«

»Wenn es hart auf hart kommt«, sagte ich, »stellst du sie einfach alle in einer Reihe auf und singst *tumboko tumboko beskelebe ti ti alaba bust*. Der, auf den dein Finger am Schluss zeigt, muss gehen. Ganz einfach. Du heiratest den, der als Letzter übrigbleibt.«

Sie lachte so sehr, dass ihre Schultern bebten. »Morgen treffe ich mich mit einem anderen Jungen. Vielleicht gehen wir ja auch zum Fluss und leihen uns dasselbe Boot aus wie heute. Oder wir machen etwas anderes. Es gibt so viele Möglichkeiten.

Aber ich muss sagen, der heute war sehr nett. Manche Jungen wissen einfach, wie man ein Mädchen behandelt. Nur schade, dass die meisten von ihnen früher oder später zu lügenden, fremdgehenden Männern werden.«

Ich wollte sagen, dass sie auf dem besten Wege war, genauso zu werden wie die Männer, die sie verurteilte. Aber ich biss mir auf die Zunge und stellte mir stattdessen vor, wie sie und der Junge sich am Fluss getroffen hatten. Vor meinem inneren Auge sah ich sie in das Boot steigen, sah die Sonne auf ihren nackten Armen und Beinen schimmern. Vielleicht hatten sie Angeln dabei gehabt, um ein paar Fische zu fangen – *okpo isiukwu*, den großköpfigen Wels, *afor*, den Mondsalmler, Umberfische oder Rote Schnapper. Obwohl ich keine Ahnung hatte, ob es diese Fische in dem Fluss überhaupt gab. Aber ich stellte es mir trotzdem vor. Ich stellte mir vor, wie es Abend wurde und Ugochi und der Junge müde wurden und sich am Ufer ausstreckten und Dinge taten, die Jungs und Mädchen taten, wenn sie im Dunkeln allein waren. Am Schluss griff er in seine Hosentasche, holte ein wunderschönes Armband heraus und schenkte es ihr. Genauso stellte ich es mir vor.

In diesem Jahr schrieb ich Tagebuch, anfangs noch auf losen Blättern, die ich zweimal faltete und in eine kleine Holzkiste zu meinen Stiften legte. Später hatte ich dann ein kleines Notizbuch, das ich in derselben Schatulle aufbewahrte.

An dem Abend holte ich das Notizbuch heraus, und während Ugochi weiter über Jungs redete, schrieb ich eine Art kleines Gedicht an Amina. Ein Versprechen. Ich hatte nicht vor, ihr die Zeilen zu schenken, zumindest nicht in diesem Moment. Es half mir einfach, die Worte aufzuschreiben.

Sie lauteten:

Alles, was ein Junge für dich tun mag, kann ich auch tun, und sogar noch mehr.

So sehr er dich auch lieben mag, ich werde dich auch lieben, und sogar noch mehr.

40

An einem Tag in unserem dritten Schuljahr lief ich am Fluss entlang bis zu einer Stelle, wo er durch eine enge Schlucht floss. Ringsum wuchsen Kochbananenbäume hoch in den Himmel, und ein Trampelpfad führte zwischen Felsen hindurch zu einer Seilbrücke. Auf der anderen Flussseite wuchsen weitere Kochbananen und auch ein paar Bananenbäume. Ich stand am Fuß der Brücke. Um mich herum hingen lila Bananenblüten von dicken Stängeln. In der Ferne hörte ich Grasnager und andere Tiere durch den Wald streifen. Ein paar Schritte vor mir ging es steil in die Tiefe. Die Schlucht war eng und felsig. Ich stand da und dachte: Was, wenn ich mich in die Tiefe stürzte? Würde sie nach mir suchen?

An diesen Tag war wieder Besuchstag. Als ich bei Sonnenuntergang zur Schule zurückkehrte, war die Party vor meiner Schlafhütte, vor der ich am Nachmittag geflohen war, noch im vollen Gang. Laute Musik schallte über das Gelände, wie immer an solchen Tagen. Jungen und Mädchen tanzten, schwangen ihre Arme und Hüften im Takt der Musik.

Ich schob mich an den ersten Leuten vorbei, die vor der Veranda zusammenstanden. Eilig lief ich die Stufen zur Tür hoch. In diesem Moment bemerkte ich sie. Ich hatte sie noch nie geschminkt gesehen, und jetzt trug sie roten Lippenstift und hatte sich die Augen schwarz nachgezogen. Ugochi und ein paar andere Mädchen standen in ihrer Nähe. Da war sie, Amina, in einer schulterfreien Bluse aus Spitzenstoff. Amina mit einem engen Rock und paillettenbesetzten Sandalen. Amina mit Ohrringen, die ich ebenfalls noch nie gesehen hatte, schweren Tropfen in Form einer Träne, die ihr von den Ohrläppchen hingen. Das obere Ende war so spitz, dass man sie als Waffe hätte gebrauchen können. Amina, die sich hübsch gemacht hatte, obwohl sie das gar nicht nötig hatte.

Ich ging zu ihr. Sie schien mich nicht zu bemerken. In diesem Moment umfasste sie die Schultern des Jungen, der vor ihr stand, und er legte seine Hände auf ihre Hüften.

Ich tippte ihr auf die Schulter. Die Berührung war offenbar zu leicht gewesen, denn sie schmiegte sich nur noch enger an den Jungen, und beide lehnten ihre Köpfe aneinander. Aus Angst, dass sie sich im nächsten Moment küssen könnten, umschlang ich ihre Hüften und zog sie an mich. Sie duftete süß und blumig wie ein Rosenbusch.

Amina sah mich schockiert an. Der Junge packte sie an den Hüften, als hätte er nicht bemerkt, dass ich hinter ihr stand. Sie drehte sich wieder zu ihm.

»Amina«, sagte ich tonlos.

Sie drehte sich noch einmal zu mir um. »Es tut mir leid«, sagte sie. Ihre Stimme klang entschuldigend, aber ihre Augen blieben hart. Sie sagte noch zweimal: »Es tut mir leid.« Wenn ihre Entschuldigungen Fleisch gewesen wären, hätte ich mir davon Suppe kochen können.

Keine Ahnung, ob sich die beiden an dem Abend noch geküsst haben. Ich bin nicht geblieben, um es mir anzusehen.

41

In unserem vierten und fünften Schuljahr entfernten Amina und ich uns immer weiter voneinander. Bei den Probeklausuren für den Oberschulabschluss saßen wir zwar im selben Klassenzimmer, sprachen aber kein Wort miteinander, weder vor noch nach der Prüfung. Als dann die echten Klausuren anstanden, hatte ich längst alle Hoffnung aufgeben, dass wir uns noch einmal annähern würden.

Der Lehrer und seine Frau waren weiterhin mit Mama im Kontakt, und so bekam ich hin und wieder etwas von Amina mit, wenn auch nichts Wichtiges, nichts, was mich ernsthaft interessiert hätte. Am Ende des letzten Schuljahrs erfuhr ich dann etwas, was einschlug wie ein Blitz.

Es geschah nach der Abschlussfeier, an dem letzten Tag, an dem es hätte geschehen können, nachdem die Eltern eingetroffen waren, um ihre Töchter abzuholen. Auf dem Appellplatz standen Reihen von Stühlen, aber niemand saß mehr da. Stattdessen drängelten sich die Eltern um ihre Kinder wie Ameisen um ein Stück Zucker. Einige Eltern standen neben den Stühlen und wiegten sich mit ihren Töchtern im Takt einer unsichtbaren Trommel, die nur sie selbst hören konnten. Andere standen in Grüppchen auf dem Gelände herum und unterhielten sich.

Mama und ich hatten in der Menschenmenge nach dem Lehrer und seiner Frau gesucht. Als wir sie gefunden hatten, gingen wir zu ihnen. Da sich Amina immer noch in ihrer Obhut befand, stand sie bei ihnen.

Der Lehrer grinste breit. Er begrüßte uns eilig und platzte dann heraus: »Amina hat wunderbare Neuigkeiten. Habt ihr schon gehört?«

Seine Frau, die neben ihm stand, machte ein ernstes Gesicht.

Falls sie wusste, was das für Neuigkeiten waren, hatten sie nicht dieselbe Wirkung auf sie wie auf ihren Mann.

Der Lehrer wandte sich Amina zu. »Na, los. Erzähl es ihnen.«

Amina räusperte sich. Während sie die Nachricht verkündete, sah sie mich an. Es war nur ein Satz: »Ein Hausa-Junge will mich heiraten.«

Auch wenn das ganz und gar untypisch für mich war, stieß ich ein geschocktes »Ha!« aus.

Mama warf mir einen bösen Blick zu und wandte sich dann Amina zu. »Glückwunsch, Liebes.« Die Worte klangen zwar nicht direkt boshaft, aber doch leicht gereizt. »Und er ist Hausa, hast du gesagt?«

»Ja, Hausa«, antwortete Amina.

»Oh, gut. Das ist gut«, sagte Mama. Jetzt wirkte sie erleichtert, dass Amina wenigstens so klug war, jemanden aus ihrer eigenen Kultur zu heiraten. »Dann bist du endlich wieder unter deinesgleichen. Es ist besser, wenn die Leute unter sich bleiben.«

Der Lehrer nickte übertrieben begeistert wie jemand, der sich große Mühe gibt, gute Laune zu verbreiten. »Richtig. Sie heiratet jemanden aus ihrer Kultur. Es könnte nicht besser laufen.«

»Erzähl mir von ihm«, sagte Mama zu Amina. »Geht er zur Schule oder studiert er?«

»Er hat letztes Jahr die Oberschule beendet und die Aufnahmeprüfung für die Uni mühelos bestanden«, antwortete Amina. »Im Herbst beginnt er ein Studium an einer Universität im Norden. Er möchte Ingenieurswissenschaften studieren.«

Mamas Augen waren immer größer geworden. Als Amina geendet hatte, schlug sie die Hände zusammen, als wollte sie Beifall klatschen, und sah mich an. »Hast du gehört, Ijeoma? Ein gebildeter junger Mann! *Please-o*, beeil dich und finde auch so jemanden, bevor alle vergeben sind«. Hastig schob sie hinterher: »Aber einen Igbo, natürlich.«

Ich stand da und starrte Amina an. Sie wich meinem Blick aus.

»Aber er wird es doch hoffentlich richtig machen?«, fragte Mama. »Und bei dem Lehrer um deine Hand anhalten?«

Amina nickte. Der Lehrer grinste immer noch über das ganze Gesicht, während seine Frau nach wie vor keine Miene verzog.

»Es ist wichtig, die Tradition zu bewahren«, sagte Mama. »Eine traditionelle Hochzeit ist ein Muss. Natürlich meine ich damit eine Hausa-Hochzeit. Ob du in Weiß heiratest oder nicht, bleibt dir überlassen.« Sie klopfte Amina auf die Schulter. »Das verlorene Schaf kehrt zur Herde zurück. Wie schön, wie schön. Zu ihrer eigenen Herde.«

Der Lehrer nickte. »Es ist ein wahres Wunder. Ein Anlass zum Feiern.«

Seine Frau hatte die ganze Zeit kein Wort gesagt, aber jetzt wandte sie sich mir zu. Mama und der Lehrer unterhielten sich weiter angeregt über Amina. Seine Frau warf mir einen mitfühlenden Blick zu. Dann sagte sie leise: »So ist das eben. Das verstehst du doch, oder?«

Ich hatte den Kopf hängen lassen, und sie griff nach meinem Kinn und hob es sanft an, bis ich sie ansah. Dann sagte sie: »Hab keine Angst. Es wird alles gut.«

Amina hatte sich schon vor einer ganzen Weile entfernt. Die Erwachsenen standen weiter beisammen. Ich fand Amina hinter einem der Schulgebäude, wo sie allein am Stamm eines Udala-Baums lehnte.

Ich ging zu ihr.

Sie starrte zu Boden und sah mich nicht an.

Zuerst schwiegen wir beide, aber nach einer Weile räusperte ich mich und fragte: »Du wirst ihn wirklich heiraten?«

Sie nickte und sah mich immer noch nicht an.

»Wir beide wissen, dass es nicht das ist, was du willst«, sagte ich.

Jetzt hob Amina den Kopf und sah mich aus zusammengekniffenen Augen an. »Doch«, sagte sie.

Wir starrten uns an. Als ich ihrem Blick nicht länger standhalten konnte, sah ich zu Boden. Am Fuß des Baumstamms war die Erde braun, und rings um den braunen Kreis wuchs gelbes Gras. Ein Grashüpfer sprang von Halm zu Halm. In der Ferne hörte ich die Stimme des Lehrers. Er rief nach Amina, dann nach Mama, dann nach mir.

»Ich will ihn heiraten. Wirklich«, sagte Amina.

Ein Windstoß brachte die Blätter über unseren Köpfen zum Rascheln, während der Lehrer, seine Frau und Mama auf uns zukamen.

FÜNFTER TEIL

42

Überall leuchteten Farben: Rot, Blau, Grün. Orange und Lila. Und sämtliche Zwischentöne. Alle Läden und alle Waren in den Läden funkelten. Farben, unendlich viele Farben glänzten in der grellen Nachmittagssonne. Allerdings waren die Straßen noch nass von dem Regen, der am Morgen niedergegangen war, und man musste überall durch *poto poto* waten.

Ein Mädchen mit einem flachen Korb auf dem Kopf rief: »*Akara oku*! Heiße Akara! *Akara oku*!«

Der Geruch von Fufu und getrockneten Krabben hing in der Luft. Aus Radios plärrte Musik, kamen Nachrichten oder nur ein Rauschen, und alles zusammen übertönte das Feilschen der Kunden.

Ein alter Mann mit nacktem Oberkörper, dem die Haut so schlaff vom Körper hing, als wäre sie geschmolzen, rief: »*Fine girl, look how say even sun dey follow you! Even sun sabi say you dey fine! Beauty-beauty. Omalicha! Carry go!*« Hübsche Frau, du bist so schön, dass dir sogar die Sonne hinterhersieht! Komm her und bedien dich!

»Softdrinks! Softdrinks! Wer will einen Softdrink?!«, rief ein Straßenhändler.

Eine Frau mittleren Alters sang: »*Agidi, Agidi, Agidi, Agidi Jollof*!«

Ich ging die Straße entlang zu dem Bole-Stand, wo die Verkäuferin – Nnenna – gerade dabei war, Kochbananen zu schälen.

»Zwei Stück, bitte«, sagte ich. »Wie immer.«

Nnenna reagierte nicht, sondern halbierte unendlich langsam eine Kochbanane. Dann begann sie ein Lied zu singen: »*Onye ihe m n'ewiw, ya biko wegbuo ya, osukosu nwa mpi, ya biko sugbuo ya, selense.*« Jedesmal, wenn sie bei »*selense*« angekommen war, bewegte sie die Hüften mit einem Ruck von einer Seite zur anderen und verzog das Gesicht, als wollte sie für ein Foto posieren.

Sie machte sich eindeutig über mich lustig. In letzter Zeit zog sie mich oft mit den bescheuerten Komplimenten auf, die mir die Verkäufer hinterherriefen. »Es muss toll sein, so hübsch zu sein wie du!« Wenn Nnenna nur wüsste, dass einem alle Schönheit der Welt oft nichts nützte. Männer riefen mir Komplimente hinterher, wie man einem Bettler Kleingeld in die Dose wirft. Sie behaupteten, sie wollten mich heiraten, dabei war ich ihnen ungefähr so wichtig wie der Müll, den sie auf die Straße warfen. Das Leben spielte nach seinen eigenen Regeln, und es spielte einem oft genug übel mit. Letztlich war es ganz gleich, ob man hübsch war oder so hässlich wie eine Ojuju-Maske.

Mama wartete im Laden auf die Kochbananen. »*Biko, make so I fit go!*«, sagte ich zu Nnenna. Bitte, ich habe es eilig! Begriff sie nicht, dass ich nie wieder Kochbananen bei ihr kaufen würde, wenn sie mich zu lange warten ließ?

Ich war gerade neunzehn geworden, und Nnenna musste ein paar Jahre jünger sein.

»Mh-mh«, sagte sie und schüttelte den Kopf. »Glaubst du, du bist die Einzige *selense* auf der Welt? Warte nur, ich zeig's dir, *o*!« Sie begann wieder zu singen und wiederholte die Hüftbewegungen und die Grimasse. So wie sie die Lippen schürzte, erinnerte sie mich an eine Ente, und ich musste laut lachen. Nnenna war so in ihren Tanz vertieft, dass sie eine Weile brauchte, bis sie es bemerkte. Erst tat sie beleidigt, dann stimmte sie in mein Lachen ein.

»Oya, biko, give me plantain make I fit go«, sagte ich. Komm schon, gibt mir meine Kochbanane, ich muss wirklich weiter!

Es kamen wesentlich mehr Kunden in Mamas Laden, seit sie nicht mehr nur Obst und Gemüse verkaufte. Mittlerweile führten wir Brot, Fleischpasteten, Palmöl, Schokowaffeln, Kaugummis und Pfefferminzbonbons. Außerdem Zahnbürsten und Zahnpasta, Streichhölzer, Kerzen, Zeitungen und Nähgarn. Dazu verkauften wir Palmwein und andere Getränke. An den Wänden des Ladens stapelten sich die Kisten mit Glasflaschen. Softdrinks und Bier. Fanta, Cola, Sprite, Guinness und Gulder, Heineken und Star.

Es war meine Aufgabe, im Laden die Regale abzustauben und aufzufüllen. An diesem Tag hatte ich noch eine Menge Arbeit vor mir, das war einer der Gründe, warum ich es so eilig hatte.

Endlich hörte Nnenna auf herumzualbern und nahm zwei Kochbananen vom Grill. Sie schlitzte sie auf, goss etwas Palmöl hinein und streute gemahlenen Pfeffer darüber.

Es war ein heißer, schwüler Nachmittag, und durch den Kohlegrill und die Menschenmenge war es noch heißer.

Ich nahm die eingewickelten Kochbananen entgegen und lief zurück zum Laden.

So verging der frühe Nachmittag, mit Nnanna und ihrer überraschenden Tanzeinlage, mit unserem gemeinsamen Gelächter. Doch dieser Tag sollte noch eine weitere Überraschung für mich bereithalten.

Mama und ich aßen gerade unsere Bole. Mama saß wie immer auf ihrem Barhocker hinter der Ladentheke. Vor ihr auf der Theke stand die Kasse. Wir hatten soeben unser Essen ausgewickelt und kaum drei Bissen genommen, als eine Kundin in den Laden kam. Sie war groß, mehrere Zentimeter größer als ich und ungefähr so alt wie ich oder jedenfalls nicht mehr als ein oder zwei Jahre älter. Das geflochtene Haar hatte sie zu einem Dutt aufgetürmt. An ihren Ohrläppchen baumelten goldene Kreolen. Mit ihrem langen, ernsten Gesicht sah sie Amina ähnlich, allerdings war ihre Haut dunkler, von einem Farbton irgendwo zwischen einem Pappkarton und Guinnessbier. Das Rot ihrer Lippen erinnerte mich an die Frau des Lehrers oder an Amina an jenem schrecklichen Tag, als sie auf der Veranda mit einem Jungen getanzt hatte, auch wenn es ein helleres Rot war. Sie trug einen kurzen Hosenanzug aus bunt gemustertem Stoff, dessen Beine ihr bis zu den Waden reichten. Das Oberteil war schräg geschnitten, sodass es eine Schulter freigab. An den Füßen trug sie Riemchensandalen mit flacher Sohle.

Sie trat an die Ladentheke und musterte mich aufmerksam, als wollte sie sich mein Gesicht genau einprägen.

»Haben Sie Mentholatum-Salbe?«, fragte sie.

In der Regenzeit fragten immer viele Kunden nach Mentholatum, und die Salbe war ausverkauft. Ich schüttelte den Kopf. »Tut mir leid«, sagte ich. »In ein paar Tagen kommt die neue Lieferung. Vielleicht sogar schon übermorgen.«

Mama stand von ihrem Hocker auf und stellte sich neben mich. »Falls Sie eine Wärmesalbe brauchen, wir haben auch *Rub*«, sagte sie. »Das ist eigentlich dasselbe. *Rub* ist sogar noch stärker. Und hilft noch besser.«

Die junge Frau schüttelte den Kopf. »Vielen Dank, aber ich möchte Mentholatum.«

Meine gegrillte Kochbanane lag auf einem Stück Alufolie auf der Ladentheke. Die Frau warf einen Blick darauf und sah dann wieder zu mir. »Mhm. Bole. Ich wollte mir auch gerade eine holen.«

»Niemand macht sie so gut wie Nnenna.«

Die Frau nickte und stand dann einen Moment lang einfach da und lächelte mich an. Mir ging durch den Kopf, dass sie vielleicht hoffte, ich würde ihr etwas von meiner Bole anbieten, aber das wäre wirklich sehr merkwürdig gewesen. Es war unwahrscheinlich, dass eine Kundin neidisch auf mein Essen schielte.

Ich trug ein blauweiß gepunktetes Kleid mit V-Ausschnitt, und in diesem Moment huschte ihr Blick zu der Stelle zwischen meinen Brüsten, bevor sie mir wieder in die Augen sah.

Sie lächelte verlegen, fast schon ein wenig entschuldigend.

»Ich komme einfach in ein paar Tagen noch mal wegen der Salbe vorbei.«

Ich nickte.

Die Frau warf mir einen letzten Blick zu, drehte sich um und ging.

43

Samstag am späten Nachmittag, fast schon Abend. In einer Stunde würden Mama und ich den Laden schließen. Mama saß hinter der Ladentheke und las Zeitung. Im Radio spielte Fela Kuti.

Ich war gerade dabei, das Kleingeld des vorigen Kunden zu zählen, als jemand den Laden betrat. Es waren der Lehrer und seine Frau. Ich zupfte Mama am Arm. Sie sah auf und rief überrascht: »Oga! Madam! Was macht ihr denn hier?«

Sie lief um die Theke herum und umarmte die beiden zur Begrüßung.

Ich legte das Geld in die Kasse und folgte Mama, um die beiden ebenfalls zu begrüßen.

»Onkel und Tante, guten Tag. Willkommen«, sagte ich.

Mama drehte sich zu mir um. »Ijeoma, hol die Klappstühle.«

Ich ging in den Vorratsraum, zog zwei Klappstühle hervor und stellte sie vorne im Laden in einer Ecke auf.

Als die beiden Platz genommen hatten, sagte der Lehrer: »Wir haben uns lange nicht gesehen. *How you dey*?«

»*We dey fine o*, Gott sei dank«, sagte Mama fröhlich. Sie hatte ihren Barhocker hinter der Theke hervorgeholt und sich zu ihnen gesetzt. »Was führt euch nach Aba?«

»Ein Familienbesuch«, sagte der Lehrer.

Seine Frau fügte hinzu: »Meine Schwester und ihr Mann sind vor einem Monat hergezogen. Wir wollen uns ihr neues Haus ansehen. Da haben wir gedacht, wir könnten auf dem Weg bei euch vorbeischauen. Zwei Fliegen mit einer Klappe.«

»Wir freuen uns sehr über den Besuch!«, sagte Mama. Dann rief sie mir zu: »*Oya*, Ijeoma, bring unseren Gästen was zu trinken.« Sie wandte sich den beiden zu: »Wir haben Guinness, Cola, Fanta, Sprite ...«

Die Frau wollte eine Cola. Der Lehrer wollte eine Flasche Guinness.

Nachdem sie etwa zwanzig Minuten lang von ihrer Cola und ihrem Bier getrunken und mit Mama über Belanglosigkeiten geplaudert hatten, kamen sie auf Amina zu sprechen. Mein Magen krampfte sich zusammen.

»Es ist alles bestens gelaufen«, sagte der Lehrer. »Die Familie des Bräutigams kam zu Besuch und bat mich um ihre Hand. Ich glaube, das heißt *Na gani ina so*. Wir sind uns schnell einig geworden und gleich zum *Sa rana* übergegangen – der Festlegung des Hochzeitsdatums.«

»Ich bin beeindruckt!«, sagte Mama lachend. »Du hörst dich an wie ein echter Hausa! Bald bist du einer von ihnen.«

»Ich gebe mein Bestes.« Der Lehrer lachte ebenfalls, und seine Frau stimmte in das Gelächter ein.

»Und wie war die Hochzeit?«, fragte Mama, als sich alle wieder beruhigt hatten.

»Sehr schön«, sagte die Frau. »Schlicht und persönlich – es war nur Familie da –, aber wunderschön. Du hättest sie sehen sollen, mit all den aufgemalten Mustern auf ihren Händen und Armen, Blumen und Schnörkel. Sie war wirklich wunderschön.«

»Wunderbar«, sagte Mama.

Ich hatte die ganze Zeit hinter der Ladentheke gestanden, zugehört und versucht, die Fassung zu bewahren. Ich wollte laut: »Verräterin!«, rufen, aus Wut darüber, wie Amina mich hintergangen hatte. Das Letzte, was ich hören wollte, war eine Beschreibung ihrer Hochzeit. Am liebsten wäre ich aus dem Laden gerannt, aber das wäre unhöflich gewesen, und was, wenn ein Kunde in den Laden kam, während meine Mutter mit den Gästen beschäftigt war?

Bei den nächsten Worten des Lehrers wurde ich von einer Welle der Traurigkeit überrollt, die meine Wut davonschwemmte: »Nach der Hochzeit sind die beiden in den Norden gezogen.«

Bis zu diesem Tag war der Gedanke, dass Amina ganz in der Nähe lebte, immer tröstend gewesen. Manchmal hatte ich mir vorgestellt, wir würden einander zufällig über den Weg laufen. Das uralte Klischee vom Wiedersehen eines Liebespaars: Wir würden einander in die Arme fallen, uns leidenschaftlich küssen und einander unsere Liebe gestehen.

Eigentlich hätte die Nachricht mich nicht überraschen dürfen. Schließlich hatte Amina bei unserer Abschlussfeier erwähnt, dass ihr Verlobter im Norden studieren wollte.

»Und wo im Norden leben die beiden jetzt?«, fragte Mama.

»Amina hat es erwähnt, aber ich werfe die nördlichen Bundesstaaten immer durcheinander.« Er sah seine Frau fragend an. »Weißt du es noch?«

»Es war entweder Kano oder Kaduna, ich weiß auch nicht mehr, welcher«, antwortete sie. »Ich glaube, er hat die Ahmadu-

Bello-Universität in Zaria erwähnt, aber er redete auch von der neuen staatlichen Universität in Kano.«

»Du hast Recht, *o*. Kano oder Kaduna. Nicht ganz so weit im Norden wie Sokoto, aber weit genug. Da leben jede Menge Leute wie sie, und das ist genau das, was dieses Mädchen braucht.«

Am Abend nach dem Besuch des Lehrers und seiner Frau hielt mir Mama eine Standpauke. Wir waren zusammen in der Küche. Sie saß auf ihrem Hocker, hatte sich den Mörser zwischen die Beine geklemmt und wollte gerade Yam fürs Abendessen stampfen.

Ihre Worte klangen wie eine Beschwörung. Sie sagte: »Eine Frau ohne Mann ist keine richtige Frau. Du bist auch nicht mehr die jüngste. Selbst dieses Mädchen hat einen Ehemann gefunden. Warum nicht auch du?«

Ich stand an der Spüle und schnitt Okra für die Suppe. Jetzt ließ ich die Okra Okra sein und drehte mich zu Mama um.

Auf der Küchentheke stand eine Kerze auf einer umgedrehten Konservendose. Sie war fast vollständig heruntergebrannt, und der Boden der Dose war von ausgelaufenem Wachs bedeckt.

Mama stand auf und holte eine neue Kerze aus dem Schrank. »*Gee nti.* Hör mir zu, hör mir gut zu. *Oge na gakwa.* Das Leben ist schnell vorbei. Du musst rausgehen und dir einen Ehemann suchen. Die Zeit verschont niemanden.«

Sie löste den Kerzenstummel von der Konservendose und warf ihn in den Müll. Dabei murmelte sie: »Wenn du nicht aufpasst, wirst du enden wie diese Kerze: verbraucht und wertlos.«

Mama nahm den Stößel in die Hand, fing aber nicht an zu stampfen. Stattdessen starrte sie auf die Yamswürfel und sagte: »Die Ehe ist wie ein Fahrrad. Es ist egal, wie groß das Fahrrad ist oder welche Farbe es hat. Hauptsache es hat zwei Räder. Hauptsache, es ist vollständig.«

Nach einer kurzen Pause fuhr sie fort: »Der Mann ist das eine Rad. Die Frau das andere. Das Vorderrad gibt die Richtung vor, das Hinterrad muss folgen. Aber eins ist sicher, keines kann ohne das andere funktionieren. Und was ist das für ein Leben, wenn man als Mensch nur halb funktioniert?«

Sie murmelte weiter vor sich hin: »Eine Frau ohne Mann ist keine richtige Frau.« Ihr Tonfall hatte fast etwas Selbstironisches.

Dann begann sie, die Yam zu stampfen. Die weichen Yamswürfel dämpften das harte Geräusch von Holz auf Holz nicht, das Geräusch des Stößels, der auf den Boden des Mörsers traf. Noch ein paar dumpfe Schläge, dann kehrte wieder Stille ein.

Ich drehte mich zur Spüle und widmete mich meinen Okras. Aber Mama war noch nicht fertig: »Lass mich dir einen Rat geben: Geh aus dem Haus, geh unter Leute, such dir Freunde. Woher sollen die jungen Männer wissen, dass du auf der Suche bist, wenn du die ganze Zeit zu Hause rumsitzt?«

Sie hatte recht. Abgesehen von den Kirchgängen, meiner Arbeit im Laden und den Einkäufen auf dem Markt verließ ich das Haus nicht. Und selbst in der Kirche saß ich allein in einer der hinteren Bänke, und sobald der Priester den letzten Segen gesprochen hatte, stand ich auf und ging.

»Bei manchen Leuten fragt man sich ernsthaft, ob Gott nicht geschlafen hat, als Er sie erschaffen hat. Aber als Er dich erschaffen hat, hat Er ganz sicher nicht geschlafen. Du bist so ein hübsches Mädchen! Du bist jetzt neunzehn, fast zwanzig, und bisher hat sich noch kein einziger junger Mann auch nur aus der Ferne für dich interessiert. *Cheneke bi n'elu!* Herrgott! Wie kann das sein?«

44

Ein paar Tage später kam die Mentholatum-Frau wieder, allerdings nicht, um Salbe zu kaufen. Es war früh am Morgen und Mama war in der Stadt, weil sie Lieferanten treffen wollte.

Sie kam mit einem Stapel Aufsatzhefte unter dem Arm durch die Tür. Ihr Gesicht war perfekt geschminkt, und sie trug eine frisch gebügelte weiße Baumwollbluse, einen dunkelblauen Glockenrock und schwarze Schuhe mit halbhohen Absätzen.

Sie setzte den Stapel Hefte mit einem dumpfen Knall auf der Ladentheke ab. »Ich weiß selbst nicht, warum ich die Kinder ständig Aufsätze schreiben lasse. Warum tue ich mir das an? Ich muss die Hefte nach Hause tragen, sie lesen und benoten, nur um sie anschließend wieder zurück in die Schule zu schleppen.«

An der Obodoañuli-Academy hatte Mr. Aderemi, unser Sozialkundelehrer, uns die Hausaufgaben im Unterricht vorlesen lassen. Also sagte ich zu der Mentholatum-Frau: »Du könntest den Kindern doch auch aufgeben, einen Vortrag zu halten. Sie sollen einfach vorlesen, was sie geschrieben haben, und du gibst ihnen dafür eine Note.«

»Keine schlechte Idee«, sagte sie und nickte, als würde sie über die Vor- und Nachteile meines Vorschlags nachdenken.

»Ich heiße übrigens Ndidi«, sagte sie.

»Ijeoma«, antwortete ich. »Wo unterrichtest du? An welcher Schule?«

»An der Oberschule ein paar Straßen weiter. Sie ist nicht zu übersehen. Ein gelbes Gebäude mit einem grünen Dach. Es ist das einzige Gebäude weit und breit mit dieser Farbkombination. Wenn du vor oder nach dem Unterricht dort vorbeikommst, könnte es sein, dass ich gerade im Hof Aufsicht führe.«

Sie warf einen Blick auf den Stapel Hefte auf der Theke. Dann sagte sie: »Leider kann ich mich nicht weiter mit dir unterhalten, ich muss jetzt wirklich–«

Vor lauter Nervosität hatte ich während unseres Gesprächs an meinen Fingern herumgespielt, und in diesem Moment hatte ich einen Finger so sehr nach hinten gebogen, dass mich ein heftiger Schmerz durchzuckte. Als Ndidi gerade sagen wollte, dass sie jetzt gehen müsse, schnappte ich nach Luft. Sie verstummte und lachte. »Das hört sich an, als wärst du enttäuscht.«

»Nein«, sagte ich. »Gar nicht. Es war nur mein Finger.« Ich wollte ihr erklären, was passiert war, fühlte mich aber mit einem Mal sehr gehemmt. Aus Angst, ich würde ins Stammeln geraden und mich anhören wie eine Idiotin, hielt ich einfach den Mund.

»Ich muss dir etwas gestehen«, sagte Ndidi und riss mich aus meinen Gedanken. »Ich bin nicht nur einfach so vorbeigekommen. Die Tasche, in der ich meine Hefte immer transportiere, ist auf dem Weg hierher gerissen. Ich weiß wirklich nicht, wie ich die Hefte zur Schule bekommen soll. Könntest du mir vielleicht eine Tasche leihen?«

Ich holte einen dünnen Stoffbeutel unter der Theke hervor und gab ihn ihr. Dabei berührten sich unsere Finger kurz, und mein Blick huschte unwillkürlich zu ihrem Gesicht, weil ich sehen wollte, ob sie es bemerkt hatte. Sie schien es nicht bemerkt zu haben, denn sie sagte nur: »Wunderbar, vielen Dank. Ich bringe ihn dir so schnell wie möglich zurück.«

»Das brauchst du nicht«, sagte ich. »Wir haben viele davon. Ich schenke ihn dir.«

»Wie du meinst.« Nach einer kurzen Pause fügte sie hinzu: »Schade, eigentlich. Dann habe ich keinen Vorwand mehr, bei dir vorbeizukommen.«

Damit räumte sie alle Zweifel aus, die ich noch gehabt hatte. Schlagartig fand ich meine Selbstsicherheit wieder. »Das hier ist ein Laden«, sagte ich spöttisch. »Wir verkaufen hundert verschiedene Dinge. Also hast du mindestens hundert Vorwände, um wiederzukommen.«

Sie grinste mich an und nickte.

Dann warf sie einen Blick auf ihre Armbanduhr. »Jetzt muss ich aber wirklich los. Der Direktor reißt mir den Kopf ab, wenn ich zu spät komme. Er duldet keine Unpünktlichkeit.«

Meine Hände lagen auf der Ladentheke. Sie streckte eine Hand aus und legte sie kurz auf meine, bevor sie durch die Tür verschwand.

Auf dem Rückweg von der Schule kam sie wieder im Laden vorbei. »Nicht weit von meiner Wohnung gibt es einen Stand mit sehr gutem *Jollof*-Reis. Und ich weiß, dass du gern Kochbananen ist. Sie machen auch leckere *Dodos*. Hast du Lust, eine Kleinigkeit mit mir essen zu gehen?«

Mama drängte mich seit Monaten, aus dem Haus zu gehen und Freundschaften zu schließen, und etwas mit Ndidi zu unternehmen, erschien mir ein guter Kompromiss zwischen dem, was ich wollte, und dem, was Mama für mich wollte. Zumindest redete ich mir das sein.

Die Wände ihrer Wohnung waren mit Postkarten dekoriert, lauter quadratischen und rechteckigen kleinen Bildern. Postkarten von Orten, die Ndidi eines Tages besuchen wollte.

Sobald wir durch die Tür waren und sie ihre Tasche abgestellt hatte, verschwand sie hinter einer Faltwand, die das Schlafzimmer vom Wohnzimmer trennte. Als sie nach ein paar Minuten wieder zum Vorschein kam, hatte sie ihren Glockenrock und die Baumwollbluse abgelegt und trug ein buntgemusterte Kleid. Die schwarzen Schuhe mit den halbhohen Absätzen hatte sie gegen flache braune Sandalen getauscht.

Ich stand im Wohnzimmer und betrachtete eine Postkarte von Venedig, auf der Kanäle und Gondeln abgebildet waren. Ndidi stellte sich neben mich. »Toll, oder? Eine Stadt ganz ohne Autos!«

»In Venedig gibt es keine Autos?«, fragte ich.

»Nein.«

»Ich hätte nicht gedacht, dass es so was überhaupt gibt«, sagte ich. »Jedenfalls nicht mehr heutzutage.«

»Ich auch nicht. Aber in Venedig gibt es wirklich keine Autos. Nur Boote, Gondeln, Wassertaxis und alle möglichen anderen Fortbewegungsmittel.«

Ich richtete den Blick auf die nächste Postkarte. »Die ist aus der Türkei«, sagte ich. »Istanbul.«

»Ja«, sagte sie. »Das ist eine ganz besondere Stadt. Die einzige Stadt der Welt, die auf zwei Kontinenten liegt. Was würde ich darum geben, eines Tages Istanbul zu besuchen und mir die Architektur anzusehen: Die Blaue Moschee, die Cisterna Basilica und vor allem die Hagia Sophia!«

Es gab noch viele andere Postkarten, von Barcelona und Budapest, Rom und Paris, Kairo und Kapstadt. Ich sah mir eine nach der anderen an, als Letztes London und Paris.

»Ich würde furchtbar gern einmal vor dem Big Ben stehen«, sagte Ndidi. »Du weißt schon, dem großen Uhrenturm in London. Oder mir die Wachablösung vor dem Buckingham Palast ansehen. Oder nach Paris fahren und auf den Eiffelturm steigen.«

Einen Moment lang schwieg sie nachdenklich. Dann sagte sie: »Die Wachablösung vor dem Buckingham Palast. Es ist interessant, dass es an vielen Orten solche jahrhundertealten Traditionen gibt. Die Leute halten an den Ritualen fest, obwohl sie im Grunde keine Bedeutung mehr haben. Das ist seltsam, nicht?«

»Ja, das ist seltsam«, pflichtete ich ihr bei.

An dem Abend tranken wir Wein, einen Cabernet. Ndidi trank gern ein Glas zur Entspannung, wie sie mir erklärte.

Ich hatte noch nie Wein getrunken. Er schmeckte ganz anders als alles, was ich kannte. Vollmundig und ein wenig säuerlich, ungefähr so, wie die Farbe Braun in meiner Vorstellung schmecken würde oder fein gemahlene Rinde mit einem Tropfen Parfüm.

Ndidi beobachtete mich, als ich den ersten Schluck nahm.

Ich sagte: »Das ist wohl eher was für reiche Leute mit feinem Geschmack.«

Ndidi lachte.

Ich nahm einen zweiten Schluck.

»Ich bin nur ein Mädchen vom Dorf, solche ausgefallenen Sachen kenne ich nicht.«

Sie lachte wieder und sagte: »Da bin ich nicht viel anders. Aber ob Dorfmädchen oder nicht, ich bin froh, hier mit dir zusammenzusitzen und Wein zu trinken.«

»Danke«, murmelte ich. Mein Herz schlug schneller. »Ich auch.«

Zu Hause saß Mama auf dem Wohnzimmersofa und kürzte einen Rock. Als ich durch die Tür trat, blickte sie auf. »Wie war es?«, fragte sie.

»Ganz nett«, sagte ich.

»Nur ganz nett?«

Ich nickte.

»Hast du ihre Freunde kennengelernt? Den einen oder anderen gut aussehenden Mann? Sie muss doch Kollegen in eurem Alter haben. Wenn ich an der Schule vorbeigehe, sehe ich sie manchmal auf dem Hof.«

»Nein, Mama«, antwortete ich. »Ich habe keine gut aussehenden jungen Männer kennengelernt.«

Sie machte ein enttäuschtes Gesicht. Da beschloss ich, es mit der Wahrheit nicht ganz so genau zu nehmen. Obwohl Ndidi kein Wort über ihre Kollegen verloren hatte, sagte ich: »Aber Ndidi hat ein paar ihrer Kollegen erwähnt. Vielleicht treffen wir uns beim nächsten Mal mit ihnen.«

Mamas enttäuschtes Gesicht verzog sich zu einem strahlenden Grinsen. »Wie schön«, sagte sie. »Das freut mich wirklich. Diese Ndidi scheint mit beiden Beinen fest auf dem Boden zu stehen. Ich freue mich, dass ihr euch kennengelernt habt. Du bist noch jung. Du brauchst Freundinnen wie sie. Vielleicht kann sie dir beibringen, worauf es im Leben ankommt. Vielleicht gibt es ja doch noch Hoffnung.«

45

Ndidi hatte mich eingeladen, öfter zu ihr zu kommen, und so begann ich sie abends regelmäßig zu besuchen, sobald Mama und ich den Laden zumachten. Wenn ich bei ihr eintraf, musste sie meist noch ein oder zwei Stunden arbeiten. Trotzdem wollte sie unbedingt, dass ich kam, weil sie, wie sie sagtc, meine Anwesenheit genoss, selbst meine stumme Anwesenheit.

Sie besaß einen Plattenspieler, der auf einem Tisch neben ihrem Fernseher stand. Während sie die Hausaufgaben ihrer Schüler korrigierte, saß ich auf dem Sofa, hörte leise Musik und beobachtete, wie sie die Stirn runzelte oder die Lippen aufeinanderpresste. Und ich las Bücher aus ihrem Regal. In dieser Zeit las ich sehr viel, über Monate hinweg jeden Abend mindestens zwei Stunden lang: Agatha Christies Kriminalromane, *Der Palmweintrinker* von Amos Tutuaola. *Efuru* von Flora Nwapa. *Jane Eyre* von Charlotte Brontë. *Sturmhöhe* von Emily Brontë. *Alles zerfällt*, das ich ein paar Jahre zuvor gelesen hatte, las ich noch einmal, einfach, weil es bei ihr im Regal stand.

Hin und wieder legte Ndidi beim Korrigieren eine kurze Pause ein. Dann ging sie zum Kühlschrank und kam mit zwei Flaschen Fanta zurück, einer für sich und einer für mich. Wir tranken einträchtig, ohne uns groß zu unterhalten, und manchmal sahen wir uns auch nur an und kicherten wie kleine Mädchen.

An einem Freitag tranken wir gerade unsere Fanta, als Ndidi sagte: »Ich würde dir gern einen ganz besonderen Ort zeigen. Ich glaube, er wird dir gefallen.«

»Was für einen Ort denn?«

»Das ist eine Überraschung«, sagte sie. »Aber dort läuft gute Musik und man kann tanzen.«

»Gern«, sagte ich. »Wann denn?«

Sie grinste frech. »Wenn du willst, jetzt gleich.«

Es war fast acht Uhr abends. »Mama wird mich ausschimpfen, wenn ich zu spät nach Hause komme.« Ich setzte ein strenges Gesicht auf und ahmte Mama nach: »Ein anständiges junges Mädchen verbringt nicht die halbe Nacht auf der Straße.«

Ndidi kicherte. »Das klingt ja, als wollte ich eine Prostituierte aus dir machen.«

»Vielleicht nicht gleich eine Prostituierte, aber–«

»Wir müssen ja nicht lang bleiben«, sagte Ndidi. »Nur ein, zwei Stunden.«

Wir saßen nebeneinander auf dem Sofa. Jetzt streckte sie die Hand aus und strich mir sanft mit den Fingern über den Arm. Zwischen uns gab es eindeutig eine Anziehung, und aus diesem Grund steckte ich in einer Zwickmühle. In meinem Kopf herrschte Chaos. Zuerst war da das Problem mit Amina. Jedes Mal, wenn ich mir eingestand, dass ich mich zu Ndidi hingezogen fühlte, hatte ich ein schlechtes Gewissen, weil sie nicht Amina war. Ich hatte den Eindruck, Amina zu hintergehen, wenn ich für jemand anders Gefühle entwickelte. Dabei hatte sie eigentlich *mich* hintergangen. Trotzdem hatte ich ein schlechtes Gewissen.

Dann war da das Problem mit Mama. Ich konnte mir nicht vorstellen, mit ihr unter einem Dach zu leben und mich gleichzeitig auf Ndidi einzulassen. Je größer der Abstand, desto kleiner das Pflichtgefühl. Oder anders herum: Je mehr Nähe, desto größer das Pflichtgefühl. Jetzt, wo ich wieder mit Mama zusammenlebte, fühlte ich mich – viel stärker als an der Obodoañuli Academy – verpflichtet, ihren Ansprüchen gerecht zu werden. Vor allem, nachdem mir das, was zwischen mir und Amina gewesen war, auf die Füße gefallen war. Würde mir so etwas wieder passieren? Würde ich mich Ndidi öffnen, nur um am Ende sitzengelassen zu werden, so wie von Amina?

»Also, was ist?«, fragte Ndidi. »Hast du Lust, mit mir da hinzugehen?« An ihrem Gesicht sah ich, dass sie meine Antwort schon kannte, aber ich sprach es trotzdem aus: »Ja«, sagte ich.

Trotz meines Dilemmas war das die Wahrheit. Wo auch immer sie mit mir hinwollte, ich würde mitgehen.

»Prima«, sagte sie. Sie setzte die Fantaflasche an die Lippen, verharrte in der Bewegung und sah mich an. »Sicher?«

Ich nickte. »Sicher.«

Während wir uns die Haare kämmten und unser Makeup auffrischten, sagte Ndidi: »Eins solltest du noch wissen.«

»Was denn?«, fragte ich.

»Über den Ort, wo wir hingehen.«

»Was ist damit?«

»Es ist nicht die Art von Ort, über den man mit anderen sprechen kann. Du musst mir versprechen, niemandem davon zu erzählen.«

»Warum?«, fragte ich. »Was ist das für ein Ort?!«

»Das wirst du schon noch früh genug herausfinden. Aber zuerst musst du mir versprechen, dass du niemanden davon erzählst. Nicht einmal deiner Mutter. Du darfst ihr gegenüber kein Wort darüber verlieren. Wenn du es mir nicht versprichst, können wir nicht hingehen.«

»Ich habe nicht vor, Mama davon zu erzählen«, sagte ich.

»Gut. Denn wenn du es herumerzählst, könnte das einige von uns das Leben kosten, wenn nicht sogar uns alle.«

Ich lachte über den Ernst in ihrer Stimme. »Jetzt übertreibst du aber. Was soll das denn für ein Ort sein, den man besucht und dann stirbt?«

Sie lachte ebenfalls. »Es klang dramatischer, als ich wollte. Aber andererseits ist es auch dramatisch. Also versprich mir einfach, dass du kein Wort sagst. Zu niemandem.«

»Ich verspreche es.«

Die Kirche war klein und schwach beleuchtet und stand an einer unbefestigten Straße, in die man von der Main Aba Road einbog. An einer Außenwand hing über einem großen weißen Kreuz ein Schild mit der Aufschrift: FRIEND IN JESUS CHURCH OF GOD. Zwei blauweiße Säulen flankierten eine geschnitzte Holztür, und darüber war ein Banner gespannt, auf dem in großen lila Lettern stand: FOUNTAIN OF LOVE, Quelle der Liebe.

»Wir gehen in eine Kirche?«, raunte ich Ndidi zu, als wir vor der Holztür standen.

»Lass dich überraschen«, antwortete sie.

Wir betraten das Gebäude. Drinnen blinkte Stroboskoplicht. Die Fenster waren mit schwerem lila Stoff verhängt. An den Wänden standen Tische, auf denen jeweils eine Kerze brannte. Um jeden Tisch waren zwei oder drei Stühle gruppiert, und die meisten waren besetzt. Die Leute unterhielten sich angeregt.

Es lief Musik, allerdings nicht besonders laut. In der Mitte des Raums tanzten mehrere Paare eng umschlungen. Der Geruch von Whiskey und Bier hing in der Luft.

Wir setzten uns an einen Tisch mit zwei freien Stühlen. Eine Frau mit einem recht gewöhnlichen Gesicht kam auf uns zu. Sie trug ein weißes Hemd, das sie in ihre khakifarbene Schlaghose gesteckt hatte, und hatte lange, dünne Dreadlocks. Von ihren Ohrläppchen hingen große silberne Kreolen.

»Ah, Ndidi, wir dachten schon, du hättest uns vergessen!«, sagte die Frau.

Ndidi stand auf und umarmte die Frau. »Ich hatte viel zu tun. Die Schule, du weißt schon.«

»Ach, komm!«, sagte die Frau neckend. »So viel kann das nicht gewesen sein! Für andere Dinge hattest du ja offenbar auch Zeit. Gut siehst du aus!«

Ndidi winkte ab. Dann sagte sie: »Das ist Ijeoma, eine Freundin. Ijeoma, das ist Adanna.«

Adanna verzog das Gesicht zu einem Grinsen. »Ach sooooo.« Sie zog das Wort in die Länge. »Das ist also der Grund, warum du so beschäftigt warst.« Sie schüttelte mir die Hand.

Ndidi ignorierte die Bemerkung und sagte: »Ijeoma ist zum ersten Mal hier. Also benimm dich, sonst traut sie sich nie wieder her.«

Adanna lachte. »Schon gut, schon gut. Ich reiße mich zusammen.«

Dann wandte sie sich an mich. »Willkommen, Ijeoma. Ich hoffe, es gefällt dir bei uns. Falls du Lust hast zu tanzen, nur zu. Die Tanzfläche steht allen offen. Allerdings unter einer Bedingung: Du musst mir versprechen, später mit mir zu tanzen.« Sie zwinkerte mir zu.

Eine Frau mit einem dichten Afro, die einen weißen Rock trug, stellte sich neben Adanna, hakte sich bei ihr unter und gab ihr einen Kuss auf die Wange. Adanna sagte zu Ndidi: »Zum Glück gibt es heute Abend keinen Mangel an Frauen.«

Sie zwinkerte Ndidi zu und ließ sich von der anderen Frau davonziehen.

»Seit wann finden in dieser Kirche solche Partys statt?«, fragte ich später auf der Tanzfläche.

»Schon lange«, antwortete Ndidi. »Seit mehreren Jahren. Und diese Kirche ist nicht die erste. Früher fanden die Partys in einer anderen Kirche statt, ein Stück außerhalb der Stadt. Aber sie wurde niedergebrannt. Jemand hatte herausgefunden, dass es keine richtige Kirche war. Ein paar Leute haben sich zusammengerottet und sie angezündet. Zum Glück geschah das mitten am Tag. Niemand war in dem Gebäude, deshalb gab es keine Todesopfer. Mit dieser Kirche hier ist es anders. Tagsüber ist es eine echte Kirche. Leute kommen zum Gottesdienst her, das ist eine viel bessere Deckung. Im Moment läuft alles gut. Bisher sind wir nicht aufgeflogen.«

Wir tanzten weiter. Nach einer Weile fragte ich: »Und zwischen Adanna und dir, ist da was?«

Ndidi lachte. »Nein«, sagte sie dann.

»Das sah aber anders aus.«

Ndidi begann zu protestieren, besann sich dann aber eines Besseren. »Wir sind befreundet. Wir unterrichten an derselben Schule. Sie hat mich zum ersten Mal mit hergenommen. Es kann sein, dass sie sich ein bisschen für mich interessiert.«

»Aber du interessierst dich nicht für sie?«

Sie schüttelte den Kopf. »Sie ist eine gute Freundin, mehr nicht. In Moment nimmt jemand anders meine ganze Aufmerksamkeit in Anspruch.«

Ich wusste, dass sie mich damit meinte. Wieder musste ich an Amina denken. Mein Magen zog sich zusammen: Warum hatte ich so starke Gefühle für jemand anderes als Amina? Erneut fühlte ich mich, als würde *ich* fremdgehen, dabei hatte Amina *mich* sitzengelassen.

Von Amina kam ich auf Mama und unsere Bibelstunden. Ich musste daran denken, wie der Lehrer mich und Amina ausgeschimpft hatte und wie er gedroht hatte, man würde uns steinigen. Auch wenn ich nicht von Mamas Auslegung der Bibel überzeugt war, überfiel mich eine lähmende Angst. Tausend Fragen geisterten mir im Kopf umher: Was tat ich hier? An diesem verruchten Ort? Gehörte sich das für ein anständiges junges Mädchen?

In diesem Moment wurde die Musik lauter und brachte meine Gedanken zum Schweigen. Ndidi zog mich näher, presste sich an mich, und es beruhigte mich, ihren Körper zu spüren. Noch nie hatte ich auf diese Weise mit einer Frau getanzt. So unbefangen. Ich verbannte alle Gedanken an Amina und Mamas Bibelstunden und die Worte des Lehrers und die Steinigungen. Ich befahl mir selbst, den Moment zu genießen. Genießen, genießen, genießen!

Ndidi und ich tanzten lange Zeit miteinander, und ich fühlte mich so frei wie nie zuvor.

Ndidi brachte mich nach Hause, bis ganz in die Nähe von Mamas Bungalow. Kurz vor dem Tor blieb sie stehen. »Ich hoffe, ich kann dir vertrauen. Du darfst niemandem von heute Abend erzählen.«

»Natürlich kannst du mir vertrauen.«

Sie nahm kurz meine Hand. »Danke für den wunderschönen Abend.«

»Danke, dass du mich mitgenommen hast.«

»Ich fahre übers Wochenende nach Obigbo, meine Eltern und meinen kleinen Bruder besuchen. Vielleicht können wir nächste Woche, wenn ich wieder da bin, ja noch einmal ausgehen.«

»Sehr gerne«, sagte ich.

Dann standen wir ein paar Sekunden verlegen herum und sahen uns in die Augen. In einer anderen Welt hätten wir uns vielleicht geküsst. Wir hätten einander vielleicht in den Arm genommen, so wie Verliebte es tun. Aber das ging nicht. Mama war ganz in der Nähe. Sie konnte jeden Moment auftauchen, und dann wäre die Hölle los. Irgendein Nachbar könnte auftauchen, mit derselben Folge.

»Bis nächste Woche dann«, sagte Ndidi schließlich.

»Bis nächste Woche.«

Während sie die Straße entlangging und ich ihr nachsah, war ich so glücklich wie schon lange nicht mehr. Am liebsten hätte ich die Zeit vorgedreht bis zur folgenden Woche.

46

»Wo warst du?«, brüllte Mama.

»Nur bei Ndidi«, antwortete ich.

»Nur bei Ndidi? Und warum kommst du erst jetzt nach Hause? Weißt du, wie spät es ist?«

Es war nicht einmal elf, also eigentlich nicht besonders spät. Aber das sagte ich besser nicht zu Mama. Stattdessen sagte ich: »Es tut mir leid, Mama. Ich habe nicht auf die Uhrzeit geachtet.«

»Du hast nicht auf die Uhrzeit geachtet?«, zeterte sie. »Du hast nicht auf die Uhrzeit geachtet? Wenn du nicht aufpasst, wird die Uhrzeit irgendwann nicht mehr auf dich achten! Und ich hoffe, du verstehst, was ich damit meine.«

Sie schimpfte weiter vor sich hin: »Wenigstens warst du bei Ndidi. Wenigstens steht dieses Mädchen mit beiden Beinen fest auf dem Boden. Es hätte noch viel schlimmer sein können.«

Allein in meinem Zimmer war ich voller Gedanken an Ndidi. Während ich mein Nachthemd anzog und mich ins Bett legte, füllte sie mich ganz und gar aus, bis in den hintersten Winkel meines Kopfes. Ich konnte nicht anders, obwohl Mama im Zimmer nebenan war. In meinen Gedanken reagierte mein Körper auf sie. Mein Begehren wuchs, mehr und mehr, und ich konnte mir nur Erleichterung verschaffen, indem ich mich selbst befriedigte, etwas, was ich bis dahin nur selten getan hatte – vielleicht ein- oder zweimal im Internat in Oraifite. In diesem Moment war mir egal, was Mama über Onan und die Verschwendung seines Samens gesagt hatte, dass nämlich jede Form von Selbstbefriedigung eine Sünde gegen Gott sei.

Das alles war mir egal. Ich tat es trotzdem. Ich fing langsam an, ganz sanft und wurde dann immer schneller. Nach kurzer Zeit stöhnte ich auf, und eine Welle der Erfüllung und Erleichterung durchströmte mich. Schuldgefühle hatte ich keine.

Mit einem Gefühl tiefer Befriedigung schlief ich ein, aber schon nach wenigen Stunden schreckte ich wieder hoch.

Erinnerungen an meine Bibelstunden mit Mama überfielen mich, ganz gleich, wie sehr ich versuchte, sie aus meinen Gedanken zu verbannen. Anklagende Worte prasselten auf mich nieder wie ein Platzregen, und ich drohte, in ihnen zu ertrinken. Ich war so glücklich gewesen wie schon lange nicht mehr, und jetzt zerstörte dieser Albtraum alles. Er schien sich über mich lustig zu machen und mich fragen zu wollen, wie ich nur hatte glauben können, ein Anrecht auf Glück zu haben.

In dem Traum hatte ich zusammengekrümmt auf dem Boden gelegen. Mama beugte sich mit drohendem Zeigefinger über mich wie eine zornige Lehrerin, in ihren Augen schimmerten Tränen, und sie funkelte mich vorwurfsvoll an. Sie schrie: »Die unachtsame Fliege folgt dem Teufel ins Grab.«

Als ich aus dem Traum hochschreckte, hallten die Worte in meinem Kopf wider.

Die unachtsame Fliege folgt dem Teufel ins Grab.
Die unachtsame Fliege folgt dem Teufel ins Grab.
Die unachtsame Fliege folgt dem Teufel ins Grab.

Ich kniff die Augen zusammen und zwang mich, wieder einzuschlafen, aber sobald ich wegdämmerte, ging der Traum von vorne los, und die Worte rissen mich wieder aus dem Schlaf:

Die unachtsame Fliege folgt dem Teufel ins Grab.
Die unachtsame Fliege folgt dem Teufel ins Grab.
Die unachtsame Fliege folgt dem Teufel ins Grab.

47

Wer eine Hexenjagd veranstaltet, findet auch eine Hexe.

Und wenn du sie gefunden hat, wird sie aussehen wie jeder andere Mensch. Nur du wirst die weißen Streifen auf ihrem Gesicht sehen können. Nur du wirst ihren Besen wahrnehmen und ihr Hexenlachen hören. Und nur du wirst den Fluch spüren, mit dem sie dich belegt.

Selbst wenn sie überhaupt nicht wie eine Hexe aussieht, in deinen Augen wird sie eine sein.

Nach dem Abend in der Kirche mit Ndidi begann ich eine Hexenjagd gegen mich selbst. Seltsamerweise flammte genau in dem Moment, wo ich Menschen gefunden hatte, bei denen ich mich aufgehoben und sicher fühlte, mein Selbsthass auf. Ich begann zu glauben, ich wäre eine Hexe, die unter dem Einfluss des Teufels stand, und da es Mama nicht gelungen war, mir die Dämonen auszutreiben, musste ich es eben selbst tun. Ich musste alles daran setzen, mir dieses Übel auszutreiben.

Die ganz Nacht lang hatte ich Mamas Stimme zugehört – nicht ihrer echten Stimme, sondern der Stimme in meinem Traum –, die mich davor gewarnt hatte, dem Teufel ins Grab zu folgen. Am nächsten Morgen kreisten meine Gedanken um nichts anderes als um Tote und Gräber. Ich fühlte mich selbst wie ein Sarg: hohl und morsch.

Mamas Stimme war der Grund dafür, dass ich mich so elend fühlte, und so konnte ich ihre Gegenwart kaum ertragen. Gegen Mittag bat ich sie darum, mir eine Stunde freinehmen zu dürfen. Ich sagte ihr nicht, warum. Ich sagte nur, ich hätte etwas in der Stadt zu erledigen. Dann nahm ich meine Bibel und mein Kopftuch und lief zu der Kirche, in die Mama und ich regelmäßig zum Gottesdienst gingen.

Als ich dort ankam, war die Kirche leer. Ich setzte mich in eine der hinteren Reihen und blieb dort eine ganze Weile sitzen, bestimmt eine halbe Stunde. Meine Gedanken rasten. Irgendwann stand ich auf und ging nach vorn zum Altar. Dort kniete ich nieder und holte meine Bibel und das Kopftuch hervor. Ich legte mir das Tuch über den Kopf.

Dann schlug ich die Bibel auf, legte sie vor mich hin und presste meine Handflächen auf die Seiten. Ich schloss die Augen und betete:

Lieber Gott, was hat das alles zu bedeuten?

Sogleich überkamen mich Schuldgefühle, weil ich es wagte, Gott so eine Frage zu stellen.

Also änderte ich meine Taktik:

Lieber Gott, ich bin eine arme Sünderin. Ich knie vor dir nieder und flehe dich an, mir den rechten Weg zu zeigen.

Aber was, wenn ich eigentlich gar nicht gesündigt hatte? Was, wenn ich mich selbst mit Schuldgefühlen quälte, obwohl es keinen Grund dafür gab?

Herr, ich bin verwirrt. Bitte sende mir ein Zeichen. Sollte ich Böses in meinem Herzen tragen, dann sende mir ein Zeichen, damit ich es erkenne und vermeiden kann.

Während meines Gebets hatte ich die Augen geschlossen gehalten. In diesem Moment öffnete ich sie und sah über der Kanzel ein Licht aufblitzen, wie ein Sonnenstrahl, der auf einen Diamanten trifft. Es sah so aus, als würde das Licht immer größer werden, als würde es näher kommen.

Das Licht machte mir zugleich Angst und Hoffnung. Es war das Zeichen, um das ich gebeten hatte.

Da hörte ich Schritte hinter mir. Ich drehte mich um.

Als ich Mama sah, stieß ich einen überraschten Schrei aus. Wenn das Gottes Zeichen war, dann war sie das Böse in meinem Herzen.

48

Mama kam auf mich zugeeilt und bedeutete mir, still zu sein. »Was ist nur in dich gefahren? Du bist in einer Kirche, Herrgott noch mal! Wie kannst du es wagen, hier so herumzuschreien?«

Ich versuchte, mich zusammenzureißen. »Tut mir leid«, sagte ich. »Ich habe gebetet und nicht damit gerechnet, dass jemand kommt.«

»Ich habe überall nach dir gesucht. Natürlich komme ich da auch hierher! Ist dir eigentlich klar, dass du seit über zwei Stunden weg bist?«

»Seit über zwei Stunden?«, fragte ich überrascht.

Mama nickte. »Was ist nur mit dir los?«

»Mir geht's heute nicht so gut«, antwortete ich. »Ich glaube, ich sollte nach Hause gehen und mich etwas hinlegen. Dann geht es mir bestimmt bald besser.«

Mama legte mir eine Hand auf die Stirn. »Ist es der Magen oder hast du Kopfschmerzen?«

»Nur Kopfschmerzen.«

»Gut. *Ngwa*. Gehen wir. Ich bringe dich nach Hause. Wir haben Panadol im Haus, das kannst du nehmen. Hoffentlich sind das nicht die ersten Symptome von Malaria. Obiageli, die ein paar Häuser weiter von uns wohnt, liegt mit schwerer Malaria im Bett.«

»Ich bin mir sicher, dass es keine Malaria ist«, sagte ich. »Ich habe nur leichte Kopfschmerzen, mehr nicht.«

49

Trotz meiner Albträume ging ich am Montag nach Ladenschluss wieder zu Ndidi. Wie jemand, der nicht aufhören kann, Chilischoten oder weiße Bohnen zu essen. Man weiß genau, dass es nicht gut ist, wenn man zu viel davon isst. Dass es schlimme Folgen haben wird. Dass einem der Mund brennen und man Durchfall bekommen wird. Ich wusste, dass die Träume wiederkehren würden. Aber ich ging trotzdem zu ihr.

Ich saß auf dem Sofa, hörte eine Schallplatte von Fela Kuti und sah Ndidi wie immer beim Korrigieren der Hausaufgaben ihrer Schüler zu.

Ich musterte sie verstohlen, weil ich hoffte, Gott würde mir vielleicht noch ein Zeichen senden, eines, das mit ihr zu tun hatte, ein eindeutiges Zeichen, und ich müsste nur genau hinsehen, um es wahrzunehmen.

Nach einer Weile spürte Ndidi wohl, dass ich sie beobachtete, denn sie sah auf und fragte behutsam: »Ijeoma, was ist?«

Ich senkte hastig den Blick. »Nichts.«

Ndidi wandte sich wieder ihren Korrekturen zu. Ein paar Minuten vergingen.

Dann spürte sie offenbar wieder das Gewicht meines Blicks auf sich. »Ijeoma, was ist los?«

»Ich wollte nur sehen, ob du bald fertig bist«, antwortete ich.

Ndidi legten den Stift beiseite, stand auf und kam zum Sofa. »Und was, wenn ich sage, dass ich fertig bin? Hast du irgendwelche Pläne für heute Abend?«

Ich schüttelte den Kopf. »Keine Pläne. Ich wollte nur wissen, ob du bald fertig bist.«

Jetzt war sie diejenige, die mich forschend ansah, jetzt ruhte *ihr* Blick auf mir. Sie nahm meine Hand und begann sie zu streicheln. »Also, wenn du keine Pläne für uns hast, hätte ich vielleicht welche.«

Plötzlich war mein Hals ganz trocken, und Hitze schoss mir ins Gesicht. »Und was sind das für Pläne?«, fragte ich heiser.

Sie beugte sich vor, sodass ich ihren warmen Atem am Ohr und seitlich auf meinem Gesicht spürte. Sie flüsterte, ohne dass ihre Stimme ins Stocken geriet: »Das hier zum Beispiel.«

Sie ergriff meine Hand und führte sie zu ihrer Hüfte. Mit einer raschen Bewegung öffnete sie den Reißverschluss an der Seite ihres Rocks. Jetzt war Platz zwischen dem Bund und ihrem Bauch und sie schob meine Hand hinein. Sie trug keine Unterwäsche, nicht mal einen Slip. Ihre Haut war warm. Sie schob meine Hand noch ein Stück tiefer und verharrte kurz bei dem krausen Haar unterhalb ihres Bauchs. Sie hielt erst inne, als meine Finger auf die feuchte Stelle zwischen ihren Beinen stießen. Plötzlich war ich unsicher. So etwas hatte ich bisher nur mit Amina getan. Was, wenn Ndidi nicht dasselbe gefiel wie Amina? Was, wenn ich es nicht richtig machte?

Ich wollte es trotzdem versuchen. Ich zog ihr den Rock herunter und kniete mich vor sie. Erst rieb ich ihre feuchte Stelle mit den Fingerspitzen, dann glitten meine Finger in sie hinein. Meine Hand wurde von ihrer Wärme umhüllt.

Sie seufzte auf. Dann wurde aus dem Seufzen ein Stöhnen. Ich bewegte meine Finger vor und zurück. Ich rieb sanft in kleinen Kreisen, erst langsam und dann immer schneller, so wie ich es auch bei Amina und bei mir selbst getan hatte.

Ihre Hüften folgten meinen Bewegungen.

Es dauerte nicht lang. Als sie einen leisen Schrei ausstieß, wurde ich von Gefühlen überwältigt – warmen Gefühlen, zärtlichen Gefühlen, Glücksgefühlen. Sogar Liebesgefühlen. Und von Euphorie, weil ich ihr so nah sein durfte und eine so heftige Reaktion bei ihr auslösen konnte. Es war, als wäre ihre Lust in diesem Moment auch meine Lust, unsere Lust, eine gemeinsame Erfüllung.

Ich hielt sie fest, flüsterte ihren Namen, küsste ihr Gesicht, ihren Hals, ihre Lippen. Für immer so mit ihr zusammen zu sein, wäre das schönste Geschenk gewesen, das ich mir vorstellen konnte.

Sie stieß einen weiteren Schrei aus, dann versteifte sie sich in meinen Armen, und ein Zittern durchlief ihren Körper, bevor sie sich wieder entspannte.

***

Als ich in jener Nacht in meinem Bett lag, waren die Albträume schlimmer als in den Nächten zuvor. Im Schlaf stand mir Mamas zorniges Gesicht vor Augen, und sie zeigte anklagend mit dem Finger auf mich, als wollte sie mir ein Auge ausstechen. Die Bilder von Mama waren unterlegt von einem Donnergrollen, das in meinem Traum die Stimme Gottes war, der genauso zornig war wie Mama, der mich anklagte und für meine Sünden verurteilte. Ich schreckte mehrmals hoch, und sobald ich wieder einschlief, war ich in dem Traum. Irgendwann versuchte ich nicht länger, mich zum Schlafen zu zwingen, sondern stand auf. Ich streifte mir das Nachthemd über den Kopf und zog ein Kleid an. Dann setzte ich mich angezogen in mein Bett. Ich wagte nicht, mich hinzulegen. Ich saß stundenlang einfach nur da, hellwach, und wartete, dass es Morgen wurde.

Als die Sonne aufging und der Himmel heller wurde, stand ich auf, nahm meine Bibel und das Kopftuch und schlich aus dem Zimmer. Es war noch früh, Mama war noch nicht wach.

Mit schnellen Schritten verließ ich das Haus, durchquerte den Garten und trat durch das Tor hinaus auf die Straße. Dort begann ich zu laufen. Ich rannte den ganzen Weg bis zur Kirche.

Ich ging den Mittelgang entlang zum Altar, wie beim vorigen Mal. Wieder kniete ich vor Gott nieder. Ich versuchte zu beten, aber die Worte wollten nicht kommen. Ich holte tief Luft, atmete dann langsam aus und versuchte, mich zu beruhigen. Ich atmete ein. Ich atmete aus.

Nach einer Weile verlangsamte sich meine Atmung. Ich versuchte erneut, ein Gebet zu sprechen, aber kein einziges Wort kam mir über die Lippen. Also blieb ich stumm. Ich fand keine Worte, um mich auszudrücken, keine Worte, um mich zu erklären oder zu verteidigen, keine Worte, um mich zu entschuldigen oder um Vergebung für meine Sünden zu bitten. In mir war nichts als ein fragwürdiges Schuldbewusstsein. Ein Gefühl des Scheiterns überwältigte mich. Tränen liefen mir über das Gesicht, tropften auf den Betonboden und hinterließen dort kleine dunkle Flecken. Ich holte tief Luft und atmete langsam aus. Es klang wie ein langgezogener Seufzer. Da fiel mir das Johannesevangelium ein, das achte Kapitel. Ich kniete vor dem Altar, und endlich kamen mir Jesus' Worte: *Wer unter euch ohne Sünde ist, der werfe den ersten Stein auf sie.*

Allmählich stieg Erleichterung in mir auf. Sie verteilte sich in meinem Körper und verdrängte das Gefühl des Scheiterns. Ich atmete noch einmal ein und wieder aus. In der Kirche roch es nach Tränen und Schweiß und nassem Beton.

50

Ich lief zwischen dem Laden und dem Hinterzimmer hin und her, staubte Regale ab und füllte Waren auf, als ich sah, wie ein Mann den Laden betrat. Sein Haar stand hoch und umgab den Kopf wie ein schwarzer Heiligenschein. Dazu trug er einen Vollbart und lange Koteletten.

Der Mann ging zu den Getränkekisten und nahm sich eine Flasche Guinness. Er lächelte schwach, ein blasses Lächeln, das zu seinem zerknitterten Hemd passte und zu der verblichenen blauen Krawatte, die er trug.

»*Ego one ka ifa bu?*«, fragte er Mama und hielt die Flasche hoch. Wie viel macht das?

Als er das Wechselgeld von der Theke nahm und gerade gehen wollte, erkannte ich ihn wieder. Im selben Moment hörte ich Mama ausrufen: »*Na wa-oh*!« Sie klang ebenso überrascht wie entzückt.

»Chibundu!«, rief sie.

Jetzt erkannte er sie ebenfalls.

Er begrüßte Mama und wandte sich dann mir zu. »Ijeoma! Bis du das?«

Zu Mama sagte er: »Mrs. Okoli, es ist lange her!«

Erinnerungen stiegen in mir auf: wie Chibundu mich an den Haaren zieht, wie wir zusammen auf Bäume klettern, wie wir in der Kirche zwischen den Bänken herumrennen. Wie er sagt: »Präg dir das Bild von uns gut ein. Damit du nie vergisst, dass wir Freunde waren.«

»Es ist wirklich lange her«, sagte Mama. Sie lief um die Theke herum und umarmte ihn. »Willkommen, *o*. Willkommen. *Nno*.«

Sein Hemd war zerknittert und hing halb aus der Hose. Auf der Stirn hatte er tiefe Furchen, wodurch er sehr viel älter aussah als in meiner Erinnerung. Und natürlich war er auch älter. Er war eindeutig kein Junge mehr.

In Ojoto hatte Mama nie eine besondere Schwäche für Chibundu gehabt, aber jetzt war sie hellauf begeistert von ihm. Den Rest des Tages sprach sie von nichts anderem. Dasselbe galt für alle anderen Tage dieser Woche.

»Er hat wirklich etwas aus sich gemacht. Stell dir nur vor, der kleine Chibundu, ein Absolvent der Universität von Ibadan, und jetzt macht er sein soziales Jahr hier in Aba! Sein Vater und seine Mutter müssen stolz auf ihn sein!«

»Ja«, sagte ich. »Sie müssen sehr stolz auf ihn sein.«

51

»Gestern ist etwas sehr Schlimmes passiert«, sagte Ndidi eines Abends leise. Sie schien mit sich selbst zu sprechen oder mit der Wand, nicht aber mit mir.

»Zwei Männer sind totgeprügelt worden. Ich kannte sie nicht. Es waren Freunde von Adanna, von der Universität. Sie wurden seit mehreren Tagen vermisst, sie waren einfach verschwunden. Gestern hörte Adanna dann auf dem Markt, ein paar Leute hätten zwei ›Homos‹ verprügelt. Daraufhin hat sie die Büsche rechts und links der Schotterpiste abgesucht, die in der Nähe ihres Hauses vorbeiführt, und die beiden gefunden. Man hatte sie totgeprügelt. Ihre Leichen waren nackt.«

Ihre Stimme war immer leiser geworden und klang rau, so als wäre ihre Kehle ausgetrocknet.

»So etwas kommt immer wieder vor. Vor ein paar Jahren hat ein Mob die erste Kirche niedergebrannt, in der unsere Partys stattfanden, das habe ich dir ja erzählt. Aber in dieser Kirche bin ich nie gewesen, also fühlte sich das alles weiter weg an. Außerdem wurde damals niemand getötet. Jetzt ist es anders, es geschah direkt vor meinen Augen. Ich muss immer daran denken, dass es auch du und ich hätten sein können.«

Ich ging zu ihr und nahm sie in den Arm.

»Wir haben die Polizei gerufen. Die haben sich nicht für die Sache interessiert. Sie wollten sich nicht einmal um die Leichen kümmern. ›Sollen sie doch im Busch verwesen, die Scheißschwuchteln‹, hat der eine Polizist gesagt. Der andere hat hinzugefügt: ›Wenn sie nicht schon tot wären, würden wir weiter auf sie einprügeln.‹ Schließlich haben Adanna und ich uns um die Leichen gekümmert. Wir haben sie nach Hause getragen und gewaschen und sie für die Beerdigung vorbereitet. Stell dir nur vor, ich habe ihre toten Körper im Arm gehalten.«

Ihre Stimme war nur noch ein zittriges Flüstern.

52

Am nächsten Tag geschah zunächst nichts Besonderes: Mama und ich arbeiteten wie immer im Laden. Abends ging ich zu Ndidi, und wir aßen Gari und Okrasuppe. Anschließend gingen wir zu der Kirche.

Zuerst tanzten wir mitten im Raum, während Fela Kutis *Shakara Oloje* aus den Lautsprechern drang. Dann verschwanden wir in einer dunklen Ecke hinten im Raum, wo ein paar Tische mit Bier, *Kai Kai*, Cola und Fanta standen. Wie mehrere andere Paare begannen wir uns zu küssen und im Dunklen herumzuknutschen.

Ich hatte eigentlich gar nicht so lang bleiben wollen. Ich hatte mir vorgenommen, diesmal früher als beim letzten Mal nach Hause zu kommen, auf jeden Fall vor elf. Mama würde mich zwar wieder ausschimpfen, weil ich so spät nach Hause kam, aber wenigsten wäre es nichts Neues für sie. Bestimmt machte sie sich Sorgen, aber keine übermäßigen Sorgen, da es nicht zum ersten Mal passierte.

Doch dann kam alles anders.

Während Ndidi und ich im hinteren Teil der Kirche herumknutschten, klopfte es mit einem Mal an der Tür. Erst recht leise, dann immer lauter.

Wir beobachteten, wie einige Gäste die schweren Vorhänge beiseiteschoben und nach draußen spähten. Es wurde still im Raum, einen Moment lang war nur Fela Kutis Musik zu hören. Im nächsten Moment liefen alle durcheinander, und eine der Frauen, Chichi, scheuchte die anderen in den hinteren Teil des Raums, wo Ndidi und ich standen. »Schsch«, sagte Chichi und legte einen Finger an die Lippen.

***

Als wir aus der Kirche liefen, stand der Mond hoch am tiefschwarzen Himmel. Es war weit nach Mitternacht, aber noch krähte nirgendwo ein Hahn, um den neuen Tag zu begrüßen.

Ndidi und ich hielten uns an den Händen, während wir über das dunkle Grundstück liefen. Dann standen wir vor einem von Palmwedeln nicht ganz verdeckten Brett, das über einer Vertiefung im Boden lag. Ein Bunker.

Die Nacht war totenstill. Gemeinsam mit etwa einem Dutzend Frauen standen wir um die Vertiefung herum. Alle warteten geduldig, bis Chichi das Brett anhob und uns aufforderte, nacheinander hinunterzusteigen.

Der Bunker war klein, sodass wir dicht gedrängt standen wie Yamswurzeln in einer Gemüsekiste. Chichi zog das Brett von innen über die Öffnung. Wir standen schweigend da und bemühten uns, nicht zu laut zu atmen. Wie damals im Krieg.

Von oben hörten wir in einiger Entfernung einen Schrei. Dann noch einen Schrei. Dann Stimmen von Männern und Frauen, die einander etwas zuriefen. Und noch einen Schrei.

Chichi streckte sich und wollte das Brett beiseiteschieben, aber mehrere Frauen hielten sie davon ab.

»Sie haben jemanden geschnappt«, raunte sie uns zu. Sie sah sich verzweifelt um. »Wer von uns fehlt?«

»Wo ist Adanna?«, flüsterte jemand.

Chichi streckte wieder die Arme nach dem Brett aus.

Dieselben Frauen wie vorher zogen sie zurück. »Willst du, dass wir alle sterben? Um eine zu retten?«, fragte jemand.

»Schsch«, sagte jemand anders. »Sie dürfen auf keinen Fall merken, wo wir sind.« Und tatsächlich konnten die Angreifer uns nicht finden, solange wir sie nicht auf uns aufmerksam machten. Später erfuhr ich, dass der Bunker auf dem Grundstück der Kirche besonders gut versteckt gewesen war, unter Palmwedeln und Gras. Er war viel schwerer zu finden als die Bunker im Krieg. Ein paar Frauen waren so vorausschauend gewesen, ihn anzulegen. Als hätten sie genau gewusst, dass sie ihn früher oder später benötigen würden.

Jetzt rührte Chichi die Luke nicht mehr an. Auch die anderen waren wieder still.

Um mich abzulenken, sah ich mich in dem Bunker um. Es war dunkel, und es roch nach feuchter Erde. In der Dunkelheit konnte ich die vagen Umrisse menschlicher Körper ausmachen. Von oben ertönten jetzt Geräusche – Gebrüll, Schreie und die donnernde Stimme eines Mannes, der ein Gebet zu rezitieren schien. Vor meinem inneren Auge sah ich die Wände des Bunkers einstürzen wie die Säulen des Philistertempels. Ich sah, wie Erdmassen auf uns niedergingen und uns unter sich begruben, so wie sie Samson begraben hatten. Würden wir so zu Tode kommen? Mamas Bild erschien vor meinem inneren Auge, Mama, die meine Leiche beweinte, Mama trauernd an meinem Grab. Oder würde sie gar nicht um mich trauern? Vielleicht wäre sie zu wütend, um zu trauern. Vielleicht würde sie nicht einmal eine Beerdigung organisieren.

Ndidi, die neben mir stand, umklammerte meine Hand.

Die Schreie wurden lauter, und dann meinte ich zu hören, wie jemand auf den Bunker zugerannt kam. Sekunden und Minuten vergingen, aber nichts geschah.

Nach einer Weile schien sich die Lage oben zu beruhigen. Die Schreie wurden leiser und verstummten dann ganz. Das Gebet verklang in der Ferne. Wir standen stocksteif da und atmeten den Geruch unserer Körper ein, unseres Schweißes. Den Geruch unserer gemeinsamen Angst.

Dann ertönte über unseren Köpfen ein leises Geräusch, wie das Kriechen einer Schnecke. Jemand klopfte zaghaft gegen die Luke, erst einmal, dann ein zweites Mal. Zu diesem Zeitpunkt waren wir bestimmt seit über einer Stunde in dem Bunker.

Ich sah hoch – wir alle sahen hoch –, als über uns das Brett angehoben wurde. Das Licht einer Petroleumlampe fiel durch die Öffnung, gefolgt von dem Gesicht. Eine Frauenstimme sagte, wir könnten rauskommen.

Eine nach der anderen kletterten wir aus dem Loch. Draußen stank es nach verbrannten Autoreifen.

Die Frau, die uns rausgelassen hatte, war die mit dem Afro und dem kurzen Rock, die Adanna bei meinem ersten Besuch in der Kirche von unserem Tisch weggezogen hatte. Sie hatte sich gerade noch rechtzeitig in dem kleinen Kellergewölbe unter der Kirche verstecken können. Tränen liefen ihr über das Gesicht. Sie weinte hemmungslos, so sehr, dass sie immer wieder husten musste, und zeigte in eine Richtung.

Schon nach wenigen Schritten sahen wir die Flammen. Orangeblaue Flammen. Sie stiegen von einem Haufen aus brennendem Holz auf. Nididi begann zu weinen. Wir alle weinten jetzt, weil wir das Gesicht erkannt hatten oder vielmehr das, was davon übrig war. Adanna lag mitten in dem Feuer und brannte und brannte. Sie verbrannte vor unseren Augen zu Asche.

Ich kam erst gegen sieben Uhr morgens nach Hause. Mama erwartete mich draußen am Tor.

»Wo bist du gewesen?«, brüllte sie mir entgegen. »Was hast du dir dabei gedacht, die ganze Nacht wegzubleiben? Herrgott noch mal! Ich habe kein Auge zugemacht! Wie kannst du nur so gedankenlos sein? Du wusstest doch, dass ich die ganze Nacht aufbleiben und auf dich warten würde! Dass ich immer wieder zum Tor laufen würde! Ich wollte gerade die Polizei rufen. Und da tauchst du plötzlich auf! Wie kannst du mir so etwas antun? Was bist du nur für eine undankbare Tochter! Was habe ich falsch gemacht?«

Sie holte kurz Luft und fuhr dann fort: »Ist deine neue Freundin an allem schuld? Diese Ndidi? Ist da was zwischen euch beiden?«

»Mama, ich bin einfach nur eingeschlafen«, sagte ich. »Bitte hör auf mit deinen Anschuldigungen. Ich habe nicht auf die Uhrzeit geachtet und bin eingeschlafen. Mehr nicht.«

Ich drängte mich an ihr vorbei und lief durchs Tor, ohne ihre Antwort abzuwarten. Ich verschwand in meinem Zimmer, um endlich mit meinen Gedanken allein zu sein.

53

Regenwolken kamen auf und überzogen die Sonne wie mit einem Aschefilm. Draußen vor der Tür und den Fenstern des Ladens färbte sich der Himmel grau, als würde es dämmern, dabei war es erst früher Nachmittag.

Zwei Wochen, fast drei waren vergangen, und immer noch redeten die Leute in Aba von der Entdeckung der Kirche und der öffentlichen Verbrennung. Niemand wusste, wer sie entdeckt hatte und wer bei der Verbrennung dabei gewesen war, aber alle schienen sich einig zu sein, dass Gott seine Hand im Spiel gehabt hatte und dass es richtig gewesen war, ein Exempel zu statuieren, um Aba von solch sündigem Verhalten zu reinigen.

Ndidi und ich versuchten, uns möglichst unauffällig zu verhalten. Ich besuchte sie nicht mehr ganz so oft. Manchmal sahen wir uns drei Tage hintereinander nicht. Und wenn ich zu ihr ging, achtete ich darauf, vor acht zu Hause zu sein.

»Du hast Glück, dass der Lehrer und ich dich vor diesen Dingen gewarnt haben«, sagte Mama. Sie stand an der Ladentheke und schrieb mir eine Liste mit Aufgaben, während ich danebenstand und ihr zusah.

»Das hättest auch du sein können, Ijeoma. Stell dir nur vor, dann wäre ich jetzt nicht nur Witwe, sondern hätte auch noch mein einziges Kind verloren.«

Ich antwortete nicht, starrte nach draußen und hoffte inständig, dass Mama das Thema wechseln würde. Ich wollte nicht ständig daran erinnert werden, dass es auch mich hätte treffen können. Und damit auch Ndidi. Seit dem Vorfall blitzte alle paar Stunden Adannas Bild vor meinen Augen auf. Die wiederkehrende Mahnung, dass eine von uns ihr Leben verloren hatte, auf grausame Art und Weise. Die wiederkehrende Mahnung, dass Adanna auf dem Scheiterhaufen verbrannt war, während wir anderen weiterleben durften.

Ich wünschte mir nichts mehr, als dass Mama mit ihrer Moralpredigt aufhörte. Die Ereignisse jenes Tages hatten sich mir eingebrannt. Ich musste nicht extra daran erinnert werden. Bitte sei still, flehte ich stumm. Bitte Gott, mach, dass sie aufhört.

Als wäre mein Gebet erhört worden, betrat in diesem Moment Chibundu den Laden. Mittlerweile hatte er es sich zur Gewohnheit gemacht, in der Mittagspause bei uns vorbeizukommen. Seine Besuche machten mich zunehmend nervös – ich wusste nicht, wie ich mit dieser unerwünschten Aufmerksamkeit umgehen und wie ich sie abwehren sollte. Immerhin kam er nie abends bei Ladenschluss vorbei, und dafür war ich dankbar. Meine Abende gehörten Ndidi, zumindest bis zu dem Angriff auf die Kirche, und ich wollte sie mit niemand anderem verbringen.

Jetzt witterte ich die Gelegenheit zur Flucht. Ich ließ Mama an der Theke stehen, verschwand im Vorratsraum, nahm mir einen Karton und begann, die Regale aufzufüllen.

Der Bierkühlschrank stand gleich neben der Eingangstür. Chibundu bückte sich und zog eine Flasche Guinness heraus. Dann richtete er sich wieder auf. Normalerweise wäre er als Nächstes zur Theke gegangen und hätte gezahlt oder er wäre zu einem der Regale gegangen, weil er noch etwas anderes kaufen wollte. Aber diesmal rührte er sich nicht vom Fleck. Er stand einfach nur da.

Ich hatte beobachtet, wie er sich das Bier nahm, aber dann hatte ich mich wieder dem Auffüllen meines Regals gewidmet. Ich schaute gerade auf den Karton zu meinen Füßen, als ich seinen Blick auf mir spürte und den Kopf hob. Chibundu stand immer noch neben dem Kühlschrank und sah mich an. Während ich bei dem Lehrer und seiner Frau gelebt hatte und auch später auf der Obodoañuli Academy, hatten Chibundu und ich keinen Kontakt gehabt. Vielleicht waren unsere Gespräche in seiner Mittagspause deshalb immer so verkrampft. Seit unserer Kindheit waren viele Jahre vergangen, und im Grunde war er für mich ein Fremder. Natürlich merkte ich auch, dass Chibunbu immer noch ein romantisches Interesse an mir haben könnte. Falls dem so war, wie sollte ich damit umgehen? Der Gedanke hemmte mich. Wie konnte ich mich weiter mit ihm unterhalten, ohne ihm falsche Hoffnungen zu machen? Und wie konnte ich verhindern, dass Mama auf die Idee kam, uns zu verkuppeln?

Ich warf Mama, die immer noch hinter der Ladentheke stand, einen schnellen Blick zu. Beobachtete sie uns? Zu meiner Erleichterung blätterte sie in der Zeitung, die auf der Theke lag.

Ich sah wieder zu Chibundu. In diesem Moment setzte er sich in Bewegung. Er kam auf mich zu, mit gleichmäßigen Schritten.

Es war genau, wie ich befürchtet hatte. Als er vor mir stand, lehnte er sich mit der Schulter an das Regal. Er grinste breit und sagte: »*Omalicha.*« Meine Schöne. Mit schelmischem Gesicht wiederholte er: »*Omalicha.*« Dabei musterte er mich von Kopf bis Fuß. Sein Blick wanderte von meinen Händen zu meinen Zöpfen und dann zu meinem Gesicht.

»Ich habe nachgedacht«, sagte er, als wir uns in die Augen sahen.

»Worüber, Chibundu?«, fragte ich steif.

Er lachte nervös. »Darüber, dass jeder Mann eine Frau braucht.«

Ich holte tief Luft und versuchte, meine Panik zu verbergen.

Er hielt dabei seine Flasche Guinness mit beiden Händen umklammert und wischte das Kondenswasser von dem Glas. Weil ich ihn nicht die ganze Zeit ansehen wollte, beäugte ich seine Kleidung. Das beigefarbene Hemd war so eng, dass seine Oberarmmuskeln die Nähte fast zum Platzen brachten, und hatte einen breiten Kragen mit langen Spitzen. Entweder sollte man das Hemd nicht bis obenhin zuknöpfen oder Chibundu hatte beschlossen, die obersten beiden Knöpfe offen zu lassen – jedenfalls schaute sein lockiges Brusthaar hervor. Um seinen Hals hing eine dünne Goldkette mit einem kleinen Kreuz. Zu dem Hemd trug er grauschwarz gestreifte Schlaghosen.

Er verzog den Mund zu einem flirtenden Lächeln. Die Lippen waren trocken und rissig, aber seine Zähne waren makellos: zwei gerade Reihen strahlend weißer Vierecke. Dann sagte er: »*Omalicha*, bist du nicht auch der Meinung, dass jeder Mann eine Frau braucht?«

Ich lachte unbehaglich. Es klang eher wie ein Kichern als wie ein echtes Lachen. »Man könnte wohl auch sagen, dass manche Frauen einen Mann brauchen.«

»Genau«, pflichtete er mir bei. »Das gilt natürlich für beide. Jeder Mann braucht eine Frau, und jede Frau braucht einen Mann.«

Ich wiederholte meine Worte und legte dabei eine besondere Betonung auf »manche«: »Wie gesagt, *manche* Frauen brauchen einen Mann.«

Die Andeutung schien ihm vollkommen zu entgehen. Er wischte wieder Kondenswasser von seiner Flasche. Ich tat so, als wollte ich mich vergewissern, dass kein Staub mehr auf dem Regal lag. In diesem Moment drangen Geräusche an mein Ohr: Eine Holzkiste kratzte über den Betonboden, dann erklangen Schritte. Als ich aufsah, kam Mama auf uns zu. Sie hatte ein breites Grinsen auf dem Gesicht und nickte zufrieden. Warum hatte sie eigentlich so lang gebraucht, um auf uns aufmerksam zu werden? Was das Ganze vielleicht ein abgekartetes Spiel?

»Es ist so schön, dass ihr Kinder euch wiedergefunden habt«, sagte sie. Am liebsten hätte sie mir wohl zugezwinkert.

»Dafür danken wir Gott«, erwiderte Chibundu.

Die Adern an meinen Schläfen begannen zu pochen. Mein Gesicht wurde heiß, meine Wangen brannten. Ich war ganz offensichtlich das Opfer einer Verschwörung. Ich war nicht mehr als eine Figur in ihrem Spiel.

»Eigentlich bin ich hergekommen, weil ich eine Frage habe«, sagte Chibundu und sah Mama an. Dann blickte er zu mir. »Darf ich dich vielleicht einmal zum Abendessen ausführen? Ich wollte dich das schon länger fragen. Ich hoffe nur, du hast nicht schon einen Verehrer. Das wäre eine große Enttäuschung.«

Mama antwortete an meiner Stelle. »Nein, nein, sie hat noch keinen Freund. Du bist gerade zur rechten Zeit gekommen. Wer weiß, wenn du noch einen Tag länger gewartet hättest, wäre es vielleicht zu spät gewesen«, scherzte sie und klopfte ihm auf die Schulter. »Vielleicht wäre dann ein anderer junger Mann aufgetaucht und hätte sie dir vor der Nase weggeschnappt. Aber du hast Glück, Chibundu. Großes Glück. Der Zeitpunkt ist perfekt.«

Er lächelte.

Wut stieg in mir auf. Ich hätte etwas sagen können, um die beiden in ihre Schranken zu weisen, ich hätte mich dagegen zur Wehr setzen können, wie sie mit mir umsprangen. Ich hätte den Mund aufmachen und ihnen auf den Kopf zusagen können, was ich von der Sache hielt.

Aber aus irgendeinem Grund tat ich das nicht. Das war damals ein Problem, das ich öfter hatte: Ich bekam einfach den Mund nicht auf. Ich fand keine Worte, um mich auszudrücken.

»Wie schön! Dann vielleicht gleich Morgen? Um sechs Uhr?«

Mama zögerte keine Sekunde: »Ja! Gern! *Da'lu*. Danke, *o*. Ijeoma freut sich sehr. Ich bin so froh, dass du nach Aba gekommen bist, Chibundu. So froh.«

»Wunderbar«, sagte er. Während Mama gesprochen hatte, hatte er mich die ganze Zeit angesehen. Jetzt legte er mir eine Hand auf den Oberarm und drückte leicht zu. »Dann sehen wir uns morgen. Ich muss jetzt wieder zur Arbeit.«

Er ging hinüber zur Theke. Ich wandte mich nicht gleich wieder meinem Regal zu, sondern blickte zwischen ihm und Mama hin und her. Mama stand neben mir, die Hände in die Hüften gestemmt, und strahlte wie eine schwangere Frau.

Ich beobachtete, wie Chibundu das Geld für sein Bier neben die Kasse legte. Das schimmernde Braun der Guinessflasche hob sich scharf von der hellen Haut seiner Handfläche ab. Dann verschwand er durch die Tür.

Für den Rest des Tages wartete ich auf den Ladenschluss wie ein Gefangener auf seine Entlassung. Ich war furchtbar lethargisch, als hätte mir die Begegnung mit Chibundu und Mama alle Kraft geraubt.

In Ndidis Wohnung kehrte meine Energie schlagartig zurück. »Kannst du dir das vorstellen? Er kommt einfach so zur Tür hereinmarschiert und macht mir aus heiterem Himmel eine Art Heiratsantrag, und dann auch noch in Mamas Beisein!« Während ich davon erzählte, gestikulierte ich heftig. Ich hatte eine Riesenwut in mir.

Wir standen in Nidids Küche. Auf einer der Gasflammen stand eine Pfanne, in der Kochbananenscheiben brutzelten. Die Luft war feucht und schwer, aber die Bananen dufteten köstlich.

Ndidi drehte die Kochbananen um, sodass die goldbraune Seite nach oben zeigte. Dann hob sie die Gabel und verharrte in dieser Pose. Sie sah mich nachdenklich an. Das Fenster über der Spüle stand offen, und ein leichter Wind strich über meine Haut. Ich schauderte. Ndidis Gesichtsausdruck war seltsam.

Dann sagte sie zögernd: »In letzter Zeit ist so viel passiert, und jetzt ist auch noch dieser Chibundu aufgetaucht. Ich finde, du solltest es mal ausprobieren.«

Sie muss mir angesehen haben, wie sehr mich ihre Worte überraschten.

Ndidi hatte immer noch diesen seltsamen Gesichtsausdruck, aber sie war offensichtlich entschlossen, sich ihre Zweifel nicht anmerken zu lassen. »Ich meine es ernst«, sagte sie und wandte den Blick ab. »Geh mit ihm aus. Nur um zu sehen, wie es sich anfühlt. Dieses Leben ist nicht für jeden etwas. Wir müssen ständig Angst haben, getötet zu werden. Vielleicht gefällt dir dieses andere Leben ja besser. Das Leben, das er dir bieten kann. Du weißt schon, als Mann und Frau.«

»Wie kannst du so etwas nur sagen?«

»Man weiß es nie, bevor man es nicht ausprobiert hat. Mehr will ich gar nicht sagen.« Ndidi starrte auf die Kochbananen. Dann holte sie eine nach der anderen aus der Pfanne und legte sie auf einen Teller. »Vielleicht gefällt es dir ja. Versuch es einfach mal. Oder hast du es schon mal getan?«

»Was?«

»Bist du schon mal mit einem Mann zusammen gewesen?«

Ich schüttelte den Kopf. Natürlich war ich noch nie mit einem Mann zusammen gewesen. Wie kam sie auf die Idee, ich könne mir das aussuchen? Als wäre das so leicht. Als könnte ich einfach beschließen, es mit einem Mann zu versuchen. Hatte sie es schon einmal versucht? War sie vielleicht für beides offen? Außerdem, wenn ich mich in irgendeiner Form zu Männern hingezogen gefühlt hätte, hätte ich das ja wohl inzwischen gewusst. Warum sollte ich es also »ausprobieren«? Was sollte das bringen? Mein Herz, meine Seele, mein Verstand gehörten ihr. Alles in meinem Leben drehte sich um sie. Ich wollte niemand anderes. Sie genügte mir vollkommen. Ich liebte sie. Es machte mich wütend, dass sie versuchte, mich wegzustoßen.

»Tu mir den Gefallen. Wenn es nichts für dich ist, kann ich mir wenigstens sicher sein. Dann muss ich mir nie wieder Gedanken darüber machen, dass ein Mann dich mir wegschnappen könnte.«

»Darüber musst du dir auch jetzt schon keine Gedanken machen«, sagte ich.

»Wer weiß«, sagte sie leise. »Vielleicht überrascht du dich selbst.«

Ich schwieg eine Weile zornig. Dann sagte ich: »Na, schön«, mehr aus Empörung als aus Einsicht. »Du willst, dass ich mit einem Mann ausgehe? Na, gut. Dann mache ich das.«

Natürlich würde es bei einer einzigen Verabredung bleiben. Und es wäre eine komplette Zeitverschwendung. Aber ich würde es trotzdem tun. Nur damit niemand mehr sagen könnte, dass ich es nicht ausprobiert hätte.

Ndidi nickte und musterte mich einen Moment lang. Ihre Lippen zuckten, als müsse sie sich sehr zusammenreißen. Ihre Stimme zitterte leicht, als sie sich abwandte und sagte: »Einverstanden. Eine einzige Verabredung. Dann kann ich mir sicher sein.«

54

Ich roch nach Mamas Lavendelparfüm. Sie hatte darauf bestanden, dass ich es auflegte, und hatte mir auch ein Paar alte Ohrringe von sich herausgesucht – die mit den gelben Kugeln, die aussahen wie ein winziger Globus.

Ich saß im Unterkleid auf der Bettkante und sah zu, wie Mama in meinen Schubladen herumwühlte. »Was willst du denn noch mit diesem Ding?«, fragte sie und zog eines meiner Kleider heraus. »Weißt du, wie alt das ist? *Biko*, du musst dich von diesen Lumpen trennen! Der Krieg ist vorbei. Die schweren Zeiten sind vorbei. Wirf es endlich weg!«

Sie durchsuchte weiter die Schubladen und entschied sich schließlich für ein langes, beiges Kleid mit einem aufgestickten

Blumen- und Blättermuster am Saum. Sie hielt es hoch. Schlaff und zerknittert hing es in der Luft. Mama schüttelte es heftig, als könnte sie so die Falten glätten. Sie schüttelte und schüttelte, und als das nichts brachte, zerrte und zog sie an dem Stoff.

»Ich müsste es eigentlich bügeln, aber dafür haben wir keine Zeit mehr.« Kaum hatte sie das gesagt, hatte sie es sich auch schon anders überlegt und rannte aus dem Zimmer. Ich sah ihr hinterher. Dann hörte ich sie nebenan mit dem Bügeleisen hantieren. Ungefähr zwanzig Minuten später kam sie mit dem frisch gebügelten Kleid zurück.

»Das Kleid ist wirklich perfekt«, sagte Mama. »Es lässt deinen Hals und die Fußknöchel frei. Das dürfte reichen, um sein Interesse wach zu halten. So muss man es machen. Ein bisschen was vom Schlüsselbein zeigen und ein bisschen was von den Fußknöcheln.«

Es war ein Kleid mit Dreiviertelärmeln. Mama sagte, die sittsamen Ärmel hätten einen großen Vorteil. So könnte er meine Handgelenke und einen Teil meiner Unterarme sehen, und auch das würde dabei helfen, sein Herz zu gewinnen.

Mama saß auf dem Bettrand und sah zu, wie ich mir das Kleid überstreifte. Dann half sie mir, es zuzuknöpfen, trat ein paar Schritte zurück und beäugte mich. Sie kam wieder näher und machte sich am Oberteil und am Saum zu schaffen.

»Ja«, sagte sie. »Das ist perfekt. Du siehst aus wie die Tochter, die ich mir immer gewünscht habe. Einfach perfekt.«

Ich schwieg.

Dann sagte sie: »Vielleicht heiratest du ihn ja.«

Ich verdrehte die Augen. »Mama, das ist ein großer Schritt. Selbst wenn ich heiraten wollte, findest du nicht, dass du es etwas eilig hast?«

Ihr Gesicht wurde traurig, melancholisch. Wehmütig. Sie sagte: »Ich wünsche mir jeden Tag, dein Papa wäre noch hier. Weißt du, jede Minute zählt. Du musst jede Minute nutzen, solange es geht. Glaub mir, es gibt Schlimmeres, als es ein bisschen eilig zu haben.«

Mama hatte seit Jahren nicht mehr von Papa gesprochen. Beim letzten Mal hatte sie noch wütend und feindselig geklungen, aber jetzt war sie offenbar frei von Bitterkeit. Ihre Stimme war liebevoll und zärtlich. Ich schwieg und hoffte, Mama würde weiterreden, hoffte, wir könnten endlich von ihm sprechen und gemeinsam in alten Erinnerungen schwelgen. Aber sie wechselte gleich wieder das Thema.

»Chibundu ist ein guter Mann«, sagte sie.

Ich runzelte die Stirn. Wie konnte sie da so sicher sein? Ich zitierte etwas, was Papa früher immer gesagt hatte: »Stimmt es nicht, dass sich auch in einer makellosen Frucht ein Wurm verstecken kann?«

»Das kann schon sein«, sagte Mama, »aber stimmt es denn nicht auch, dass die Cashew nicht weit vom Stamm fällt? Seine Eltern sind gute Leute. Ich finde, dass er sich kaum verändert hat, und wenn, dann nur zum Besseren. Ich denke, wir sind uns einig, dass er zu einem prächtigen jungen Mann herangewachsen ist. Aber darüber zerbrechen wir uns jetzt nicht den Kopf. Geh du erst mal mit ihm aus und hab eine schöne Zeit. Vergiss nicht, ihn oft anzulächeln und ihm zu zeigen, wie sehr du es genießt, mit ihm auszugehen.«

»Und wenn ich es nicht genieße?«, fragte ich.

»Dann lächle trotzdem. Er ist ein guter Mann, und ich bin sicher, du wirst die Zeit mit ihm genießen. Glaub mir, das Leben an der Seite eines Mannes ist schwer. Aber ohne Mann ist es noch schwerer.«

Als Chibundu und ich an diesem Abend zum Gartentor gingen, drehte ich mich noch einmal um und sah Mama in der Haustür stehen. Sie strahlte über das ganze Gesicht und hielt die Hände vor der Brust gefaltet wie zum Gebet.

55

Die Ereignisse, die zur Hochzeit geführt haben, verfolgen mich bis heute. Mal ist die Erinnerung an sie verschwommen, mal so klar wie der Himmel an einem sonnigen Nachmittag.

Wir standen an der Bushaltestelle in Aba. Chibundu wollte nach Ojoto fahren, um seine Familie zu besuchen. Er hatte mich gebeten, ihn zur Bushaltestelle zu begleiten, und ich hatte es ihm versprochen. Das war ungefähr einen Monat, nachdem wir miteinander ausgegangen waren.

Der Bus war noch nicht da. Ich setzte mich auf eine Bank, ein Holzbrett auf zwei Betonblöcken. Chibundu wollte sich nicht setzen. Er stand da und knetete seine Hände, verdrehte sie immer wieder, verdrehte sie wie ein Kind, das Angst hat, ausgeschimpft zu werden.

»Was ist los, Chibundu?«, fragte ich. »*Odikwa mma?*«

Er räusperte sich und sagte: »Ich wollte, dass du mitkommst, w-w-w-weil ... ich dich etwas fragen muss.« Er stotterte, obwohl er das noch nie getan hatte.

Sein Herumgezappel machte mich ganz nervös, und ich schaute weg.

Auf der Straße pickte ein Huhn nach einem Brotkrümel. Ein Mann in khakifarbenen kurzen Hosen pflückte eine Mango von einem Baum. Vor der Autowerkstatt gegenüber der Bushaltestelle lang ein anderer Mann auf einer Matte auf dem kiesbedeckten Boden und reparierte einen Land Rover. Neben ihm: Metallrohre, in denen sich die Sonne spiegelte, und eine Lache aus schwarzem Öl.

Ein Moment verging. Der Mechaniker schob sich unter dem Auto hervor, stand auf, öffnete die Motorhaube und machte sich im Motorraum zu schaffen. Das Huhn gackerte.

»Ich ... weiß ... es ... nicht«, hörte ich Chibundu sagen.

Ich sah ihn an. »Was weißt du nicht?«

»Aber ich weiß ... ich weiß ... dass ich es kann.« Er betonte das letzte Wort besonders. Irgendwie klang sein Satz wie der Anfang eines Versprechens oder eines Schwurs, aber weil er stammelte und ihm die Stimme brach, wirkten seine Worte zögerlich und halbherzig.

»Du weißt, dass du was kannst? *Gini ka inwere ike ime?*«

Er räusperte sich und drehte sich weg. Jetzt spielte er nicht mehr mit seinen Händen, sondern schaute zu dem Mangopflücker, der mit seiner Ausbeute davonging. Chibundu starrte ihm eine Weile hinterher. Als er sich wieder zu mir umdrehte, brachte er es endlich heraus: »Ich weiß, dass ich dich glücklich machen kann.« Mit einem Mal klang er sehr entschlossen.

Wir sahen einander an. »Mich glücklich machen?«, fragte ich leise. Ich war gerührt, aber auch etwas perplex. In diesem Moment muss ich bereits gewusst haben, dass er mir gleich einen Antrag machen würde.

»Heirate mich«, sagte Chibundu und ging vor mir auf die Knie. Er nahm meine Hand. »Willst du meine Frau werden?«

Schweiß stand ihm auf der Stirn. Er zog ein Taschentuch hervor, und dabei sah ich, dass sich in seiner Hosentasche die Konturen eines kleinen Vierecks abzeichneten. Er tupfte sich den Schweiß ab, holte das Kästchen hervor und klappte es auf. Ein goldener Ring funkelte in der Sonne.

Dann gab er mir einen leichten Kuss auf die Wange, und ich ließ ihn gewähren. Das alles fühlte sich an, als wäre es vorherbestimmt, als gäbe es keinen anderen Weg, egal, wie sehr ich auch danach suchte. Wie sollte ich Mama vor die Augen treten, wenn ich Chibundus Antrag ablehnte? Sie wäre am Boden zerstört, und es würde ihr wahrscheinlich das Herz brechen, wenn ich das Leben ausschlug, das sie sich für mich erträumte – die einzige Chance auf einen Mann, die ich wahrscheinlich je bekommen würde.

Außerdem stand Chibundu schwitzend und stammelnd vor mir und versprach, mich glücklich zu machen. Was, wenn es ihm wirklich gelang? Was, wenn ich ihm nur eine echte Chance geben musste? Natürlich wollte ich, wenn ich darüber nachdachte, gern normal sein. Ich wollte ein ganz normales Leben führen. Ich wollte ein Leben, in dem ich nicht ständig Angst haben musste, entdeckt zu werden. Was, wenn Ndidi Recht hatte und dieses andere Leben nichts für mich war? Was, wenn mir dasselbe passierte wie Adanna oder Adannas Freunden?

Das Jahr 1979 war fast zu Ende. Manchmal sind wir verwirrt und wissen einfach nicht, was Glück ist. Manchmal sind wir verwirrt und wissen nicht, welcher Weg zum Glück führt. Ich sah Chibundu an, nickte wortlos und nahm den Ring.

Da hob er mich hoch und wirbelte mich durch die Luft, vor aller Leute Augen.

Keinen Monat später schminkte Mama mir die Lider silbern und die Lippen knallrot, und ich absolvierte den Brautauftritt, so wie es von einer Igbo erwartet wurde: Ich trug die Jigida-Perlenkette um den Bauch und viele andere Perlenketten in allen erdenklichen Farben etwas tiefer um die Hüften. Ich trug Armreifen und bunte Bänder in den zu Locken gedrehten Zöpfen.

Ich trat aus dem Bungalow auf den Hof, warf die Arme in die Luft und schwenkte die Hüften, sodass die Jigida-Perlen über dem Wickelkleid rasselten und klimperten. Die Gäste klatschten in die Hände, die Trommler schlugen ihre Trommeln.

Mama hatte das Tor weit geöffnet, als Einladung an alle Nachbarn, mit uns zu feiern. Während ich tanzte, stand sie am Tor, Chibundus Eltern zu ihrer Rechten, der Lehrer und seine Frau zu ihren Linken. Ndidi hielt sich etwas abseits von ihnen. Sie war allein und wirkte wie jemand, der die Feier genoss, aber ich sah ihr an, dass sie sich wünschte, der Tag wäre endlich vorbei und sie könnte gehen. Sie hatte Chibundu nicht einmal begrüßt. Der einzige Mensch, den sie begrüßt hatte, war Mama.

Meine Brautjungfern waren irgendwelche Mädchen aus Aba – Töchter von Mamas Freundinnen, denen Mama diese Aufgabe übertragen hatte. (Ich hatte keine Brautjungfern gewollt, aber Mama hatte darauf bestanden.) Sie tanzten im Kreis um mich herum. Dann näherten sich die anderen Mitglieder der Hochzeitsgesellschaft – Chibundus Trauzeugen – und durchbrachen den Kreis, um mich mit Bündeln von Naira-Scheinen zu bewerfen. Jetzt kamen alle Gäste näher. Die Geldscheine schwebten wie übergroße Federn zu Boden und verteilten sich rings um meine Füße. Die Brautjungfern knieten nieder und sammelten sie für mich ein. Ich tanzte weiter und dachte die ganze Zeit nur an Ndidi.

Gegen Ende der Feier fasste Mama mich an den Schultern und führte mich ins Haus.

»Das hast du großartig gemacht. Wirklich großartig«, sagte sie. Ihr Gesicht glühte vor Aufregung und wilder Freude, und ich wusste, dass es ihr nicht leicht gefallen war, sich den ganzen Tag lang zusammenzureißen. Wir gingen in die Küche, und sie zog einen Hocker für mich herbei. Es war der Hocker, auf dem sie sonst saß, wenn sie Yam stampfte. Die Küche war voller Essen – sämtliche Flächen waren übersät von Tellern und Tabletts und Körben. Auberginen, deren grüne Streifen sich wie Wurzeln über die gelbgoldene Haut schlängelten. Kolanüsse. Erdnusspaste. Mit Fleisch gefüllte Teigtaschen und frittierte Chin-Chin. Palmwein in großen Kanistern.

»Was für ein herrlicher Tag für uns alle«, sagte Mama. »Der Tag, auf den wir alle gewartet haben.«

Ich traute mich nicht, irgendetwas zu erwidern.

»Stimmt irgendwas nicht?«, fragte Mama, wischte die Frage dann aber schnell beiseite. Sie war fest entschlossen, sich den Tag nicht verderben zu lassen.

Ich saß da und knetete die Hände. »Mama«, fing ich an, verstummte aber gleich wieder. Plötzlich machte sie ein alarmiertes Gesicht, als wüsste sie, was ich sagen wollte.

»So hat es nun mal zu sein«, sagte sie entschlossen. Dann stieß sie ein gereiztes Lachen aus. »Es ist Gottes Wille.«

Sie wiederholte: »Es ist Gottes wunderbarer Wille.«

Als Nächstes folgte die Hochzeit in Weiß, und ich fand mich in einem der kleinen Gebetsräume der Kirche wieder, wo Mama mir das Brautkleid über den Kopf streifte, es nach unten zerrte, hinter mich trat und den Reisverschluss zuzog. Das Oberteil war so eng, dass es mir die Luft abschnürte. Ich bekam Beklemmung. Schweiß trat mir auf die Stirn. Immer wieder wischte ich mir mit der Hand über das Gesicht. Schließlich faltete Mama eine Zeitung in der Mitte und fächelte mir Luft zu. »Auf keinen Fall darf uns so ein bisschen Schweiß den Tag verderben«, sagte sie und klang dabei ziemlich ungehalten.

Wir schwiegen eine Weile.

»Was, wenn ich nicht dafür gemacht bin?«, murmelte ich schließlich. Der Rock des Brautkleids warf makellose Falten. Ich zog die Falten mit den Fingern nach, hoch und runter, hoch und runter. Meine Hände zitterten.

»Wenn du wofür nicht gemacht bist?«, fragte Mama gereizt. Sie starrte auf meine zitternden Hände.

»Die Ehe«, sagte ich. »Was, wenn ich nicht–«

Ich brachte den Satz nicht zu Ende, weil Mamas Stimme wie ein Donnern auf mich niederging: »Sei still, bevor du deinen Zweifeln Leben einhauchst! Alle sind für die Ehe gemacht! Eine Frau ohne Mann ist keine richtige Frau, vergiss das nie. Davon abgesehen sind gute Männer heutzutage rar. Jetzt, wo du einen gefunden hast, musst du ihn um jeden Preis halten.«

Eine halbe Ewigkeit ruhte ihr prüfender Blick auf mir. Dann wurde ihr Gesichtsausdruck weicher. Sie schüttelte langsam den Kopf und sagte: »*Nwa m, ke ihe ichoro ka m me?* Mein Kind, was soll ich dir sagen? Eine Frau kann nicht mit einer Frau zusammen sein. Das geht einfach nicht. Du musst alle Gedanken daran vergessen.« Sie klang liebevoll, aber bestimmt. »Wenn es das ist, was dich beschäftigt, musst du es vergessen. So etwas darf nicht sein.« Mama holte tief Luft, atmete langsam aus und straffte die Schultern. »Du wirst sehen. Es wird alles gut. *Bi aka ayi je.* Gehen wir.«

Dann ging es weiter: die Predigt, die Gebete, der Kuss, das Händeschütteln, das Lächeln, das Zunicken, die flüchtigen Glückwünsche. Denn genau das macht man, wenn man mit einem Mann verheiratet wird, von dem sowohl der eigene Verstand als auch die eigene Mutter behaupten, er wäre der Richtige.

SECHSTER TEIL

56

Port Harcourt, Rivers State
1980

Die Sonne war erbarmungslos, die Hitze so drückend, dass selbst die Fliegen zu matt waren, um noch herumzuschwirren.

Ich zwang mich, einen Fuß vor den anderen zu setzen, und ging weiter, obwohl sich mein Körper zentnerschwer anfühlte und sich in der Mitte wölbte.

Die Frau vor mir trug einen bunten Wickelrock und eine dazu passende Bluse und hielt ein Huhn in der Hand, das sie an den zusammengebundenen Beinen gepackt hatte. Das Huhn gackerte, ein Motorrad raste vorbei, hupte und verschlimmerte den Lärm.

Ich überquerte die Asphaltstraße und legte schützend die Hände um meinen Bauch. Rechts ging ein schmaler Weg von der Straße ab, gewunden und staubig. Auf dem Weg standen zwei braune Hunde und bellten, eine Frau scheuchte sie weg.

Die Kirche war ein kleiner rechteckiger Bau, unauffällig, bis auf das Wellblechdach, das wie Lametta in der Sonne glänzte.

Im Innenraum setzte ich mich auf eine Bank weit vorn, die schlicht war wie all die anderen: ein langes Brett auf zwei schmalen Betonzylindern. Der Duft von Kerzenwachs hing in der Luft, obwohl nirgendwo eine brennende Kerze zu sehen war.

Seit zwei Monaten kam ich jeden Tag her und saß auf demselben Platz. Jeden Tag dasselbe, den ganzen Morgen über oder vom frühen Nachmittag, wenn Chibundu auf der Arbeit war, bis zum späten Nachmittag, bevor er nach Hause kam. Und ich würde auch weiter kommen, weil die anderen Frauen noch immer darüber sprachen, obwohl seitdem schon fast zwei Monate vergangen waren. Die Frauen konnten nicht aufhören, darüber zu reden: Wie man in den Häusern rings um die Klinik tagein, tagaus die Schreie der armen Mutter gehört hatte, während sie gepresst und geschrien, gepresst und geschrien hatte. Wie man, als das Baby endlich herausgeflutscht war, ein Stöhnen gehört hatte, nicht nur das erleichterte Stöhnen der Frau, sondern ein Aufatmen vieler, einen kollektiven Seufzer der Erleichterung. Danach hätte alles gut sein können, und das war es auch, aber dann sah sich die Hebamme das Gesicht des kleinen Jungen näher an und sah das Grauen: das klaffende Loch in der Oberlippe, wo Fleisch hätte sein sollen, das linke Nasenloch geweitet und platt, nicht rund, wie es hätte sein sollen. Kein Wunder: über dem missgestalteten Mund, wund und unfertig wie nicht richtig durchgebackener Teig, konnte das Nasenloch ja nicht rund sein. Ein monströser Anblick. Ein Fluch, da waren sich alle einig. Ein schlechtes Omen. Eine Hasenscharte.

Am Morgen darauf war die Frau verschwunden. War nach zwei Tagen Wehen einfach verschwunden. Ohne ihren kleinen Jungen natürlich. Und der Kleine? Vielleicht würde man ihn in ein Kinderheim bringen. Vielleicht würde eine der Hebammen Mitleid mit ihm haben und sich seiner annehmen. Aber viel wahrscheinlicher war, dass man ihn ungewollt und ungeliebt sich selbst überließ, bis er starb. Denn genau so verhielt es sich mit so was, mit allem, was von der Norm abwich. Es wurde mit Wörtern wie Fluch belegt, und war es nicht klug, sich Flüche vom Leib zu halten?

Ich setzte mich auf meinen Platz auf der Kirchenbank. »Herr, hab Erbarmen«, flüsterte ich, wie ich es seit zwei Monaten täglich geflüstert hatte. Sollte je ein Mensch mit einem Fluch belegt werden und auf dieselbe Art bestraft werden wie die Mutter des Säuglings mit der Hasenscharte, so wäre das ich. Falls es nicht schon schlimm genug war, dass ich all die Jahre in Sünde gelebt und bei einer Frau statt bei einem Mann gelegen hatte, so trug ich jetzt Chibundus Kind im Bauch, erlaubte mir aber noch immer Gedanken an Ndidi. Sogar Gedanken an Amina. Gedanken daran, diese beiden Frauen zu lieben.

Warum konnte ich Chibundu nicht auf dieselbe Weise lieben wie Amina und Ndidi? Warum war ich nicht fähig, einen Mann zu lieben? Erst neulich hatte ich gehört, dass das Geschlecht der ersten Liebe bestimmt, welches Geschlecht man im weiteren Leben liebt. Vielleicht traf das in meinem Fall zu, aber vorher hatte ich nie von so etwas gehört. Und jetzt wusste ich nur, dass Gott mich vielleicht tatsächlich für meine Art zu lieben bestrafen würde. Meine Gedanken wanderten zur Bibel. Denn wenn Menschen wie Mama und der Lehrer Recht hatten, war die Bibel Beweis genug dafür, dass Gott mich ganz sicher bestrafen würde.

Andererseits, was stand eigentlich genau in der Bibel – vor allem im Neuen Testament? Was genau waren die Konsequenzen, wenn wir Gott nicht gehorchten? Würde Er Seinen Willen wirklich mit Strafen durchsetzen? Hatte nicht schon Jesus am Kreuz all unsere Sünden auf sich genommen? Und stand Gott nicht eher für Gnade als für Strafe?

Abgesehen von den warmen Gedanken an Ndidi war da noch die Sache mit dem Ehebruch. Ich musste mir eingestehen, dass ich im Grunde eine Ehebrecherin war. Auch wenn ich gegenwärtig keine Zärtlichkeiten mit Ndidi austauschte, wusste ich nur zu gut, dass es bei Matthäus hieß: *Jeder, der eine Frau ansieht, um sie zu begehren, hat in seinem Herzen schon Ehe-*

bruch mit ihr begangen. Nach Matthäus war ich tatsächlich eine Ehebrecherin.

Darum die Besuche in der Kirche. Gebete als Mittel gegen meine Gedanken und Sehnsüchte. Gebete als Methode, um die brennende Sehnsucht zu löschen. Gebete wie Wasser auf meinem Feuer.

Gebete, um Gott zu zeigen, dass er mein Kind nicht zu verfluchen brauchte, so wie er das Neugeborene in der Klinik verflucht hatte. Wenn ich nur genug beten würde, vor allem in diesem letzten Monat der Schwangerschaft, würden meine Gebete mich vielleicht von allem Übel erlösen: von der Sehnsucht nach Ndidi genauso wie von der Gefahr, ein Kind mit Hasenscharte zur Welt zu bringen.

Jetzt drang Sonnenlicht durch die Ritzen der hölzernen Fensterläden und fiel in langen Streifen auf den Kirchenboden.

Ich dachte: So ist das also, wenn man verheiratet ist. Man sitzt angespannt in der Kirche, sieht zu, wie sich Sonnenlicht um einen herum ausbreitet, und muss die ganze Zeit Angst vor Bestrafung haben. Das ist also das Eheleben: der tägliche Versuch, ein Becken voller Sehnsüchte auszukippen, das sich nicht auskippen lässt, weil die Sehnsüchte wie nasser Zement sind, der langsam zu Beton wird.

Das ist also das Eheleben: Man sitzt voller Unruhe in der Kirche, muss aber zu Hause den Schein wahren, muss so tun, als wäre alles in Ordnung.

Die Uhr in der Kirche schlug zu jeder halben Stunde und spielte eine kleine Melodie.

Aus den Augenwinkeln sah ich einen Schatten auf den Boden fallen, den grauen, langgezogenen Umriss von jemandem, der den Mittelgang entlang auf mich zukam.

Ich hatte mein Gebetstuch um den Kopf geschlungen und zog daran, weil ich mich angespannt fragte, wer das nur sein konnte.

Zu meiner Überraschung war es Chibundu. Nur selten besuchte er sonntags die Kirche, und noch seltener unter der Woche. Das Kind von früher, das immer brav in die Kirche gegangen war, gab es nicht mehr, und trotzdem war er jetzt hier.

Chibundu setzte sich neben mich. Wir saßen eine Weile schweigend auf der Bank, dann sagte er: »Was ist los? Warum kommst du so oft hierher? Ngozi von nebenan hat mir erzählt, dass sie dich oft zur Kirche gehen sieht.«

»Es ist nichts«, sagte ich.

»Nichts? Bist du dir sicher?«

»Du solltest auf der Arbeit sein«, sagte ich. Seit wir verheiratet waren, hatte ich immer wieder überlegt, es Chibundu zu erzählen, hatte mich aber nie dazu durchringen können. Bisher war er immer gut zu mir gewesen, dachte ich wieder, vielleicht sollte ich es ihm einfach erzählen. Vielleicht war es sogar das Beste, es ihm zu erzählen, falls das Baby, wenn es zur Welt kam, mit einem Fluch belegt war, einer Hasenscharte oder so etwas in der Art. Ich sollte es ihm erzählen und mich entschuldigen. Dann wüsste er wenigstens, dass es mir leid tat.

»Warum bist du nicht auf der Arbeit? Sie haben dich doch hoffentlich nicht gefeuert?«, sagte ich.

Er schüttelte den Kopf. »Nein, sie haben mich nicht gefeuert. Ich hatte einen Termin in der Gegend, der früher zu Ende war als gedacht. Da habe ich beschlossen, zu Hause vorbeizuschauen. Du warst nicht da. Ngozi hat gesagt, du wärst vielleicht hier.«

Schweigen.

»Was auch immer es ist«, sagte er, »so schlimm kann es nicht sein.«

Ich hatte ihn bislang nur von der Seite angesehen. Jetzt

drehte ich mich zu ihm und schaute ihm in die Augen. »Es ist ziemlich schlimm«, sagte ich.

Wieder Schweigen.

»In Aba habe ich Mama manchmal dabei ertappt, wie sie für mich gebetet hat«, sagte ich schließlich. »Ich bin zufällig hereingekommen, wenn sie im Wohnzimmer gekniet und für mich gebetet hat.«

Er fuhr mit dem Schuh über den Betonboden, schwang das Bein wie ein Pendel vor und zurück. Man hörte ein Schaben auf dem rauen Boden. Ich schloss die Augen, lauschte dem Geräusch und flüsterte: »Es ist ein Gräuel.« Dann öffnete ich die Augen wieder, um zu sehen, was meine Worte in ihm auslösten.

Chibundu kniff die Augen zusammen, wirkte plötzlich gedankenversunken.

»Ein Gräuel?«, wiederholte er fragend.

Ich nickte.

Er muss es schon damals geahnt haben, aber das wusste ich natürlich nicht. Noch war er nicht bereit, mir zu verstehen zu geben, dass er es wusste. Er sprach es nicht an. Vielleicht aus dem Bedürfnis heraus, die Wahrheit zu verdrängen. Vielleicht sogar, um mir einen Gefallen zu tun, aus Liebe zu mir. Weil er mich wirklich liebte, oder mich zumindest als Junge geliebt hatte, auf eine kindliche Art.

Vielleicht wollte er sich aber auch nur selbst einen Gefallen tun und sich nicht die Möglichkeit nehmen, seine alte Kindheitsliebe auszuleben. Vielleicht hatte er lange vor diesem Tag beschlossen, dass er sein Leben lang versuchen würde, diesen Traum zu verwirklichen, obwohl die Umstände wenig vielversprechend waren.

In jedem Fall schien er über das Wort »Gräuel« nachzudenken. Schließlich sagte er: »Wie du weißt, habe ich nur noch wenig mit der Kirche am Hut. Ich bin Geschäftsmann, und als

Geschäftsmann weiß man, dass es bei Geschäften vor allem darum geht, so viele Kunden wie möglich zu gewinnen und bei der Stange zu halten. Religion ist im Grunde auch nur ein Geschäft, ein sehr großes Unternehmen. Denk nur an die anglikanische oder die katholische Kirche. Man stellt all diese Glaubenssätze auf und erzählt uns, sie wären Gottes Wille.«

»Stimmt das denn nicht?«, fragte ich.

Chibundu schüttelte den Kopf. »Nein, ich glaube nicht.«

»Warum nicht?«

»Weil man recht schnell erkennt, dass die Kirche mit diesen Glaubenssätzen nur versucht, so viele Kunden wie möglich zu gewinnen und unter Kontrolle zu halten. So funktionieren Geschäfte nun mal. Darum erzählt uns die katholische Kirche, ›seid fruchtbar und mehret euch‹ würde heißen: ›Benutzt keine Verhütungsmittel.‹ Die Leute glauben das und bekommen zwölf Kinder, für die sie unmöglich sorgen können. Aus Angst davor, Verhütungsmittel zu benutzen und Gott zornig zu machen, bekommen sie immer mehr Kinder, obwohl nicht Gott das von ihnen verlangt, sondern die Kirche. Die Kirche legt die Bibel zu ihrem eigenen Vorteil aus. Weil sie so viele Mitglieder wie möglich will, so viele Anhänger wie möglich.«

»Aber was hat das mit uns zu tun? Wir sind doch gar nicht katholisch. Was willst du mir damit sagen?«

»Ich will sagen, dass Geschäfte der einzige Grund für solche Glaubenssätze sind. Geschäfte sind der Grund für Wörter wie ›Gräuel‹. Die Kirche ist das älteste und erfolgreichste Unternehmen aller Zeiten, weil die Kirche nicht nur weiß, wie man Kunden gewinnt, sondern auch, wie man sie mit Glaubenssätzen und Wörtern wie ›Gräuel‹ unter Kontrolle hält. Ich will im Grunde nur eins sagen: Betrachte die Sache mit dem Gräuel mit Vorsicht. Meiner Meinung nach werden manche Dinge als Gräuel bezeichnet, die in Wahrheit keine sind. Außerdem betet deine Mama für dich, und du sitzt auch hier und betest. Wenn ich Gott wäre, und du wirklich Gräuel begangen hättest, würde ich dir vergeben.«

»Willst du gar nicht wissen, was für ein Gräuel es ist?«

Chibundu hatte nachdenklich und ernst gewirkt, während er gesprochen hatte, jetzt aber lächelte er zaghaft und sagte: »Eigentlich nicht. Ich schätze, ich sehe keinen Sinn darin. Was auch immer es ist, es ist unwichtig. Ich bin dein Mann, ich kenne dich, ich weiß, dass du ein guter Mensch bist, das reicht mir.« Er nahm mich in den Arm, hielt mich kurz fest und tätschelte mir zwei Mal steif den Rücken. Ich schloss die Augen und stellte mir eine weniger steife Umarmung vor, weich und zart, und trotz aller Vorsicht großzügig. Da saß er, hart und männlich, und nahm mich tröstend in die Arme, und ich dachte nur an das, was mir dabei fehlte. Ich dachte nur, dass seine Umarmung nicht annähernd an eine Umarmung von Ndidi herankam.

»Viele Menschen werden für das, was ich getan habe, bestraft«, setzte ich erneut an und entzog mich ihm. »Sie werden gesteinigt und erträn–«

Er legte mir einen Finger auf die Lippen und brachte mich zum Schweigen, löschte alle Worte aus, die mir beinah über die Lippen gekommen wären.

Lange Zeit saß ich so da und drehte den Ehering an meinem Finger. Chibundu saß weiter neben mir. Ein Jahr Ehe und ein Baby unterwegs, und trotzdem deutete nichts darauf hin, dass ich ihn je auf romantische Weise würde lieben können.

Ich dachte an den Weg, den wir zurückgelegt hatten: ein Junge und ein Mädchen in einem Orangenbaum, beide noch Kinder, ein unbeholfener Kuss, der Lauf der Zeit, ein ungeschickter Heiratsantrag, ein lustloses Ja, eine Hochzeitsfeier, ein Ehegelübde, ein Kuss.

Händeschütteln, Lächeln, Nicken. Glückwünsche.

Ich dachte darüber nach, was aus meinem Leben geworden

war: tägliche Kirchenbesuche, tägliche unerwiderte Gespräche mit Gott, in denen ich ihn anflehte, mit mir zu sprechen. *Lieber Gott, kannst Du bitte Deinen Mund aufmachen und irgendwas sagen? Irgendwas. Ich brauche Deine Hilfe. Ich brauche Dich. Ich bin in Not. Lieber Gott. Bitte, mach den Mund auf und sag etwas.*

Nachdem Chibundu eine halbe Stunde neben mir gesessen hatte, sagte er schließlich: »Ich muss jetzt zurück zur Arbeit, aber wir sehen uns heute Abend zu Hause.« Er stand auf, gab mir einen Kuss auf die Stirn und drehte sich um. Seine Schritte auf dem Betonboden verhallten.

57

Manchmal bin ich eine Schnecke. Ich bewege mich gleitend vorwärts. Ich ziehe die Muskeln zusammen und produziere einen Schleim aus Tränen. Manchmal sieht man die Tränen, manchmal nicht. Meine Tränen lassen mich gleiten. Ich gleite langsam. Gleite langsam, aber stetig voran. Es dauert eine Weile, bis ich weg bin.

In der ersten Nacht unserer Ehe war ich auch eine Schnecke. Wir waren alle irgendwann mal Schnecken.

Am Anfang unserer Ehe wohnten wir in Aba bei Mama und schliefen in meinem Zimmer, nur diesen ersten Monat unserer Ehe, diesen Zeitraum von einem Monat, bevor Chibundu den Job in Port Harcourt bekam. Mama hatte ein zweites Einzelbett samt zweiter Matratze aufgetrieben und die Betten zu einem Doppelbett zusammengeschoben. Dann hatte sie das Bett mit den neuen Laken bezogen, die sie uns zur Hochzeit geschenkt hatte.

Unsere erste gemeinsame Nacht verlief so: Man stelle sich eine Schnecke vor, die von ihrem harten Gehäuse beschützt wird. Man stelle sich eine Schnecke vor, die in Panik gerät. Man stelle sich eine Schnecke vor, die sich in ihr Gehäuse zurückzieht.

In dieser ersten Nacht rief mich Chibundu zu sich. Er trug noch einen Teil seines Hochzeitsanzugs – die Krawatte, das weiße Hemd, die Anzughose – und saß auf dem Rand der Matratze.

Ich setzte mich zu ihm. Noch ohne Panik.

»Du hast mich zu einem sehr glücklichen Mann gemacht«, sagte er und legte den Arm um mich.

Chibundu drehte sich zu mir und küsste mich. Ich ließ ihn gewähren.

»Ich könnte wirklich nicht glücklicher sein, als ich mich jetzt gerade fühle«, sagte er zwischen den Küssen. »Schau mich an. Mir ist, als könnte ich fliegen.«

Da stieg der erste Anflug von Panik in mir auf. »Nur zu, flieg«, hätte ich am liebsten gesagt. »Flieg und lande möglichst weit weg.«

Stattdessen sagte ich: »Wir sollten versuchen, ein bisschen zu schlafen.«

Chibundu lachte. Nicht respektlos, sondern fast dankbar für das, was er offenbar für ein erotisches Spiel hielt. »*Nawa o!*«, sagte er. »Typisch Frau! Schlaf ist mit Sicherheit das Letzte, was ich im Kopf habe, Ijeoma!« Er machte sich an der Vorderseite seiner Hose zu schaffen. Dann kam das gefürchtete Geräusch: Eigentlich nur das Geräusch eines Mannes, der den Reißverschluss seiner Hose öffnet, aber für mich hörte es sich an, als würde mir jemand einen scharfen Gegenstand ins Ohr rammen.

Ein ganzes Zimmer voller Panik. Panik, die sich wie Nebel über alles legte.

Ich rückte von ihm weg, bis mindestens eine Unterarmlänge Platz zwischen uns war. Ich verschränkte die Arme vor der Brust, schaute zur Decke, wollte ihn nicht ansehen. Über uns reihten sich große Fliesenquadrate aneinander, grau wie die Wände.

Es verging eine Weile. Weitere Minuten. Ich entspannte mich und griff nach Chibundus Hand.

Manchmal wird man durch eine Geschichte an ein Gemälde erinnert. Immer, wenn ich diese Geschichte erzähle, sehe ich das alte Gemälde von einem Strand vor mir: Ein azurblauer Himmel, der in andere Blautöne übergeht, dann in das pastellfarbene Gelb der untergehenden Sonne, dann in das Blau des Meeres. Dort, wo das Braun des Strandes und das Blau des Meeres aufeinandertreffen, eine Holzplatte, die an eine Glasscheibe erinnert. Auf der rechten Seite ein ins Bild drängendes Bergmassiv aus zerklüfteten Felsen, im Vordergrund dunkle kakaofarbene Erde.

Das Bild wäre nichts Besonderes, wären da nicht noch die anderen Objekte: eine schlichte, wie eine Truhe aussehende braune Kiste. Auf der Truhe ein Gewächs wie ein Geschwür, ein Baumstumpf mit einem Ast, aber ohne Blätter. An mehreren Stellen zerfließende Uhren, wie alte Lappen: eine über dem Ast hängend, eine schlaff auf der Truhe liegend und eine auf einer abstrakt aussehenden Skulptur, einer Mischung aus einer Ente und einem menschlichen Gesicht. Schließlich eine Uhr in dunklem Orange, übersät von winzigen schwarzen Ameisen.

Da saß ich und hielt Chibundus Hand, und wie ich sie so hielt, sprach ich aus, was mir durch den Kopf ging: »Wer zu viel feiert, kann die Feier nicht genießen.«

Ich weiß nur noch, wie geschockt mich Chibundu ansah. Ich ließ seine Hand los und zog meine zurück. Sein Blick ruhte auf mir, ein prüfender Blick, als würde er mich nicht wiedererkennen, als wäre ich eine Fremde. Und das war ich ja auch für ihn.

Ich ließ ihn auf dem Bett sitzen und ging zum Fenster. Dort blieb ich stehen, immer noch in meinem Hochzeitskleid. Ab und an wehte ein Hauch frischer Luft ins Zimmer. Dann hielt ich das Gesicht in den auffrischenden Wind, als könnte er all meine Ängste fortblasen.

Selbst als ich Chibundu leise schnarchen hörte, blieb ich am Fenster stehen. Ich war hellwach.

Erst als der Himmel von Schwarz in Grau überging, erst als ich in der Ferne die Hühner gackern und die Hähne krähen hörte, überkam mich Müdigkeit.

Nur mit Mühe und Not bekam ich den Reißverschluss meines Hochzeitskleids auf und stieg heraus.

Ich hatte mir gerade das Nachthemd übergestreift, als es klopfte.

Mama stand vor der Tür, das Wickeltuch vor der Brust zusammengebunden, und grinste.

»Komm, komm«, sagte sie und winkte mich nach draußen vor die Tür. »Komm, du musst mir erzählen, wie es war.«

»Wie was war, Mama?«

»*Nwanka!*«, sagte sie und gab sich entrüstet. Dieses Kind! Aber ihre Mundwinkel zuckten. »Wie was war, Mama?«, äffte sie mich nach. »Du weißt ganz genau, was ich meine! Wie war deine erste Nacht als Ehefrau?«

Peinlich berührt schüttelte ich den Kopf. »Mama, ich habe kaum geschlafen.«

»Natürlich nicht!« Jetzt grinste sie noch breiter. »Kein Wunder, dass du kaum geschlafen hast! Bei all dem Glück!«

Sie nannte es Glück, aber ich wusste, dass Glück ein Wort war wie Wahnsinn, Krankheit, Verwirrtheit, Verlust oder Tod. Wie schön oder rein oder engelsgleich oder Gott. Glück war ein Wort, das für etwas Größeres stand, schwer zu erklären, aber gewichtig, ein Wort zwischen zwei Welten.

Da stand Mama nun und zog mich im Namen des Glücks

hinter sich her. Zog mich den Flur entlang in die Küche. Das viele Essen der Hochzeitsfeier war verschwunden, nur die leeren Teller, Tabletts, Körbe und Schüsseln standen noch da.

Mama zog mir einen Hocker heran. Mit einem Nicken bedeutete sie mir, mich hinzusetzen. Dann räusperte sie sich. Ihr Gesichtsausdruck war ruhig, fast ausdruckslos. »Dann habt ihr zwei also schon angefangen?«

»Angefangen? Womit?«, fragte ich.

»Du weißt schon.« Pause. »Man kann nie früh genug damit anfangen, an einem Baby zu arbeiten.«

»Mama!«

Ihr Gesichtsausdruck war jetzt konzentriert und überhaupt nicht mehr ausdruckslos. »Es gibt keinen Grund, sich dafür zu schämen«, sagte sie und sah mir fest in die Augen. »Es gibt nichts Schöneres in einer Ehe als ein gemeinsames Kind.«

In der zweiten Nacht kam Chibundu wieder zu mir. Wir saßen auf dem Bettrand und er legte den Arm um mich. Seine Gesten waren entschlossener, und in seinen Augen sah ich den Blick eines Mannes, der erwartete, dass er jetzt bekam, was ihm in der Nacht zuvor verwehrt worden war.

Instinktiv wich ich zurück, und daraufhin wurde sein Blick sanft und flehend. Chibundu streichelte mir über die Schulter. »Bitte«, sagte er leise. »Ich will es nicht erzwingen. Sag mir einfach, wenn du so weit bist.«

In dieser Nacht erkannte ich, wie nutzlos mein Widerstand war. *Sag mir einfach, wenn du so weit bist.* Ich wusste, dass ich wahrscheinlich nie so weit sein würde. Es hatte keinen Sinn, meinen Widerstand aufrechtzuerhalten. Und was brachte es schon, wenn wir beide unglücklich waren.

In dieser Nacht rückte er ganz nah an mich heran und öffnete seine Hose. In dieser Nacht erlaubte ich ihm, mit mir zu schlafen.

58

In Port Harcourt bewohnten wir ein kleines Haus mit zwei Zimmern, Küche und Bad. Die Farbe blätterte von den Wänden, die Decken waren undicht, die Neonröhren brummten und die Steinfliesen waren voller Risse. Durch die Löcher in den Wänden kamen Kakerlaken herein, und die Fenster ließen sich nicht richtig schließen.

Ich war schlecht gelaunt: Weil die Dinge eine unerwartete Wendung genommen hatten. Weil ich entschieden hatte, Chibundu zu heiraten. Weil uns seine Arbeit aus Aba weggeführt hatte, weg von Ndidi.

Er war schlecht gelaunt: Weil seine Arbeit ihm kaum Freiraum ließ. Weil die viele Verantwortung neu für ihn war.

Und dann war da natürlich noch der Zustand unseres Hauses. Es war alt und zerfiel immer mehr, was unsere schlechte Laune noch verschlimmerte. Hätte es das gekonnt, wäre das Haus auch schlecht gelaunt gewesen.

Im ersten Monat hatten Chibundu und ich die abblätternden Wände ausgebessert. Wir hatten die Löcher in den Decken und den Böden verschlossen. Eine Zeit lang regnete es nicht mehr herein und die Kakerlaken blieben fern. Aber schon nach einem Monat hatten wir wieder dieselben Probleme und mussten einsehen, dass die notdürftigen Reparaturen nicht reichten.

Trotzdem war Chibundu voller Hoffnung.

Eines Abends kam er nicht mit dem üblichen unzufriedenen Gesichtsausdruck von der Arbeit. Ich war an dem Tag auf dem Markt gewesen, hatte Stunden dort verbracht und lediglich einen Beutel voller Schnecken gekauft. Es hätte also Schnecken zum Abendessen gegeben – wenn wir an diesem Abend etwas gegessen hätten.

Ich spülte die Schnecken in einer Schüssel ab und gab sie

dann in einen Topf. Der Topf stand noch nicht auf dem Herd, sondern auf der Ablage, als Chibundu meinen Namen sagte.

Aus den Augenwinkeln sah ich seine hochgewachsene Gestalt auf mich zukommen. Seine Bewegungen waren langsam, als wäre das Zimmer ein Pool voller Wasser. Aber schließlich stand er vor mir.

Dort am Herd legte er die Arme um mich und sagte: »Irgendwann wirst du dich morgens in der Wohnung umschauen und alles sehen, was hier nicht stimmt: die abblätternde Farbe an den Wänden, die Risse, die Löcher. Du wirst das alles sehen, und es wird sich trotzdem alles gut und richtig anfühlen.«

»Das glaube ich kaum«, sagte ich leicht genervt, weil mir seine Worte so dumm vorkamen.

Chibundu ließ mich los, ging zu dem Regal hinten in der Ecke und kam mit einer Yamswurzel zurück. Er nahm ein Messer und fing an, die Yam zu schälen.

»Gebacken oder gebraten?«, fragte Chibundu beim Schälen.

»Gebacken!«, sagte ich.

Es war nicht ungewöhnlich, dass er kochte. Das Kochen gehörte zu den Sachen, die Chibundu von so vielen anderen Männern unterschied, auch von Papa. Hin und wieder kochte er, und es machte ihm sogar Spaß.

Chibundu schnitt die Yam in kleine Würfel, wusch sie ab, breitete die Würfel auf einem Blech aus, bestreute sie mit Salz und Pfeffer und träufelte etwas Kokosnussöl darüber. Ich schaute ihm dabei zu. Schaute zu, wie er das Blech in den Ofen schob.

Als er den Ofen zugeklappt hatte, wanderte mein Blick von ihm zu den Schnecken zurück, die ich auf der Ablage hatte stehen lassen. Ich stellte den Topf auf den Herd und zündete die Flamme an. Dann beugte ich mich nach unten, um nach den Yam im Ofen zu sehen. In der Glasscheibe der Ofentür sah ich Chibundus Spiegelbild, die übereinandergeschlagenen Beine, die verschränkten Arme. Er lehnte an der Spüle und beobachtete mich.

»Was?«, fragte ich, richtete mich auf und schaute ihn an.

»An eben diesem Morgen«, sagte Chibundu, »wirst du aufstehen und durchs Wohnzimmer in die Küche kommen. Ich werde hier an der Spüle stehen und Eier verrühren, die ich dir zum Frühstück mache. Die Gabel wird gegen die Schlüssel schlagen. Das Fenster wird offen stehen, eine Brise wird hereinwehen. Im Radio wird Musik spielen. Alles wird gut sein.«

»Und woher willst du wissen, dass alles gut wird?«

Chibundus Gesicht war ernst und voller Hoffnung, als er da mit dem Rücken an der Spüle lehnte und sagte: »Weil du dann die Mutter eines Kindes sein wirst, und ich der Vater.«

Ich lachte auf und zeigte auf einen Riss in der Wand. »Bist du sicher?«, fragte ich. »Bist du sicher, dass du das hier einem Kind zumuten willst?«

»So schlimm ist es doch gar nicht«, sagte er.

Inzwischen hing der leicht sandige Geruch von Schnecken in der Luft.

Chibundu löste sich von der Spüle. Er kam zu mir und nahm mich erneut in den Arm, zog mich an sich, presste sich an meinen Körper. Was hätte er auch sonst tun können?

Ich vergrub das Gesicht an seinem Hals. Da, in dieser Nische, spürte ich, wie sich sein Körper straffte. Dann schob Chibundu die Hände zwischen uns und strich mit den Fingern über meine Knöpfe. Er öffnete einen Knopf nach dem anderen, schob eine Hand unter meine Bluse und fuhr am oberen Rand meines BHs entlang.

»Schhh. Es ist alles gut«, sagte er leise, als ich zusammenzuckte.

Chibundu gab mir einen Kuss auf die Stirn. Die Luft war feucht. Das Wasser im Topf kochte, es blubberte leise.

Er führte mich ins Wohnzimmer. Unsere Kleider zogen eine Spur durch den Flur, meine Bluse und mein Rock, sein Hemd.

Auf dem abgewetzten alten Sofa streichelte und küsste er

mich, sanft, ohne Hast, liebevoll, fast schon ein wenig langsam. Die ganze Zeit war er geduldig mit mir gewesen. Am liebsten hätte ich ihn aus meinem Leben verbannt, aber gleichzeitig war er mein einziger Ausweg: Vielleicht würde er mich retten, indem er ein Kind mit mir zeugte. Vielleicht würde ich mich durch ein Kind stärker auf unsere Ehe einlassen können. Vielleicht würde ich, wenn ich erst einmal ein Kind hätte, Ndidi vergessen. All das ging mir durch den Kopf, und als er mich dann auf das Sofa drückte, hatte ich schon nachgegeben. Chibundu übersäte meinen Körper mit tausend Küssen und als er sich auf mich legte, um in mich einzudringen, entzog ich mich ihm nicht.

59

Wir waren mittlerweile seit über sechs Monaten verheiratet und seit über fünf lebten wir in Port Harcourt.

Ich erhob mich von den Stufen vor dem Haus, wo ich gesessen und Unkraut gerupft hatte.

Was war nur mit mir los?

Ich hatte schlimme Kopfschmerzen. So konnte ich nicht weitermachen. Ich ging in die Küche, und als ich dort ankam, war ich außer Atem.

Irgendetwas veränderte sich in mir. Neue Wahrnehmungen, eine neue Unruhe.

In dieser Woche telefonierte ich jeden Tag mit Mama. Irgendetwas stimmte nicht.

»Was ist denn los?«, fragte sie.

»Ich weiß nicht, Mama. Das ist es ja. Ich weiß es nicht.«

Ich holte den Teekessel und setzte Wasser auf.

Dann griff ich zum Telefon.

Die zum Küchenfenster hereinwehende Brise bauschte die Vorhänge.

Ich fand etwas Ingwer im Küchenschrank. Mit einem Löffel schabte ich die Schale ab, schnitt ihn in kleine Stücke und legte mir eins davon wie eine Hostie auf die Zunge.

Am Telefon:

»Mama?«

»Ja, mein Kind?«

»Mama, ich fühle mich irgendwie, als wäre ich in meinem Körper gefangen.«

»Es ist nicht leicht, wenn man an einem fremden Ort neu anfängt.«

»Aber Mama, wir sind doch schon seit Monaten hier.«

»Sich einzugewöhnen, kann dauern.«

»Mama, du verstehst mich nicht.«

»Was hast du denn?«

»Alles riecht so intensiv. Die feuchte Erde. Der Regen, noch bevor er zu Boden fällt. Sogar die Sonne riecht beißend. Alle Gerüche sind schrecklich penetrant.«

Im Hinterhof kreisten Schwalben über dem Guavenbaum. Ich beobachtete sie vom Fenster aus.

»Was hast du denn deiner Meinung nach?«

»Mama, das ist es ja. Ich weiß es nicht.«

Irgendwann verkündete Mama am Telefon: »Du hast eine Depression.«

»Kann sein.«

»Denk doch an die vielen schönen Dinge in deinem Leben, an denen du dich erfreuen kannst!«

»Und die wären?«

»Bist du traurig? Weinst du?«

»Mama, ich bin viel zu erschöpft zum Weinen.«

»Ich komme zu euch nach Port Harcourt und bleibe eine Weile bei dir.«

»Nein, Mama. Das ist nicht nötig. Es geht mir sicher bald besser.«

»Natürlich.«

»Ja, ganz bestimmt.«

»Ein Blinder wollte unbedingt sehen. Er sagte: ›Morgen werde ich wieder sehen können.‹ Aber aus morgen wurde heute, und aus heute wurde gestern, und er konnte trotzdem nicht sehen.«

»Mama, ich bin sicher, dass es mir bald besser geht.«

»Gott hilft denen, die um Hilfe bitten.«

»Du bist nicht Gott.«

»Egal. Ich komme zu dir. Ich komme, und dann sehen wir weiter. Was auch immer das Problem ist, ich bin sicher, dass ich dir helfen kann.«

***

»Hallo? Jemand zu Hause? Ijeoma? Chibundu? Ich habe euch doch gesagt, dass ich komme. Ich habe den Laden zugemacht und das ›Geschlossen‹-Schild in die Tür gehängt. Sagt mir nicht, dass meine Reise umsonst war. Da komme ich den ganzen weiten Weg hierher und dann ist kein Mensch da. Diese Kinder heutzutage! Wo soll das nur hinführen?«

Ich öffnete die Haustür. Der süßliche Geruch der Guaven, die reif und gelb und prall überall an den Ästen hingen, erfüllte die Luft.

»Willkommen, Mama««, sagte ich. Ich hielt ihr die Tür auf, um sie hereinzulassen. Mit ihr strömte der Geruch ins Haus.

»Wie war deine Reise?««, fragte ich.

Keine Antwort. Sie trat ein, blieb dann plötzlich wie angewurzelt stehen und tat keinen Schritt weiter.

»Mama, was stehst du so da?«

Sie sah sich nach allen Seiten um und rief dann triumphierend: »Jetzt weiß ich, was los ist. Hier ist ja noch unendlich viel zu tun! Warum habt ihr zwei euch nicht die Zeit genommen, alles in Ordnung zu bringen? Aber gut, das können wir beide ja jetzt zusammen machen. Nichts hilft besser gegen eine Depression als harte Arbeit. Das wird nicht ganz leicht, aber glaub mir, wenn es hier erst mal schöner aussieht, wirst du dich gleich besser fühlen!»

Mittag. Essenszeit. Der intensive Geruch nach Gari und Mamas Okrasuppe.

»Warum siehst du eigentlich so unglücklich aus? Als ich in deinem Alter war, war ich furchtbar stolz auf meine Ehe. Nicht jeder Frau gelingt es, sich einen Ehemann zu angeln. Was stimmt nicht mit dir, dass du das noch immer nicht sehen kannst? Gott hat es gut mit dir gemeint, und du weigerst dich, das zu sehen.«

»Mama, bitte, ich bin wirklich nicht in der Stimmung.«

»Genau die Antwort, die ich erwartet habe.« Sie rieb die Handflächen aneinander, als wären meine Worte Krümel, die sie so loswerden könnte.

***

Nach dem Frühstück aus Agege-Brot und Tee. Chibundu ist längst zur Arbeit gegangen. Mitten hinein in das schreckliche Dröhnen in meinem Kopf, dass sich anfühlte, als hätte mich jemand mit dem Hammer bewusstlos geschlagen und ich wäre gerade erst wieder zu mir gekommen, sagte Mama:

»Ich mache mich auf den Weg zum Mile One Markt, ich will ein paar Dinge einkaufen.«

»Mama, wir haben genug Essen da.«

»Ach ja? Ihr habt Essen da? Warum sieht euer Kühlschrank dann aus, als hätte ihn jemand mit dem Bagger leergeräumt? Was soll es denn heute zum Abendessen geben, wenn ich fragen darf?«

»Wir haben noch einen Rest Okrasuppe, den können wir warmmachen.«

»Ehn-ehn! Ich soll heute Abend dasselbe essen wie gestern Mittag?«

»Warum denn nicht?«

»Warum denn nicht!«

»Ja, Mama, warum denn nicht?«

»Ich sage dir, warum nicht. Zum einen bist du frisch verheiratet. Du solltest deinem Mann viele verschiedene schöne Gerichte kochen, und ihm nicht immer dasselbe vorsetzen.«

»Das macht Chibundu nichts aus.«

Mama schaute in sämtliche Schränke und Schubladen und verschaffte sich einen Überblick über alles, was in der Küche fehlte.

»Hast du Bohnen da? Nein. Akamu? Nein. Hast du Mais? Nein. Hast du irgendwo Oha-Blätter? Nein? Gemahlene Ogbono-Kerne? Nein. Was, wenn ich Egusi-Eintopf kochen will? Hast du Wasserblätter? Getrocknete Krabben? Hast du Palmöl?«

»Wir haben andere Sachen.«

»Hör zu, ich will mich nicht mit dir streiten. Ich dachte, wir könnten vielleicht Moi Moi machen und dazu Akamu essen. Oder glaubst du, Chibundu hätte lieber Reis und Eintopf?«

»Chibundu isst alles.«

»Gut.« Sie nahm ihre Handtasche vom Küchentisch. »Dann sehen wir uns in ein paar Stunden. Wir müssen diese Wohnung zu einem richtigen Zuhause machen. Ich besorge jetzt erst mal ein paar Grundnahrungsmittel, und dann mache ich mir Gedanken, was ich sonst noch tun kann.«

Ich war auf dem Sofa eingeschlafen und wachte auf, als mir jemand auf die Schulter tippte. Sonnenlicht durchflutete das Wohnzimmer.

Mama stand über mich gebeugt und zeigte hinter sich. Ich richtete mich auf dem Sofa auf und sah, was sie mir zeigen wollte: eine kleine Singer-Nähmaschine auf einem Holzkasten, und auf dem Tisch daneben mehrere Rollen Garn, eine Schere und andere Nähutensilien.

»Schau mal, was ich dir mitgebracht habe!« Ihre Augen glänzten zufrieden. Sie erwartete eindeutig, dass ich überrascht und dankbar reagierte.

Meine Antwort fiel knapp aus: »Danke, Mama, aber das hättest du nicht tun müssen.«

Sie starrte mich entgeistert an. »Ich kaufe dir eine Nähmaschine – kaufe sie nicht nur, sondern bezahle auch noch jemanden dafür, dass er sie herbringt –, und du weißt nichts Besseres zu sagen, als dass ich das nicht hätte tun müssen? Was sind das für Manieren?«

Sie fuhr fort: »Wie sollen eure Gäste sonst wissen, dass hier eine Frau wohnt. Leider konnte ich dir durch den Krieg nur wenig von diesen Dingen beibringen. Aber besser spät als nie. Es ist nie zu spät, um zu lernen, wie man ein schönes Zuhause schafft.«

»Mama, das ist alles nicht nötig.«

»Das Haus braucht Vorhänge, eine ordentliche Tischdecke für den Küchentisch und ein paar Kissen für das Sofa. Wie kannst du dieses Haus ein Zuhause nennen, wenn du weder Vorhänge an den Fenstern noch eine Decke auf dem Tisch hast? Genau dafür hast du jetzt die Nähmaschine. Und wo wir gerade von eurem Sofa sprechen: Warum habt ihr ein gebrauchtes gekauft? All die Löcher im Stoff! Und dann auch noch die abblätternde Farbe an den Wänden. Nichts als Löcher überall.« Dann wedelte sie mit der Hand, als wollte sie sagen, das wäre jetzt alles nicht mehr wichtig. »Zum Glück kann man all diese

Dinge in Ordnung bringen. Weißt du noch, was ich dir über das Haus in Aba erzählt habe? Wie wir es wieder hergerichtet haben? Das wird uns hier auch gelingen. Wir werden es euch so richtig schön machen.« Und so redete sie endlos weiter.

***

Neue Vorhänge: hellgelber Brokatstoff mit olivgrüner Spitzenborte.

»Ja, der ist perfekt««, sagte Mama. »Weißt du, diese Fenster bekommen viel Sonne ab. Bei Brokatstoff musst du dir nicht so viele Gedanken über die Sonneneinstrahlung machen.«

»Die Sonneneinstrahlung?«

»Die Sonne greift den Stoff an und bleicht ihn aus. Darüber musst du dir bei Brokat keine Gedanken machen. Jedenfalls nicht so bald.«

Was noch neu dazukam: ein korallenfarbener Überwurf für das Sofa, eine Tischdecke in derselben Farbe.

Essen und noch mehr Essen, das die Küchenschränke füllte, als gehörte unser Haus einem reichen, fetten Mann.

Während Chibundu bei der Arbeit war, putzten wir die Wohnung, richteten sie her und gestalteten sie um.

Ich saß pflichtbewusst an meiner neuen Nähmaschine und nähte dekorative Bezüge für unsere neuen Sofakissen, während mein Blick zwischen dem Stoff und der Aufschrift auf der Maschine hin und her ging: SINGER. Ich trat das Pedal, ich drehte das Handrad. Die Nadel fuhr auf und ab, und ich stellte mir vor, das Geräusch der Maschine wäre ein Lied und sie würde für mich singen. Ich verlor mich in den Details der Maschine, ihren Rundungen und ihrer Farbe, einem glänzenden, kräftigen Braun, das sich erhaben von dem des Holzkastens abhob. Ich summte zum Rattern der Maschine, jedes Mal ein anderes Lied.

Wir strichen die Wände noch einmal neu. Wir verschlossen noch einmal die Löcher.

Als Chibundu von der Arbeit nach Hause kam, kriegte er sich vor Begeisterung kaum noch ein. »Unglaublich!«, rief er immer wieder. »Einfach unglaublich!«

Wir wuschen Wäsche und wischten den Boden. Wir schälten Yam und Mais, weichten Bohnen und Palmkerne ein. Als wir damit fertig waren, schrieb Mama eine Einkaufsliste für den Markt. Wir gingen zusammen zum Markt, kauften ein, trugen die Einkäufe nach Hause und kochten. Wieder ging ein Tag zu Ende. Wieder war ein Tag vorbei.

***

Irgendwann in Mamas zweiter Woche in Port Harcourt, als ich gerade zum Markt gehen wollte, spürte ich ihren besorgten Blick auf mir. »Du siehst blass aus«, sagte sie.

Ich nickte. »Ich fühle mich auch nicht besonders.«

»Beeil dich besser«, sagte sie. »Wir müssen noch eine ganze Reihe von Sachen einkaufen und danach das Essen machen.«

Ich nickte wieder.

Sie sah mich noch etwas länger an.

Eigentlich hatte ich allein zum Markt gehen sollen, während Mama sich um andere Dinge kümmerte. Aber jetzt sagte sie: »Ich kann dich begleiten, wenn du willst.«

»Das wäre schön.«

Sie schnappte sich die Markttasche, und schon waren wir zur Tür hinaus.

Zur Bushaltestelle musste man nur ein Stück die Straße hochlaufen. Wir stiegen in den Bus und stiegen in der Nähe des Marktes aus.

Auf dem letzten Stück Weg schlug mir der süßliche Geruch von etwas Gebratenem entgegen, reifen Kochbananen vielleicht. Ich rannte zu den Büschen am Straßenrand, teilte das hoch gewachsene Grün, beugte mich nach vorn und stützte mich auf die Knie. Ich ließ alles heraus, ließ diese ganze Krankheit aus mir herausschießen, die ich all die Zeit mit mir herumgetragen hatte.

Ich bemerkte nicht sofort, dass Mama neben mir stand. Dann sah ich ihre Füße im wild wuchernden Gras. Ich richtete mich auf, wischte mir mit dem Handrücken über den Mund und sah die Tränen in ihren Augen. Dann schlang sie urplötzlich die Arme um mich. »Herzlichen Glückwunsch«, sagte sie. »Du machst deine Mutter sehr stolz. Weißt du, was das zu bedeuten hat?«

Ich schüttelte den Kopf.

Es gibt eine Geschichte von einer Schlange, die den Fluss überqueren will, aber aus reiner Sturheit beschließt, nicht selbst zu schwimmen. Am Flussufer liegt ein Krokodil, das sich gerade ebenfalls auf den Weg zum anderen Ufer machen will. Die Schlange kriecht dem Krokodil auf den Rücken und rollt sich dort zusammen. Das Krokodil schwimmt los und überquert den Fluss, zu dumm oder einfach zu arglos, um die Würgeschlange auf seinem Rücken zu bemerken. Als das Krokodil sie dann doch noch bemerkt, ist es zu spät. Die Schlange entrollt sich langsam und wickelt sich um das Krokodil. Es dauerte nicht lange, da hat die Schlange das Krokodil verschlungen. Dann rülpst sie hemmungslos, einmal und noch einmal, und bedankt sich bei dem Krokodil in ihrem Magen, dass es ihr nicht nur als Mahlzeit gedient, sondern sie auch über den Fluss getragen hat.

Chidinma war alles andere als eine Schlange, aber für mich kam sie so unerwartet wie die Schlange für das Krokodil. Mir war in all den Wochen nie in den Sinn gekommen, dass ich ein Kind in mir trug. Aber Mama hatte natürlich Recht.

60

Den ersten dieser ganz besonderen Briefe schrieb ich in der Nacht nach Mamas Abreise, weil mir Ndidi im Traum so lebendig erschienen war wie noch nie.

Genau genommen sogar in zwei Träumen. In dem ersten Traum trug sie einen wadenlangen Hosenanzug und kam langsam auf mich zu, wie ein Zombie, mit ausgestreckten Armen. Sie war irgendwo im Freien, eine orangefarbene Sonne spähte durch die Wolken und brachte Ndidi zum Leuchten wie eine menschgewordene Glühbirne. Sie skandierte: »Eines Tages wirst du mich auf deinen Schultern tragen müssen, so wie Atlas die Welt.«

Dann änderte sich die Szene abrupt, Ndidi stand plötzlich in einem Feld voller weißgrauer Pusteblumen. Über ihr ein bedeckter Himmel, Wolken, aus denen es gleich Tränen regnen würde.

Ich schreckte hoch und glaubte mich auch in dem Pusteblumenfeld. Stattdessen sah ich beim Blick nach links zerwühlte Laken und Chibundu, der neben mir schlief.

In dem zweiten Traum waren Ndidi und ich in der doppelt genutzten Kirche in Aba und saßen uns dort an einem der Tische gegenüber. Sie reichte mir ein Glas Kai Kai. Ich nippte kurz daran und gab es ihr gleich zurück, weil ich nicht mehr trinken wollte.

Sie schob das Glas wieder mir zu.

Ich sagte: »Ich hab schon probiert. Nett von dir, danke, aber es schmeckt mir nicht.«

»Kai Kai trinkt man nicht, weil es schmeckt«, sagte sie. »Kai Kai trinkt man, um die Wirkung zu spüren. Spüren, nicht schmecken.«

***

Bevor ich aus Aba wegzog, hatte ich Ndidi unsere neue Adresse gegeben. Chibundu und ich waren keine Woche in Port Harcourt, da schrieb ich Ndidi einen Brief, und dann noch ein paar, so alle drei bis vier Wochen. Aber die Tage vergingen, ohne dass eine Antwort von ihr kam. Sie hatte kein Telefon, sonst hätte ich sie angerufen.

Obwohl ich kein Lebenszeichen von ihr hatte, war sie präsent wie nie: ein Phantomschmerz, der sich wie ein dicker, rostiger Pfeil in meinen Kopf gebohrt und meine Nerven mit einer Art Wundstarrkrampf vergiftet hatte, so dass es mal hier zuckte und mal da krampfte.

Hätte es ein Mittel gegen eine zu große gedankliche Anspannung gegeben, hätte ich es mir als Erste besorgt. Da es aber keins gab, fand ich andere Wege, mit dem Schmerz umzugehen. Zum Beispiel tröstete es mich immer ein bisschen, wenn ich Ndidis Namen in einem Telefonat mit Mama erwähnte. Ein wenig über sie zu sprechen, wirkte kurzzeitig wie Medizin.

Ein Telefongespräch mit Mama:

»Hast du irgendwelche neuen Kunden?«

»Nein, keine.«

»Überhaupt keine?«

»Na ja, es gibt da diesen Rumtreiber, der hier eines Tages plötzlich aufgetaucht ist. Habe ich dir schon von dem erzählt?«

»Nein, ich glaube nicht.«

»Also kurz gesagt, ist er genauso überraschend aufgetaucht, wie Vogelschiss vom Himmel fällt. Ich meine, das musst du dir mal vorstellen. Der Mann ist über fünfzig und hat nichts aus seinem Leben gemacht! Hängt nur herum und hat es zu nichts gebracht!«

»Mama, manchmal erleben die Menschen einen Schicksalsschlag. Etwas Tragisches.«

»Mag sein, aber es macht mich trotzdem wütend, dass er sich betrunken hier herumtreibt und ekelhaft nach Bier und

Whisky stinkt. Manchmal, wenn er vorbeikommt, zutscht er an einer großen Orange, hat die Backen aufgeblasen und grinst. Das sieht widerlich aus, und dann spuckt er die Kerne aus. Direkt vor meinen Laden! Ist das zu fassen! Aber du weißt ja, der beste Freund eines Ladenbesitzers ist sein Besen, und darum laufe ich jedes Mal mit meinem Besen nach draußen und lasse ihn schön alles wegkehren. Aber er kommt immer wieder. *Tufiakwa*! Manche Leute haben wirklich keinen Anstand ...«

Apropos wütend: Es machte mich zunehmend rasend, wie Mama sprach. Ich schaute aus dem Küchenfenster, draußen ging heftiger Regen nieder. Über allem lag ein beständiges Pochen. Ich wusste nicht, was davon das Hämmern in meinem Kopf war und was der Regen, der auf das Dach trommelte.

Mama zog weiter über den Mann her und redete flammend von Anstand, als handle es sich um eine Religion. Weil ich ihr Gerede nicht mehr aushielt, sagte ich: »Vielleicht hat sein Verhalten ja ganz andere Gründe.«

Mamas Stimme wurde immer hitziger, wie hellrote Glut. Sie sagte: »Unsinn! Welche denn? Als er anfing, vor meinem Laden herumzulungern, bin ich gleich hin und hab ihm ordentlich die Meinung gesagt. Eine Standpauke zum Thema Anstand habe ich ihm gehalten, falls du weißt, was ich meine, und trotzdem, Ijeoma, ich sage dir, der Mann kann sich einfach nicht benehmen. Stell dir vor, er wagt es immer noch, so schäbig und zerlumpt vor meinem Laden herumzulungern! Wenn ich jeden Tag einen wie den vor dem Laden habe, vergrault mir das irgendwann die Kundschaft!«

Natürlich war da was dran, und trotzdem machten mich ihre Worte traurig. Ich dachte: Der arme Mann. Was, wenn er nirgendwo hinkann? Dann dachte ich über Mama nach. Wie schrecklich es war, dass sie sich in der tragischen Geschichte eines anderen zum Opfer machte.

Ich sagte: »Aber Mama, stell dir mal vor, er dreht den Spieß um. Stell dir vor, er sagt, und wo ist Ihr Anstand? Hören Sie auf, mich mit dem Besen zu verscheuchen wie eine Fliege. Stell dir vor, er sagt, ich kann nirgendwo hin. Stell dir vor, er sagt, dass es *dir* an Anstand fehlt, wenn du ihn so verjagst?«

Mit einem Mal ganz gefasst sagte sie: »Er soll sich gefälligst einen anderen Ort suchen, wo er hingehen kann.«

Ich hätte noch mehr sagen können, aber stattdessen fragte ich: »Was ist mit Ndidi? Kauft sie manchmal noch bei dir ein?«

»Ab und zu, aber nicht mehr so oft wie früher«, antwortete Mama.

Mama und ich beendeten das Gespräch, und den Rest des Tages verbrachte ich wie immer. Am Abend saß ich im Bett und schrieb an Ndidi. Vielleicht würde ich ihr den Brief schicken, vielleicht auch nicht. Aber es war besser, wenn ich mir die Sachen von der Seele schrieb, weil sie sonst in mir brodelten und gärten und mich von innen auffraßen. Es war besser, alles rauszulassen, bevor es wie eine Wunde vor sich hin eiterte, nässte, faulte und so stank wie eine sich zersetzende Leiche.

Ich hätte auch poetisch werden und Ndidi schreiben können, meine Liebe zu ihr sei so groß wie ein ganzes Land. Ich hätte ihr kitschige Zeilen schreiben können, abgehoben und verträumt, ohne den geringsten Bezug zur Realität. Aber es wäre gefährlich gewesen, all meine Gefühle in einem Brief preiszugeben. Was, wenn der Brief in die falschen Hände geriet und alles herauskam?

Liebesbriefe, schien mir, sollte man nicht übertrieben ausschmücken. Liebe lebte nicht von Poesie allein.

Also schrieb ich nur:

Ich erwarte Chibundus Kind, und trotzdem kann ich nicht aufhören, an dich zu denken. Letzte Nacht habe ich von dir geträumt. Du warst in einem Pusteblumenfeld und in unserer Kirche. Denkst du noch an mich?

Chibundu, der neben mir schlief, schnarchte leise. Ich faltete das Blatt drei Mal und legte es in das handbemalte Holzkästchen, in dem ich auch Stifte und mein Tagebuch aufbewahrte. Ich schob den Brief unter die Stifte und das Tagebuch, wo Chibundu ihn hoffentlich niemals finden würde.

Dann versteckte ich das Kästchen hinter all dem anderen Kram in der untersten Schublade meines Nachttischs: einem kleinen Nähset, einer Schere, mehreren Cremedöschen und meiner Bibel. Ich schob die Schublade zu, legte mich wieder hin und schlief friedlich ein.

61

Chibundu war im Bad und machte sich fertig. Ich verließ das Schlafzimmer und ging nach draußen, wie ich es mir seit einer Weile angewöhnt hatte.

Ich ließ mich auf den Stufen vor dem Haus nieder. Der Tag brach an, am Himmel wurde es hell.

Mein Blick wanderte zur Hecke. Sie war nicht annähernd so prächtig wie die Hecke vor unserem alten Haus in Ojoto, gefiel mir aber trotzdem. Ich erhob mich von den Stufen, um näher heranzugehen. Auf den Blättern und Blüten glitzerte der Tau. Ich pflückte eine kleine Ixorablüte und steckte sie mir in die Haare. Sollte unser Kind ein Mädchen werden, würde ich ganz viele Blüten pflücken und sie auf das Kissen rings um ihren kleinen Kopf legen.

Am Abend zuvor waren Chibundu und ich aneinandergeraten wie Pavian und Leopard, hatten uns beim Abendessen angefaucht und wären uns fast gegenseitig an die Kehle gesprungen.

»Das schmeckt ja nach nichts«, hatte er gesagt.

»Dann koch dir doch selbst dein Essen.«

»Ich arbeite den ganzen Tag, und du nimmst dir heraus, so mit mir zu reden?«

»Ich stehe den ganzen Tag in der Küche, und du nimmst dir heraus, das Essen schlecht zu machen?«

Er schürzte die Lippen, sodass sie aussahen wie zwei dicke übereinanderliegende Tausendfüßer. Hätte Mama mir gegenübergesessen, hätte ich nichts anderes erwartet und das Genörgel einfach runtergeschluckt. Aber von Chibundu kannte ich so etwas nicht.

Er saß schweigend da, eingeschnappt und wütend.

Eine ganze Weile sah ich Chibundu nur an, dann sagte ich: »Was ist denn heute mit dir los? Ist irgendwas passiert?«

In seinem Blick lag schon seit Wochen eine gewisse Schwere, aber heute schien sie noch größer zu sein als sonst.

Ich fragte erneut: »Was ist los?«

»Nichts.«

»Wie war es auf der Arbeit?«

»Gut.«

Nach einer Weile sagte er: »Es ist schon seltsam, dass es im Leben oft plötzlich bergab geht.«

»Wie meinst du das?«

»Ich habe nachgedacht«, sagte er.

»Oh je«, sagte ich leise und fügte hinzu: »Das ist es also! Du weißt doch, Chibundu, wenn man zu viel nachdenkt, fühlt es sich irgendwann an, als hätte man einen Stein im Bauch. Es quält einen nicht nur, sondern blockiert einen auch. Wie ich dich kenne, hast du bestimmt viel zu viel nachgedacht. Du musst einen ganzen Berg Steine im Bauch haben. Glaub mir, ich weiß, wovon ich spreche.«

Chibundu sagte: »Ich habe vor allem darüber *nachgedacht*, wie unglücklich ich im Moment mit allem bin.«

»Was genau meinst du?«

»Und ich bin nicht der Einzige. Im Büro sind alle matt und bedrückt. Als läge etwas in der Luft. So als wären alle in einen Monsunregen geraten und völlig durchnässt. Das sind nur Befindlichkeiten, ich weiß, aber ich bin fest entschlossen, glücklich zu sein. Glück hat viel mit Entschlossenheit zu tun, davon bin ich überzeugt.«

Ich dachte über seine Worte nach. Schließlich sagte ich: »Ja, da ist sicher was dran, Entschlossenheit macht viel aus.«

Ich saß draußen, ließ mir die frische Luft um die Nase wehen und stellte mir mein Baby mit einem Haarkranz aus Ixorablüten vor.

Da spürte ich einen kleinen Tritt im Bauch und war voller Freude. Ich dachte an Gott. Vielleicht war das die Sprache, in der er sich an mich wandte. Vielleicht hatte Er beschlossen, durch mein Kind zu mir zu sprechen. Was aber wollte Er mir sagen? Ich versuchte, meine Gedanken zum Schweigen zu bringen, um dann hoffentlich Seine Stimme zu hören.

Aber so sehr ich mich auch bemühte, ich bekam den Kopf nicht frei.

Ich betete:

Lieber Gott, ich bin unglücklich. Ich trage ein Kind im Bauch und der Gedanke an mein Kind macht mich glücklich, aber trotzdem bin ich unglücklich. Lieber Gott, ich möchte glücklich sein. Bitte hilf mir.

Vielleicht musste ich mein Leben so annehmen, wie es war. Ich würde eines oder mehrere Kinder haben und alles erleben, was man als Mutter so erlebte.

Ich stand auf und ging zurück ins Haus, um die Sachen zu bügeln, die Chibundu zur Arbeit anzog. Ich hatte die Zeit aus dem Blick verloren und war länger draußen geblieben als geplant. Bald würde Chibundu aus dem Bad kommen und sich anziehen wollen.

Vom Schlafzimmer aus hörte ich, wie er seine Morgentoilette beendete, gurgelte und ausspuckte, und ich wusste, dass er jeden Moment fertig sein würde. Gleich würde sich der Türknauf drehen, und die Tür würde sich mit einem Ächzen öffnen. Schnell bügelte ich sein Hemd und seine Hose und legte ihm beides aufs Bett.

Dann ging ich in die Küche und machte ihm Eier und Toast.

Ein paar Minuten später kam Chibundu fertig angezogen und mit Aktentasche und Armbanduhr in der Hand in die Küche.

Er stellte die Aktentasche auf den Boden und legte sich, während er sich hinsetzte, schnell noch die Armbanduhr an, als hätte er nicht mal dafür noch Zeit.

Ich setzte mich zu ihm an den Tisch und beobachtete, wie er sein Essen hinunterschlang, ohne richtig zu kauen.

»Warum beeilst du dich so, was ist denn los?«, fragte ich.

»Nichts«, sagte er.

»Du hast noch Zeit, du kommst eher zu früh als zu spät, und trotzdem hetzt du so. Was ist los?«

Er grinste. »Weißt du noch, was ich gestern Abend zum Thema Entschlossenheit gesagt habe? Ich habe mehrere Termine, muss ein paar Sachen besorgen und wichtige Dinge erledigen.«

»Was für Sachen? Was für wichtige Dinge?«, wollte ich wissen.

Chibundu erhob sich vom Stuhl und nahm die Aktentasche vom Boden. »Keine Angst, das wirst du schon sehen«, sagte er nur.

Bevor er das Haus verließ, gab er mir einen Kuss auf die Stirn, und ich dachte: Es ist egal, ob er mir nun von seiner Arbeit erzählt oder nicht. Es ist egal, ob er es für sich behält oder mit mir teilt. Wir sind zwar Mann und Frau, angeblich ein Fleisch, aber auch das ist egal. Es kam mir vor, als gäbe es kein zweites Ehepaar, das sich so leer fühlte, einander so fremd. Aber warum dann dieser Kuss auf die Stirn?

Mann und Frau, sagte die Bibel. Ein schöner Gedanke, aber letztlich doch nur graue Theorie.

Abends saß ich am Küchentisch, schaute aus dem Fenster und wartete auf Chibundu. Der Tisch war gedeckt – Teller, Besteck und Gläser –, alles stand bereit. Auf dem Herd köchelten Reis und Hühnereintopf. Jetzt musste nur noch Chibundu kommen, dann konnte ich das Essen auftun.

Der Himmel war längst dunkler geworden, hatte sich orange gefärbt, mit viel Grau darin. Das Essen war seit anderthalb Stunden fertig, und Chibundu hätte seit einer Stunde zu Hause sein sollen.

»Er muss jeden Moment kommen«, murmelte ich vor mich hin. »Jeden Moment.«

Eine weitere halbe Stunde verging, und immer noch kein Lebenszeichen von ihm.

Ich ging zum Telefon, das neben der Küchentür stand, und presste den Hörer ans Ohr. Das Freizeichen erklang laut und deutlich. Ich wählte Chibundus Büronummer. Während es klingelte, fiel mein Blick auf die leeren Teller und das unbenutzte Besteck. Dring, dring, dring. Es klingelte und klingelte, aber keiner nahm ab.

Ich war mittlerweile zu hungrig, um noch länger zu warten. Also legte ich den Hörer auf und nahm mir am Herd etwas Reis, verteilte Eintopf darüber und ging zurück zum Tisch. Der Himmel hatte sich weiter verdunkelt, war jetzt tief violett mit viel Schwarz darin.

Ich hatte mir gerade den ersten Bissen Reis in den Mund geschoben, als ich draußen Schritte und Geräusche hörte. Schnell schluckte ich das Essen hinunter und lief zur Tür.

Ich machte Licht auf der Veranda, um überhaupt etwas im Dunkeln zu erkennen. Chibundus Gesicht war das Erste, was ich sah. In der einen Hand trug er einen zusammengeklappten hellblauen Kinderwagen, in der anderen seine Aktentasche.

Hinter ihm stand ein Wagen, und der Fahrer lud alle möglichen Babysachen aus dem Kofferraum aus: ein Gitterbettchen aus dunklem Holz, ein Tragekörbchen, einen Packen Stoffwindeln, eine Babyschaukel von Fisher-Price, einen Karton mit aufgedruckten Babyflaschen.

Ich hielt Chibundu die Tür auf, und als er hereinkam, nahm er die Aktentasche in die Hand, in der er schon den Kinderwagen hielt, und strich mir mit der freien Hand über die Wange.

»Nach diesem Baby werden wir noch eins haben und noch eins und vielleicht noch eins. Das Geld für all diese Dinge ist also bestens angelegt.«

»Noch eins und noch eins und vielleicht noch eins?«

Chibundu nickte, strahlte über das ganze Gesicht und war gleich wieder weg, lief zwischen Haustür und Wohnzimmer hin und her und trug mit dem Fahrer die übrigen Sachen herein.

Als alles im Haus war und Chibundu den Mann bezahlt und verabschiedet hatte, saßen wir allein im Wohnzimmer. Chibundu griff in seine Gesäßtasche und zog einen Umschlag heraus.

»Hier, für dich. Das war in unserem Postfach.«

Der Umschlag war mit zwei Adressen versehen, unserer und der des Absenders. Der Name des Absenders stand nicht darauf, und überhaupt schaute ich nicht lange genug hin, um irgendetwas Genaues zu erkennen. Allerdings kam mir die Schrift bekannt vor, und das reichte, um mir Hoffnung zu machen. Wie oft hatte ich Ndidi, die an ihrem Tisch saß, dabei zugesehen, wie sie die Aufsätze ihrer Schüler korrigiert hatte? Ich hätte wissen können, dass das auf dem Brief nicht ihre Schrift war, aber ich wollte mir einreden, dass sie es doch war. Mein Herz raste. Ich stürzte mich auf den Umschlag wie ein halb verhungertes Tier, das seine Zähne in ein hart erkämpftes Stück Fleisch schlägt und es gierig verschlingt. Erst als ich den Umschlag schon aufgerissen und die Karte aufklappt hatte, erkannte ich die Handschrift. Es waren Glückwünsche, nur wenige Zeilen:

Wir haben von den wunderbaren Neuigkeiten gehört. Wir gratulieren Chibundu und Dir zu Deiner Schwangerschaft! Wir freuen uns sehr für Euch und können es kaum erwarten, den neuen Erdenbürger zu begrüßen!

Darunter hatten der Lehrer und seine Frau schwungvoll unterschrieben. Die Buchstaben drückten Begeisterung aus, waren so fröhlich wie die Melodie von »Joy to the World« oder »Jingle Bells«.

Ich war beim Anblick zweier Namen auf einer Grußkarte noch nie so enttäuscht gewesen. Wut stieg in mir auf, Wut auf Ndidi, eine heftige, überwältigende Wut. Ich hatte keine Kraft mehr, und ich hatte es endgültig satt. Wer war ich, dass sie mich so behandelte? Wer war ich, dass man mich benutzte und dann wegwarf wie Klopapier, alte Zahnbürsten oder zerbrochenes Glas? Mir fiel ein, wie ich mich gefühlt hatte, als Amina mich verraten hatte: wie der letzte Dreck. Was für ein grausames Déjà-vu! Als wäre ich für alle Zeit zur immergleichen Rolle verdammt, mein Leben lang.

In der Nacht, nachdem Chibundu eingeschlafen war, nahm ich das Holzkästchen aus der untersten Nachttischschublade. Ich zog ein zusammengefaltetes Blatt Papier heraus, entfaltete es und schrieb an Ndidi:

Ich verbanne alle Gedanken an dich. Ich verbanne dich aus meinem Leben. Verbanne dich. Verbanne dich.

Ich faltete das Papier dreimal zusammen und schob es ganz nach hinten in die Nachttischschublade, wo niemand es finden konnte.

62

Ich hatte die Peperoni, die Tomaten und die Zwiebeln für den Eintopf geschnitten und war gerade dabei, sie zu passieren, als der Schmerz einsetzte. Das erste Ziehen hatte ich schon in der Nacht gespürt, aber es hatte gleich wieder nachgelassen, und als es in unregelmäßigen Abständen wiederkehrte, war der Schmerz nicht besonders heftig gewesen. Jetzt aber war er so unerträglich, dass ich alles umwarf und sich die hellrote Soße über den ganzen Küchenboden verteilte.

Ich versuchte, mich zu beruhigen. Es war doch sicher noch etwas Zeit. Kein Grund zur Panik.

Chibundu war auf der Arbeit. Ich ging zum Telefon und wählte die Nummer seines Büros.

Dann erklang seine Stimme am anderen Ende der Leitung. »Hallo?«

»Chibundu«, sagte ich, »*Obiawana*, das Baby kommt. Das Kleine kommt. Beeil dich, schnell.«

Dann hörte ich mehrere Stimmen. Ich verstand nicht, was gesagt wurde und ob es an mich gerichtet war.

»Chibundu! Bist du noch da? Hörst du mich? Ich habe gesagt, das Baby kommt!«

»Ja, ja!«, rief er aufgeregt. »Ich habe dich gehört. *Obiawana*. Das Baby kommt. Ich habe es nur meinen Kollegen erzählt. Wie viel Zeit haben wir? Ich mach mich sofort auf den Weg. Ich bin gleich da.«

»Vielleicht sollte ich mir ein Taxi nehmen, und wir treffen uns im Krankenhaus«, überlegte ich laut.

»Nein, nein«, sagte Chibundu. »*Mba*. Ich bin auf dem Weg. Ich bin sofort da. Ich nehme mir ein Taxi und komme direkt zu dir, dann können wir mit demselben Taxi ins Krankenhaus fahren.« Die Verbindung brach ab.

Ich legte den Telefonhörer auf und stand da, unsicher, was ich tun sollte, während ich auf ihn wartete. Da kam mir der Gedanke, schon mal meine Krankenhaustasche zu holen und mich damit vor die Haustür zu stellen. Doch nach wenigen Schritten in Richtung Schlafzimmer setzte der Schmerz wieder ein.

Ich ging in die Knie, suchte Halt an der Tischkante und wartete, dass der Schmerz nachließ. Aber er wurde nur noch schlimmer.

Eine gefühlte Ewigkeit blieb ich dort auf dem Küchenboden knien, schreiend, ich ballte die Hände zur Faust und rang nach Luft.

Dann kroch ich zum Telefon und streckte die Hand nach dem Hörer aus, ohne eine Ahnung zu haben, wen ich anrufen sollte, denn Chibundu war ja sicher längst unterwegs. Selbst wenn ich noch einmal bei ihm im Büro anrufen würde, wäre er nicht da, um den Anruf entgegenzunehmen.

Schon bald war mir, als würde sich die Welt um mich verschließen. Alles wurde schwarz.

Ich öffnete die Augen, weil ich Chibundu in die Küche kommen hörte, die Schritte so laut wie Trommelschläge. Ein kurzer klarer Moment, dann wurde alles wieder schwarz. Als ich das nächste Mal die Augen öffnete, lag ich in einem Krankenhausbett. Wieder schrie ich, wieder ballte ich die Hände zu Fäusten. Ich presste und presste und spürte, wie alles aus mir herausdrängte, so wie das Wasser eines Flusses an seiner Mündung ins Meer drängt.

63

Die ersten beiden Wochen waren ein einziges Fest: Nachbarn kamen vorbei, viele Flaschen Cola und Fanta – mehrere Kisten – wurden geleert sowie Kalebassen und Kanister voller Palmwein. Geschenke wurden überreicht, Familie und Freunde gratulierten. Mama und Chibundus Mutter waren gekommen, um mich bei meiner Rückkehr aus dem Krankenhaus zu Hause zu begrüßen und die kleine Chidinma willkommen zu heißen.

Chibundus schlechte Laune wurde zum ersten Mal offensichtlich, als er sich weigerte, eine Ziege zu kaufen. Normalerweise hätten wir eine Ziege geschlachtet, ein Loch gegraben und das Blut in die Erde sickern lassen. Es wäre der Höhepunkt des Fests gewesen, die Ziege zu grillen und das Fleisch mit Peperoni und Zwiebeln den Gästen zu servieren.

Aber Chibundu weigerte sich. Stattdessen machte er ein langes Gesicht und begrüßte die Gäste nur widerwillig.

Mama bemerkte das natürlich. Sie hatte mir gerade die Kleine abgenommen und trug sie durchs Haus, als ihr Chibundu über den Weg lief. Sofort kam sie zu mir zurück. »Ich weiß nicht, was das Problem zwischen euch ist«, sagte sie leise, »aber ihr müsst es klären. Hast du gehört?«

Ich saß in dem Lehnsessel im Kinderzimmer und nahm ihr Chidinma wieder ab. »Ich höre dich«, sagte ich. »Aber ich weiß nicht, was er hat.«

»Wie, du weißt es nicht?«

»Ich weiß es nicht«, antwortete ich.

Ich wiegte Chidinma.

»Er ist dein Ehemann«, sagte sie. »Irgendwas stimmt nicht, und du weißt nicht, was es ist?«

Ich hatte nur noch Augen für mein Baby und hörte Mama kaum zu. Das war mein Kind, mein Fleisch und Blut. Winzige Hände und Füße, Nägel so dünn wie Papier, Augen kaum größer als Schlitze. Die Haut meiner kleinen Chidinma war weich und zart, ihr Geruch süß und rein, ein Duft wie frisches Kokosöl.

Meine Brüste waren geschwollen, und wenn Chidinmas Mund sich um eine von ihnen schloss, zuckte ich zusammen. Zugleich empfand ich Dankbarkeit und Freude. Ich drückte sie fest an mich. Trotz der Schmerzen war sie mein größtes Glück. Ein wunderschönes kleines Mädchen, kerngesund. Keine Hasenscharte, kein Fluch. Ich würde diesen kleinen Menschen lieben, wie ich es für richtig hielt: bedingungslos und über alle Maßen. Wäre unser Kind ein Junge geworden, hätte er Chigoziem geheißen, so hatte Chibundu es sich gewünscht. Chigoziem, weil er unser kleiner Segen gewesen wäre und weil wir Gott mit dem Namen gleichzeitig darum gebeten hätten, den Jungen zu segnen.

Aber nun war unser Kind ein Mädchen, worüber ich mich genauso freute. Ich wählte den Namen Chidinma aus. Chibundu hatte mir gestattet, den Mädchennamen auszusuchen, solange nur sein eigener Namen darin zu erkennen war. Ich entschied mich für Chidinma, was »Gott ist gütig« bedeutete, weil sie nicht mit einem Fluch belegt war, keine Hasenscharte hatte. Indem Er Chidinma erschaffen hatte, dieses vollkommene Abbild von Chibundu und mir, hatte Gott sich wahrhaft gütig gezeigt.

64

Ich bekam reichlich Unterstützung. Chibundus Mutter blieb eine Woche und half im Haushalt, so gut sie konnte. Mama blieb sogar fast zwei Monate, viel länger, als ich es jemals von ihr verlangt hätte. Vielleicht wäre sie sogar noch länger geblieben, wenn ich sie nicht nach Hause geschickt hätte. Schließlich wartete ihr Laden auf sie, sie konnte ihn nicht länger als zwei Monate geschlossen lassen. Irgendwann gab Mama nach.

Trotzdem war ich ihr überaus dankbar, dass sie so lange geblieben war, vor allem in den ersten Tagen, als Chidinma nicht richtig trinken wollte und ich so starke Schmerzen hatte.

An einem der ersten Tage brachte mir Mama einen Hocker. »Hier, leg die Beine hoch, dann hast du die Kleine näher an der Brust, das macht es einfacher für euch beide.«

Es funktionierte.

Als ich plötzlich Verhärtungen in den Brüsten bekam, sagte Mama: »Keine Angst, das sind nur Knoten von der verklumpten Milch. Ein Milchstau. In ein paar Tagen ist das wieder weg.«

Sie passte auf, dass ich Chidinma regelmäßig anlegte – mindestens alle zwei Stunden –, damit sich die Brust vollständig leerte. Sie erinnerte mich daran, die Seiten zu wechseln, damit nicht eine der beiden Brüste zu sehr spannte.

Sie brachte mir alle paar Stunden einen heißen Waschlappen, vor allem nachts, den ich mir auf die Brüste legen sollte, damit sich der Milchstau löste. Sie passte auf, dass ich genug trank, vor allem viel Wasser. Sie achtete darauf, dass ich auf dem Rücken schlief, um meine Brüste nicht zu belasten. Wenn ich nachts im Kinderzimmer eingeschlafen war, in dem Doppelbett, das ich mir auch schon mehrmals mit Mama geteilt hatte, wachte ich manchmal auf, weil Mama über mir stand und sagte: »Ijeoma, du liegst schon wieder auf der Seite. Dreh dich um, damit du richtig auf dem Rücken liegst.«

65

Nachdem Mama ihre Taschen gepackt hatte und abgereist war, gab es nur noch Chidinma. War ich an den Nachmittagen vor ihrer Geburt immer in die Kirche gegangen, so machte ich nun lange Spaziergänge mit Chidinma auf dem Rücken, ohne dass ich ein bestimmtes Ziel im Kopf gehabt hätte.

Einmal wartete ich bis zum Abend, um zu sehen, ob Chibundu mich begleiten wollte. Er saß im Wohnzimmer und aß eine Aubergine. Ich hatte die Frage kaum ausgesprochen, da machte er schon ein finsteres Gesicht. Chibundu antwortete, er sei so überarbeitet, dass er für den Alltag unbrauchbar sei, er sei so erschöpft, dass er mich wahrscheinlich niemals begleiten könne, so leid es ihm auch tue. Weder an den Abenden nach der Arbeit noch sonst irgendwann. Ob ich das nicht merken würde? Ob ich nicht merken würde, dass er jetzt manchmal sogar am Wochenende ins Büro müsse? Und wenn er schon mal frei habe, wolle er sich lieber ausruhen.

Natürlich hatte ich gemerkt, dass er manchmal auch an Samstagen arbeiten ging.

Ich nickte und sagte nichts, aber mir war klar, dass irgendetwas mit ihm los war. Damals war er so oft wütend. So als wären ihm plötzlich die ganze Welt, vor allem aber Chidinma und ich, ein Dorn im Auge.

66

Chidinma und ich waren so unzertrennlich wie Luft und Feuchtigkeit. Manchmal hing sie mir unbekümmert und leicht wie Nebel im Arm. Manchmal weinte sie, und ich tröstete sie. Die Zeit flog nur so dahin. Monat um Monat verging.

Es war Dezember, und Mama war wieder da. So kurz vor dem Jahreswechsel war Port Harcourt ein einziges Fest. Ojuju-Tänzer tanzten im Takt ihrer Ogene-Handglocken. Ojuju-Tänzer tanzten zum Klang der Udu-Tontrommeln, ein weicher Rhythmus, der ihre Schritte begleitete. Ojujus in glitzernden Gewändern schüttelten ihre Ichaka-Rasseln, sodass die Perlen außen gegen die Kalebasse schlugen. Angsteinflößende Ojujus mit Röcken aus Bast oder Blättern tanzten zum Klang der Ekwe- und Igba-Trommeln. Ojujus mit Löwenköpfen und Löwenfellen.

Es war die Zeit im Jahr, in der die Ojujus durch die Straßen tanzten und Geld und Süßigkeiten einsammelten. Die Zeit im Jahr, in der die Kinder zu den Ojujus hinrannten, und aus Angst vor ihnen schnell wieder wegrannten, hin und her, hin und her, weil der Nervenkitzel zu schön war. Die Zeit im Jahr, in der die Ojuju-Tänzer die Straßen sperrten, und selbst die Autos anhalten und für die Weiterfahrt bezahlen mussten.

Weder Chibundu noch ich hatten uns groß Gedanken über das Weihnachtsfest gemacht, und Chidinma war noch zu klein, um sich dafür zu interessieren. Doch kaum war Mama wieder bei uns, schmiedete sie auch schon Pläne.

»Wir haben schon so lange nicht mehr richtig Weihnachten gefeiert. Das letzte Mal vor dem Krieg. Ich dachte, jetzt, wo Chidinma da ist, könnten wir die alte Tradition wieder aufleben lassen. Was hältst du von einem Ausflug ins Kingsway?«

»Ich weiß nicht, ob das eine gute Idee ist«, sagte ich. Wir saßen im Wohnzimmer. Mama sah mich aufgeregt und erwartungsvoll an. Chidinma schlief auf meinem Arm.

»Du weißt nicht, ob das eine gute Idee ist?«, fragte Mama.

Auch sie war irgendwann mal frisch gebackene Mutter gewesen, aber sie schien vergessen zu haben, wie anstrengend es war, mit einem kleinen Kind unterwegs zu sein, und wie umständlich das Stillen außerhalb der eigenen vier Wände.

Mama seufzte und beschwor die alten Zeiten herauf: »Erinnerst du dich nicht mehr an unsere Weihnachten früher? An die Ausflüge nach Port Harcourt mit deinem Papa? Ich erinnere mich, als wäre es gestern gewesen«, sagte sie. »Wie wir ins Kingsway gegangen sind und dein kleines Gesicht vor Freude gestrahlt hat, als du mit der Kindereisenbahn gefahren bist, die durch das ganze Einkaufszentrum führte und die Kinder am Ende in dieser kleinen Weihnachtsmannhütte rausgelassen hat. Erinnerst du dich noch an die Geschenke, die du vom Weihnachtsmann bekommen hast?«

Ich erinnerte mich. In einem Jahr hatte der Weihnachtsmann mir ein Set Plastikteller geschenkt, die man als Frisbees benutzen konnte. Damals war ich noch in der Grundschule und meine Freundinnen und ich spielten in den Pausen und nach der Schule damit. In einem anderen Jahr hatte er mir eine Oyibo-Puppe mit großen Augen und langen Wimpern geschenkt, vor der ich solche Angst hatte, dass ich sie fallengelassen hatte und weggelaufen war. Der Weihnachtsmann hatte die Puppe daraufhin gegen ein Kinder-Teeservice eingetauscht.

»Ich habe das alles noch genau vor Augen: Du und der Weihnachtsmann in dieser kleinen nachgebauten Hütte mit dem Kunstschnee auf dem Dach. Und dein Papa, der in die Hocke ging, um dir zuzulächeln, während du auf dem Schoß vom Weihnachtsmann saßt.« Mama seufzte tief.

Nichts hätte mir mehr zusetzen können als dieser Seufzer voller Wehmut und Traurigkeit.

»Na gut«, sagte ich, »warum eigentlich nicht.«

Mama strahlte über das ganze Gesicht und stand auf, um mich zu umarmen.

***

Dieses Weihnachtsfest wurde zu einem der lebhaftesten aller Zeiten.

Mama fuhr mit uns in das Kingsway-Einkaufszentrum. Sie hatte darauf bestanden, dass Chibundu mitkam, weil dieser Ausflug schließlich zu einer neuen Familientradition werden sollte, von der Chibundu, Chidinma und ich später einmal erzählen würden, so wie sie und ich es getan hatten.

Im Kingsway saß ich mit einer strahlenden Chidinma auf dem Schoß in der kleinen Eisenbahn. Mama und Chibundu winkten uns zu, als wir ganz langsam an ihnen vorbeifuhren. Chidinma quietschte vergnügt. Der Mann, der den Zug lenkte – jung und pausbäckig – kam am Ende der Fahrt zu mir gelaufen und half mir beim Aussteigen.

Wir blieben nicht lange im Kingsway, aber während der wenigen Stunden dort strahlte Chibundu vor Glück und erinnerte mich an den Jungen, der er früher gewesen war. Wir kehrten mit einer prall gefüllten Ghana-Must-Go-Tragetasche nach Hause zurück, die aber anders als unsere Markttaschen nicht mit Lebensmitteln wie Yam, Maniok und Mais gefüllt war, sondern mit Spielzeug für Chidinma und mit Geschenken für uns – Kleider und Schuhe für mich, Hemden, Hosen und Krawatten für Chibundu – Weihnachtsgeschenke, die Mama uns unbedingt hatte kaufen wollen, damit wir auch wirklich schöne Feiertage hatten.

Während der kurzen Zeit im Kingsway sah es tatsächlich so aus, als ginge es bergauf, aber als es Abend wurde, hatte Chibundu wieder genauso schlechte Laune wie sonst auch.

67

Es war Abend. Ich saß im Wohnzimmer und stillte Chidinma, die zu diesem Zeitpunkt sieben oder acht Monate alt gewesen sein muss.

Die Wohnzimmerfenster standen offen, und die Vorhänge waren an den Seiten festgebunden. Der Harmattan blies, in der Ferne zogen aufgewirbelte Staubfahnen wie tief hängende Wolken über den Boden.

Es war kühl im Zimmer, der Tischventilator stand reglos oben auf dem Fernseher und ratterte nicht wie an heißeren Tagen.

Auch die Haustür stand offen. Ich sah, wie Chibundu draußen seine Machete mit einem Stein schärfte. Er benutzte immer denselben Stein dafür – eigentlich war es kein richtiger Stein, sondern ein Stück Beton, das von den Stufen hinterm Haus abgebrochen war. Von der Seite sah es aus wie ein Frauenkörper ohne Kopf und Beine – mit großen Brüsten, aber einem eingesunkenen Bauch. Egal, wie oft Chibundu die Machete an dem Betonstück wetzte, es behielt seine Form.

Nachdem er die Klinge geschliffen hatte, begann er, die Hecke zu schneiden. Er stürzte sich auf die Hecke wie ein Jäger auf ein wildes Tier. Ich erhob mich vom Sofa, um besser zu sehen, was er machte. Die Klinge der Machete glänzte selbst in der vom Harmattan verschleierten Sonne. Bei jedem Hieb flogen grüne Blätter und braune Zweige umher. Hin und wieder kam ein Windstoß, der den Geruch von frisch geschnittenem Grün durch das offene Fenster trug.

Chibundu drosch auf die Hecke ein. Wusch, wusch, wusch. Schnelle, scharfe Hiebe. Zweige und Blätter fielen tot zu Boden. Seine Machete fuhr auf und ab. Immer und immer wieder.

Chidinma wurde unruhig, an Stillen war nicht mehr zu denken. Ich trug sie durchs Wohnzimmer, klopfte ihr auf den Rücken und wartete, ob sie ein Bäuerchen machen musste.

Von draußen hörte ich ein Geräusch, das wie das Knacken von Fingerknöcheln klang. Chibundu ließ immer die Knöchel knacken, wenn er mit der Hecke und dem Rasen fertig war, aber diesmal war das Geräusch lauter als sonst und erklang mehrmals hintereinander. Nach einer Weile hörte es auf.

Chidinma beruhigte sich. Ich ging zurück zum Sofa und setzte mich wieder mit ihr hin.

Dann schaute ich zum Fenster. Auf dem Sims stand ein Kanister, von dem ich die obere Hälfte abgeschnitten hatte, um ihn als Vase zu benutzen. Vertrockneter Hibiskus stand im Wasser, ein paar abgefallene rote Blütenblätter trieben obenauf. Direkt vor dem Fenster neben der Haustür sah ich Chibundus Schatten.

Das Geräusch setzte wieder ein, aber diesmal als dumpfes Pochen, das klang, als wäre da jemand an der Tür.

Ich stand auf, um nachzusehen, hatte aber noch keinen Schritt getan, als Chibundu mit der Machete in der Hand zur Tür hereinstürmte. Das alles spielte sich so schnell ab, dass ich vor Schreck einen Schritt zurückwich.

Chibundu kam auf mich zu und schlug mit der Machete gegen eines der metallenen Tischbeine, sodass es schepperte.

Er trug ein Baumwollunterhemd und eine alte Khakihose. Auf dem Hemd zeichneten sich Schweißflecken ab, dunkle, feuchte Stellen überall. Auch das Beige seiner Hose schien hier und da dunkler geworden zu sein. Die Wohnzimmertür hinter ihm stand offen.

Chibundu legte den Kopf schief, zog eine Augenbraue hoch und warf mir diesen fragenden Blick zu, den ich seit einer ganzen Weile von ihm kannte. Dann sagte er: »Warum hast du mir nicht aufgemacht?«

»Ich habe dich nicht gehört«, sagte ich.

Sein Kopf neigte sich noch mehr zur Seite. »Du hast mich nicht gehört?«

»Nein.« Natürlich hatte ich etwas gehört, nur hatte ich es nicht für ein Klopfen gehalten. Ich sagte: »Es tut mir leid. Mir war nicht klar, dass du geklopft hast.«

Spöttisch sagte er: »Dir war nicht klar, dass ich geklopft habe.« Chibundu wiederholt die Worte noch spöttischer, in einem ironischen Singsang: »*Dir war nicht klar, dass ich geklopft habe.*«

»Es tut mir leid.«

»Sag mir, was ich damit anfangen soll, dass es dir leid tut? Kann ich mir davon Suppe kochen? Kann ich davon Rechnungen bezahlen? Für was soll das gut sein?«

Chibundu sah zur Küche hinüber. »Ich hatte meine Wasserflasche vergessen. Du solltest sie mir bringen, aber du hast mich nicht gehört. Du sagst, dass es dir leid tut, aber jeder Dummkopf weiß, dass mir das nichts nützt.«

Chibundu trat von einem Fuß auf den anderen. Er tippte mit der Spitze der Machete auf die Fliesen, nahm sie in die andere Hand, verlagerte noch einmal sein Gewicht und sah mich schweigend an.

Chidinma gab ein Glucksen von sich. Chibundus Blick ging zu ihr.

»Wir sollten es wirklich noch mal versuchen«, sagte er.

»*Was* sollten wir wirklich noch mal versuchen?«

»Schläft sie oder ist sie wach?«, fragte er.

»Irgendwas dazwischen.«

Er nickte.

»Wir sollten versuchen, einen Jungen zu bekommen.«

Ich stieß einen Seufzer aus, der eher wie ein Schnaufen klang.

»Wenn ein Bauer auf den Acker geht und ohne Maniok nach Hause kommt, tut er alles dafür, seinen Acker so zu bestellen, dass er beim nächsten Mal mit Maniok zurückkommt.« Er machte eine Pause. »Wir werden es noch mal versuchen und alles dafür tun, dass wir einen Sohn bekommen. Du wirst mir einen Sohn schenken. Das bist du mir schuldig.«

Ich versuchte ruhig zu bleiben. »Chibundu, ich will eigentlich kein weiteres Kind, aber wenn überhaupt, dann nicht sofort. Außerdem ist Chidinma genauso gut wie ein Sohn.«

»Ha!«, stieß er aus. »Ist sie das? Hast du vergessen, dass Mädchen den Familiennamen nicht weitergeben können? Du wirst mir einen Sohn schenken, damit ich meinen Familiennamen weitergeben kann. Und wenn das der einzige Grund ist!«

»Chibundu, was soll der Unsinn?«, fragte ich. »Chidinma ist dein Kind. Dein Fleisch und Blut. Deine Tochter.«

»Ja«, sagte er. »Aber ein Sohn ist etwas anderes. Ich will einen Sohn. Ich sehe, wie du sie anschaust und wie sie dich anschaut. Sie gehört nur dir. Ich will ein Kind, das nur mir gehört. Vielleicht kann mir dann später mein Sohn die Wasserflasche rausbringen, wenn du mal wieder mit anderen Sachen beschäftigt bist. Dann hast du dein Mädchen, und ich habe meinen Jungen.«

»Chibundu, ich bin nicht–«

»Was bist du nicht? Was genau bist du nicht?« Chibundu kam näher. So nah, dass ich seinen Atem im Gesicht und die Klinge der Machete an meinem Bein spürte. »Das bist du mir schuldig«, flüsterte er bedrohlich. »Hörst du? Das bist du mir schuldig.«

Heute denke ich manchmal, dass das, was dann passierte, kein Versehen war, sondern Absicht. In anderen Momenten sage ich mir, dass es doch ein Versehen gewesen sein muss, und Chibundu gar nicht klar war, was er da tat, was auch erklärt, warum er ein so fassungsloses Gesicht machte, als es ihm bewusst wurde. Aber natürlich kann auch ein Mann, der mutwillig zerstört, fassungslos sein, wenn ihm bewusst wird, was er tut.

Jedenfalls stand Chibundu mit einem Mal so dicht vor mir,

dass seine Machete gegen mein Bein drückte. Ich rückte von ihm ab, aber er kam noch näher, und bohrte die Klinge tiefer in mein Bein.

»Chibundu!«, rief ich. »Du schlitzt mir gleich die Haut auf!«

Chibundus Augen weiteten sich, und er starrte mich fassungslos an. Schließlich trat er ein paar Schritte zurück, immer noch mit einem fassungslosen Gesicht. Ein langes Schweigen folgte, dann drehte er sich um und verließ mit der Machete in der Hand das Zimmer.

Nachdem ich Chidinma ins Bett gebracht hatte, ging ich ins Schlafzimmer und legte mich hin. Chibundu war im Bad. Wie hatte er das nur tun können? Wie hatte er mir mit der Machete fast die Haut aufschlitzen können? Woher sollte ich wissen, dass er nicht eines Tages etwas Ähnliches – genauso Gefährliches – mit Chidinma machen würde, die sich nicht wehren konnte? Wie sollte ich das verhindern?

Im Schlafzimmer brannte noch das Deckenlicht.

Ich hörte zuerst, wie es im Bad still wurde, dann drehte sich der Knauf. Chibundu stand in seiner Schlafanzughose in der Tür, die Schnüre hingen herunter, als wolle er mich verführen. Er blieb stehen und schaute mich an. Ich starrte zurück.

»Willst du die ganze Nacht da stehen?«, fragte ich. »Kommst du nicht ins Bett?«

Chibundu rührte sich nicht. Ich zog mir die Decke bis zur Brust und drehte mich um, damit ich ihn nicht mehr ansehen musste. Er machte das Licht aus, im Zimmer wurde es dunkel. Ich lauschte seinen leisen Schritten, als er das kurze Stück zum Bett ging.

Sein Körper sank in die Matratze ein. Wieder vergingen Minuten.

Ich war gerade weggedöst, als ich spürte, wie mir Chibundu über die Hand strich.

Mir war klar, was er wollte. Jetzt zog ich die Decke bis zum Kinn, hielt sie fest und ignorierte ihn.

Chibundu versuchte es wieder. Ich reagierte schließlich, indem ich mich auf den Rücken drehte, die Decke aber weiter umklammert hielt.

Ich sah Chibundus Gesicht im Dunkeln näher kommen wie ein Dämon, bis es über meinem schwebte. Er löste meine Finger, die sich noch immer in die Decke krallten.

»Je früher wir anfangen, desto schneller sind wir fertig«, sagte er.

Ich erstarrte.

Als er sich auf mich legte, fröstelte ich unter seinem warmen Atem. Ich spürte, wie er sich ruckartig die Pyjamahose auszog. Dann packte er meine Hände, hielt mich fest und stieß zu, bis es ihm gelang, in mich einzudringen.

68

Immer wieder stellte ich mir vor, wie ich ihm sagte, dass ich nicht mehr mit ihm schlafen wollte, dass ich nicht länger versuchen wollte, einen Jungen zu bekommen, und überhaupt die ganze Ehe mit ihm nicht länger ertrug. Außerdem würde ich ihn fragen, wie er all die Zeit nicht hatte merken können, dass ich in Wahrheit jemand anderen liebte.

Wenn ich mir vorstellte, wie ich es ihm sagte, hatte ich zwei verschiedene Szenen im Kopf. Die erste ging so:

Ich stehe abends in der Küche und bereitet das Essen zu, rühre Maggi oder Tatashi in die Suppe, als die Haustür aufgeht und Chibundu hereinkommt.

Schnell decke ich den Tisch. Neben mir auf dem Boden liegt Chidinma zufrieden in ihrer Fisher-Price-Schaukel.

Chibundu macht einen Abstecher ins Bad, gefolgt von einem Abstecher ins Schlafzimmer. Dann kommt er in die Küche, müde und ungepflegt, wie oft in letzter Zeit, mit aufgeknöpftem Hemd und nackten Füßen.

Wir schweigen wie üblich, während er sich auf seinen Platz setzt und ich ihm mit gespielter Unbekümmertheit Okra-Suppe und Gari auftue, als wäre es ein Tag wie jeder andere.

Ich esse und schaue ihm beim Essen zu, bemerke, wie er immer wieder verstohlen zu mir rübersieht. Schweigend sitzen wir da, und dann bricht alles aus mir hervor, es schießt aus mir heraus wie unverdautes Essen und Magensäure bei einem Betrunkenen.

Was würde er tun? Vielleicht würde er einfach dasitzen und mir zuhören. Vielleicht würde er wütend aufspringen, noch bevor ich zu Ende gesprochen hätte, und alles vom Tisch fegen – das Essen, die Tischdekoration aus Holz, die Gläser und das Besteck. Vielleicht würde er auf mich zustürmen und mich schlagen, mir eine Ohrfeige nach der anderen geben, bis er erschöpft wäre, bis er sich erleichtert und frei fühlte. Bis ich erschöpft wäre, bis ich mich erleichtert und frei fühlte.

Die zweite Szene ging so:

Es ist Abend. Ich warte, bis Chibundu neben mir eingeschlafen ist und sein Atem wie ein schiefes Schlaflied durch die Nasenlöcher pfeift.

Ich stellte mir vor, wie ich ihn antippe, damit er aufwacht. Dann sage ich es ihm. Es herrscht Schweigen, bis er die Worte versteht. Dann hört man sein Schreien, den Klang seiner Stimme, die durch das Zimmer hallt, selbst die winzigsten Risse und Spalten ausfüllt und dann langsam durch das halb geöffnete Fenster strömt, sich im Wind zerstreut, immer leiser und leiser wird, bis man sie nicht mehr hört. Aber vielleicht würde er auch gar nicht schreien. Vielleicht wären nur das Zirpen der Grillen zu hören und die Stille der Nacht.

Vielleicht würde er einfach weiterschlafen und so tun, als hätte ich das alles nie gesagt.

69

Ich stand an der Küchentheke und schälte Mais, ließ die grünen und gelben Blätter ins Becken fallen, und alles war voll mit gelben Fäden. Neben mir auf dem Boden wippte Chidinma in ihrer Schaukel und brabbelte vor sich hin. Auf der Theke lag eine große Plastiktüte für die Maisblätter, nur dass ich nicht gut zielte und ein riesiges Chaos verursachte. Neben der Tüte lag ein feuchter Lappen, mit dem konnte ich die Theke später sauber wischen.

Die Sonne ging bereits unter. Zuletzt hatte ich Chibundu im Wohnzimmer gesehen, wo er Zeitung gelesen und Erdnüsse gegessen hatte. Kurz vorher war er von der Arbeit zurückgekommen und noch kürzer vorher hatten wir Reis und Eintopf zu Abend gegessen.

Ich wischte mir die Hände an dem Lappen ab und ging ins Wohnzimmer, wo ich ihn zuletzt gesehen hatte, aber da war er nicht. Auf dem Sofatisch lag neben der Schüssel voller Erdnussschalen eine Stoffpuppe von Chidinma, deren Beine über den Tischrand hingen.

Die Vorhänge im Wohnzimmer waren immer noch an den Seiten festgebunden, dabei war es draußen längst dunkel.

Also zog ich die Vorhänge zu. Zunächst hatte ich ohne bestimmten Grund nach Chibundu gesucht, aber dann merkte ich, dass es doch einen Grund gab: Heute war es soweit, der Tag war gekommen. Ich war bereit, Chibundu die Wahrheit zu sagen.

Vom Wohnzimmer aus ging ich über den Flur zum Bad. Vielleicht war er ja dort.

Ich lehnte mich an die Wand neben der Badezimmertür und wartete, dass er herauskam. Über unserer Schlafzimmertür am Ende vom Gang hing eine weiße Uhr. Es war acht.

Chidinma, die immer noch in der Küche in ihrer Schaukel lag, quietschte so laut, dass man sie im ganzen Haus hörte. Sie schrie lauter und lauter, und klang gar nicht mehr froh.

Ich ging in die Küche zurück und redete beruhigend auf sie ein: »Schsch, meine Kleine. Ist ja gut. Was hast du denn? Sei schön lieb, mein Schatz. Mama hat etwas Wichtiges vor.«

Ich trug Chidinma mit der Schaukel ins Wohnzimmer, nahm ihre Stoffpuppe vom Tisch und gab sie ihr.

»Alles gut, mein Liebling«, sagte ich leise. »Schön lieb sein, ja?«

Dann ging ich zurück zum Bad und stellte mich wieder neben die Tür. Ich stand noch nicht lange da, als ich ein Geräusch aus dem Schlafzimmer hörte. Als ich eintrat, sah ich Chibundus Schatten an der Wand, der größer und dunkler wurde, je näher ich kam.

Chibundu saß auf meiner Seite vom Bett und hielt mein Holzkästchen auf dem Schoß. Um ihn herum lagen mehrere aufgefaltete Briefe. Einen hielt er in der Hand. Auch meine Stifte lagen ringsum verstreut.

Ich blieb wie angewurzelt kurz hinter der Schwelle stehen. Chibundu schaute hoch und sprang auf, als er mich sah. Mein Holzkästchen fiel krachend zu Boden.

»Es tut mir leid«, sagte ich und wich ein Stück zurück.

Chibundu kam mit dem Brief in der Hand auf mich zu, sah mich wütend an. Wäre sein Blick ein Nagel gewesen und er der Hammer, hätte er mich mit einem Schlag in den Boden gerammt.

»Es tut mir leid«, sagte ich wieder, weil es mir tatsächlich leid tat, dass er all das gelesen hatte.

Chibundu schaute auf den Brief, den er in der Hand hielt, und las dann laut daraus vor:

Chibundu ist zwar mein Ehemann, aber du bist der Mensch, den ich liebe.

Chibundu sah wieder zu mir hoch.

Ich lachte nervös. »Es tut mir leid«, sagte ich noch einmal.

»Was tut dir leid? Was genau tut dir leid? Los, sag schon. Ich bin ganz Ohr.«

Ich hob die Hände und stützte sie in die Hüften, wie um meinen ganzen Mut zusammenzunehmen. Da stand ich nun, die Hände in die Seiten gestemmt, und rang nach Worten.

Chibundu kam auf mich zu und umfasste mein Gesicht mit beiden Händen. Er hielt noch immer den Brief in der Hand, und ich spürte das zerknitterte Papier an meiner Wange. »Das ist nur irgendein Brief, habe ich Recht«? Sein Griff war fest, schmerzhaft. Seine Stimme klang ruhig und gefasst. »Du sagst mir jetzt gefälligst, dass das nur irgendein Brief ist. Dass da nichts zwischen dieser Ndidi und dir war.« Bei den letzten Worten brach seine Stimme.

Ich nickte und versuchte, mich aus seinem Griff zu befreien.

»Wer ist diese Frau überhaupt?«, fragte er.

Während der ganzen Zeit in Aba hatten sie sich nie richtig kennengelernt. Ab und zu waren sie sich kurz begegnet, wenn er gerade das Geschäft verließ und sie im selben Moment hereinkam oder andersherum – ein flüchtiger Gruß hier, ein flüchtiger Gruß da –, aber sie waren einander nie vorgestellt worden. Und da Ndidi sich bei unserer Hochzeit so sehr im Hintergrund gehalten hatte, kannten sie sich im Grunde nicht.

»Ich will wissen, wer sie ist«, sagte Chibundu und verstärkte den Griff um mein Gesicht, als wollte er ein Loch in meine Wangen bohren.

»Niemand«, sagte ich. »Nur eine alte Freundin.«

Chibundu lachte böse. Ein dämonisches Grinsen lag auf seinem Gesicht. »Nur eine alte Freundin?«

Er ließ mich los, griff nach einem der anderen Briefe und las vor:

... Wenn du wüsstest, wie sehr ich mich auf das Baby freue. Ich liebe diesen kleinen Menschen schon jetzt und kann es kaum erwarten, ihn in den Armen zu halten. Armer Chibundu. Ich habe ihn gern, aber ich wünsche mir jede Sekunde, nicht er wäre hier bei mir, sondern du, damit ich mein Kind zusammen mit dir großziehen könnte.

Er wühlte sich durch die Briefe und schnappte sich den nächsten:

... Ich habe letzte Nacht von dir geträumt. Im Traum verschmolzen wir miteinander, du und ich. Da war keine Kleidung zwischen uns, nur unsere warmen Körper. Und mein Mund suchte sehnsüchtig nach deinem ...

Mir stieg die Hitze ins Gesicht. Ich fühlte mich nackt. Mir war, als hätte mir jemand das Herz herausgerissen und es öffentlich zur Schau gestellt.

Ich hielt den Atem an, als Chibundu aus dem nächsten Brief vorlas:

... Ndidi, das Baby ist da. Es ist endlich da! Ich habe eine wunderschöne kleine Tochter bekommen. Kaum zu glauben, dass ich jetzt Mutter bin. Es stimmt, was alle sagen: Es gibt kein größeres Glück, als sein eigenes Kind anzuschauen und im Arm zu halten. Ich liebe sie so sehr, dass mir manchmal ganz schwindlig wird. Wenn ich in ihr kleines Gesicht sehe, habe ich Schmetterlinge im Bauch. Traurig macht mich nur, dass du nicht bei mir warst, um sie auf dieser Welt zu begrüßen ...

Und aus einem anderen:

... wie gern würde ich jetzt auf der Stelle mit dir schlafen–

Ich unterbrach ihn, bevor er weiterlesen konnte. »Das ist alles nur dummes Zeug«, sagte ich und lachte nervös. »Nichts davon ist ernst gemeint.«

»Dummes Zeug? Nichts davon ist ernst gemeint?«

»Ja, es war absolut lächerlich von mir, diese Briefe zu schreiben. Deshalb habe ich sie auch nie abgeschickt. Es ist wirklich nur dummes Zeug, glaub mir.«

»Dann musst du sie ja auch nicht länger in diesem Kästchen verstecken und kannst sie genauso gut wegwerfen.«

»Da hast du Recht«, sagte ich. »Ich kann sie genauso gut wegwerfen – und das mache ich auch.«

Ich befreite mich aus Chibundus Griff und riss ihm den Brief aus der Hand. Am liebsten hätte ich den Brief wieder zusammengefaltet und mit den anderen zurück in das Kästchen gelegt, aber Chibundu beobachtete mich genau, und ich hatte irgendwie das Gefühl, dass ich ihm wenigstens das jetzt schuldig war. Ich warf einen letzten Blick auf den Brief und sah Chibundu in die Augen. Dann zerriss ich den Brief, wieder und wieder, bis nur noch kleine Schnipsel übrig waren.

Wir sagten beide kein Wort. Chibundu wandte sich ab und

ging zum Schlafzimmerschrank, wo seine Aktentasche stand. Er stellte sie aufs Bett, öffnete sie und zog mehrere Mappen und Unterlagen heraus. Darunter befand sich ein Bündel Briefe, das von einem hellbraunen Gummiband zusammengehalten wurde.

Chibundu reichte mir das Bündel.

»Jetzt kannst du auch die haben«, sagte er. »Sie gehören dir.«

Ich verstand nicht recht. Chibundu versuchte, sich zu erklären. »Ich dachte, wenn du sie nicht bekommst, würdest du ... Mir war nicht klar, dass du ihre Gefühle erwiderst ... Ich war so sicher, dass du sie nicht erwiderst ... Und dass du, wenn du die Briefe einfach nicht bekommst ... Es schien so absurd, sie dir zu geben ...« Seine Stimme versagte, als wäre er völlig verwirrt oder selbst nicht ganz überzeugt von dem, was er da sagte.

Ich riss ihm die Umschläge aus der Hand.

Ich schaute auf den obersten Brief und wollte ihn gerade öffnen, als ich sah, dass er an der Seite bereits geöffnet worden war, ganz sorgfältig, so als würde man es dann nicht bemerken. Die anderen Umschläge sahen genauso aus.

Im nächsten Moment erkannte ich die Handschrift, fiel aus allen Wolken und schrie vor Wut auf. Die Briefe in meinen Händen zitterten.

»Chibundu, wo hast du die her? Seit wann hast du sie? Warum hast du sie mir nicht gegeben?«

Die Briefe waren ganz sicher nicht während der ersten zwei, drei Monate in Port Harcourt angekommen, denn in diesen ersten Monaten war ich jeden Tag zum Postamt gegangen. Chibundu hätte die Briefe unmöglich vor mir finden können. Doch nachdem ich monatelang kein Lebenszeichen von Ndidi bekommen hatte, hatte ich nur noch ab und zu nach der Post geschaut – einmal pro Woche oder auch seltener. Trotzdem musste Chibundu großes Glück gehabt haben, wenn er Ndidis Briefe jedes Mal vor mir im Postfach gefunden hatte. Konnte das wirklich sein?

»Chibundu, wie kann es sein, dass du die Briefe jedes Mal vor mir gefunden hast?«

Er presste die Kiefer aufeinander, als würde er nichts sagen wollen, sagte dann aber doch etwas: »Den ersten Brief habe ich zufällig entdeckt und aus Versehen geöffnet. Aber nachdem ich ihn gelesen hatte ... Von da an bin ich jeden Tag in der Mittagspause zur Post gegangen. Ich wusste, dann wäre ich vor dir da. Wenn ich einen Umschlag mit ihrer Handschrift und ihrem Absender gesehen habe, habe ich ihn mitgenommen. Alle anderen Briefe habe ich im Postfach gelassen, damit du sie dort vorfindest. Manchmal habe ich sie auch nach der Arbeit abgeholt.«

Ich war fassungslos. »Wie konntest du nur! Ich habe dir vertraut!«

»Ich wollte dir nicht wehtun ... Aber ich hatte Angst, du würdest ... Ich konnte doch nicht riskieren, dass du ...« Wieder brach ihm die Stimme. Er straffte die Schultern und sagte: »Ijeoma! Was soll das? Du bist es, die mein Vertrauen missbraucht hat! Du stellst dich vor mich und lügst mir ins Gesicht und erzählst mir, du hättest ihr nie einen Brief geschickt? Wirklich nie? Keinen einzigen?«

Sofort begriff ich, dass ich mich in meinen eigenen Lügen verstrickt hatte. Chibundu riss mir die Umschläge aus der Hand und sah sie schnell durch. Er muss sich den Inhalt der Briefe gemerkt haben, denn gleich darauf fand er die zwei Briefe, nach denen er gesucht hatte. Er las vor:

Liebste Ijeoma, gerade als ich dachte, ich würde nie wieder etwas von dir hören, lag dein Brief in der Post. Es vergeht kein Tag, an dem ich nicht an dich denke ...

»Und was ist mit diesem hier?«

Liebe Ijeoma, heute war dein zweiter Brief in der Post. Warum habe ich dich nur ermutigt zu heiraten? Gestern bin ich zufällig deiner Mutter begegnet, und sie hat ununterbrochen von deiner Schwangerschaft erzählt. Ich war noch nie so außer mir wie bei der Vorstellung, wie Chibundu mit dir schläft …

An dieser Stelle brach Chibundu ab und sagte: »Den Vorwurf mit dem Vertrauen sollte ja wohl ich machen und nicht du. Du hast mich angelogen! Du behauptest, du hättest nie einen Brief abgeschickt. Aber natürlich weiß ich schon länger, dass du ihr Briefe geschrieben hast. Ich hatte nur gehofft, du hättest ihr gesagt, sie solle mit den Briefen aufhören. Denn warum sonst hättest du ihr schreiben sollen? Du bist eine verheiratete Frau, Ijeoma! Du bist eine verheiratete Frau, verdammt!«

Ich hätte ihn am liebsten angeschrien und ihn daran erinnert, dass ich versucht hatte, es ihm zu erzählen, damals, an dem Tag in der Kirche. Hatte er das vergessen? Ich wollte ihm sagen, dass ich gar nicht versucht hatte, es ihm zu verheimlichen. Nicht ernsthaft jedenfalls. Ja, ich hatte es verheimlicht, aber zugleich hatte ich es nicht verheimlicht.

Chibundu sprach weiter: »Kannst du dir vorstellen, wie überrascht ich war, als ich heute diese ganzen Briefe gefunden habe? Kannst du dir das vorstellen? Jetzt weiß ich, dass ich mich geirrt habe. Sag schon, Ijeoma, was empfindest du für diese Frau? Liebst du sie? Wie lange geht das schon zwischen euch? Wie lange vor unserer Hochzeit wart ihr beide … Und wie lange danach? Wie lange?«

»Chibundu, ich habe ihr nur drei Briefe geschrieben.« Diesmal sagte ich die Wahrheit. Ihr diese drei Briefe zu schicken, war schon riskant genug gewesen, und da ich nie eine Antwort von ihr bekommen hatte, hatte ich keine weiteren Briefe zur

Post gebracht. »Es waren nur drei«, sagte ich. »Ich habe mir selbst verboten, ihr öfter zu schreiben.«

Chibundu war jetzt außer sich. »Du hast alles zerstört! Alles! Wie kannst du mir das nur antun!«

Dann atmete er tief durch. Seine Stimme klang wieder gefasster. »Mach mit diesen Briefen, was du willst. Schreib ihr ruhig. Aber vergiss nicht – und zwar nie –, dass du *meine* Frau bist. Nur *meine*, verdammt. Ich kann dir das Leben zur Hölle machen. Hörst du? *Du bist meine Frau.* Also provozier mich nicht, sonst wirst du es bereuen.«

70

Ich lag im Bett und konnte mich nicht rühren. Der Gedanke an das, was aus mir geworden war, drückte mich nieder: ein Wrack, ausgebrannt und leer, benutzt und missbraucht.

Chibundu bewegte sich mit einer Energie durchs Zimmer, die auszudrücken schien, dass alles genauso war, wie es sein sollte. Pfeifend zog er sich Hemd und Hose an, stellte sich dann vor den Ankleidespiegel und summte ein Lied, das ich nicht kannte, richtete den Hemdkragen und band sich eine Krawatte um.

Chidinma war sicher längst hellwach, spielte in ihrem Bettchen und wartete, dass ich sie aus ihrem Zimmer holte. Aber ich lag weiter reglos im Bett.

Chibundus Rasierwasser roch so intensiv, als würde jemand Holz hacken oder Äste schneiden und den Duft mit einem Ventilator ins Zimmer blasen.

Chibundu kam zum Bett und setzte sich zu mir. Sein Gesicht wirkte fahl wie das eines alten Mannes. Die Falten um seine Augen waren in letzter Zeit tiefer geworden und das Haar ergraut.

Chibundu saß mit Blick zum Fenster, starrte aber zu Boden. Das Schweigen zwischen uns dröhnte laut.

»Ich sehe ein, dass ich gestern Nacht etwas grob zu dir war. Wir sind Mann und Frau, so sollte es nicht sein.«

»Chibundu–«

»Ich habe nachgedacht und glaube, dass es gehen kann, wenn du dich nur dazu entschließt, mich zu lieben und nicht sie. Ich sollte dich nicht jede Nacht zwingen müssen, mit mir zu schlafen. Ich bin dein Mann, so sollte es nicht sein.«

»Chibundu, so funktioniert das nicht.«

»Woher willst du das wissen? Versuch es wenigstens. Es kann doch nicht so schwer sein, mich zu lieben. Oder ist so wenig Liebenswertes an mir?«

»Chibundu, daran liegt es nicht–«

»Was kann sie dir geben, was ich dir nicht geben kann?«

Schweigen.

»Ich verachte dich nicht dafür«, sagte er. »Wirklich nicht. Du weißt ja, dass ich diesen ganzen Unsinn mit den Gräuel nicht glaube. Viellicht ist es ja eine besondere Form der Liebe, wenn ein Mann einen Mann liebt, und eine Frau eine Frau. Vielleicht hat es einen besonderen Reiz. Ich bin nur wütend, weil ich dich zuerst geliebt habe. Ich war vor ihr da. Außerdem hast du mir ein Versprechen gegeben. Die Ehe ist ein Versprechen. Auch das Versprechen, einander zu lieben.«

Ich nahm Chibundus Hand und begann sie zu streicheln.

Chibundu schaute auf unsere Hände, sein Blick folgte meinen Bewegungen. Dann sagte er zärtlich: »Ich bin dein Mann, und du bist meine Frau, und ich weiß, dass wir es schaffen können. Ich spüre es in jeder Faser meines Körpers. Du wirst sehen. Das mit Ndidi hat keine Bedeutung. Wir können es schaffen.«

Nichts hätte mich mehr treffen können als seine Worte. Die ganze Verzweiflung, die darin lag.

Plötzlich wurde sein Ton schärfer. »Die Antwort ist einfach.

Du hast es nur noch nicht richtig versucht. Ich weiß, dass du mich so lieben kannst, wie eine Frau ihren Mann lieben sollte. Du musst dich nur anstrengen. Ab jetzt gibst du dir mehr Mühe. Fall das aber alles nichts nützt, will ich trotzdem einen Sohn. Vergiss nicht, dass du meine Frau bist. Sollten wir es doch nicht hinkriegen, schenkst du mir wenigstens einen Sohn.«

Nachdem Chibundu das Haus verlassen hatte, kümmerte ich mich den ganzen Tag lang um Chidinma, war aber derart in mich gekehrt, dass selbst sie etwas gespürt haben muss. Ich war für sie da, ohne wirklich da zu sein.

Es wurde Abend. Ich band mir Chidinma auf den Rücken, um die noch fehlenden Zutaten für den Eintopf einkaufen zu gehen, der längst hätte fertig sein sollen und mit dem ich noch nicht einmal angefangen hatte. Vögel zogen am Himmel ihre Bahnen, Spatzen und orangeblaue Nageschnäbler ließen sich auf den Bäumen am Straßenrand nieder. Ein kleiner Junge warf seinem Freund einen Ball zu. Mehrere Mädchen spielten Springseilhüpfen. Eine Frau rief einem Motorradfahrer hinterher. Alle sahen wie Puff-Puff-Teigbällchen aus, dick und rund und voller Energie, während ich selbst mich schrecklich kraftlos fühlte.

»Guten Abend, Aunty«, sagte Anuli, die Tochter des Ladenbesitzers, als ich eintrat.

»Guten Abend, Anuli«, antwortete ich.

Sie war um die sechzehn oder siebzehn, ein hübsches Mädchen und sehr klug: scharfsinnig, scharfzüngig, immer einen frechen Spruch auf den Lippen. Und ihre Sprichwörter erst! Sie gab ständig irgendwelche Weisheiten von sich, so als wäre sie ein Dorfältester, der im Körper eines Mädchens wiedergeboren worden ist.

Sie beäugte mich aufmerksam. »*Ah, Aunty, you no dey look well o. You dey sick?*« Du siehst nicht gut aus, Aunty, bist du krank?

Ich wandte den Blick ab, weil ich keine Lust hatte, mich mit ihr zu unterhalten. So freundlich wie möglich sagte ich: »*Biko, you fit give me some fresh tomates and Maggi?*« Würdest du mir bitte ein paar frische Tomaten und Maggi geben?

Chidinma begann leise zu quengeln und versuchte, sich aus dem Wickeltuch zu befreien.

Anuli verschwand kurz im Hinterzimmer und kam mit einer Schüssel Tomaten wieder heraus. Ich suchte mir ein paar aus. Dann verschwand sie noch einmal und kam mit einer Packung Maggi-Brühwürfel zurück, die sie vor mich auf den Tresen legte.

Ich zog ein paar Scheine aus meinem Geldbeutel.

Als ich ihr das Geld reichte, sagte sie: »Egal, was es ist, Aunty, vergiss nicht, dass derselbe Mond, den du heute als Halbmond siehst, schon bald wieder als Vollmond am Himmel steht. Auf jeden Regen folgt Sonnenschein.«

Ich lächelte zaghaft. Sie lächelte zurück. Für einen kurzen Moment fühlte ich mich getröstet.

Wieder zu Hause kochte ich mit Chidinma auf dem Rücken den Eintopf. Danach ging ich ins Wohnzimmer und setzte sie auf den Boden. Ich rückte den Sofatisch in die hinterste Ecke, damit sie sich nicht an den Kanten verletzte. Dann suchte ich ein paar Spielsachen für sie zusammen und legte sie vor ihr auf den Teppich, dorthin, wo eben noch der Tisch gestanden hatte.

Ich schaute ihr eine Weile beim Spielen zu. Mein Rücken schmerzte, und ich setzte mich aufs Sofa. Chidinma quietschte vergnügt, als sie in einem Kinderbuch auf einen Knopf drückte und Musik erklang, und während sie mit ein paar Plastikbauklötzen lärmte, versank ich in Gedanken. Dann muss ich über ihrem Gebrabbel und der Musik aus dem Kinderbuch eingeschlafen sein.

Als ich aufwachte, herrschte Stille. Mein Blick ging sofort zum Teppich, zu der Stelle, wo der Sofatisch gestanden und Chidinma gespielt hatte. Sie war nicht da.

Im Haus war es inzwischen genauso dunkel wie draußen. Einen Moment lang blieb ich sitzen und rief:

»Chidinma?«

Nichts.

Ich sprang vom Sofa auf und lief zum Lichtschalter. Wie spät mochte es sein? War Chibundu nach Hause gekommen und hatte gegessen und Chidinma anschließend ins Bett gebracht?

»Chibundu?«

Nichts.

Ich wollte gerade in die Küche rennen, als ich sie plötzlich ganz still in der Ecke neben der Nähmaschine sitzen sah.

Normalerweise lag mein Nadelkissen zusammen mit den Garnspulen oben auf der Ablage neben der Nähmaschine, außerhalb von Chidinmas Reichweite. Das Nadelkissen hatte die Form einer Aubergine und war mit goldgelbem Stoff mit mäandernden grünen Linien bezogen. Vorne hatte es sogar einen Stiel. Chidinma hatte es irgendwie geschafft, sich an der Nähmaschine hochzuziehen und an die Stoffaubergine heranzukommen.

Sie hielt sich die goldgrüne Stoffaubergine, in der unzählige Nadeln steckten, dicht vor den Mund. Fäden hingen wie Schmuckbänder herab, wie listige Schlangen, die sie in Versuchung führen wollten.

Anfangs merkte Chidinma nicht, dass ich sie beobachte. Dann schaute sie plötzlich auf und sah meinen Blick.

Im nächsten Moment schob sie sich die Aubergine samt Nadeln und Fäden zur Hälfte in den Mund. Das Ende beulte ihre Wange aus.

Mit weit aufgerissenen Augen schaute sie mich an, während ihr grüne, rote und schwarze Fäden aus dem Mund hingen. Ich war unfähig, mich zu rühren.

Wie versteinert stand ich da. »Chidinma«, flüsterte ich, und dann noch einmal: »Chidinma.«

In diesem Moment kam Chibundu ins Wohnzimmer. Sein Blick ging von mir zu Chidinma und fiel dann auf die Fäden, die ihr aus dem Mund hingen.

Ich kann nicht sagen, wie lange wir beide dastanden, aber ich weiß noch, dass Chibundu den Kopf schüttelte (über mich, über Chidinma, über uns alle?), bevor er auf sie zuging. Er holte ihr das Nadelkissen aus dem Mund und ging dabei so ruppig vor, dass er sie erschreckte oder ihr wehtat. Chidinma fing an zu weinen.

Chibundu nahm sie auf den Arm, drückte sie fest an sich, und legte das Nadelkissen oben auf die Nähmaschine.

Reglos starrte ich sie an, nicht Chibundu und Chidinma, sondern die Maschine. Ich hatte sie schon eine ganze Weile nicht mehr benutzt. Jetzt aber zog sie mich völlig in ihren Bann. Die Garnrolle steckte auf dem Stift. Die anderen Garnspulen befanden sich in einem Plastikkästchen auf der Ablage, sie erinnerten mich an Arzneikapseln. Ich dachte an das Handrad. Ein Rad, nicht zwei Räder wie bei einem Fahrrad. Ich stellte mir die Bewegungen vor, die die Nähmaschine machen würde, wenn ich sie jetzt in Betrieb nehmen würde: hoch und runter würde die Nadel fahren, hoch und runter, wie ein Nicken. Wie zur Bestätigung. Vielleicht, um mir zu sagen: Ja, alles wird gut. Oder vielleicht, um mir zu sagen: Ja, ein Rad genügt. Es braucht keine Ehe, es braucht nicht zwei Menschen. Ein Mensch reicht.

Ja. Vielleicht war ein Mensch genug.

71

»Ijeoma!«, rief Chibundu von draußen.

Ich saß im Wohnzimmer und sah zu, wie Chidinma mit ihrer Stoffpuppe spielte, während ich an einem unserer Sofakissen eine aufgerissene Naht reparierte. Es war Samstagmittag, wir hatten gerade gegessen. Für gewöhnlich blitzte um diese Zeit die Sonne hinter dicken Regenwolken auf, und Lichtpunkte tanzten über die Wände. Für gewöhnlich prasselte um diese Zeit Regen auf unser Aluminiumdach. Für gewöhnlich dachte alle Welt um diese Zeit an nichts anderes als an ein kleines Mittagsschläfchen, Gedanken so süß wie Kuchen.

Aber draußen war es still, kein Regentropfen fiel, und für ein Mittagsschläfchen waren wir alle seit Monaten zu angespannt.

An diesem Tag schien selbst der Himmel zu angespannt für Regen zu sein. Auch die Sonne ließ sich nicht blicken.

Chibundu hatte schon früh morgens das Haus verlassen. Den ganzen Vormittag war er fort gewesen und hatte mir nicht gesagt, wo er hinwollte. Jetzt erklang seine Stimme von draußen.

»Ijeoma!«

Schnell verknotete ich den Faden, erhob mich vom Sofa und ging mit Chidinma und ihrer Stoffpuppe auf dem Arm aus dem Haus.

Draußen war es unerträglich schwül.

Auf der Straße stand Chibundu neben einem dunkelblauen Peugeot 504, der auf dem Schotter neben dem Hibiskusbusch parkte. Der Himmel war wolkenverhangen, aber die schwarzen Reifen und die Karosserie glänzten, als wäre für einen Moment die Sonne herausgekommen, um den Wagen funkeln zu lassen.

Chibundu breitete die Arme aus wie ein Zauberer nach einem erfolgreichen Trick. Vielleicht auch wie einer der Helden aus *Ali Baba und die vierzig Räuber* oder einem der anderen Bücher, die Amina als Kind gelesen hatte. »Abrakadabra« schien er mit der Geste zu sagen.

»Was ist das?«, fragte ich.

»Was das ist? Siehst du das nicht? Ich habe ein Auto gekauft. Was sagst du? Ist das nicht toll, dass wir jetzt ein eigenes Auto haben? Siehst du, wie gut ich für dich sorge? Wie sehr ich mich bemühe, dir ein angenehmes Leben zu ermöglichen? Ab jetzt musst du nicht mehr laufen, wenn du nicht willst. Musst nicht mehr mit dem Bus oder dem Taxi fahren! Wir haben ein Auto!«

Ich lächelte.

»Warte, etwas fehlt noch«, sagte er, ging um das Auto herum und zog ein rotes Spielzeugauto aus dem Kofferraum, sehr schnittig, das wie eine Mischung aus Jeep und Landrover aussah. Es war eins dieser Spielzeugautos, in die sich ein Kind hineinsetzen und mit denen es herumfahren kann: ein Auto mit echt aussehenden Reifen, echt aussehenden Türen und einer echt aussehenden Windschutzscheibe – alles wie in echt, nur eben aus Plastik. Im Dach war eine Öffnung, zu groß, um noch als Schiebedach zu gelten, aber zu klein, als dass das Auto wie ein echtes Cabrio ausgesehen hätte.

Chibundu stellte das Spielzeugauto in den Hof und grinste schelmisch.

»Das ist, was wir *wirklich* brauchen!«, sagte er. »Einen Glücksbringer. Etwas, das unseren Sohn anlockt.«

Ich stellte Chidinma auf den Boden und sie klammerte sich mit ihrer kleinen Hand an mir fest. Sie war inzwischen fast ein Jahr alt und hatte gerade laufen gelernt – ihre wackligen Schritte erinnerten an einen alten Mann ohne Stock.

Gedankenverloren malte ich mir aus, wie Chidinma in dem Spielzeugauto saß und auf dem Weg zu Anulis Laden oder zu einem anderen Laden in der Nachbarschaft neben mir herfuhr.

Chidinma ließ meine Hand los und tapste auf das rote Spielzeugauto zu. Chibundu war zurück zu dem großen Auto gegangen, dem echten, und sah uns nicht, sondern wischte irgendwas – vielleicht Straßenstaub – von der Fahrertür ab.

Ich ließ Chidinma mit dem roten Auto spielen und ging zur Veranda, um ihr von dort aus zuzusehen. Wenn Chibundu fertig wäre, könnte er ihr zeigen, wie man das Spielzeugauto benutzte. Eine schöne Gelegenheit für die beiden, ein wenig Spaß miteinander zu haben.

Kaum hatte ich die ersten Schritte getan, hörte ich Chibundu schreien: »*Oya*, Ijeoma, hol deine Tochter von dem Auto weg! Wenn sie glaubt, es wäre für sie, hat sie sich geirrt. Ijeoma, hörst du mich? Komm sofort her, bevor Chidinma auf dumme Gedanken kommt.«

Als ich mich umdrehte, sah ich, wie Chibundu unsere Tochter von dem roten Auto wegzog und mit ihr schimpfte.

»Das ist für deinen Bruder, nicht für dich. Damit er sehen kann, wie sehr wir ihn herbeiwünschen. Noch ist er im Land der Ungeborenen, aber er soll sehen, dass ich schon alles für seine Ankunft vorbereite.«

Schnell ging ich zu Chidinma und nahm sie auf den Arm.

Chibundu schaute zu mir hoch: »Unser Sohn wird kommen, das weiß ich«, sagte er und grinste über das ganze Gesicht.

Als wir abends im Bett lagen und ich dachte, Chibundu würde schlafen, schlang er die Arme um mich und zog mich an sich. Ich kniff die Augen zusammen und tat so, als würde ich schlafen, ich öffnete sogar leicht die Lippen und schnarchte. Zwischendurch seufzte ich tief, damit es klang, als wäre ich schon lange eingeschlafen.

Irgendwann spürte ich, wie der Druck seiner Hände nachließ, wenig später begann er zu schnarchen, und ich lauschte seinen gleichmäßigen Atemzügen.

72

Wir lagen wieder einmal im Bett. Das Licht war aus. Chibundu hatte sich gerade erst neben mich gelegt. »Glaubst du, ich weiß nicht, dass du wach bist?«

Ich ignorierte ihn und tat weiter, als würde ich schlafen.

Er zog mich an den Haaren.

»Chibundu, bitte«, rief ich.

»Was, bitte?«

»Ich versuche zu schlafen. Lass mich bitte schlafen.«

»Schlafen kannst du, wenn ich fertig bin.«

Ich wich so weit zurück, dass ich fast auf der Bettkante lag. Dann spürte ich, wie er vom Bett aufstand. Ich lauschte seinen Schritten und hörte, dass er Licht machte.

Ich blieb, wo ich war, lag reglos im Bett und vernahm ein Rascheln, das nur von ihm kommen konnte. Kurz darauf kam er zurück zum Bett, und ich öffnete die Augen. Chibundu hielt sein Portemonnaie in der Hand und zog mehrere Naira-Scheine heraus.

»*Ngwa*, wie viel willst du? Wie viel muss ich bezahlen, damit du heute Nacht mitmachst?«

»Chibundu«, stieß ich aus.

»Los, sag schon. Offenbar reicht es ja nicht, dass ich dein Mann bin. Also sag mir, wie viel du willst. Wie viel muss ich zahlen?«

»Hör auf damit, Chibundu. Ich bin keine Hure.«

Er lachte laut. »Bist du nicht? Bist du dir sicher? Du bist keine Hure? Warum muss ich dann darum kämpfen, dass du mit mir schläfst? Offensichtlich treibst du es ja mit anderen, und deshalb bleibt für mich nichts mehr übrig.«

Ich ignorierte ihn.

Chibundu trat noch einen Schritt näher und war jetzt direkt über mir. Er warf mir das Geld ins Gesicht, die Scheine verteilten sich über das Bett.

Er griff erneut in sein Portemonnaie, nahm eine Handvoll Kobo-Münzen heraus und schleuderte sie mir ins Gesicht. Die Münzen fielen klirrend zu Boden.

Chibundu stand da und starrte mich an, wartete auf eine Reaktion. Ich rührte mich nicht und starrte zurück. Wie abhängig ich damals war. Von ihm, von unserem gemeinsamen Leben, von der vordergründigen Normalität. Von dem, was uns vertraut war und was uns niederdrückte. Die Ehe mit ihm stand für das Bekannte, Normale, weshalb es mir selbst in dem Moment, als er mich so schrecklich behandelte – mich eine Hure nannte, mir Geld ins Gesicht warf und all diese Sachen –, nicht in den Sinn kam, dass ich schon lange allen Grund gehabt hätte, meine Koffer zu packen und zu gehen.

Endlich wandte er sich ab. Das Licht ging aus, und er kam wieder ins Bett.

73

Damals stand ich manchmal völlig neben mir, wenn ich mit Chidinma sprach.

»Dein Vater wünscht sich einen Bruder für dich«, sagte ich und strich mir über den Bauch. »Er soll Chigoziem heißen.«

Meine Stimme hatte etwas Monotones bekommen, weil ich mich innerlich ganz abgestumpft fühlte. Meine Gedanken kreisten nur um die Frage, wie lange ich noch so weitermachen konnte. Wie lange würde ich die Ehe mit Chibundu noch überleben? Ich wusste, dass ich innerlich immer weiter absterben würde, wenn ich bei ihm bliebe. Dass ich immer gefühlloser werden würde. Und wer würde sich dann um Chidinma kümmern? Wer würde sich um sie kümmern, wenn von mir nichts übrig war als eine leere Hülle?

Chidinma saß in der Badewanne und beobachtete, wie ich mir immer wieder über den Bauch strich. Sie beäugte mich still und hielt sich mit ihren kleinen Händen am Wannenrand fest.

Damals hatte sie manchmal diesen fragenden Blick, als hätte sie Angst, dass die Menschen, die sie doch am meisten von allen auf der Welt lieben sollten, sie bald wegschicken oder aussetzen würden. Aber vielleicht bildete ich mir das auch nur ein. In meiner Wahrnehmung hatte sie den Blick eines Kindes, das irgendwie spürte, dass es in die Obhut einer Mutter geraten war, die emotional so gleichgültig vor sich hin dümpelte wie das Wasser in der Badewanne.

Ich seifte den Waschlappen ein, tauchte ihn ins Wasser und drückte ihn über Chidinmas Kopf aus, sodass die Tropfen wie Regen auf sie herunterfielen.

»Chigoziem«, sagte ich. Ihr Blick fiel auf meinen Bauch. Sie presste ihre kleinen Lippen aufeinander und schaute mich finster an.

»Wer ist da drin?«, fragte ich.

»Chi-do-dem«, murmelte sie.

Ich beugte mich über sie, küsste ihren Kopf, küsste ihre kleinen brauen Locken.

74

Die Haustür und die Fenster standen offen. Irgendwo auf der Straße bellte ein Hund. Dazwischen hörte man Kinder lachen und schreien. Die Dämmerung brach an.

Der Strom war ausgefallen – auf die NEPA war damals immer weniger Verlass. Ich hatte (was zu einer neuen Gewohnheit geworden war) den Tisch zur Seite geräumt, damit Chidinma auf dem Teppich spielen konnte. Auf dem Tisch flackerte eine Kerze, die ich auf eine Dose gestellt hatte, und erleuchtete schwach das Zimmer. Wir hatten bereits zu Abend gegessen, und Chibundu war noch mit ein paar Kollegen ausgegangen. Er ging schon seit einiger Zeit immer öfter mit ihnen aus und kam nur zum Schlafen nach Hause.

Chidinma stand vom Teppich auf. Eine ganze halbe Stunde lang hatte sie dort gesessen und eine ihrer Puppen malträtiert, nicht die aus Stoff, sondern eine andere: eine kleine nackte Plastikpuppe. Sie hatte der Puppe Arme und Beine ausgerissen, sodass nur noch der Rumpf, der Kopf und ein Büschel Kunsthaar übrig waren.

Chidinma stand, hielt die Puppe an den Haaren, und versuchte, nicht wieder hinzufallen. Sie taumelte auf mich zu, zittrig wie die Kerzenflamme, und die Puppe in ihrer Hand baumelte hin und her.

Als sie vor mir stand, ließ sie die Puppe los und streckte ihre kleinen Arme aus. Ihr Mund formte das Wort »Mama«, und ich wusste, dass sie zu mir hochwollte. Es war ihre Art, mir zu sagen, dass ich sie auf den Arm nehmen sollte. Ich rutschte vom Sofa auf den Boden, hob sie hoch und setzte sie mir auf den Schoß.

Da fiel mir ein Lied ein:

Nkita Chikwendu
Tagburu Chikwendu
Ebe ha na'azo anu.
Ha hapu Chikwendu
Kwoba nkita oria.
O di kwa mu wonder.

Mit dem Lied erinnerte ich mich auch an die Geschichte. Ich dachte daran, wie Papa die Geschichte ausgeschmückt hatte, wenn er sie mir erzählte:

Es war einmal ein kleiner Junge namens Chikwendu, der hatte weder Eltern noch ein Zuhause, aber einen süßen kleinen Hund. Der Hund wich ihm nie von der Seite. Chikwendu und sein Hund spielten den ganzen Tag miteinander, und abends erlaubte Chikwendu dem Hund, sich neben ihn auf die Schlafmatte zu legen.

Eines Tages kam aus einem weit entfernten Dorf ein dunkelhaariger Fremder in Chikwendus Dorf. Er war groß und gutaussehend und trug einen Korb mit gebratenem Fleisch auf dem Kopf. Chikwendu hatte den ganzen Tag lang nichts gegessen und saß jetzt am Straßenrand und bettelte.

Der Fremde erblickte Chikwendu auf der anderen Straßenseite und sah, dass der Junge in der zerschlissenen Hose nur noch Haut und Knochen war. Er dachte, dass dieser Junge schrecklichen Hunger haben musste. Chikwendu tat ihm leid, und so überquerte der Fremde die Straße und ging auf ihn und seinen Hund zu. Der Fremde setzte den Korb ab und suchte ein Stück Fleisch heraus, das Chikwendu dankbar annahm. Das Stück war zwar sehr klein, aber er freute sich sehr. Chikwendu stand auf und dankte dem Fremden überschwänglich.

Als der Fremde davonging, setzte sich Chikwendu wieder auf den Boden und aß von dem Fleisch. Sein Hund lag neben ihm und knurrte leise, machte ein kaum hörbares Geräusch.

Es war nicht so, dass Chikwendu nicht teilen wollte. Er hatte immer alles Essen mit seinem Hund geteilt, aber diesmal war das Stück Fleisch so klein, dass nicht daran zu denken war, dem Hund etwas abzugeben. Deshalb erlaubte sich Chikwendu, das Fleisch allein zu essen. Das nächste Essen, das er bekäme, würde er dem Hund geben, sagte er sich.

Der Hund aber wusste ja nichts von Chikwendus Gedanken. Als Chikwendu sich gerade den letzten Bissen Fleisch in den Mund steckte, griff der Hund an. Es kam zu einem Kampf. Ein Biss hier, ein Biss da, Gebell und lautes Knurren, Zähne im Fleisch. Ein Junge und ein Hund, die sich am Boden wälzten. Manchmal gelang es Chikwendu, den Hund niederzuringen, manchmal hatte der Hund die Oberhand. Chikwendu schrie und schrie, und der Hund bellte und bellte, und die Dorfbewohner wurden auf den Kampf aufmerksam. Als der Kampf zu Ende war, hatte sich eine Menschenmenge um die beiden versammelt. Sie lagen reglos am Boden, erschöpft und blutüberströmt. Neben ihnen lag das winzige Stück Fleisch, das noch immer köstlich roch.

Vielleicht war es der Geruch des Fleischs, der bei den Dorfbewohnern dieselbe Reaktion auslöste wie bei dem Hund. Vielleicht war es der Geruch, der die Dorfbewohner um den Verstand brachte, denn sie kamen nun näher, knieten sich hin und kümmerten sich um den Hund. Anstatt die Wunden des Jungen zu versorgen oder zumindest die Wunden von beiden, umringten alle nur den Hund. Seine Wunden salbten sie ein, seine Wunden verbanden sie. Chikwendu aber ließen sie auf der Straße liegen, wo er starb.

Chidinma konnte die Geschichte unmöglich verstanden haben, aber kaum hatte ich zu Ende erzählt, schaute sie erschrocken zu mir hoch. Sie saß da und suchte ängstlich meinen Blick.

Zum Abschluss sang ich noch einmal das Lied, denn so hatte Papa seine Geschichte immer beendet:

Chikwendus Hund hat ihn gebissen
In einem Kampf
Um ein Stück Fleisch.
Den Hund versorgten die Leute,
Aber Chikwendu ließen sie sterben –
Wie kann das nur sein?
Wie kann das nur sein?

75

Ich saß auf einem Hocker neben der Wanne und spülte Chidinma die Seife vom Körper und aus den Haaren.

Wieder fiel mir eine Geschichte ein:

Obaludos Mutter war eine Händlerin und wusste sehr genau, dass an Markttagen auch die Geister aus der Geisterwelt kamen und ihren eigenen Handel trieben. Deshalb ließ sie ihren drei Töchtern an Markttagen immer genug Essen im Haus und erklärte ihnen, wie sie das Essen zubereiten sollten, damit sie nicht aus dem Haus gehen mussten und nicht Gefahr liefen, den Geistern zu begegnen, die bekanntlich gern Unheil über Kinder brachten.

An diesem einen Tag überreichte sie Obaludo und ihren Schwestern einen kleinen Beutel mit Schnecken und eine kleine Yamswurzel.

»Die Schnecken sondern Flüssigkeit ab«, sagte sie, »deshalb müsst ihr zuerst die Yam rösten, sonst geht euch das Feuer aus.«

Sie ermahnte die Kinder auch noch ein zweites Mal, zuerst die Yam zu rösten und auf keinen Fall aus dem Haus zu gehen, was sie vor allem wegen Obaludo tat, ihrer bildhübschen Tochter, die von vielen Dorfbewohnern und Geistern um ihre Schönheit beneidet wurde.

Dann verließ Obaludos Mutter das Haus.

Stunden vergingen, und schließlich war es Zeit für das Abendessen. Die Mädchen machten sich daran, das Essen zuzubereiten, hatten die Anweisung ihrer Mutter aber längst vergessen. Sie kochten zuerst die Schnecken. Die Schnecken waren kaum fertig, da erlosch das Feuer. Nun erinnerten sie sich an die Warnung ihrer Mutter, aber es war zu spät.

Ihre Mutter würde noch viele Stunden fort sein. Die Schwestern hatten großen Hunger, und der Gedanke, noch so lang warten zu müssen, war ihnen eine Qual. So kamen sie gemeinsam zu dem Schluss, dass ihnen nichts anderes übrig blieb, als sich neues Feuer zu holen.

Sie stritten darum, wer es holen sollte.

Die beiden jüngeren Schwestern kamen überein, dass es das Beste wäre, wenn die älteste Schwester das Feuer holen ging. »Nwaegbe«, flehten die beiden Jüngeren sie an, »würdest du bitte neues Feuer für uns holen?«

Nwaegbe weigerte sich.

Die Schwestern versuchten es noch einmal: »Große Schwester, willst du nicht Feuer für uns holen?«

Aber Nwaegbe weigerte sich auch diesmal.

Nun berieten sich die älteste und die jüngste Schwester. Sie kamen zu folgendem Entschluss: Die mittlere Schwester, Nwaugo, sollte das Feuer holen. Sie flehten Nwaugo an: »Nwaugo, bitte geh und hole uns neues Feuer.«

Aber wie schon Nwaege vor ihr weigerte sich auch die mittlere Schwester.

Obaludo wusste, dass nun nur noch sie übrig war – dass sie ihre letzte Hoffnung war, wenn sie nicht Hunger leiden wollten –, und so beschloss sie, neues Feuer holen zu gehen.

Eine Weile war niemand auf der Straße zu sehen. Obaludo dachte gerade, dass sie wohl Glück gehabt hätte, als sie, wie von ihrer Mutter vorausgesagt, einen Geist traf.

Der Geist sprach sie an: »*Tunya*!«

Obaludo antwortete dem Geist: »Das wünsche ich dir auch!«

Der Geist sagte: »*Tunke*!«

Obaludo erwiderte: »Das wünsche ich dir auch!«

So ging es eine Weile hin und her. Nur wusste Obaludo nicht, dass der Geist, während sie mit ihm diese Worte wechselte, ihre Schönheit stahl und sie so hässlich wurde wie er.

Chidinma saß immer noch in der Badewanne, als ich leise das Lied sang:

Obaludo, Obaludo, Nwa oma,
Obaludo
Obaludo, Obaludo, Nwa oma,
Obaludo
Nne anyi anyi gi na ejuna,
Obaludo
Si ayi bulu uzo ho nwa gianyi
Na ejuna ga emenyula anyi oku
Obaludo
Anyi bulu uzo ho nwa ejuna
Obaludo
Ejuna emenyusiala anyi oku
Obaludo …

Schöne Obaludo, schönes Kind,
Schöne Obaludo, schönes Kind
Unsere Mutter gab uns Schnecken und Yam,
Sagte: Röstet zuerst die Yam,
Denn Schnecken löschen das Feuer,
Aber wir hörten nicht zu, kochten zuerst die Schnecken,
Und die Schnecken löschten das Feuer.
Obaludo …

Mitten im Lied hörte ich, wie irgendwo eine Tür ins Schloss fiel, glaubte, der Wind hätte die Haustür zugeschlagen, und dachte nicht weiter darüber nach.

Ich hatte ihn nicht kommen hören, aber als ich mich umdrehte, lehnte Chibundu in der Badezimmertür und sah uns zu. Sein Blick war unendlich traurig. Heute denke ich, dass vielleicht Jesus am Kreuz mit demselben traurigen Blick auf die Welt hinabgeschaut hat. *E'li, E'li, la'ma sa bach tha'ni?* Mein Gott, mein Gott, warum hast Du mich verlassen?

Oder vielleicht eher wie es bei Johannes heißt: *Mich dürstet.*

76

Ich will nicht lange erklären, warum ich mich Chibundu doch noch ehrlich hingab, um einen Jungen mit ihm zu zeugen, nachdem er so traurig im Türrahmen gestanden hatte. Wo kommt Gott her? Was war vor Gott da? Was ist der Sinn des Lebens? Warum bin ich auf der Welt? Was kommt nach dem Tod?

Manche Dinge sind schwer zu erklären.

Entscheidend ist nur, dass ich nachgab, nachdem ich ihn so traurig gesehen hatte. Ich stellte mich nicht mehr schlafend. Wies ihn nachts nicht mehr ab. Wollte nun doch versuchen, noch ein Kind mit ihm zu haben. Als wäre es sicher gewesen, dass wir dann den Sohn bekamen, den Chibundu sich so verzweifelt wünschte. Den Sohn, der mich zu Chibundus Geisel machte. Trotzdem betete ich, dass es klappte, betete genug für uns beide, genug für mindestens zehn. Wenn Chibundu nur endlich einen Sohn bekam, entband er mich vielleicht von den nächtlichen Pflichten, und ich konnte dem ehelichen Gefängnis entkommen. Ich hoffte, dass sich das Baby beeilte, und ich hoffte vor allem, dass es ein Junge werden würde. Bitte, lieber Gott, mach, dass es ein Junge wird, flehte ich.

Als die Trockenzeit eine kurze Pause einlegte, weil der Harmattan blies, wurde ich tatsächlich schwanger.

Da ich nicht erklärt habe, warum ich Chibundus Drängen doch noch nachgab, will ich auch nicht lange von den Einzelheiten der Schwangerschaft erzählen. Stattdessen kürze ich die Geschichte ab und springe direkt zum Ende, von A nach Z, so wie man einen Reißverschluss zuzieht: Im dritten Monat verlor ich das Baby.

Passiert ist es so: Ich war abends im Wohnzimmer und wollte gerade Chidinma auf den Arm nehmen, als ich einen heftigen Schmerz spürte. Obwohl ich Chidinma schon hochgehoben hatte, stockte ich mitten in der Bewegung, um den Schmerz nicht zu verschlimmern.

Möglichst ruhig wartete ich ab, aber die Minuten vergingen und der Schmerz ließ nicht nach.

Ich setzte Chidinma wieder ab und richtete mich auf. Es war noch nicht sehr spät, und Chibundu war noch nicht zu Hause. Lieber Gott, dachte ich, bitte mach, dass Chibundu bald nach Hause kommt und sein Baby rettet, bevor es nichts mehr zu retten gibt. Ich war erst im dritten Monat der Schwangerschaft, aber schon jetzt stellte ich mir einen kleinen Jungen vor, der aussah wie sein Vater: die gleichen ogbonoförmigen Augen, die gleiche Stupsnase und die gleichen Lippen – die sich bei Chibundu nach außen stülpten wie zwei Tausendfüßer, wenn er wütend war. In meiner Vorstellung kam unser Sohn in so vieler Hinsicht ganz nach seinem Vater, hatte aber nicht dessen aufgestaute Wut und würde allein durch sein Dasein Chibundus Wut vertreiben.

Nun standen wir mitten im Wohnzimmer und Chidinma umklammerte meine Hand. Der Schmerz war scharf und stechend, viel schlimmer als zuvor. Ich spürte mit einem Mal ein so heftiges Ziehen im Unterleib, dass ich reflexartig Chidinmas Hand drückte. Chidinma fing an zu weinen. Was sollte ich tun? Ich hörte ihr Weinen nur noch als dumpfes Echo, so als stünde ich in einem Tunnel tief unter der Erde.

Bitte, lieber Gott, dachte ich, mach, dass Chibundu nach Hause kommt und sein Baby rettet, bevor es nichts mehr zu retten gibt.

Ich setzte einen Fuß vor den anderen, bis ich spürte, wie es aus mir herauslief, als hätte man mir einen Stöpsel gezogen. Als ich zu Boden blickte, sah ich eine Blutlache voller Klümpchen vor meinen Füßen. Der Geruch von frischem rohem Fleisch breitete sich im Zimmer aus und schnitt mir die Luft ab. Bis heute sehe ich das Bild von der kleinen Chidinma vor mir, die im Blut ihrer Mutter liegt und weint.

Die Welt um mich herum wurde erst grau, und dann schwarz.

***

Als ich erwachte, beugte sich Chibundu über mich. Er hielt Chidinma im Arm, streichelte mich mit der freien Hand und sagte, es werde alles wieder gut.

Mein Krankenhausbett stand am Fenster. Draußen ging die Sonne unter, violette Wolken hoben sich von einem grauen Hintergrund ab wie blaue Flecken von heller Haut.

Wie lange war ich schon hier? Stunden? Tage?

Chibundu hörte nicht auf, mich zu streicheln. Als er sah, dass ich die Augen geöffnet hatte, sagte er: »Die Ärzte tun alles, damit es dir bald wieder besser geht. Du wirst dich fühlen wie neu. Sie sagen, wir können es weiter probieren.« Er nahm Chidinma auf die andere Seite, beugte sich dicht an mein Ohr und wiederholte das Sprichwort, das er schon einmal benutzt hatte: »Wenn ein Bauer auf den Acker geht und ohne Maniok nach Hause kommt, tut er alles dafür, seinen Acker so zu bestellen, dass er beim nächsten Mal mit Maniok zurückkommt.«

Mir wurde ganz schwindlig von seinen Worten. Sie dröhnten in meinem Kopf, machten mir Angst, nahmen mir die Luft zum Atmen.

Nach der Fehlgeburt traf ich Chibundu fast nur noch draußen vor dem Haus an. Er redete auf das Glücksbringer-Auto ein, während er es putzte und polierte. Es war, als wollte Chibundu das Auto dazu bringen, es beim nächsten Mal besser zu machen. Was nützt ein Glücksbringer, der nicht funktioniert?, hörte ich ihn sagen. Seine ganze Haltung verriet, wie enttäuscht er von dem Spielzeugauto war.

Meine Hoffnung war eine ganz andere: Da der Glücksbringer nicht funktioniert hatte, würde Chibundu vielleicht aufgeben und mich in Ruhe lassen. Lag es nicht in der Natur des Menschen, sich eine Weile obsessiv mit etwas zu beschäftigen, sich dann aber irgendwann wieder etwas Neuem zuzuwenden? Gab der Mensch nicht irgendwann auf und wandte sich anderen Dingen zu, wenn er ein bestimmtes Ziel einfach nicht erreichen konnte?

Ich hoffte es sehr.

Es war der x-te Tag in Folge, an dem Chibundu, als ich ihn zum Abendessen rief, mit dem kleinen Auto zugange war.

Ich hatte Chidinma bei mir. Sie hatte mittlerweile verstanden, dass das rote Auto für sie tabu war. Vielleicht hatte sie außerdem verstanden, dass einem auch Dinge, die man gerade erst bekommen hatte, wieder weggenommen werden konnten. Sogar die Liebe einer Mutter. Stocksteif stand sie neben mir und ignorierte das Auto.

Am Wochenende zuvor hatte Chibundu einem der Nachbarsjungen angeboten, mit dem Auto zu fahren, einem vier- oder fünfjährigen Jungen namens Somto. Chidinma und ich hatten beobachtet, wie er dicht hinter dem Lenkrad saß, die Knie halb eingeklemmt, die Beine viel zu lang für das Auto.

Trotzdem hatte dieser Somto mit dem Spielzeugauto fahren dürfen, und Chibundu war hinterhergelaufen und hatte ihn angefeuert. Nach einer Weile hatte er den Jungen aus dem Auto gehoben und ihm den Kopf getätschelt. Somto hatte seine kleinen Arme um Chibundus Beine geschlungen, dankbar, weil er mit dem roten Spielzeugauto hatte fahren dürfen.

Eine Woche, nachdem Chibundu Somto mit dem Spielzeugauto hatte fahren lassen, hob er es von der Veranda herunter und stellte es in den Hof.

Er schaute zu mir hoch: »Es war ein Fehler von mir, Chidinma das Auto zu verbieten. Was habe ich mir nur dabei gedacht? Warum habe ich mich so dumm verhalten? Wahrscheinlich hätte uns das Auto Glück gebracht, wenn ich es Chidinma nicht verboten hätte. Sie wäre schließlich seine Schwester gewesen, und genau das sollen Geschwister doch lernen: Wie man miteinander teilt.«

Er schaute mich die ganze Zeit an, während er sprach. Ich wollte sagen, dass wir nie wissen würden, ob das Baby ein Junge geworden wäre. Im dritten Monat konnte man das noch nicht sagen.

Sein Blick ging zu Chidinma.

»Komm her«, sagte er zu ihr.

Chidinma rührte sich nicht.

»Komm«, sagte er, hob sie hoch und setzte sie auf den Fahrersitz.

Während er ihr erklärte, was sie tun musste, und ihre Arme und Beine für sie bewegte, suchte ich nach einem Zeichen von Erfüllung auf ihrem Gesicht, weil sie nun endlich bekam, was sie sich gewünscht hatte.

Aber da war keine Freude. Sie saß verkrampft in dem Auto und hielt mit der einen Hand unsicher das Lenkrad, während sie mit der anderen nervös die Spangen in ihrem Haar befühlte.

Das Auto setzte sich schließlich in Bewegung, aber nur, weil Chibundu es anschob. Chidinma krallte sich am Lenkrad fest und wurde in einem Spielzeugauto herumgeschoben, das nie für sie bestimmt gewesen war.

Sie sah alles andere als glücklich aus.

An dem Tag rollte sich Chidinma abends ein wie ein Igel, als wollte sie am liebsten verschwinden. Ihre Augen standen offen, und sie schaute mich gedankenverloren an.

Es verging eine Weile, dann seufzte sie leise und wandte sich von mir ab. In diesem Augenblick wurden meine Lider zu Scheibenwischern eines Autos. Ich versuchte, den Moment wegzublinzeln, in dem sie sich von mir abwandte. Ich blinzelte und blinzelte, aber das Bild wollte sich nicht wegblinzeln lassen.

77

Der Legende nach kommen Geisterkinder, die es leid sind, rastlos zwischen der Welt der Lebenden und der Toten hin- und herzuschweben, über Udala-Bäumen zur Ruhe. Dankbar, endlich irgendwo anzukommen, verhelfen sie jeder Frau, die sich, und sei es auch noch so kurz, unter einem Udala-Baum niederlässt, zu Fruchtbarkeit. Sie verhelfen jeder Frau zu so vielen Söhnen und Töchtern, wie sie sich wünscht.

Ich hörte diese Geschichte einige Jahre vor dem Krieg in der Schule in Ojoto von einem Mädchen namens Osita, einem pummeligen Mädchen mit strahlenden Augen und einem Hinterkopf so flach wie ein platt gedrücktes Brot. Das Mädchen hatte eine Narbe auf der Stirn, die quer von einer Seite zur anderen verlief. Die Kinder in der Schule erzählten sich tuschelnd, dass sie als Baby aus dem zweiten Stock ihres Elternhauses gefallen war. Aber keiner sprach sie je direkt darauf an. Keiner wusste es wirklich.

Einmal saßen wir in der Nachmittagspause auf den Stufen vor unserem Klassenzimmer, und Osita bat mich inständig, sie nach der Schule mit zu dem Udala-Hain zu begleiten, der sich ganz in der Nähe unserer Schule befand. Wir waren damals so um die acht oder neun Jahre alt.

Osita und ich bauten uns Sessel unter den Bäumen, häuften Blätter auf und ließen uns nebeneinander darauf nieder.

»Wir müssen hier sitzen bleiben, bis wir bis hundert gezählt haben«, sagte Osita.

»Warum bis hundert?«

»Weil das sehr lange ist. Wir müssen sicher sein, dass wir den Segen vollständig abbekommen, bis auf den letzten Tropfen. Das ist anders, als wenn wir eine Limonade trinken und immer ein kleiner Rest in der Flasche bleibt. Da ist es nicht schlimm. Aber jetzt müssen wir versuchen, noch den kleinsten Tropfen zu erhaschen.«

Sie fing an, unerträglich langsam zu zählen, so als wären die Zahlen Mehl, das sie durch ein Sieb streichen müsse. Eins … Zwei … Drei …

Es sei nie zu früh, sich auf die Ehe vorzubereiten, sagte Osita. Früher oder später wären wir beide verheiratet und hätten die Pflicht, unseren Ehemännern Kinder zu schenken, vor allem Söhne, damit der Familienname weitergereicht wurde.

Ich machte alles mit, was sie sagte, obwohl es für mich einen großen Unterschied zwischen Legende und Wirklichkeit gab. Für mich war das, was die Legende versprach, ein wenig so, als würde man sich etwas wünschen: Ob der Wunsch in Erfüllung ging, war dem Zufall überlassen.

In meiner letzten Nacht in Chibundus Haus träumte ich von Udala-Bäumen.

Chidinma kam auch in dem Traum vor. Sie trug ein gelbes Kleid mit Pailletten am Oberteil und Spitzenborte am Saum, und hatte eine große Schleife im Haar, die sich leicht im Wind bewegte. Um sie herum lagen graue und braune Steine in einem Kreis, jeder so groß wie ein Betonblock. Auf jedem Stein stand eine weiße Kerze, sieben oder acht insgesamt, deren Flammen im Dunkel der Nacht blau, gelb und orange flackerten.

Chidinma sah sehr traurig aus, und ihr Gesicht war totenblass.

Sie stand unter einem Udala-Baum, der größer war und mehr Früchte trug, als ich es je gesehen hatte. Der Baum hing voller orangefarbener Früchte, und die Früchte strahlten viel heller als in Wirklichkeit. Die Blätter leuchteten dunkelgrün.

An dem Weg, der zu dem Udala-Baum führte, standen weitere Bäume, die hoch in den Himmel ragten: Palmen, Bananenbäume, Iroko- und Cashewbäume. Der Weg schien hinter Chidinma in einen See zu münden, der sich am Horizont verlor, ein bläulich-schwarzer Punkt in der Ferne. Der von Wolken verdunkelte Mond tauchte die Spitzen der Bäume in ein silbernes Licht.

Dort, wo der Weg auf den See traf, standen viele weitere brennende Kerzen.

Voller Entsetzen ging ich im Traum auf Chidinma zu und sah, dass ihre Füße den Boden nicht berührten, sondern sie wie ein Geist über ihm schwebte. Wie konnte das sein? Mein Blick wanderte nach oben und ich sah ein Drahtseil, das von dem Udala-Baum hing und zu einer Schlinge führte, die um Chidinmas Hals lag. Aus irgendeinem Grund hatte ich das Seil anfangs nicht bemerkt, aber jetzt sah ich es von den Ästen des Udala-Baums baumeln, und ich sah Chidinma, meine Tochter, an seinem Ende hängen.

Ich wollte zu ihr laufen, aber meine Füße waren so schwer, als steckten sie in Schlamm fest. Ich zwang mich vorwärts, ließ sie nicht aus den Augen, und plötzlich schaute sie zu mir auf. Sie hatte diesen teilnahmslosen Gesichtsausdruck, den ich nur zu gut von ihr kannte, aber dann verzogen sich ihre Lippen zu einem unheilverkündenden Lächeln, das ich so noch nie an ihr gesehen hatte.

Auf einmal war da ein Buch in ihrer Hand. Es war Papas alte Bibel – die kleine, die er früher immer benutzt hatte, mit dem schwarzen Ledereinband und den angegilbten Seiten. Chidinma hing am Baum und begann mit einem Mal, aus der Bibel vorzulesen. Ich hörte die Wörter, erfasste sie aber nicht.

Ich kam zu spät. Als ich endlich bei ihr war, hatte sie die Augen geschlossen. Ihre Haut war noch warm, wurde aber von Minute zu Minute kälter.

Dann folgte ein anderer Traum, in dem Chidinma bereits erwachsen war: Eine wunderschöne Frau mit dunkler Haut, wohlgeformten Lippen und wachen Augen. Sie saß in einem Garten voller Udala-Bäume und hielt ein Kind auf dem Arm.

Ringsherum hörte man das Grollen von Helikoptern und Kampfflugzeugen, die Schritte wegrennender Menschen und immer wieder dumpfe Einschläge. Kriegsgeräusche.

Ich stand da und schrie, Chidinma solle aufstehen, damit wir zum Bunker rennen und uns verstecken könnten. Es war mitten in der Nacht, dunkel um uns herum, nur der Mond schien schwach. »Chidinma, komm!«, schrie ich. Chidinma schaute auf und begegnete meinem Blick. Ihre Augen glühten, wirkten wütend und wild.

In diesem Moment begann das Kind auf ihrem Arm zu keuchen, es bekam keine Luft mehr. Chidinma schaute das Kind nur an. Sie tat nichts, sie sah es einfach nur an. Ich hätte dem Kind helfen können, aber eine unsichtbare Wand schien mich von der Szene vor meinen Augen zu trennen. Ich konnte weder das Kind vor dem Ersticken retten noch konnte ich Chidinma zum Bunker schleifen.

Das Kind auf ihrem Arm rang nach Luft, fasste sich an den Hals und schaute Chidinma flehend an. Trotzdem rührte sie sich nicht. Tat nichts, um dem erstickenden Kind zu helfen.

Manchmal treffen wir eine Entscheidung auf diese Weise – durch eine Reihe von Träumen und Vorzeichen. Stell dir vor, du hörst ein Geräusch in der Ferne. Anfangs ganz leise, dann immer lauter: Quakquak, Quakquak, Quakquak, und schließlich schaust du zum Himmel und siehst eine Gänseschar in einem perfekt geformtem V vorüberziehen.

Schweißgebadet schreckte ich hoch und schnappte verzweifelt nach Luft. Es fühlte sich nicht an, als wäre ich zu Hause in meinem Bett. Verwirrt schaute ich mich um und versuchte zu begreifen, wo ich war. Plötzlich erkannte ich: Chidinma und ich erstickten unter dem Gewicht von etwas, das viel größer war als wir beide, schwer und erdrückend: dem Gewicht von Tradition und Aberglauben und all den Legenden, von denen wir umgeben waren.

Das Schlafzimmer begann sich in der Dunkelheit abzuzeichnen: die Laken mit dem Blumenmuster, die dunklen Vorhänge, der hölzerne Beistelltisch und der Spiegel über der Ankleide, aus dem mir mein eigenes Bild entgegenblickte. Chibundu neben mir.

Ich richtete mich auf und stellte beide Beine fest auf den Boden. Endlich wusste ich, was die Lösung für meine Probleme war. Warum hatte ich so lange gebraucht, um etwas zu unternehmen? Das Leben reißt uns manchmal einfach mit, und wir glauben irgendwann, wir hätten unser Schicksal gar nicht selbst in der Hand.

Ich hörte Chidinma weinen, aber die Schlafzimmertür war geschlossen, also hätte ich sie gar nicht hören können, selbst wenn sie tatsächlich geweint hätte. Das Weinen war nur in meinem Kopf.

Chibundu lag auf seiner Seite des Betts und schnarchte laut wie ein Blasinstrument. Ich sprang auf, stopfte hastig ein paar Kleider in eine Tasche und achtete darauf, keinen Lärm zu machen, um Chibundu nicht zu wecken. Mit der Tasche in der Hand schlich ich aus dem Zimmer und ging in Chidinmas Zimmer.

Ich band sie mir mit einem Wickeltuch vor die Brust und zog die Stoffbahn, die über meine Schulter verlief, vorsichtig über ihren kleinen Kopf. Sie hatte gerade noch geschlafen, aber jetzt öffnete sie die Augen und reckte sich ein wenig. Wie immer roch sie herrlich nach Baby und Puder, süß und lieblich, ein Geruch, der mich an Weihrauch erinnerte.

Ich ging mit ihr ins Wohnzimmer, und durch die Wohnzimmertür verließen wir das Haus.

Draußen hüllte mich die Dunkelheit gnädig ein. Der Wind wirbelte die Blätter auf, und auf der Straße sah ich neben einer Hütte eine Frau, die Seifenwasser aus einem Eimer auf die Straße goss. Ein Stück weiter wischte ein Mann die Stufen zu seinem kleinen Haus.

Am Taxistand stand ich da und wiegte Chidinma hin und her, während mir der Oga in einem blauschwarzen Ensemble aus Agabada und Sokoto ein Taxi zuwies.

Als sich das Taxi in Bewegung setzte, dachte ich einmal mehr darüber nach, wie oft uns das Leben auf Abwege führt. Aber vielleicht spielte es keine Rolle, wie kurz oder wie lang der Weg war, solange wir nur irgendwann dort ankamen, wo wir hingehörten.

Das Taxi setzte mich ein kleines Stück vor Mamas Gartentor ab. Oben auf dem Hügel sah ich ein Licht, vielleicht den Schein von einem Feuer.

Ich ging auf Mamas Haus zu, ohne zu wissen, was ich sagen würde, wenn ich am Gartentor ankam oder wenn ich den Garten betrat oder wenn ich an die Tür klopfte und Mama mir öffnete. Vielleicht, dass ich allein leben wollte wie sie oder etwas in der Richtung. Dass ich mich nicht länger an andere Menschen gebunden fühlen wollte, es sei denn, ich entschied mich aus freien Stücken dafür.

Ich kam an einem kleinen Stück Land vorbei, auf dem stellenweise grünes Moos wuchs. Ich kam an einem großen Iroko-Baum vorbei, und an einem Huhn mit kahlen Stellen auf dem Kopf, das um den Baum herum lief.

Kurz vor Mamas Tor blieb ich stehen. Neben der Straße stand ein Baumstumpf, und ich ließ mich darauf nieder. Dort betete ich still und bat Gott, mir zu vergeben, dass ich meinen Ehemann verlassen hatte. Ich betete und wusste hinterher nicht mehr, ob Sekunden, Minuten oder Stunden vergangen waren.

Als ich mich erhob, fühlte ich mich mutig und stark. Ich klopfte mir den Staub von meinem Wickelkleid. Ich klopfte und klopfte, als würde ich dadurch mein Leben neu beginnen.

EPILOG

Aba, Abia State
13. Januar 2014

In einer Lebensgeschichte voller Träume gibt es immer noch mehr Träume. Von Zeit zu Zeit kommt Amina mich nachts besuchen – in drei verschiedenen Träumen. Die Träume wechseln einander ab und kehren immer wieder.

Im ersten Traum bin ich wieder in Oraifite, wo Amina und ich auf dem Mädcheninternat waren. Ich komme abends an, steige aus dem Bus und gehe runter zum Fluss. Die untergehende Sonne glitzert auf dem Wasser. Ich finde die Stelle, an der Amina und ich immer gesessen haben, nehme mir eine Handvoll Sand und lasse ihn zwischen den Fingern hindurchrieseln, so wie Amina es vor langer Zeit getan hatte.

Das ist der erste Traum.

Im zweiten Traum gehe ich den ganzen weiten Weg zu Fuß bis zum Haus des Lehrers. Das Haus steht leer, aber ich durchquere trotzdem den Vorgarten und trete auf das Unkraut, das in die Höhe schießt und den Weg, der vom Tor zur Haustür führt, überwuchert. Unkraut, das den Beton erstickt.

Ich betrete das Haus, komme an der Küche vorbei, und gehe zur Hintertür hinaus auf den Hof. Wenige Meter entfernt steht der alte Schuppen, und gleich neben dem Schuppen ist der

Wasserhahn, der früher silbern in der Sonne glänzte. Nun ist er komplett verrostet. Heuschrecken springen herum.

Ich nähere mich dem Wasserhahn, mache ein paar Schritte darauf zu, und plötzlich steht Amina vor mir, so wie früher immer, und füllt einen Eimer Wasser.

Ich renne auf sie zu, schlinge die Arme um sie, und frage sie verzweifelt: »Erinnerst du dich? *Erinnerst du dich?* Hier sind wir herumgelaufen. Hier haben wir gearbeitet. Hier sind wir aufgewachsen. Hier haben wir gelacht. Hier haben wir uns geliebt. *Hier habe ich gelernt, was Liebe ist.*«

Kaum sage ich diese Worte, verschwindet Amina, so wie Menschen manchmal plötzlich verschwinden, sogar aus unseren Gedanken.

Gowon hatte in seiner Radioansprache gesagt: *Das tragische Kapitel der Gewalt ist beendet. Wir stehen vor einer Zeit der nationalen Versöhnung. Wieder einmal haben wir die Gelegenheit, eine neue Nation aufzubauen.*

Lasst uns vergessen, dass Gowon aus dem Norden stammt. Lasst uns vergessen, dass sein Name untrennbar mit dem Krieg und den begangenen Gräueltaten verbunden ist.

Aber lasst uns den Krieg und die begangenen Gräueltaten nicht vergessen, und erinnern wir uns auch an die Ansprache, vor allem an den Teil, in dem es um nationale Versöhnung und den Aufbau einer neuen Nation ging.

Lasst uns Gowon vergeben. Lasst uns Ojukwu vergeben. Lasst uns dem Krieg vergeben.

Den dritten Traum träume ich am häufigsten. Er geht so:

Ich bin im Norden, um Amina zu besuchen. Da oben ist die Erde grau und fein, nicht rot und schwer wie die Erde bei uns im Süden. Man sieht überall schier endlose Grasebenen, auf denen

Rinder weiden, sie wedeln in der Sonne mit den Schwänzen, gut bewacht von Hausa- und Fulani-Hirten.

Neben den Hirten sind dort auch Hausa- und Fulani-Händler mit traditionellem Kaftan, Mütze und Gebetsschal, die Schüsseln mit Bananen oder Broten oder Nüssen auf den Köpfen tragen. Außerdem Igbo- und Yoruba-Händler: Frauen mit Spitzenblusen oder Bubas und dazu passenden Wickelröcken; Männer in Agbadas. Und noch andere Händler: Männer und Frauen in europäischer und amerikanischer Kleidung: Hemden und T-Shirts, Hosen und Röcken und Shorts.

Amina holt mich vom Bus ab. Obwohl ihr Gesicht und ihre langen, dünnen Zöpfe unter dem Schleier verborgen sind und obwohl ihr Körper in dem fließenden Gewand, das sie trägt, keine Form zu haben scheint, erkenne ich sie sofort wieder. Sie ist jung, scheu und schuldzerfressen und von einer Angst umgeben, die sie auf Schritt und Tritt begleitet.

Ich versuche, sie zu beruhigen und ihr zu sagen, dass das, was wir damals gemacht haben, nicht so schlimm ist oder vielleicht sogar überhaupt nicht schlimm. Ich versuche ihr zu sagen, dass schon bald keiner mehr Angst vor einer Steinigung haben muss, dass all die Geschichten von Dorfbewohnern, die Liebespaare zusammen in den Fluss getrieben haben, schon bald der Vergangenheit angehören und vergessen sein werden, so wie verglühte Sterne. Die Worte kommen mir gerade über die Lippen, als ein Lastwagen an uns vorbeifährt, ein langer dickbauchiger Lastwagen, der so laut rattert und rumpelt, dass er meine Worte verschluckt. Aber da ist nicht nur das Knattern und Krachen des Lasters, nicht nur das Gebrumm und Getöse, sondern auch die Abgase, große schwarze Wolken. Wir atmen sie ein. Wir keuchen und husten von dem Gestank. Dann kommt noch ein Laster. Noch einer und noch einer. Noch mehr Abgase. Noch mehr Husten. Noch mehr Keuchen. Meine Worte gehen in dem Lärm völlig unter. Meine süßen, tröstenden Worte sind wie Zucker im Regen, wie Geister, wie hauchdünne Spinnennetze: sie lösen sich auf, verschwinden, sind kaum noch da. Sie sind nutzlos. Verloren. Verpufft, als hätte ich sie nie ausgesprochen.

Vor ein paar Jahren – 2008 – steinigte ein gottesfürchtiger Mob mehrere Mitglieder einer Kirche, die Schwule und Lesben aufgenommen hatte. Zuvor schlugen sie ihnen die Gesichter blutig, bis sie so geschwollen waren wie rotblaue Ballons.

Nachdem Mama den Bericht vorgelesen hatte, legte sie die Zeitung zur Seite. »*Tufiakwa*!«, stieß sie aus. Gott bewahre. »Selbst wir Christen verehren offenbar nicht alle denselben Gott!«

Chidinma hat seit drei Jahren eine Stelle in Lagos.

An der Universität in Lagos, an der Chidinma unterrichtet, ertappte letztes Jahr eine Vertrauensschülerin zwei Studentinnen dabei, wie sie miteinander schliefen. Das Ganze trug sich in einem der Studentinnenwohnheime zu, weshalb Chidinma es nicht persönlich mitbekommen hat, sonst wäre sie vielleicht eingeschritten und hätte ihr eigenes Leben riskiert. Chidinma gehört einer neuen Generation von Nigerianern an, die sich nicht von Angst, sondern von Liebe leiten lässt. Auch wenn Chidinma nicht dieselbe sexuelle Orientierung hat wie ich, hat sie keine Angst vor Schwulen und Lesben. Zum Glück, denn Angst führt oft genug zu Hass. Abgesehen davon kennt sie meine Geschichte gut und ist deshalb für das Thema sensibilisiert.

Die Kommilitoninnen der beiden Studentinnen jedenfalls, von denen Chidinma einige unterrichtete, beschlossen, die Sache selbst in die Hand zu nehmen. Sie zogen die beiden Frauen nackt aus und schlugen sie grün und blau. Sie schrien ihnen »666« ins Gesicht und »Gott wird euch bestrafen!« Alle, die nicht selbst zuschlugen, standen drumherum und filmten den Vorfall mit ihren Handys. Keiner griff ein. Alle standen einfach da und schauten zu.

Als Mama davon erfuhr, sagte sie: »Gott bewahre! Was ist nur aus dieser Welt geworden?«

Nach einer Weile scherzte sie: »Weißt du, es ist wirklich eine Schande, dass unser Präsident absolut nichts tut, um die Situation zu ändern. Dabei ist er so attraktiv mit seinem strahlenden Lächeln und seinen Fedora-Hüten. Was für eine Verschwendung! Mit seinem hübschen Gesicht könnte er die Massen so leicht überzeugen. Er könnte es wenigstens versuchen! Er könnte sein gutes Aussehen für eine gute Sache einsetzen!«

Später fragte ich Chidinma, ob sie ihrem Vater von dem Vorfall erzählt hatte. Das hatte sie. Chibundus Antwort? »Tja, so ist das. Solche Dinge passieren eben.«

Chibundu wohnt immer noch in Port Harcourt, aber ab und zu kommt er uns in Aba besuchen. Nach über dreißig Jahren begegnen wir einander höflich wie zwei Fremde. Vielleicht ist er noch immer verbittert über das Ende unserer Ehe; vielleicht auch nicht.

Nachdem ich ihn verlassen hatte, drängte er noch einige Jahre darauf, ich solle zu ihm zurückkommen. In dieser Zeit organisierte er mehrere Treffen – bei denen auch Mama und seine Eltern anwesend waren –, um gemeinsam zu besprechen, wie wir unsere Ehe retten könnten. Natürlich waren die Treffen umsonst, aber ich stand die ganze Zeit in seiner Schuld, weil er zumindest so rücksichtsvoll war, seinen Eltern nichts von Ndidi und mir zu erzählen. Bis heute hat er offenbar weder ihnen noch sonst irgendwem davon erzählt. Wenn ich ihn jetzt beschreiben müsste, dann wohl am ehesten als resigniert.

Als Chidinma heranwuchs, fragte sie mich immer wieder, warum ihr Papa und ich nicht zusammenlebten.

»Manche Mamas und Papas lieben sich, wollen aber nicht miteinander verheiratet sein oder zusammenleben«, antwortete ich meistens. Sie nickt dann, aber nach einiger Zeit fragte sie wieder: »Aber warum?«

Ich wiederholte dann einfach, was ich schon gesagt hatte: »Weil manche Mamas und Papas sich lieben, aber nicht miteinander verheiratet sein oder zusammenleben wollen.«

Obwohl die beiden auch schwierige Zeiten miteinander gehabt haben, hat Chidinma ihren Vater immer geliebt; und ich weiß, dass sie auch etwas Mitleid mit ihm hat. Seit mehreren Jahren erwähnt sie mir gegenüber immer wieder besorgt, wie einsam er sei. Sie wünschte, er würde wieder heiraten, damit er nicht immer so allein ist.

Vor sieben oder acht Jahren war kurz die Rede davon, dass Chibundu eine junge Yoruba-Frau namens Ayodele heiraten würde. Die Frau war nur wenige Jahre älter als Chidinma und angeblich die Art von Frau, die gern aufwendige Partys schmiss. Vielleicht waren sich Chibundu und Ayodele nicht einig, was diese Partys anging, oder vielleicht gab es irgendein anderes Problem, jedenfalls fand die Hochzeit nicht statt.

Manchmal habe ich das Gefühl, dass Chibundu zu sehr damit beschäftigt ist, sich selbst zu bemitleiden, und sich darum auf niemanden einlassen kann. Aber ich kann mich natürlich auch irren.

Es gibt eine Geschichte von einem Mann, der beim Autofahren abgelenkt war und aus Versehen in den Vorgarten seines Nachbarn fuhr, wo die kleine Tochter des Nachbarn spielte. Das Mädchen starb. Der Nachbar kam aus dem Haus gerannt und schrie: »Sieh, was du getan hast! Du hast mein Kind getötet! Wie konntest du mir das antun? Damit kommst du nicht davon! Du hast mein unschuldiges kleines Kind getötet!«

Der Fahrer stieg aus dem Wagen und fühlte sich angegriffen, als er die Worte des Nachbarn hörte. »Was fällt dir ein, so mit mir zu reden! Warum schreist du mich an? Du hast kein

Recht, mich so anzuschreien! Siehst du denn nicht, dass ich völlig überarbeitet bin? Es tut mir leid, aber ich bin Geschäftsmann. Ich war viel unterwegs und musste mich um viele wichtige Sachen kümmern. Es tut mir leid, aber wenn du wüsstest, wie stressig mein Leben ist. Du hast ja keine Ahnung.« Er hörte gar nicht mehr auf, den Nachbarn anzuschreien, dessen Kind er soeben überfahren hatte, und redete sich immerzu damit heraus, dass der tragische Unfall nur deshalb passiert sei, weil sein Leben so furchtbar hektisch sei. Und wie furchtbar ungerecht es sei, dass der Nachbar ihn angeschrien hatte. Undsoweiterundsofort … Er sah sich selbst als Opfer; er war derjenige, dem ein Unrecht geschehen war.

Ich schätze, so sind wir eben. So sind wir Menschen. Wir stilisieren uns gern selbst zum Opfer, wenn anderen etwas Schlimmes passiert.

Auch wenn es tatsächlich nicht immer klar ist, wer wirklich das Opfer ist.

Chidinma muss ungefähr dreizehn oder vierzehn gewesen sein, als ich ihr offenbarte, dass Ndidi und ich mehr als nur Freundinnen waren. Die Enthüllung verlief eher unspektakulär, beziehungsweise war es überhaupt keine richtige Enthüllung, denn ohne dass ich es geahnt hätte, wusste Chidinma längst Bescheid. Und sie hatte kein Problem damit.

Rückblickend kommt es mir so vor, als wäre es beinahe unvermeidlich gewesen, dass ich zu Ndidi zurückkehrte und wir versuchen würden, das zu retten, was von unserer Beziehung noch übrig war.

Ich denke im Moment oft darüber nach, was Mama immer gesagt hat: dass ein Fahrrad zwei Räder hat. Natürlich stimmt das. Ndidi ist das eine Rad, ich bin das andere. Wir haben jetzt mehrere Jahrzehnte miteinander verbracht, und auch wenn wir nicht heiraten können (eine Beziehung wie unsere ist immer noch gefährlich, und an eine Hochzeit ist gar nicht zu denken), fühlen wir uns selbstverständlich als Paar.

Bis auf Mama, Chibundu und Chidinma weiß niemand von Ndidi und mir. Wir geben uns große Mühe, unsere Beziehung geheim zu halten – ein bisschen so wie früher. Wir wohnen getrennt, verbringen aber viele Nächte miteinander. Manchmal gehe ich zu Ndidi, manchmal kommt sie zu mir. Ich wohne nicht weit weg von Mamas Bungalow, in demselben Bungalow, in dem ich mit Mamas Hilfe Chidinma großgezogen habe.

Manchmal, wenn Ndidi und ich nachts nebeneinanderliegen, schlingt Ndidi die Arme um mich. Sie schmiegt sich ganz fest an mich und flüstert mir ins Ohr. Sie erzählt von einer Stadt, in der alle Formen der Liebe erlaubt sind, zwischen Männern und Frauen, Männern und Männern, Frauen und Frauen, aber auch zwischen Yoruba und Igbo oder Hausa und Fulani. Ndidi beschreibt die Stadt in allen Einzelheiten, beschreibt jeden Baum und die Farben des Sands. Sie erzählt mir von den Straßen, in welche Richtung sie verlaufen, wo sie hinführen.

»Und wie heißt die Stadt?«, frage ich.

Wenn Ndidi sehr müde ist, vergisst sie, dass sie mir den Namen der Stadt eigentlich nicht sagen will. Mal murmelt sie, die Stadt heiße Aba. Mal heißt die Stadt Umuahia. Jede Nacht kommt eine andere Stadt hinzu: Ojoto und Nnewi, Onitsha und Nsukka, Port Harcourt und Lagos, Uyo und Oba, Kaduna und Sokoto. Sie nennt eine Stadt nach der anderen, bis ich irgendwann lachend sage: »Wie kann es sei, dass diese Stadt so viele Städte auf einmal ist?«

Ihre Stimme ist so sanft wie ein Summen, ihre Worte sind so eindringlich und leise wie ein Gebet. Sie ist jetzt älter. Wir beide sind älter. Die Jahre sind verflogen, und ihre Stimme ist tiefer geworden. Sie sagt: »All diese Städte liegen in Nigeria. Irgendwann wird ganz Nigeria diese Stadt sein.«

Hebräer 8: Gott schloss einen neuen Bund mit dem Haus Israel und dem Haus Juda, der nicht wie der Bund gewesen ist, den Er mit ihren Vätern gemacht hatte. Wenn jener erste Bund untadelig gewesen wäre, hätte Er nicht Raum für einen anderen gesucht. Mit dem neuen Bund hat Er den ersten zu einem alten gemacht. Der erste Bund wurde somit aufgelöst.

Diese Bibelstelle geht mir immerzu im Kopf herum. Das, so scheint mir, ist die Lehre der Bibel: Es ist wichtig, das Alte zu überdenken und zu verändern, damit überholte, auch fehlerhafte Gesetze aufgehoben werden können.

Manchmal halte ich die Bibel in der Hand und denke, dass Gott nichts anderes als ein Künstler ist und die Welt Seine Leinwand. Und wenn das Alte und das Neue Testament ein Anhaltspunkt für seinen Stil sind, dann dürfte Veränderung einen großen Teil Seiner Ästhetik ausmachen, Seiner Vision von der Welt. Die Bibel selbst heißt Veränderungen gut. Selbst die biblischen Bündnisse ändern sich: Im Neuen Testament ist schon nicht mehr davon die Rede, dass man Tiere opfern muss. Veränderung. Es gilt nicht mehr der Bund des Gesetzes, sondern der Bund der Barmherzigkeit. Veränderung. Das Hauptaugenmerk liegt nicht mehr nur auf den Juden, sondern auf der ganzen Menschheit. Veränderung. Jemand, dem es Spaß macht, Listen anzulegen, könnte unzählige Veränderungen in der Bibel finden.

Ich sage mir oft, dass es im Leben immer um Veränderung geht und dass wir das bei allem, was wir tun, bedenken sollten.

Vielleicht sind die Gebote der Bibel auf ewig im Fluss. Vielleicht spricht Gott bis heute zu uns und wird auf ewig weiter zu uns sprechen. Vielleicht will er den Bund mit uns stets erneuern, aber wir sind zu taub, zu verbohrt und zu festgefahren, um Ihn zu hören. Ja, es gibt die Wege des Herrn, so wie wir sie kennen, aber vielleicht gibt es auch neue Wege, die wir erst noch entdecken müssen. Vielleicht müssen wir nur unsere Ohren spitzen und unsere Herzen öffnen, um von ihnen zu erfahren.

Ein tröstlicher Gedanke, wenn ich es so betrachte.

Als ich damals mit Chidinma auf dem Arm vor Mamas Tür stand, klopfte ich. Mama öffnete mir und schaute mich fragend an.

»Mama, ich kann nicht – ich kann nicht mehr«, stieß ich hervor.

Sie stand einfach da und schaute mich an. Schließlich senkte sie enttäuscht die Lider. Ihr fragender Blick war verschwunden.

»Mama, ich kann nicht mehr«, wiederholte ich.

Ich spürte den sanften Wind im Rücken, der ins Haus wehte und den Zipfel des weißen Tuchs anhob, das Mama um den Kopf trug. Der Zipfel flatterte hin und her wie eine winzige Fahne.

Chidinma war wach geworden, hob den Kopf und blickte stumm zwischen Mama und mir hin und her.

»Mama, bitte, lass mich rein. Ich kann nicht mehr mit Chibundu zusammen sein.«

Mama sah zu mir hoch. Sie nahm mir Chidinma ab und hielt sie auf einem Arm. Zu meiner großen Überraschung legte sie mir den anderen Arm um die Schultern. Wir gingen zusammen ins Wohnzimmer, zum Sofa. Jetzt meldete sich auch Chidinma zu Wort und begann vor sich hin zu brabbeln. Mama sagte: »Es wäre absurd, dich mitten in der Nacht zurückzuschicken.« Wir standen nebeneinander, sie wandte sich mir zu und sah mir in die Augen.

»Also gut«, sagte sie. »Also gut.« Es war Verständnis. Einsicht. Schwach wie ein schummriges Licht, aber trotzdem Verständnis.

Leise sagte Mama zu sich selbst: »Gott hat dich erschaffen. Er muss gewusst haben, was Er tut. Es reicht!«

Wer weiß, wie lange sie diesen Gedanken schon mit sich herumgetragen hatte.

Mama räusperte sich und sagte abschließend: »*Ka udo di, ka ndu di.*«

Möge Frieden sein. Möge das Leben sein, was es ist.

ANMERKUNG DER AUTORIN

Am 7. Januar 2014 setzte der nigerianische Präsident Goodluck Jonathan mit seiner Unterschrift ein Gesetz in Kraft, das gleichgeschlechtliche Beziehungen sowie deren Unterstützung kriminalisiert und mit bis zu vierzehn Jahren Gefängnis bestraft. In den nördlichen Bundesstaaten ist die Strafe für diese »Vergehen« der Tod durch Steinigung. Dieser Roman möchte der marginalisierten LGBTQ-Community Nigerias eine Stimme und einen Platz in der Geschichte unserer Nation geben.

Der WIN-Gallup *International Global Index of Religiosity and Atheism* von 2012 führt Nigeria als das zweitreligiöseste Land der Untersuchung, knapp hinter Ghana.

DANKSAGUNG

Ich danke vielmals:

Meinen Kommilitoninnen und Kommilitonen des Iowa Writers' Workshop sowie meinen Dozenten und Dozentinnen: Paul Harding, Marilynne Robinson, James Alan McPherson, Lan Samantha Chang, Allan Gurganusund Ethan Canin.

Connie Brothers, Deb Westund Janice Zenisek vom Iowa Writers' Workshop.

Michael Martone und Robin Hemley vom Overseas Writers' Workshop.

Lisa Zeidner und den Dozentinnen und Dozenten für Englisch und Creative Writing an der Rutgers University, Camden.

Daniel Grow, Linda Barton, Charlotte Holmes und Aimee LaBriean von der Pennsylvania State University.

Greg Ames, Peter Balakian, Jennifer Brice, Jane Pinchin und Tess Jones von der Colgate University.

Den Dozentinnen und Dozenten für Creative Writing der Purdue University, besonders Porter Shreve und Bich Minh Nguyen.

Der Bread Loaf Writers' Conference.

Den Redakteurinnen und Redakteuren von: *AGNI*, *Apogee*, *Coffin Factory*, *Conjunctions*, *Granta*, *Iowa Review*, *Kenyon Review*, *The New Yorker*, *Prospect*, *Southern Review*, *Subtropics* (besonderen Dank an David Leavitt), *Tin House* und *TriQuarterly*.

Christopher Merrill, Nataša Ďurovičová, Kelly Bedeian und Ashley Davidson vom International Writing Program der University of Iowa.

The O. Henry Prize Stories.

Lambda Literary und der Astraea Foundation for Justice.

Dem Caine Prize für die enorme Unterstützung afrikanischer Literatur, besonders Lizzy Attree und Jenny Casswell.

Der Rolex Mentor and Protégé Arts Initiative, besonders Jill Morrison, Michael Ondaatje, Miro Penkov, Neal Hovelmeier und Togara Muzanenhamo.
Der Congregational United Church of Christ, Iowa City, besonders Reverend William Lovin.
Chika Unigwe, Sarah Ladipo Manyika, Uwem Akpan, Chimamanda Adichie, Maaza Mengiste, Tayari Jones, NoViolet Bulawayo und Rita Adedamola Mogaji.
Rae Winkelstein, Montreux Rotholtz, Emily Ruskovich, Naomi Jackson, Christa Fraser, Amanda Briggs, Bryan Castille und Lori Baker Martin.
Marc Benda.
Mrs. Brenda Nickles.
Granta, besonders John Freeman, Patrick Ryan, Ellah Allfrey, Yuka Igarashi, Ted Hodgkinson, Rachael Allen, Sara D'Arcy und Anne Meadows.
Houghton Mifflin Harcourt, especially Jenna Johnson, Nina Barnett, Summer Smith, Simmi Aujla, Chelsea Newbould und Larry Cooper.
The Wylie Agency, besonders meiner großartigen Agentin Jin Auh sowie Tracy Bohan und Jessica Friedman.
Ludwig Wittgenstein (»Die Grenzen meiner Sprache bedeuten die Grenzen meiner Welt«).
»Was bei Kälte erstarrt, kann bei Hitze erweichen.« (Anmerkungen von Thomas Creech zu seiner Übersetzung von Lukrez' *Über die Natur der Dinge* ins Englische, in: *The Works of the British Poets: With Prefaces, Biographical and Critical*, Bd. 13 (London 1795), S. 663.
Der BBC und ihren Dokumentationen über den Biafra-Krieg.
Yakubu Gowon' Radiosendung »The Dawn of National Reconciliation«, gesendet aus Lagos am 15. Januar 1970.
Flora Nwapa, Chinua Achebe, Wole Soyinka, Edwidge Danticat, Alice Munro, Kazuo Ishiguro, Ian McEwan und Marilynne Robinson – meinen Vorgängern, meinen Leitsternen – für ihre Werke.
Jackie Kay für das Gedicht »Road to Amaudo«, in dem ich zuerst das Sprichwort »*Ka udo di, ka ndu di*« las.

Ich danke aus tiefstem Herzen und voller Liebe:
Chidinma Okparanta, Chinenye Okparanta und Chibueze Okparanta, meinen Geschwistern, meinen besten Freunden.
Constance Okparanta für ihre Stärke, ihre Liebe, ihre Kriegslieder und

Kriegsgeschichten, ihre Volksmärchen – ohne all das gäbe es dieses Buch vielleicht nicht.
Aunty Ifeyinwa – du bist für immer in meinem Herzen.
Unseren Ältesten für die Sprichwörter, die bis heute weiterleben.
Und schließlich Gott und dem Universum für ihr Zusammenwirken, durch die dieses Buch zu einer Hoffnung auf eine bessere Zukunft werden konnte, zu einer Wirklichkeit, die längst selbstverständlich sein sollte, es leider aber immer noch nicht ist.

CHINELO OKPARANTA

geboren in Port Harcourt / Nigeria . Mit 10 Jahren emigrierte sie mit ihrer Familie in die USA, wo sie auch studierte. Ihr erster Roman *Under the Udala Trees* erschien 2015 und war 2017 auf der Shortlist des International Dublin Literary Award. Sie unterrichtet derzeit Kreatives Schreiben an der Bucknell University, Lewisburg / USA.

SONJA FINCK

geboren 1978, lebt in Berlin und Kanada und hat u. a. Annie Ernaux, Wajdi Mouawad, Kamel Daoud, Léonora Miano und Ryad-Assani Razaki ins Deutsche übertragen. Für ihre Arbeit wurde sie mit dem André-Gide-Preis und dem Deutschen Jugendliteraturpreis ausgezeichnet.

MARIA HUMMITZSCH

geboren 1982, studierte in Leipzig, Lissabon und Florianópolis Übersetzung, Psychologie und Afrikanistik. Sie übersetzt aus dem Englischen und Portugiesischen, u. a. David Garnett, David Foster Wallace, Imbolo Mbue, E. C. Osondu und Masande Nthsanga.

INDRA WUSSOW

Herausgeberin der Reihe AfrikAWunderhorn, studierte Literaturwissenschaft, lebt in Johannesburg / Südafrika und auf Sylt. Sie arbeitet als Autorin, literarische Übersetzerin und Kuratorin für verschiedene internationale Einrichtungen. Ein Schwerpunkt ihrer Arbeit liegt im Dialog zwischen Wissenschaft und Kunst. 2002 gründete sie auf Sylt die von ihr geleitete Stiftung kunst:raum sylt quelle.

»Es gibt eine wunderbare neue Buchreihe, die heißt

AFRIKA WUNDERHORN.«

Denis Scheck (Druckfrisch)

DER ANDERE
LITERATURKLUB
SONDERAUSGABE

Eine Initiative von:

Litprom e. V.
Braubachstraße 16
60311 Frankfurt am Main
www.litprom.de

artlink
Büro für Kulturkooperation
Postfach
CH-3001 Bern
www.artlink.ch

LITPROM

www.wunderhorn.de